Die junge englische Quäkerin Honor verlässt Mitte des 19. Jahrhunderts wegen einer unglücklichen Liebe ihre Heimat. Im fernen Ohio will sie einen Neuanfang wagen. Doch das Leben im ländlichen Amerika ist hart, und die Sklavenfrage spaltet die Nation. Zu Honors einzigen Vertrauten wird die temperamentvolle Belle, deren Hutgeschäft entlaufenen Sklaven als heimlicher Unterschlupf dient. Dass sich ausgerechnet Belles Bruder, der rabiate Sklavenjäger Donovan, für sie interessiert, bringt Honor in eine schwierige Lage. Denn sie fühlt sich zu Donovan hingezogen, einem Mann, der all ihre Ideale mit Füßen tritt. Schließlich kann sie einer Entscheidung nicht länger aus dem Weg gehen.

TRACY CHEVALIER, 1962 in Washington D.C. geboren, zog 1984 nach England. In London arbeitete sie zuerst als Lektorin, begann dann aber zu schreiben. Der internationale Durchbruch gelang ihr mit »Das Mädchen mit dem Perlenohrring«. Die Autorin lebt mit ihrer Familie in London.

TRACY CHEVALIER BEI BTB
Zwei bemerkenswerte Frauen. Roman (74305)

TRACY CHEVALIER

Die englische Freundin

Roman

Aus dem Englischen
von Anne Rademacher

btb

Die Originalausgabe erschien 2013 unter dem Titel
»The Last Runaway« bei HarperCollins Publishers, London.

MIX
Papier aus verantwortungsvollen Quellen
FSC® C083411

Verlagsgruppe Random House FSC® N001967
Das für dieses Buch verwendete FSC®-zertifizierte
Papier *Lux Cream* liefert Stora Enso, Finnland.

1. Auflage
Genehmigte Taschenbuchausgabe Mai 2015
btb Verlag in der Verlagsgruppe Random House GmbH, München

Umschlaggestaltung: semper smile, München
Umschlagmotiv: © Trevillion Images / Elisabeth Ansley;
Shutterstock / Tim UR
Druck und Einband: CPI – Clausen & Bosse, Leck
MK · Herstellung: sc
Printed in Germany
ISBN 978-3-442-74922-5

www.btb-verlag.de
www.facebook.com/btbverlag
Besuchen Sie auch unseren LiteraturBlog www.transatlantik.de!

Dieses Buch ist dem Catoctin Quaker Camp
und dem Oberlin College gewidmet:
zwei Orte, die meine Kindheit prägten und mich leiteten.

Horizont

Es gab kein Zurück. Als Honor Bright ihrer Familie aus heiterem Himmel verkündete, dass sie ihre Schwester Grace nach Amerika begleiten werde, als sie ihre Habseligkeiten ordnete, nur das Nötigste behielt und alle Quilts weggab, als sie sich von Onkeln und Tanten verabschiedete, Vettern, Basen, Nichten und Neffen ein letztes Mal küsste, als sie in der Kutsche aus Bridport hinausfuhr und in Bristol Arm in Arm mit Grace über die Gangway schritt, hatte sie stets den einen Gedanken im Hinterkopf: Ich kann jederzeit zurück. Doch die unausgesprochenen Worte waren bereits von der Ahnung erfüllt gewesen, dass sich ihr Leben unwiederbringlich ändern würde, sobald ihre Füße nicht mehr auf englischem Boden standen.

Ich kann jederzeit zurück. Immerhin hatte der Satz Honors Vorbereitungen in den Wochen vor der Abreise den Stachel des Endgültigen genommen wie die heimlich hinzugefügte Prise Zucker einer Soße die Schärfe. Als sie ihrer Freundin Biddy den gerade fertiggestellten Quilt überreichte, war Honor deshalb ganz ruhig geblieben und hatte nicht wie Biddy in Tränen ausbrechen müssen. Ihr jüngstes Werk war ein Patchwork, ein achtzackiger »Stern von Bethlehem« aus braunen, gelben und cremefarbenen Rauten. Die Oberseite hatte Honor im Harfenmuster gequiltet und den Rand mit der Federbordüre, für die sie berühmt war. Die Gemeinde hatte ihr jedoch zum Abschied einen Signaturquilt geschenkt, in dem jeder Block von einer anderen Freundin oder Verwandten angefertigt und signiert worden war, und zwei Quilts passten nicht in Honors Reisetruhe. Der Signaturquilt hatte zwar nicht die Qualität ihrer eigenen Arbeiten, aber sie musste natürlich ihn mitnehmen. »Bei dir ist er in guten Händen, außerdem wird er dich an mich erinnern«, beharrte Honor, als ihr die schluchzende Freundin den »Stern von Bethlehem« zurückgeben wollte. »Ich werde in Ohio noch viele Quilts nähen.«

Wenn Honor an die Zukunft dachte, übersprang sie am liebsten die vor ihr liegende Reise und konzentrierte sich ganz auf deren Ziel, das Holzhaus, das ihr zukünftiger Schwager in seinen Briefen aus Ohio beschrieben hatte. »Es ist ein stabiles Haus, wenn es auch nicht aus Stein gebaut ist wie die Häuser, die du gewohnt bist«, hatte Adam Cox an Grace geschrieben. »Hier bei uns sind fast alle Häuser aus Holz. Nur wenn eine Familie sich endgültig niederlässt und nicht mehr damit rechnet, noch einmal umzuziehen, baut sie sich ein Haus aus Backstein.

Unser Haus liegt am Ende der Hauptstraße am Rand der Stadt«, hatte er weiter ausgeführt. »Faithwell ist zwar noch klein, es besteht derzeit aus fünfzehn Freundesfamilien, doch mit Gottes Gnade wird es wachsen. Der Laden meines Bruders befindet sich in Oberlin, einer drei Meilen entfernten größeren Stadt. Sobald Faithwell groß genug für einen Tuchladen ist, wollen mein Bruder und ich mit dem Geschäft umziehen. Bei uns nennt man die Tuchläden übrigens Kurzwarengeschäfte. In Amerika wirst du noch viele neue Worte lernen.«

Honor konnte sich nicht vorstellen, in einem Haus aus Holz zu leben. Holz war ein Material, das leicht Feuer fing, sich dauernd verzog und knarzte und stöhnte, außerdem hatte es nicht die Beständigkeit von Ziegel oder Stein. Doch die Aussicht, in einem instabilen Holzhaus zu wohnen, war nicht Honors größte Sorge. Immer wieder wanderten ihre Gedanken zu der bevorstehenden Reise auf der *Adventurer*, dem Schiff, das sie über den Atlantik bringen sollte. Schiffe waren Honor vertraut, schließlich lebte sie in einer Hafenstadt und hatte ihren Vater schon öfter begleitet, wenn eine Ladung Hanf gelöscht wurde. Einmal war sie sogar mit an Bord gegangen und hatte den Matrosen dabei zugesehen, wie sie die Segel bargen, Leinen aufschossen und die Decks scheuerten. Mitgesegelt war sie auf einem großen Schiff jedoch noch nie. Als sie zehn war, hatte ihr Vater die Familie einmal zu einem Ausflug ins nahegelegene Eype eingeladen, wo Honor, Grace und die Brüder in einem Ruderboot aufs Meer hinausgefahren waren. Grace hatte es wunderbar gefunden. Laut kreischend und lachend gab sie vor, jeden Moment ins Wasser zu fallen, als die Brüder sich in die Ruder legten, doch Honor hatte sich panisch an den Bootswänden festgeklammert. Das Schaukeln des Boots machte ihr Angst, außerdem hasste sie das ungewohnte und unangenehme Gefühl, keinen festen Boden unter den Füßen zu haben. Trotzdem hatte sie versucht, sich nichts anmerken zu lassen, und den Blick fest auf ihre Mutter gerichtet, die in ihrem dunklen Kleid und mit der weißen Haube am Strand auf und ab ging und darauf wartete, dass die Kinder unversehrt zurückkehrten. Seit diesem Erlebnis hatte Honor es vermieden, noch einmal in ein Boot zu steigen.

Sie hatte Geschichten von fürchterlichen Überfahrten gehört, doch mit der unerschütterlichen Gleichmut, die sie allen Widrigkeiten des Lebens entgegenbrachte, hoffte sie auch diese Prüfung zu bestehen. Seetauglich war Honor allerdings nicht, was ihr die Matrosen gleich auf den Kopf zusagten. Eigentlich hätte es ihr schon nach dem Ausflug mit dem Ruderboot klar sein müssen. Als die *Adventurer* aus Bristol auslief, stand Honor mit Grace und den anderen Passagieren an Deck und blickte auf die immer länger werdende Küste von Somerset und Norddevon zurück. Die anderen machten Witze über den ungewohnt schwankenden Boden unter ihren Füßen, doch Honor wurde immer unruhiger. Ihre Schultern verspannten sich, und ihr Gesichtsausdruck wurde mit jedem Schaukeln des Schiffes verschlossener. Etwas lag ihr schwer im Magen, als hätte sie ein eisernes Pfundgewicht verschluckt. Sie hielt durch, solange sie konnte, doch als die *Adventurer* an der Insel Lundy vorbeisegelte, krampfte sich Honors Magen zusammen, und sie übergab sich aufs Deck.

»Jetzt schon seekrank, dabei sind wir kaum aus dem Kanal von Bristol heraus!«, lachte ein vorbeigehender Matrose. »Warten Sie nur, bis wir auf hoher See sind, dann wissen Sie, was Übelkeit ist.«

Honor erbrach sich auf Graces Schulter, auf die Bettdecke, auf den Boden der winzigen Kabine und in die dafür vorgesehene Emailleschale. Selbst als nichts mehr in ihrem Magen sein konnte, musste sie weiterspeien, als sei ihr Körper eine Zaubertruhe, aus der man endlos etwas hervorholen konnte. Nach den Brechanfällen fühlte sie sich keinen Deut besser. Als sie den Atlantik erreichten und das Schiff mit langen Rollbewegungen die Wellenberge auf und ab fuhr, wurde es noch schlimmer, allerdings wurden jetzt auch Grace und viele andere Passagiere seekrank. Die meisten gewöhnten sich jedoch schnell an den neuen Rhythmus des Schiffes, nur Honor nicht: Ihr war während der ganzen einmonatigen Schiffsreise pausenlos übel.

Wenn sie nicht selbst seekrank war, kümmerte Grace sich um Honor. Sie wusch ihre Laken aus, leerte die Spuckschale, brachte der Schwester Brühe und harten Schiffszwieback und las ihr aus der Bibel vor oder aus einem der wenigen Bücher, die sie mitgenommen hatten: *Mansfield Park, Der Raritätenladen* und *Leben und Abenteuer des Martin Chuszlewit.* Um Honor von den Qualen der Gegenwart abzulenken, plauderte Grace über die gemeinsame Zukunft in Amerika. »Was würdest du lieber sehen, einen Bären oder einen Wolf?«, fragte sie die Schwester, um sich die Frage gleich selbst zu beantworten. »Ich meine, einen Bären, denn Wölfe sind doch nichts anderes als zu groß geratene Hunde, aber ein Bär ist einfach ein Bär. Und womit würdest du in Amerika lieber reisen? Einem Dampfschiff oder einem Zug?«

Bei dem Gedanken an eine weitere Schiffsreise stöhnte Honor auf. »Einverstanden, mit dem Zug«, sagte Grace schnell. »Ich wünschte, es gäbe einen Zug, mit dem wir von New York bis Ohio fahren könnten. Eines Tages wird es möglich sein. Ach, Honor, stell dir nur vor: Bald werden wir in New York sein.«

Honor schnitt eine Grimasse. Wie gern hätte sie die Begeisterung ihrer Schwester geteilt und die Reise als großes Abenteuer betrachtet. Grace war schon immer die Unternehmungslustigste der Brights gewesen und hatte ihren Vater gern auf seinen Reisen nach Bristol, Portsmouth oder London begleitet. Sie hatte sogar eingewilligt, einen langweiligen, um einige Jahre älteren Mann zu heiraten, nur weil der ihr ein Leben fern von Bridport bieten konnte. Grace kannte die Familie Cox mit ihren fünf Söhnen, seit sie vor mehreren Jahren aus Exeter nach Bridport gezogen waren, um einen Tuchladen zu eröffnen. Doch für Adam hatte sie sich erst interessiert, als dieser beschloss, nach Ohio auszuwandern. Einer seiner Brüder, Matthew, lebte bereits dort, da es jedoch um seine Gesundheit nicht gut bestellt war, hatte Matthews Frau in einem Brief um Unterstützung durch einen der Brüder gebeten. Seit Adam in Amerika lebte und im Geschäft seines Bruders mitarbeitete, schrieben er und Grace sich regelmäßig. Schließlich hatte sie ihn mit geschickten Anspielungen so weit gebracht, dass er sie fragte, ob sie seine Frau werden und zu ihm nach Ohio kommen wolle, wo sie zusammen mit Matthew und Abigail das Geschäft betreiben würden.

Die Brights hatten sich über die Wahl ihrer Tochter gewundert, und auch Honor hatte damit gerechnet, dass ihre Schwester einen lebhafteren Mann heiraten würde. Doch Grace war so begeistert von der Aussicht, in Amerika zu leben, dass sie die Reserviertheit ihres zukünftigen Ehemanns dafür gern in Kauf nahm.

Grace hatte eine Engelsgeduld und vielleicht auch ein schlechtes Gewissen, weil sie die Schwester wochenlanger Seekrankheit ausgesetzt hatte, aber als es Honor gar nicht besser gehen wollte, wurde es selbst ihr zu viel. Da Honor ohnehin nichts länger als ein paar Minuten bei sich behielt, hörte Grace nach ein paar Tagen auf, sie zum Essen zu ermuntern. Immer öfter ließ sie die Schwester in der Kabine allein, um übers Deck zu schlendern oder sich zu den anderen Frauen an Bord zu setzen, die gemeinsam nähten und plauderten.

Einmal versuchte Honor, Grace zu einer Andacht zu begleiten, die einige Quäker-Freunde unter den Mitreisenden organisiert hatten. Doch als sie mit ihnen in der Stille einer engen Kabine saß, konnte sie ihre Gedanken nicht loslassen und innerlich leer werden, weil sie befürchtete, damit auch den letzten Rest an Selbstkontrolle zu verlieren und sich vor den anderen übergeben zu müssen. Schon bald zwangen das Schaukeln des Schiffs und der Aufruhr in ihrem Magen sie, die Kabine wieder zu verlassen.

Wenn Honor während der zermürbenden Reise von Bristol nach New York zusammengerollt wie eine Garnele in ihrer engen Koje lag oder sich in Brechkrämpfen über dem Nachttopf krümmte, sah sie manchmal ihre Mutter vor sich, wie sie auf dem Kiesstrand von Eype wartete. Dann fragte sie sich, warum sie die Sicherheit ihres Elternhauses jemals verlassen hatte.

Die Antwort kannte sie jedoch nur zu gut: Grace hatte Honor angeboten, mit ihr nach Amerika zu kommen, weil sie hoffte, ein neues Leben könne das Herzeleid ihrer Schwester lindern. Honor war sitzen gelassen worden, und die Aussicht, weiter in einer Gemeinde zu leben, in der sie nur noch mitleidige Blicke trafen, hatte ihr den Mut gegeben, das Angebot der Schwester anzunehmen, obwohl sie bei Weitem nicht so abenteuerlustig wie diese war. Eigentlich war sie in Bridport immer glücklich und zufrieden gewesen und hatte es nie verlassen wollen, doch nachdem Samuel die Verlobung aufgelöst hatte, ging es ihr wie Grace: Sie konnte gar nicht schnell genug wegkommen.

Mittlerweile hing in allen ihren Kleidern ein säuerlicher Fleischgeruch, den keine Wäsche mehr herausbekam. Da sie die Mischung aus Ekel und Mitleid in den Gesichtern der anderen Passagiere nicht ertrug, ging Honor ihnen und mit der Zeit sogar ihrer Schwester aus dem Weg. Auf der Leeseite des Decks suchte sie sich einen Platz zwischen zwei Fässern, an dem sie vor den Blicken arbeitender Matrosen und neugieriger Mitreisender geschützt war und jederzeit unbemerkt zur nahegelegenen Reling rennen konnte, um sich ins Wasser zu übergeben. Selbst bei Regen und Kälte zog Honor ihr Versteck oben auf dem Deck der winzigen Kabine mit der harten Koje und den übel riechenden Decken vor. Dabei war ihr der herrliche Ausblick auf den weiten Himmel und den unendlichen Ozean – ein Panorama, wie es in keinem größeren Kontrast zu den grünen Hecken und Hügeln von Dorset hätte stehen können – völlig egal. Mochten andere über Sturmwolken und Regenbögen, die im Sonnenlicht silbrig glitzernde See, sich im Wasser tummelnde Delphine oder die Rückenflosse eines Wals in Verzückung geraten, bei Honor erstickte der Stumpfsinn der Seekrankheit jede Verzauberung im Keim.

Wenn sie nicht gerade über der Reling hing, versuchte Honor, sich mit der Arbeit an einem Patchwork von ihrem krampfenden Magen abzulenken. Ihre Mutter hatte ihr für die Reise viele kleine gelbe und cremefarbene Stoffsechsecke und Papierschablonen ausgeschnitten, die Honor zu Rosetten zusammennähen wollte. Sie hatte gehofft, auf der Reise einen kompletten »Großmutters Blumengarten« fertigzubekommen, doch auf dem schwankenden Deck fand sie einfach nicht in den gleichmäßigen Rhythmus, der ihr die schnurgeraden, winzigen Stiche ermöglichte, die ihr Markenzeichen waren. Selbst der anspruchslose Arbeitsschritt, die Stoffsechsecke mit losen Stichen auf die Papierschablonen zu heften – das Erste, was Honor als kleines Mädchen gelernt hatte –, erforderte mehr Konzentration, als sie aufbringen konnte. Bald wurde Honor klar, dass in jedem Stoff, mit dem sie jetzt arbeitete, für alle Zeiten der Geruch ihrer Seekrankheit hängen würde, oder zumindest die Erinnerung daran, was mehr oder weniger dasselbe war. Ein paar Tage lang mühte sie sich noch erfolglos mit den Rosetten ab, doch dann warf Honor sie einfach über Bord. Beim Anblick der Stoffstücke würde ihr später nur wieder übel werden. Es war natürlich eine entsetzliche Verschwendung von wertvollem Material, zumal sie die fertigen Formen auch Grace oder einer anderen Frau an Bord hätte geben können, doch sie schämte sich für den Geruch, der an ihnen haftete, und sie schämte sich für ihre Schwäche. Als sie die Stofffetzen ins Wasser flattern und in den Wellen verschwinden sah, hatte Honor einen Moment lang das Gefühl, dass ihr Magen sich beruhigte.

»Schauen Sie auf den Horizont«, riet ihr eines Tages ein Matrose, der ihr trockenes Würgen mitbekam. »Stellen Sie sich in den Bug und richten Sie den Blick fest nach vorn. Achten Sie nicht auf das Stoßen und Stampfen, das Rollen und Schaukeln. Einfach nur ganz still stehen und nach vorne schauen. Dann wird sich Ihr Magen beruhigen.«

Honor nickte, obwohl sie wusste, dass es nicht helfen würde, denn sie hatte es längst ausprobiert. Sie hatte alles versucht, was man ihr empfahl: Ingwer, eine heiße Wärmflasche an den Füßen, einen Eisbeutel um den Hals. Den Matrosen aber beobachtete sie weiter aus den Augenwinkeln. Noch nie zuvor hatte sie einen Schwarzen aus der Nähe gesehen, denn in Bridport gab es keine. Bei einem Besuch in Bristol war zwar einmal ein schwarzer Kutscher an ihr vorbeigefahren, doch noch bevor sie richtig hinschauen konnte, war er schon wieder aus ihrem Blickfeld verschwunden gewesen. Honor musterte die Haut des Mannes: Sie hatte die Farbe einer Rosskastanie, nur dass sie eher rau und windgegerbt als glatt und glänzend war. Vor ihrem inneren Auge stieg das Bild eines Apfels auf, der im Unterschied zu seinen blassgrünen Nachbarn am Baum als Einziger tiefrote Backen hatte. Der Akzent des Mannes ließ sich nicht einordnen, er konnte von überall und nirgends stammen.

Der Matrose musterte Honor ebenfalls. Vielleicht war eine Quäkerin etwas Neues für ihn, oder er war neugierig, wie ihr Gesicht aussah, wenn es nicht von Übelkeit verzerrt war. Normalerweise war Honors Stirn glatt und wurde nur von den Brauen unterbrochen, die sich wie Flügel über die großen grauen Augen schwangen. Doch die Seekrankheit hatte Linien eingegraben, wo früher keine waren, und der stillen Schönheit ihres Gesichts etwas Verhärmtes gegeben.

»Der Himmel ist so gewaltig, dass er mir Angst macht.« Ihre Worte überraschten sie selbst.

»Da sollten Sie sich besser dran gewöhnen, denn da, wo Sie hinfahren, ist alles gewaltig. Was wollen Sie überhaupt in Amerika? Sich einen Ehemann angeln? Sind Ihnen die Engländer nicht gut genug?«

Nein, dachte sie, das sind sie nicht. »Ich begleite meine Schwester«, antwortete sie. »Sie heiratet einen Mann in Ohio.«

»Ohio!«, schnaubte der Matrose. »Bleiben Sie lieber an der Küste. Man sollte nirgendwohin, wo man das Meer nicht riechen kann, sage ich immer. Da draußen in den riesigen Wäldern werden Sie nur versauern. Oh je, schon wieder.« Er trat zurück, als Honor sich erneut über die Reling beugte.

Der Kapitän der *Adventurer* sagte, es sei eine der ruhigsten und schnellsten Atlantiküberquerungen gewesen, die er jemals erlebt habe. Diese Aussage quälte Honor nur noch mehr. Nach dreißig Tagen auf See stolperte sie ausgezehrt und dünn wie ein Skelett auf das Dock in New York. Sie hatte das Gefühl, ihr gesamtes Inneres erbrochen zu haben, sodass nur noch ihre äußere Hülle übrig geblieben war. Und dann stellte sie voller Entsetzen fest, dass der Boden des Docks genauso unter ihren Füßen schwankte wie das Schiffsdeck. Sie übergab sich ein letztes Mal.

Jetzt wusste Honor, dass sie auch die leichteste Überfahrt, die Gott ihr ermöglichen könnte, nicht noch einmal aushalten würde – der Heimweg nach England war ihr versperrt. Sie begann zu weinen. Sie weinte um England, weinte um ihr altes Leben und die Heimat, von der sie ein unüberwindbarer Ozean trennte. Es gab kein Zurück.

Hotel Mansion House
Hudson, Ohio

26. des 5. Monats 1850

Meine liebe Mutter, lieber Vater,
lieber William und lieber George,

mit unendlich schwerem Herzen muss ich Euch mitteilen, dass unsere geliebte Grace heute verstorben ist. Kurz bevor sie ihr neues Leben in Amerika beginnen konnte, hat es Gott gefallen, sie in so jungen Jahren zu sich zu rufen.

Ich schreibe Euch aus einem Hotel in Hudson, Ohio, in dem Grace während des letzten Stadiums ihrer Krankheit untergebracht war. Der Arzt sagt, es sei Gelbfieber gewesen, das in Amerika anscheinend weiter verbreitet ist als bei uns in England. Da mir die Krankheit mit ihren Symptomen nicht vertraut ist, bleibt mir nichts anderes, als seine Diagnose zu akzeptieren. Ich musste miterleben, unter welchen Qualen meine Schwester dahinsiechte, und kann nur sagen, dass Dorset sich glücklich schätzen darf, von einem solch grauenhaften Leiden verschont zu sein.

Von unserer Überfahrt nach New York habe ich bereits berichtet. Ich hoffe, Ihr habt meine Briefe aus New York und Philadelphia erhalten. Wenn ich hier Briefe in die Post gebe, bin ich oft unsicher, ob sie ihr Ziel auch erreichen werden. In New York haben wir unsere ursprünglichen Reisepläne geändert. Statt mit Schiffen über Flüsse und Kanäle von New York bis zum Eriesee und von dort nach Cleveland zu fahren, haben wir die Postkutsche nach Philadelphia genommen und sind von dort durch Pennsylvania nach Ohio gereist.

Auch wenn mir immer wieder versichert wurde, dass man die Flussschiffe nicht mit den großen Meeresseglern vergleichen kann, konnte ich mich nicht noch einmal zu einer Reise auf dem Wasser überwinden. Nun befürchte ich, dass Grace für meine Verzagtheit mit dem Leben bezahlen musste, denn auf dem Schiff hätte sie das Fieber vielleicht niemals bekommen. Mögt Ihr mir auch vergeben und Gott Nachsicht mit mir haben – ich werde für immer mit dieser Schuld leben müssen.

Bis auf einen leichten Anfall von Seekrankheit ging es Grace während der Überfahrt gut. Auch in Philadelphia, wo wir uns eine Woche bei Freunden aufhielten, um uns von den Strapazen der Seereise zu erholen, fühlte sie sich noch sehr wohl. In Philadelphia hatten wir Gelegenheit, eine Andacht in der Arch Street zu besuchen. Niemals hätte ich gedacht, dass es so große Andachtsräume gibt: Der Saal war ungefähr zwanzigmal so groß wie unser Andachtsraum in Bridport, und es müssen gut fünfhundert Menschen in ihm gewesen sein. Ich bin froh, dass es Grace noch vergönnt war, diese Andacht mitzuerleben.

Auf der Weiterreise in Richtung Ohio konnten wir in Pennsylvania auf ein festes Netzwerk von Freunden zurückgreifen und bei ihnen übernachten. Wir wurden überall willkommen geheißen, in großen Städten wie Harrisburg und Pittsburgh genauso wie in kleineren Gemeinden, selbst dann noch, als Grace die ersten Symptome von Gelbfieber zeigte. Die Krankheit begann zwei Tage, nachdem wir Harrisburg verlassen hatten, mit Fieber, Schüttelfrost und Übelkeit, was auf viele Leiden zutrifft, sodass wir uns anfangs kaum Sorgen machten; auch nicht, als sich Grace in den verschiedenen Kutschen, mit denen wir quer durch Pennsylvania fuhren, zunehmend unwohl fühlte.

In Pittsburgh haben wir dann einige Tage gerastet, bis sich Grace einigermaßen erholt hatte und zur Weiterreise drängte. Jetzt bereue ich, dass ich auf sie gehört habe, statt mich auf mein Gefühl, dass uns eine längere Ruhepause guttun würde, zu verlassen. Aber wir konnten es beide kaum noch erwarten, endlich nach Faithwell zu kommen. Leider bekam Grace schon nach einem Tag wieder Fieber, das diesmal mit schwarzem Erbrochenem und einer gelben Verfärbung der Haut einherging, dem sicheren Zeichen, wie ich jetzt weiß, dass es sich um Gelbfieber handelte.

Nur mit Mühe konnten wir die Kutscher überreden, uns nicht am Wegesrand abzusetzen, sondern uns noch bis Hudson mitzunehmen. Ich muss Euch gestehen, dass ich die Männer sogar angeschrien habe, auch wenn sich das für eine Freundin nicht geziemt. Die anderen Passagiere wollten uns nicht bei sich in der Kutsche haben, weil sie Angst hatten, sich anzustecken. Wir mussten uns oben auf die Kutsche aufs Gepäck setzen, was sehr gefährlich war, denn man hätte leicht abstürzen können. Ich habe Grace eng an mich gedrückt und sie festgehalten.

In Hudson erlebte sie nur noch eine Nacht, dann rief Gott sie heim. Die meiste Zeit delirierte sie im Fieberwahn, doch wenige Stunden vor ihrem Tod war sie noch einmal eine Weile ganz klar und konnte Euch alle ihrer Liebe versichern. Ich wollte sie mitnehmen, um sie in Faithwell unter Freunden zur letzten Ruhe zu betten, aber sie ist bereits heute in Hudson begraben worden, weil alle Angst davor haben, dass die Krankheit sich weiter ausbreitet.

Da ich Faithwell jetzt schon so nahe bin, habe ich beschlossen, weiterzufahren. Von Hudson sind es nur noch vierzig Meilen in Richtung Westen, was nach den fünfhundert Meilen, die wir von New York bis hierher zurückgelegt haben, und den Tausenden über den Ozean keine Entfernung mehr ist. Es geht mir sehr zu Herzen, dass Grace ihrer neuen Heimat schon so nahe war und sie nun nicht mehr sehen wird. Ich weiß noch nicht, was ich machen werde, wenn ich dort bin. Adam Cox hat die traurige Nachricht noch nicht erhalten.

Grace hat viel gelitten und es tapfer ertragen, jetzt ist sie in

Frieden bei Gott. Ich weiß, dass wir sie eines Tages wiedersehen werden, und das ist mir ein Trost.

Eure Euch liebende Tochter und Schwester,
Honor Bright

Quilt

Honor konnte sich nur schwer daran gewöhnen, in allem auf Hilfe angewiesen zu sein. Fremde Menschen beherbergten und verköstigten sie, brachten sie von einem Ort zum anderen und beerdigten sogar ihre Schwester. In England war Honor nie viel gereist. Bis auf kurze Ausflüge in Nachbargemeinden hatte sie nur die Jahrestreffen der Freunde in Exeter besucht und war einmal mit ihrem Vater nach Bristol gefahren, wo er geschäftlich zu tun hatte. In ihrer Heimat kannte Honor fast alle Menschen persönlich und war es nicht gewohnt, sich vorstellen oder erklären zu müssen. Besonders redselig war sie ohnehin noch nie gewesen. Sie zog die Stille vor, in der man besser beobachten und nachdenken konnte. Grace war das lebhafteste Mitglied der Familie Bright gewesen. Dauernd hatte sie etwas zu schnattern gehabt und auch gern das Wort für ihre Schwester ergriffen; doch nun, da Grace nicht mehr war, sah sich Honor gezwungen, für sich selbst zu sprechen. Seit die Kutsche die Brights vor dem Hotel in Hudson abgesetzt hatte, musste Honor ständig allen möglichen Fremden, die sich um sie kümmerten, ihre Lage erklären.

Nachdem Grace beerdigt war, überlegte Honor, ob sie Adam Cox eine Nachricht schicken und auf ihn warten oder sich auf eigene Faust nach Faithwell durchschlagen sollte. Doch noch bevor sie zu einer Entscheidung kam, lernte sie die praktische und patente Art der Amerikaner kennen, denn der Hotelbesitzer hatte ihr längst eine Mitfahrgelegenheit organisiert. Ein älterer Mann namens Thomas war gerade auf Besuch in Hudson, kam aber aus dem nur sieben Meilen südlich von Faithwell gelegenen Städtchen Wellington. Er bot Honor an, sie auf der Rückreise mitzunehmen. In Wellington könne sie sich dann nach einer weiteren Fahrgelegenheit umschauen oder Adam Cox bitten, sie von dort abzuholen. »Allerdings müssen wir früh aufbrechen«, sagte Thomas, »denn ich will es an einem Tag bis nach Hause schaffen.«

Es war noch dunkel, als sie sich auf den Weg machten. Honors Truhe stand hinten im Wagen; sie war jetzt noch schwerer, da sie die Sachen von Grace mit hineingepackt hatte. Die Truhe ihrer Schwester hatte Honor zurückgelassen, um Thomas nicht noch mehr Gepäck zumuten zu müssen. Auch den Quilt, den sie für die Hochzeit ihrer Schwester genäht hatte, hatte Honor aufgeben müssen. Es war ein weißer Wholecloth, in dessen Mitte Honor ein feines, von komplizierten geometrischen Bordüren und doppelten Rautenmustern umrahmtes Rosenmedaillon gesetzt hatte. Honor hatte alles eigenhändig gequiltet und war sehr zufrieden mit ihrer Arbeit gewesen. Der Hotelbesitzer hatte jedoch darauf bestanden, dass sie für Graces Krankenlager ihre eigene Bettwäsche benutzten. Später hatte der Arzt dann angeordnet, dass der Quilt zusammen mit allen Kleidern, die Grace getragen hatte, verbrannt werden müsse, damit das Fieber sich nicht weiter ausbreitete.

Bevor sie das Kleiderbündel zum Verbrennen zusammenschnürte, trotzte Honor jedoch den unmissverständlichen Anweisungen des Arztes, nahm ihre Nähschere und schnitt ein Stück Stoff aus dem kastanienbraunen Kleid ihrer Schwester heraus. Eines Tages würde sie es für einen Quilt verwenden, und wenn es mit dem Fieber infiziert war und sie daran starb, dann war es eben Gottes Wille.

Als Grace im Sterben lag, hatte Honor keine Träne vergossen. Ihre Schwester hatte zum Schluss so gelitten, dass Honor zu Gott betete, er möge sie erlösen. Doch nachdem sie die Kleider und den Quilt zum Verbrennen abgegeben hatte, zog sie sich in ihr Zimmer zurück und weinte hemmungslos.

Thomas schien die Stille genauso zu schätzen wie Honor. Er stellte keine Fragen, und Honor konnte zum ersten Mal, seit sie in Amerika an Land gegangen war, ungestört von Mitreisenden oder der Sorge um die kranke Schwester einfach dasitzen und schauen. Obwohl sie in die Dunkelheit hineingefahren waren, ging hinter ihnen bald die Sonne auf und tauchte die Wälder in ein weiches Licht. Der Vogelgesang wurde immer lauter und steigerte sich schließlich zu einem erregten Gezeter. Honor erkannte fast keine der Stimmen und staunte über das farbenprächtige Gefieder der meisten Vögel. Besonders ins Auge fielen ihr ein roter Vogel mit Federbusch über dem schwarzen Kopf und ein blauer Vogel mit schwarz-weiß gestreiften Flügeln. Die beiden vertrieben mit ihrem rauen Krächzen die kleineren, eher unscheinbaren Vögel. Sie hätte Thomas gern nach den Namen dieser bunt schillernden Exemplare gefragt, wollte ihn aber nicht stören. Ihr Reisegefährte saß so still da, dass Honor gedacht hätte, er sei eingeschlafen, wenn er nicht alle paar Meilen zweimal mit dem Fuß aufgestampft und mit den Zügeln geschnalzt hätte. Anscheinend wollte er die behäbige graue Stute, die den Karren zog, daran erinnern, dass es ihn noch gab. Das Pferd war zwar nicht schnell, aber brav und zuverlässig.

Die Straße, die sie entlangfuhren, war viel schmaler als die Straßen, die Honor von den Kutschfahrten durch New Jersey und Pennsylvania kannte. Mit ihrer Schwester war sie den vielbefahrenen Routen gefolgt, an denen es immer wieder Häuser, Städte und auch Gasthäuser gegeben hatte, wo man die Pferde wechseln, essen und schlafen konnte. Doch die zerfurchte, ausgetrocknete Wagenspur, über die sie jetzt holperten, führte durch unendliche Wälder, die sich nur selten einmal zu einer Lichtung öffneten. Auch Häuser waren keine zu sehen, und nachdem sie mehrere Meilen lang immer nur durch Wald gefahren waren, ohne auch nur einen Hinweis auf menschliches Leben zu sehen, fragte sich Honor, wozu es diesen Weg überhaupt gab. Daheim in England führten die Straßen in der Regel an ein klar benanntes Ziel, doch hier schien das Ziel in weiter Ferne zu liegen und auch keinen Namen zu haben.

Es half nichts, ermahnte sich Honor, sie durfte Ohio nicht dauernd mit Dorset vergleichen.

Später tauchten doch noch vereinzelte Häuser am Wegesrand auf, die aussahen, als seien sie aus dem Wald herausgeschlagen worden. Jedes Mal, wenn sie an einem Haus vorbeikamen, atmete Honor schwer aus, holte dann tief Luft und hielt sie an, bis der Wald sich wieder um sie schloss. Dabei machten die Häuser nicht einmal viel her, meist waren es schlichte, von Baumstümpfen umgebene Blockhütten. Manchmal erblickte Honor einen Jungen, der draußen Holz hackte, eine Frau, die einen Quilt zum Lüften heraushängte, oder auch ein in einem Gemüsebeet hackendes Mädchen. Sie schauten Honor und Thomas nach, reagierten aber nicht auf dessen zum Gruß erhobene Hand. Thomas schien das egal zu sein.

Nachdem sie eine Stunde lang unterwegs waren, fuhren sie durch ein Flusstal und auf eine Brücke zu. »Der Cuyahoga«, brummte Thomas. »Ein indianischer Name.« Doch Honor hörte gar nicht richtig zu und schaute auch nicht auf den Fluss hinab, sondern nach oben: Die flache Holzbrücke, über die sie rumpelten, hatte ein Dach. Anscheinend war Thomas ihr Staunen aufgefallen. »Eine überdachte Brücke«, sagte er. »Haben Sie noch nie eine gesehen?«

Honor schüttelte den Kopf.

»So fällt kein Schnee drauf, und es wird nicht glatt.«

Die Brücken in Dorset waren gebogen und aus Stein. Honor hatte nicht damit gerechnet, dass ein so grundlegendes Bauwerk wie eine Brücke in Amerika so anders aussehen konnte.

Nach ein paar Stunden hielten sie an, um dem Pferd Wasser und Hafer zu geben und selbst den kalten Maisbrei zu essen, den man in Ohio gern frühstückte. Danach verschwand Thomas im Wald. Solange er weg war, stand Honor neben dem Wagen und betrachtete die Bäume auf der anderen Straßenseite. Die meisten kannte sie nicht, und selbst Bäume wie Eichen und Kastanien, die ihr von zu Hause vertraut waren, sahen hier anders aus. Die Eichenblätter waren spitzer und weniger wellig an den Rändern, die Blätter der Kastanien nicht so ausladend und fächerförmig. Das Unterholz wirkte abweisend, dicht und urwüchsig, als sei es eigens dazu da, die Menschen auf Abstand zu halten.

Als Thomas wieder auftauchte, nickte er in Richtung Wald. »Wollen Sie sich auch erleichtern?«

»Ich …« Honor wollte gerade ablehnen, aber etwas an seinem Verhalten sagte ihr, dass sie ihm besser wie einem Großvater folgen sollte. Außerdem wollte sie sich nicht anmerken lassen, dass sie sich in den Wäldern Ohios fürchtete. Früher oder später würde sie sich ohnehin an sie gewöhnen müssen.

Honor verließ die Straße und trat zwischen die Bäume. Vorsichtig suchte sie sich einen Weg durch trockenes Laub, moosbewachsene Steine und abgebrochene Äste. Ein nasskalter Geruch nach Farn und Fäulnis umfing sie. Etwas raschelte, doch Honor versuchte es zu ignorieren. Sicher war es nur eine Maus, ein Eichhörnchen oder eins der kleinen, schwarz-weiß gestreiften Nagetiere, die sie hier Streifenhörnchen nannten. Sie hatte gehört, dass in den Wäldern Wölfe, Pumas, Stachelschweine, Stinktiere, Opossums, Waschbären und noch viele andere Tiere lebten, die es in England nicht gab. Die meisten würde sie nicht einmal erkennen, wenn sie ihr über den Weg liefen, was diese Tiere nur noch unheimlicher machte. Und Schlangen sollte es auch geben. Honor konnte nur hoffen, dass sich an diesem Morgen keine in der Nähe aufhielt. Als sie sich etwa zehn Meter von der Straße entfernt hatte, holte Honor tief Luft und zwang sich, das Gesicht in Richtung Wagen zu drehen und den Horden versteckter Tiere, die möglicherweise hinter ihr lauerten, den Rücken zuzukehren. Sie suchte sich einen Platz, an dem Thomas sie nicht sehen konnte, raffte den Rock hoch und ging in die Hocke.

Der Wind strich raschelnd durchs Laub, und die Vögel zwitscherten, doch sonst war es still. Honor hörte, wie Thomas die Sitzbank des Wagens hochklappte, unter der sich anscheinend zusätzlicher Stauraum befand. Dann hörte sie ihn leise sprechen, vermutlich mit dem Pferd, um es zu beruhigen. Honor wäre auch gern beruhigt worden, dass ihr hier im Wald garantiert keine Wölfe und Pumas auflauerten. Das Pferd wieherte leise.

Honor erhob sich und rückte ihre Röcke zurecht. Sie war zu verkrampft, um sich zu erleichtern. Sie schaute sich um. Weiter weg von zu Hause könnte ich gar nicht sein, dachte sie, und ich bin ganz allein. Ihr schauderte, und sie lief schnell zum sicheren Wagen zurück.

Nachdem sie wieder auf den Sitz geklettert war, stampfte Thomas zweimal mit dem Fuß auf, und die Reise ging weiter. Das Frühstück schien ihn aufgeweckt zu haben. Er redete zwar nicht, begann aber vor sich hinzusummen, eine Melodie, die Honor nicht kannte, vielleicht war es ein Kirchenlied. Das Summen, das Klappern des Wagens und das Schnalzen der Zügel, der Wind und das Vogelgezwitscher, all die verschiedenen Geräusche lullten Honor ein und verschmolzen mit dem sich bis zum Horizont schnurgerade dahinziehenden Weg und den vorbeiwogenden Bäumen. Sie schlief zwar nicht, fiel jedoch in die meditative Versenkung, die ihr aus der Stillen Andacht vertraut war. Es kam ihr fast vor, als hielten sie und Thomas oben auf dem Wagen eine Andacht zu zweit ab, nur dass Freunde während der Andacht nicht summten. Honor schloss die Augen und überließ ihren Körper dem vom Rhythmus des Wagens bestimmten, natürlichen Schwanken. Endlich fühlte sie sich entspannt und ruhig genug, um in sich hineinzuhorchen und auf das Innere Licht zu warten.

In der Andacht hatte Honor oft mit Ablenkungen zu kämpfen. Manchmal war ihr Kopf einfach zu voll, und ihre Gedanken wanderten von dem Krampf, den sie im Bein spürte, zu einer vergessenen Erledigung für ihre Mutter und weiter zum Fleck auf der weißen Haube einer Banknachbarin. Es erforderte Disziplin, den Geist zur Ruhe zu bringen. Zu einer Art innerem Frieden hatte Honor schon oft gefunden, doch zu der wahren Tiefe des Inneren Lichts, diesem Gefühl, dass Gott in ihr und mit ihr war, ließ sich nicht so leicht vordringen. Dass sie es mitten in den Wäldern Ohios auf einem Wagen, der sie in Richtung Westen brachte, finden würde, während ein alter Mann neben ihr Kirchenlieder brummte, hielt Honor für sehr unwahrscheinlich.

Doch plötzlich spürte sie eine Präsenz. Sie war nicht allein. Natürlich saß Thomas neben ihr, aber da war noch etwas anderes: Es kam ihr vor wie ein Schwirren in der Luft und gab ihr die Gewissheit, dass sie auf ihrer Reise ins tiefste Ohio begleitet wurde. Noch nie hatte Honor es so deutlich gespürt. Bislang hatte sie in Andachten immer geschwiegen, nun wollte sie zum ersten Mal im Leben ihre Gefühle in Worte fassen und Zeugnis ablegen.

Sie öffnete den Mund – und da hörte sie es. Von weit hinter ihnen näherte sich ein scharrendes Geräusch, das schon im nächsten Moment zu einzelnen schnellen Hufschlägen auseinanderfiel.

»Es kommt jemand«, sagte Honor. Es waren die ersten Worte, die sie an diesem Tag an Thomas richtete, und nicht das, was sie eigentlich sagen wollte. Thomas wirkte nicht besonders beeindruckt. Er drehte sich um und lauschte, aber dann hörte er es auch. Auf der Stelle war er hellwach; Konzentration stand in seinen Augen und noch etwas, das Honor nicht entschlüsseln konnte. Thomas blickte sie an, als wolle er ihr etwas mitteilen, ohne es auszusprechen, aber sie wusste nicht, was.

Sie wandte den Blick von ihm ab und schaute hinter sich. Auf der Straße war ein Punkt erschienen.

Thomas stampfte dreimal mit dem Fuß auf. »Erzählen Sie mir von Ihrer Schwester«, sagte er.

»Wie bitte?«

»Erzählen Sie mir von Ihrer Schwester. Von der, die gestorben ist. Wie hieß sie?«

Honor runzelte die Stirn. Sie wollte nicht über ihre Schwester reden, nicht jetzt, wo jemand hinter ihnen herkam und eine neue Spannung in der Luft lag. Aber da Thomas ihr bislang kaum Fragen gestellt hatte, kam sie seiner Bitte nach. »Grace. Sie war zwei Jahre älter als ich.«

»Und sie wollte einen Mann aus Faithwell heiraten?«

Mittlerweile ließ sich das Geräusch deutlicher einordnen: ein einzelnes Pferd, das im Galopp geritten wurde, mit schweren Eisen, die dumpf auf den Boden aufschlugen. Honor hatte Mühe, sich nicht davon ablenken zu lassen. »Er … er ist Engländer. Adam Cox. Aus unserem Dorf. Er ist nach Ohio ausgewandert, um im Geschäft seines Bruders in Oberlin mitzuarbeiten.«

»Was für ein Geschäft?«

»Ein Tuchladen.«

Als Thomas sie verwirrt anblickte, fiel Honor der Brief von Adam ein. »Kurzwaren.«

Thomas' Miene hellte sich auf. »Cox' Kurzwarenladen? Den kenne ich. In der Main Street, südlich vom College. Einem der beiden Besitzer ging es ziemlich schlecht.« Wieder stampfte er dreimal mit dem Fuß auf.

Honor schaute noch einmal hinter sich. Jetzt waren Ross und Reiter deutlicher zu sehen: ein Mann auf einem Fuchs.

»Und warum sind Sie mit Ihrer Schwester gekommen?«

»Ich ...« Honor konnte nicht antworten. Über die Sache mit Samuel wollte sie nun wirklich nicht mit einem Fremden reden.

»Was wollen Sie jetzt ohne sie machen?«

»Ich ... ich weiß es nicht.« Thomas fragte unbarmherzig und direkt. Mit seiner letzten Frage hatte er einen besonders wunden Punkt getroffen, als hätte er mit einer spitzen Nadel in eine Eiterblase gestoßen. Die Blase platzte auf, und Honor begann zu weinen.

Thomas nickte. »Bitte verzeihen Sie mir, Miss«, flüsterte er, »aber vielleicht brauchen wir Ihre Tränen noch.«

In dem Moment hatte der Reiter sie eingeholt und tauchte neben dem Wagen auf. Thomas brachte die graue Stute zum Stehen. Der Hengst des Reiters wieherte sie an, doch die Stute stand völlig ungerührt da und zeigte keinerlei Interesse an ihrem Artgenossen.

Honor wischte sich die Augen und warf einen schnellen Blick auf den Mann, bevor sie die Hände im Schoß verschränkte und den Blick senkte. Obwohl der Fremde auf einem Pferd saß, war klar, dass er sehr groß sein musste. Er hatte die ledrig gebräunte Haut eines Mannes, der sein Leben draußen an der frischen Luft verbrachte. Hellbraune Augen stachen aus dem kantigen, wettergegerbten Gesicht hervor. Hätte nur eine Spur von Wärme in ihnen gelegen, hätte man den Fremden als gut aussehend bezeichnen können, doch die Leere in seinem Blick ließ Honor erschauern. Plötzlich wurde ihr bewusst, dass sie völlig allein auf der Straße unterwegs waren. Sie bezweifelte, dass Thomas ein Gewehr dabeihatte, das mit der Waffe standhalten konnte, die der Mann demonstrativ an der Hüfte trug.

Falls Thomas sich ähnliche Gedanken machte, verriet er das mit keiner Miene. »Tag, Donovan.«

Der Mann lächelte, eine Mundbewegung, an der das übrige Gesicht keinen Anteil hatte. »Der alte Thomas und ein Quäkermädchen. Ist sie doch, oder?« Er streckte die Hand aus und hob den Rand von Honors Haube an. Als sie zurückschreckte, lachte er. »Ich schau ja nur. Sagen Sie Ihren Quäkerbekannten ruhig, dass sie sich die Mühe sparen können, Nigger als Quäker zu verkleiden. Den Trick kenne ich schon, er hat einen langen Bart.«

Er zog seinen verbeulten Hut und nickte Honor zu, die ihn verwirrt anstarrte. Was wollte er damit sagen?

»Vor einer Quäkerin musst du nicht den Hut ziehen«, sagte Thomas. »Die halten nichts davon.«

»Ich lass mir doch meine guten Manieren nicht ausreden, nur weil ein Quäkermädchen nichts davon hält«, schnaubte der Mann. »Sie haben sicher nichts dagegen, dass ich meinen Hut vor Ihnen ziehe, oder, Miss?«

Honor zog den Kopf zwischen die Schultern.

»Siehst du, sie hat nichts dagegen.« Der Mann streckte sich. Das kragenlose weiße Hemd unter seiner braunen Weste war von Schweißflecken übersät.

»Können wir dir irgendwie behilflich sein?«, fragte Thomas. »Wenn nicht, müssen wir weiter. Wir haben noch einen langen Weg vor uns.«

»So, ihr habt's eilig? Wo geht's denn hin?«

»Ich nehme die junge Frau mit nach Wellington«, sagte Thomas. »Sie ist aus England nach Ohio gekommen, aber in

Hudson hat sie ihre Schwester verloren. Gelbfieber. Du siehst doch ihre Tränen. Sie ist in Trauer.«

»Sie kommen aus England?«

Honor nickte.

»Dann sagen Sie mal was. Mir hat schon immer der englische Akzent gefallen.«

»Na, machen Sie schon, sagen Sie was«, drängte der Mann, als Honor zögerte. »Was? Zu stolz, um mit mir zu reden? Sagen Sie: ›Wie geht's, Donovan‹.«

Honor wollte den Mann nicht erzürnen, indem sie weiter schwieg, deshalb blickte sie ihm fest in die Augen und sagte: »Wie geht es, Mr Donovan?«

»*Mr Donovan*? Dem geht es prima, danke. Mich hat schon seit Jahren keiner mehr Mr Donovan genannt. Ihr Quäker seid schon ein komisches Volk. Und, wie heißt du, Mädchen?«

»Honor Bright.«

»Honor, wie Ehre? Und, machst du deinem Namen auch
Ehre?«

»Das Mädchen musste gerade ihre Schwester in einem fremden Land beerdigen, da könntest du schon ein wenig netter sein«, mischte sich Thomas ein.

»Was ist da drin?« Donovans Ton war mit einem Mal umgeschlagen und schärfer geworden. Er deutete auf Honors Truhe, die auf der Ladefläche des Wagens stand.

»Die Sachen von Miss Bright.«

»Ich werd mal kurz reinschauen. Die Truhe hat die perfekte Größe für einen versteckten Nigger.«

Thomas runzelte die Stirn. »Es gehört sich nicht, dass ein Mann in den Sachen einer jungen Dame wühlt. Miss Bright wird dir sagen, was in der Truhe ist. Du weißt doch, dass Quäker nicht lügen, oder?«

Donovan blickte Honor erwartungsvoll an, die verwirrt den

Kopf schüttelte. Sie hatte sich noch immer nicht davon erholt, dass Donovan ihr an die Haube gefasst hatte, und konnte der Unterhaltung kaum folgen.

Doch ehe sie sichs versah, war Donovan von seinem Pferd auf den Wagen gesprungen. Die Angst fuhr Honor in den Magen wie ein Messer, denn Donovan war ein Hüne, viel größer, stärker und schneller als sie und Thomas zusammen. Als Donovan bemerkte, dass die Truhe verschlossen war, hielt sie ihm vor lauter Angst gleich den Schlüssel hin, den sie während der ganzen Reise an einem dünnen grünen Band um den Hals getragen hatte.

Donovan klappte den Deckel auf und zog den Quilt heraus, den Honor mit nach Amerika gebracht hatte. Sie rechnete damit, dass er ihn beiseitelegen würde, doch er schüttelte ihn aus und drapierte ihn über die Ladefläche. »Was ist das denn?«, fragte er und musterte den Quilt. »Ich hab noch nie Schrift auf einer Steppdecke gesehen.«

»Das ist ein Signaturquilt«, erklärte Honor. »Freunde und Familienmitglieder fertigen die einzelnen Blöcke an und sticken ihre Namen ein. Ich habe ihn zum Anlass meines Umzugs nach Amerika geschenkt bekommen. Zum Abschied.«

Jeder Block bestand aus braunen, grünen und cremefarbenen Quadraten und Dreiecken, in deren Zentrum sich jeweils ein weißer Flicken mit der Signatur der Näherin befand. Ursprünglich war der Quilt für Grace bestimmt gewesen, doch als Honor in letzter Minute beschlossen hatte, ebenfalls nach Amerika zu gehen, hatten die Frauen die Anordnung der Namen umgestellt, sodass sich jetzt Honors Name in der Mitte befand. In den Blöcken um ihren Namen standen die Namen von Familienmitgliedern und weiter außen die von Freunden. Gequiltet war er in einem schlichten Rautenmuster, und da die Qualität der Stiche je nach Näherin stark variierte, war er kein Meisterwerk geworden.

Honor hätte ein anderes Muster vorgezogen, trotzdem würde sie den Quilt niemals aus der Hand geben: Er war für sie persönlich gemacht worden, als Erinnerung an ihre Gemeinde daheim.

Donovan hockte auf der Ladefläche und musterte den Quilt so gründlich, dass sich Honor fragte, ob sie etwas Falsches gesagt hatte. Sie blickte Donovan fragend an, doch er wirkte nicht verärgert.

»Meine Mutter hat auch Steppdecken genäht«, sagte er schließlich und fuhr mit dem Finger über einen Namen – Rachel Bright, eine Tante von Honor. »Aber die sehen alle anders aus als diese hier. Bei ihr gab es immer einen großen Stern in der Mitte, der aus vielen kleinen Rauten zusammengesetzt war.«

»Das Muster nennt man ›Stern von Bethlehem‹.«

»Ach, ja?« Donovan blickte sie an; seine braunen Augen wirkten nicht mehr ganz so eisig.

»Ich habe selbst schon einen gemacht«, fügte sie hinzu und dachte an den Quilt, den sie Biddy überlassen hatte. »Es ist ein ziemlich kompliziertes Muster, weil die Spitzen der Rauten ganz genau ineinanderpassen müssen. Man muss sehr akkurat arbeiten. Ihre Mutter war sicher eine sehr gute Näherin.«

Donovan nickte, dann packte er den Quilt und steckte ihn zurück in die Truhe. Er schloss sie ab und sprang vom Wagen. »Ihr könnt weiterfahren.«

Ohne ein Wort zu verlieren, schnalzte Thomas mit den Zügeln, und die Stute erwachte wieder zum Leben. Schon in der nächsten Minute ritt Donovan wieder neben ihnen.

»Willst du dich in Wellington niederlassen?«

»Nein«, erwiderte Honor. »In Faithwell, in der Nähe von Oberlin. Dort lebt der Verlobte meiner verstorbenen Schwester.«

»Oberlin!« Donovan spuckte aus, dann schlug er seinem Hengst die Hacken in den Bauch und preschte davon. Honor war erleichtert. Sie hätte es nicht ausgehalten, wenn er den ganzen Weg bis Wellington neben ihnen hergeritten wäre.

Das Hufgetrappel hing noch einige Minuten in der Luft, wurde leiser und leiser und verhallte schließlich ganz. »Na gut«, sagte Thomas leise. Er stampfte zweimal mit dem Fuß auf und schnalzte mit den Zügeln über den Rücken des Pferdes. Den Rest der Reise über summte er nicht mehr.

Erst viele Meilen später bemerkte Honor, dass Donovan ihr den Schlüssel zur Truhe nicht zurückgegeben hatte.

Belle Mills' Putzmacherei
Main Street
Wellington, Ohio

30. Mai 1850

Sehr geehrter Mr Cox,

Honor Bright, die Schwester Ihrer Verlobten, hält sich hier bei mir auf. Leider muss ich Ihnen sagen, dass Ihre Auserwählte verstorben ist. Gelbfieber.

Honor braucht noch ein paar Tage Ruhe, aber könnten Sie bitte so gut sein, sie kommenden Sonntag am Nachmittag abzuholen?

Mit den besten Grüßen,
Belle Mills

Hauben

Honor hatte mittlerweile in so vielen fremden Betten geschlafen, dass sie nach ihrer ersten Nacht in Wellington beim Aufwachen nicht mehr wusste, wo sie war. Ihr Kleid und ihr Umschlagtuch hingen über einem Stuhl, aber sie hatte keine Erinnerung daran, sich ausgezogen und die Sachen dorthin gehängt zu haben. Sie setzte sich im Bett auf. Sicher war es längst kein früher Morgen mehr, ihre übliche Aufstehzeit. Sie hatte ein Baumwollnachthemd an, das ihr zu lang war, und über ihr lag ein leichter Quilt.

Wo immer sie auch sein mochte, es war zweifelsohne in Amerika. Honor erkannte es am Sonnenlicht, das satter und gleißender vom Himmel fiel als in England. Es sah nach einem heißen Tag aus, auch wenn es im Moment noch frisch genug war, um dankbar für den Quilt zu sein. Sie fuhr mit der Hand über die Decke: Im Unterschied zu fast allen amerikanischen Quilts, die sie bisher gesehen hatte, war er nicht appliziert oder aus Blöcken zusammengesetzt, sondern ein richtiges englisches Patchwork, noch dazu gut gemacht. Obwohl der Stoff schon verblichen war, wies der Quilt weder Risse noch lose Nähte auf. Im Zentrum waren orangefarbene, gelbe und rote Rauten zu einem Stern zusammengesetzt – ein »Stern von Bethlehem« wie auf Biddys Quilt. Donovan hatte behauptet, seine Mutter habe solche Quilts gemacht. Bei der Erinnerung an die Begegnung mit ihm fröstelte es Honor.

Das Zimmer, in dem ihr Bett stand, war zwar recht groß,

schien aber eher ein Lagerraum als ein Schlafzimmer zu sein. An der Wand lehnten Stoffballen, die meisten waren weiß, aber es gab auch ein paar bunte, karierte oder Blumenmusterstoffe. Aus den offenen Schubladen einer Kommode quollen Handschuhe, Bänder, Drähte, Spitzen und bunt gefärbte Federn. In einer Zimmerecke standen seltsame, glatt geschliffene Holzblöcke in ovalen und zylindrischen Formen, daneben stapelten sich ovale und runde Ringe, die wie Räder oder Donuts aussahen. Einige waren aus Holz, andere aus einem harten weißen Material, das Honor nicht kannte. Sie beugte sich vor, um alles genauer in Augenschein zu nehmen. Die Holzblöcke hatten Ähnlichkeit mit Köpfen. Da fiel ihr ein, dass Thomas sie am Vorabend vor einem Laden abgesetzt hatte. Es war schon spät gewesen, Honor war hineingegangen, hatte aber vor Müdigkeit ihre Umgebung kaum noch wahrgenommen. Doch jetzt fiel es ihr wie Schuppen von den Augen: Sie befand sich im Lagerraum einer Putzmacherin.

Quäkerinnen trugen keine Hüte, sondern nur schlichte Hauben und Schuten, die sie in der Regel selbst nähten. Honor war nur gelegentlich im Laden der Putzmacherin in Bridport gewesen, um Bänder zu kaufen, am Schaufenster war sie jedoch oft vorbeigegangen und hatte einen Blick auf die neusten Modelle auf den Ständern geworfen. Der Laden selbst war ein ordentlicher, von Frauenhand eingerichteter Raum gewesen, dessen Bodendielen in einem enteneierblauen Farbton gestrichen waren. In den langen Wandregalen hatten sich die Hüte und Hauben gestapelt.

Auf der Kommode mit dem Nähzubehör entdeckte Honor einen mit rosaroten Rosen bemalten Porzellankrug in einer dazu passenden Schüssel, eine Kombination, die ihr schon aus den Häusern in Pennsylvania vertraut war. Sie wusch sich, kleidete sich an und strich sich die dunklen Haare glatt, um ihre Haube aufzusetzen, doch die war verschwunden. Bevor sie nach unten ging, schaute Honor aus dem Fenster. Es ging auf eine Straße hinaus, auf der viele Fußgänger, Pferde und Wägen unterwegs waren. Honor war erleichtert, dass sie nach dem langen Tag auf der einsamen Waldstraße wieder unter Menschen war.

Leise ging sie die Treppe hinunter und kam in eine kleine Küche. Im Herd brannte Feuer, es gab einen Tisch, Stühle und eine Anrichte mit ein paar Geschirrstücken. Der Raum schien nicht oft genutzt zu werden, offenbar wurde in diesem Haushalt selten gekocht. Die Hintertür stand offen und ließ eine Brise herein, die durch die Küche in den vorderen Raum zog. Honor folgte dem Luftzug ins Herz des Hauses. Der Raum, in den sie gelangte, war voller Menschen. Honor blieb in der Tür stehen und ließ den Anblick auf sich wirken. Der Laden war dem Geschäft der Putzmacherin in Bridport in vielem sehr ähnlich: Hüte und Hauben in den Regalen an den Wänden, und auf den im Raum verteilten Tischen auf Ständern drapierte Hüte. In Glasvitrinen waren Handschuhe, Kämme und Hutnadeln ausgestellt. An einer Wand hing ein großer Spiegel, und zwei Schaufenster ließen den Raum hell und freundlich wirken. Im Unterschied zur Putzmacherei von Bridport waren die Bodendielen in diesem Laden jedoch nicht gestrichen, sondern von den Schritten zahlreicher Kundinnen abgescheuert und glatt geschliffen worden. In einer Ecke des Raums stand ein Arbeitstisch mit Kopfbedeckungen in verschiedenen Herstellungsstadien. Strohrohlinge waren über Holzblöcke gezogen und nahmen beim Trocknen langsam Form an; an Ringe genähte Krempen warteten auf ihren Kopfteil, und fast fertige Hüte mussten noch mit Band besetzt werden. In einem Gewirr aus Bändern und Drähten entdeckte Honor einen Stapel Seidenblumen. Auf dem Tisch herrschte ein ziemliches Durcheinander, ordentlich waren nur die fertigen Kopfbedeckungen.

Doch weil in Amerika fast alles anders war, unterschied sich auch dieser Laden in vielem von dem Geschäft der Putzmacherin in Honors Heimat, wo immer alles sehr sorgfältig und akkurat arrangiert gewesen war. Die Ordnung hier hingegen wirkte eher zufällig und beliebig. Manche Regale waren mit Hüten vollgestopft, andere wiederum standen völlig leer. Der Raum war zwar hell, doch über die Fensterscheiben zog sich eine dicke Staubschicht. Obwohl der Fußboden sauber gefegt zu sein schien, vermutete Honor in den Zimmerecken Wollmäuse. Der Laden vermittelte den Eindruck, als sei er gerade erst eröffnet worden, während bei der Putzmacherin in Bridport schon Honors Urgroßmutter ihre Bänder gekauft hatte.

Auch die Hüte und Hauben wirkten ungewöhnlich. Da Honor selbst nur schlichte Hauben ohne jeden Schmuck trug, staunte sie über einige der Kopfbedeckungen, die in diesem Laden verkauft wurden. An einem flachen Strohhut prangte ein großer Rosenstrauß aus kariertem Stoff. Vom schmalen Rand eines anderen Huts ergoss sich eine Kaskade bunter Bänder, die mit einer Spitzenborte zusammengehalten wurden. Eine einfache Haube mit hohem Kopf, die Honors eigener sehr ähnlich sah, war nicht wie üblich am Krempenrand mit weißen Rüschen eingefasst, sondern mit weißen Federn. Honor hätte keines der im Laden ausgestellten Modelle tragen können, da die Quäker sich sowohl in ihrer Kleidung als auch im Verhalten an das Gebot der Schlichtheit hielten. Sie war sich noch nicht einmal sicher, ob sie so eine Haube aufgesetzt hätte, wenn es ihr erlaubt wäre.

Trotzdem schienen die Hüte begehrt zu sein, denn im Laden hielten sich mehrere Frauen und Mädchen auf. Sie standen um die Tische herum, probierten Rüschenschuten und Sonnenhauben auf und wühlten lachend und plaudernd durch Körbe voller Bänder und Stoffblumen.

Nach einer Weile machte Honor zwischen den Kundinnen

eine Frau hinter einer Verkaufstheke aus, es war die Ladeninhaberin, die sie am Vorabend kennengelernt hatte. Sie hatte den Raum fest im Blick, und als sie Honor bemerkte, nickte sie ihr kurz zu. Für eine Putzmacherin trug sie eine überraschend einfache weiße Haube, unter der ihr blonde Ponyfransen in die Stirn fielen. Sie war hager, hochgewachsen und blickte skeptisch im Laden umher. Das Weiße in ihren leicht vorgewölbten, haselnussbraunen Augen hatte einen gelben Stich. Das hellbraune Kleid hing ihr wie ein Sack von den Schultern und ließ im Ausschnitt die Kante des Schlüsselbeins erkennen. Die Frau erinnerte Honor an die Vogelscheuchen in den Gärten Dorsets, und der Kontrast zwischen der kantigen Schlichtheit der Ladeninhaberin und ihrer Putzware entlockte ihr ein Lächeln.

»Was gibt's zu lachen, Honor Bright?«

Honor fuhr zusammen. Donovan, ihr Verfolger vom Vortag, polterte mit schweren Schritten in den Laden. Die Kundinnen verstummten und wichen erschrocken zurück.

Honor rührte sich nicht von der Stelle. »Ich wünsche einen guten Tag, Mr Donovan«, grüßte sie ihn schlicht, um möglichst wenig Aufsehen zu erregen.

Donovans Blick ruhte auf ihr. »Ich kam gerade vorbei und hab dich hier drinnen gesehen. ›Warum, zum Teufel, setzt der alte Thomas ein Quäkermädchen bei Belle Mills ab?‹, hab ich mich da gefragt. ›Die dürfen doch gar keine Hüte tragen?‹«

»Donovan, sei nicht so grob zu unserem Gast, sonst reist sie gleich wieder zurück nach England und erzählt den Leuten dort, dass die Männer in Amerika keine Manieren haben.« Belle Mills kam hinter der Theke hervor und richtete ihre Aufmerksamkeit ganz auf Honor. »Sie sind Engländerin, nicht wahr, Miss Bright? Ich habe es an der Ausschnittnaht Ihres Kleides erkannt. Sehr gute Arbeit, einfach und effektvoll. Auf so etwas kommen nur Engländerinnen. Ich habe noch nie so feine Details gesehen, schon gar nicht am Kleid einer Quäkerin. Wirklich bemerkenswert. Haben Sie das selbst entworfen oder es kopiert?«

»Es war meine Idee.« Honor blickte auf die weiße Borte hinab, mit der sie den Ausschnitt ihres dunkelgrünen Kleides umsäumt hatte. Sie war nicht mehr so blütenweiß wie bei ihrer Abreise aus England, aber in Amerika war ohnehin nichts so sauber wie zu Hause.

»Hey, haben Sie englische Zeitschriften mitgebracht? Die *Ladies' Cabinet of Fashion* oder die *Illustrated London News*?«

Honor schüttelte den Kopf.

»Schade. Ich hätte mir gern Hüte daraus abgezeichnet. Übrigens, wenn Sie Ihre Haube suchen – die habe ich hier.« Belle Mills deutete auf ein Regal hinter ihr. Honors zartgrüne Haube, bei der Kopf und Krempe zu einer horizontalen Linie verschmolzen, war über einen Holzblock gezogen worden. »Sie brauchte ein wenig Aufmerksamkeit. Ich habe sie ordentlich abgebürstet und mit Stärkewasser besprüht. Geben Sie ihr noch eine Stunde, dann hat sie wieder ihre alte Form. War es eine Neuanschaffung für die Reise?«

»Meine Mutter hat sie gemacht.«

Belle nickte. »Geschickte Hände. Können Sie auch so gut nähen?«

Noch besser, dachte Honor, sagte aber: »Sie hat es mir beigebracht.«

»Vielleicht können Sie mir zur Hand gehen, solange Sie hier sind. Ich habe gerade den Osterhauben-Ansturm hinter mir, normalerweise ist um diese Zeit nicht viel los, aber weil es plötzlich heiß geworden ist, wollen die Damen der Stadt jetzt alle neue Hauben oder neuen Hutschmuck haben.«

Honor nickte verwirrt. Eigentlich hatte sie nicht vorgehabt, länger in Wellington zu bleiben. Faithwell lag nur noch sieben Meilen weit entfernt, und sie könnte sich bestimmt einen Bauern suchen, der sie auf dem Wagen mitnahm, oder einen Jungen mit einer Nachricht zu Adam Cox schicken, damit er sie holen kam. Allerdings graute ihr vor der Begegnung mit Adam Cox, denn sie wusste nicht, ob sie ihm ohne Grace überhaupt willkommen sein würde.

Donovan unterbrach ihre Gedanken. »Herrgott noch mal, redet ihr Mädels eigentlich nie über etwas anderes als über Kleider und Hauben?«

Belles Geplauder wirkte beruhigend auf die Kundinnen, sodass sie wieder angefangen hatten, die Waren zu durchwühlen, doch als sie Donovans Stimme hörten, erstarrten sie erneut. Was hatte dieser Mann im Laden einer Putzmacherin zu suchen?

»Niemand hat dich gebeten, hereinzukommen und uns zuzuhören«, gab Belle zurück. »Mach, dass du rauskommst, du vergraulst mir noch meine Kundinnen.«

»Willst du etwa *hier* bleiben, Honor Bright?«, fragte Donovan. »Davon hast du mir gar nichts erzählt. Ich dachte, du wolltest gleich weiter nach Faithwell?«

»Misch dich nicht in anderer Leute Angelegenheiten ein«, wies ihn Belle zurecht. »Der alte Thomas hat mir erzählt, dass du sie draußen auf der Straße belästigt hast. Die arme Honor – hat sich schon mit dem Abschaum Ohios herumschlagen müssen, noch bevor sie richtig angekommen ist.«

Donovan ignorierte Belle und blickte weiterhin Honor an. »Na gut, ich denke, dann sehen wir uns wohl noch öfter hier in Wellington, Honor Bright.«

»Mr Donovan, könnte ich bitte meinen Schlüssel wiederhaben?«

»Aber sicher, Schätzchen.« Donovan machte eine Handbewegung, hielt dann aber inne. »Ach, tut mir leid, Honor Bright, ich habe ihn unterwegs verloren.« Er sah ihr fest in die Augen, sodass sie, obwohl sie wusste, dass er log, nichts sagen konnte. Sein Blick war nicht mehr lauernd, sondern aufmerksam und interessiert. Honors Magen zog sich zusammen – vor Angst und noch etwas anderem: Erregung. Es war ein derart unpassendes Gefühl, dass sie rot wurde.

Donovan lächelte, dann zog er seinen Hut vor den Damen im Raum und ging. Als er in der Tür stand, entdeckte Honor in seinem Nacken den dünnen Streifen des dunkelgrünen Bandes.

Kaum war Donovan verschwunden, begannen die Frauen zu gackern wie eine Schar aufgebrachter Hühner beim Anblick eines Fuchses.

»Na, Honor Bright, sieht so aus, als hätten Sie bereits eine Eroberung gemacht«, bemerkte Belle trocken. »Leider kein Mensch, mit dem Sie zu tun haben wollen, das versichere ich Ihnen. Aber jetzt kommen Sie mit, Sie müssen völlig ausgehungert sein. Gestern Abend haben Sie nichts mehr gegessen, und unterwegs gab es sicher auch nicht viel.« Ihre Stimme wurde lauter: »Meine Damen, bitte geht jetzt heim und kümmert euch ums Mittagessen. Ich muss diese müde Reisende abfüttern. Wenn ihr etwas kaufen wollt, könnt ihr in ein oder zwei Stunden wiederkommen. Mrs Bradley, morgen habe ich Ihre Haube fertig. Und Ihre auch, Miss Adams. Jetzt, wo mir eine gute Näherin zur Seite steht, kann ich endlich mit der Arbeit nachkommen.«

Honor sah zu, wie die Frauen gehorsam eine nach der anderen den Laden verließen. Sie verstand die Welt nicht mehr. Neuerdings schien sie in allen Lebensbereichen von anderen abhängig zu sein: Fremde Menschen bestimmten, wo sie wann hinging und wie lange sie dort blieb, was sie aß und sogar, was sie nähte. Anscheinend erwartete diese Frau, die sie gerade erst kennengelernt hatte, dass sie Hauben für sie machte. Tränen schossen ihr in die Augen.

Sicher hatte Belle Mills gesehen, dass Honors Augen feucht

wurden, doch sie sagte nichts, sondern hängte ein GESCHLOSSEN-Schild in die Tür und ging in die Küche. Dort schlug sie mehrere Eier mit einem Stück Schinkenspeck in eine Pfanne. »So, jetzt essen Sie was«, befahl sie wenige Minuten später und stellte zwei Teller auf den Tisch. Mit Kochen verschwendete Belle eindeutig nicht viel Zeit. »Schauen Sie, dort stehen noch Maisbrot und Butter. Bitte bedienen Sie sich.«

Honor blickte auf den fetten Speck, die Eier mit den Fettaugen und das klebrige Maisbrot, das man ihr bislang zu jeder Mahlzeit in Amerika vorgesetzt hatte. Es widerstrebte ihr, irgendetwas davon anzurühren, doch da Belle sie nicht aus den Augen ließ, überwand sie ihren Ekel, schnitt ein winziges Dreieck vom Schinken ab und steckte es sich in den Mund. Der süßsalzige Geschmack überraschte sie und öffnete eine Tür in ihrem Magen. Honor langte beherzter zu und aß sogar das Maisbrot, das sie eigentlich so leid war.

Belle nickte. »Dachte ich mir doch. Sie haben ganz schön blass ausgesehen. Wann sind Sie denn in England aufgebrochen?«

»Vor acht Wochen.«

»Und wann ist Ihre Schwester gestorben?«

Honor musste kurz nachdenken. »Vor vier Tagen.« Es fühlte sich bereits wie Monate an und schien weit hinter ihr zurückzuliegen. Die vierzig Meilen zwischen Hudson und Wellington hatten sie tiefer in eine andere Welt hineingeführt als der ganze Rest der Reise.

»Ach, Schätzchen, kein Wunder, dass Sie so blass um die Nase sind. Thomas hat gesagt, Sie wollen weiter nach Faithwell, zum Verlobten Ihrer Schwester?«

Honor nickte.

»Gut. Ich hab Adam Cox schon geschrieben, dass Sie hier sind, und ihm gesagt, er soll Sie Sonntagnachmittag abholen. Ich dachte, Sie brauchen erst ein paar Tage Ruhe. Wenn Sie wollen, können Sie mir ein bisschen beim Nähen helfen und sich Ihren Unterhalt verdienen.«

Honor wusste nicht einmal mehr, welcher Wochentag es war. »In Ordnung«, erklärte sie sich blindlings einverstanden. Plötzlich war sie erleichtert, Belle das Kommando überlassen zu können.

»Und jetzt will ich sehen, wie Sie sich mit der Nadel anstellen. Haben Sie Ihre eigenen Nähsachen dabei, oder wollen Sie meine benutzen?«

»Ich habe ein Nähkästchen dabei, aber es ist in meiner Truhe eingeschlossen.«

»Oh, dieser verfluchte Donovan! Wahrscheinlich könnte ich die Truhe mit Hammer und Stemmeisen aufkriegen, aber Sie müssten in Kauf nehmen, dass dabei das Schloss kaputtgeht. Soll ich? Ich befürchte, uns bleibt keine andere Wahl.«

Honor nickte.

»Sie spülen ab, und ich nehme mir die Truhe vor.« Belle blickte prüfend über den Tisch, auf dem Honors sauber gewischter Teller und ihr eigener standen, auf dem sie kaum etwas angerührt hatte. Sie nahm den vollen Teller, stellte ihn auf die Anrichte und legte eine Serviette darüber. Dann verschwand sie die Treppe hoch. Als Honor wenige Minuten später die Pfanne schrubbte, hörte sie von oben lautes Hämmern und dann einen Triumphschrei.

»Englische Schlösser sind auch nicht besser als amerikanische«, verkündete Belle, als sie die Treppe herunterkam. »Ich habe es aufgebrochen, gehen Sie hoch und holen Sie sich Ihre Nähsachen. Ich mach das hier fertig.«

Als Honor mit ihrem Nähkästchen nach unten kam, schob Belle gerade einen Schaukelstuhl durch die Hintertür. »Wir setzen uns auf die hintere Veranda, da weht ein kühles Lüftchen. Wollen Sie diesen Schaukelstuhl oder lieber einen normalen Stuhl?«

»Ich bringe mir einen normalen Stuhl mit hinaus.« In Amerika hatte Honor in fast jedem Haus Schaukelstühle gesehen, sie waren hier viel weiter verbreitet als in England. Doch sie fühlte sich in ihnen nicht wohl, denn das Schaukeln erinnerte sie zu sehr an das Schiff. Außerdem brauchte sie zum Nähen völlige Ruhe.

Als sie den Stuhl aus der Küche holte, fiel ihr auf, dass Belles Teller von der Anrichte verschwunden war.

Der Laden der Putzmacherin befand sich am Ende einer Gebäudereihe, in der es noch ein Lebensmittelgeschäft, einen Zeugmacher, einen Süßwarenladen und eine Drogerie gab. Das Gelände hinter den Gebäuden schien kaum genutzt zu werden, nur hinter einem Haus sah Honor einen Gemüsegarten, hinter einem anderen hing Wäsche auf der Leine. In Belles Garten gab es lediglich einen Stapel gehobelter Holzlatten, weiter hinten stand mitten im wild wachsenden Gras eine an einen Pflock gebundene Ziege. »Bleiben Sie vom Holz weg«, warnte Belle, »da sind Schlangen drin. Und die Ziege lassen Sie auch besser in Ruhe, die gehört den Nachbarn und ist bösartig.« Es gab noch ein Klohäuschen und einen ans Haus gelehnten Holzschuppen, aber ihre Energie steckte Belle eindeutig in den Laden.

Honor setzte sich, öffnete das Nähkästchen und breitete ihre Sachen aus – wenigstens ein vertrautes Ritual. Das Nähkästchen hatte früher ihrer Großmutter gehört, doch als deren Augen immer schlechter wurden, hatte sie es der besten Näherin unter ihren Enkelinnen überlassen. Das Kästchen war aus Walnussholz und hatte einen gepolsterten Deckel mit aufgestickten Maiglöckchen. Der Anblick dieser Maiglöckchen war Honor von klein auf vertraut; wenn sie die Augen schloss, konnte sie die Blumen vor ihrem inneren Auge heraufbeschwören. Während ihrer Seekrankheit auf dem Schiff hatte sie das oft getan, um sich abzulenken. Im oberen Einsatz des Kästchens lag ein Nadelköcher, den Grace für Honor mit Stoff bezogen und mit ähnlichen Maiglöckchen wie auf dem Deckel bestickt hatte; es gab noch einen Nadeleinfädler, einen Porzellanfingerhut mit gelben Rosen, den ihr ihre Mutter geschenkt hatte, ein von ihrer Freundin Biddy angefertigtes, mit Perlen besetztes Nadelkissen, Nadelbriefchen aus grünem Papier, eine kleine Dose mit einem Klumpen Bienenwachs, den Honor für die Quiltfäden brauchte, und in einer weichen Lederhülle die kleine Nähschere ihrer Großmutter mit dem grüngelben Emaillegriff.

Belle beugte sich vor, um alles zu begutachten. »Hübsch. Und was ist das hier?« Sie nahm kleine Metallscheiben in der Form von Sechsecken, Rauten, Quadraten und Dreiecken aus dem Kästchen.

»Schablonen fürs Patchwork. Die hat mein Vater für mich gemacht.«

»Ach, Sie sind Quilterin?«

Honor nickte.

»Und was ist unten drin?«

Honor hob den Einsatz aus dem Kästchen und brachte so verschiedenfarbige Garnrollen zum Vorschein. Eine jede steckte an ihrem festen Platz.

Belle nickte anerkennend, dann griff sie zwischen die Rollen und zog einen kleinen silbernen Fingerhut heraus. »Gehört der nicht mit in den oberen Teil?«

»Nein!« Samuel hatte ihr den Fingerhut geschenkt, nachdem sie sich zueinander bekannt hatten. Benutzen wollte Honor ihn nicht mehr, aber trennen konnte sie sich auch nicht von ihm.

Belle hob die Augenbrauen, da Honor aber nichts mehr sagte, ließ sie den Fingerhut zurück zwischen die Garnrollen fallen.

Die penible Ordnung im Nähkästchen war gestört. »Schon gut, Honor Bright«, schmunzelte sie, »jeder hat seine Geheimnisse. Jetzt wollen wir aber anfangen. Haben Sie schon mal auf Stroh gearbeitet?«

Honor schüttelte den Kopf. »Hüte habe ich überhaupt noch nie gemacht, nur Hauben.«

»Ich wette, Sie besitzen ohnehin nur zwei Hauben – eine für den Winter und eine für den Sommer. Ihr Quäker haltet nicht viel von schicker Kleidung, stimmt's? Dann fangen Sie am besten mit Stoff an. Hier habe ich eine Sonnenhaube für Mrs Bradley, die noch nicht ganz fertig ist. Sie ist nicht aus Stroh, sondern aus Ripsstoff. Die meisten Frauen hier nähen sich ihre Sonnenhauben selbst, aber Mrs Bradley ist der Meinung, sie habe es nicht nötig, eine Nadel in die Hand zu nehmen. Denken Sie, Sie können das? Hier ist der Faden. Ich habe mit einer Sechsernadel gearbeitet.« Belle reichte Honor eine Haube aus weichem Stoff, deren Einzelteile nur lose aneinandergeheftet waren und noch festgenäht werden mussten. Es war ein recht einfaches Modell aus hellblauem Stoff mit feinen gelben und weißen Streifen. Hinten hatte die Haube ein langes, breites Bavolet, das den Nacken der Trägerin vor der Sonne schützte. Honor hatte noch nie eine vergleichbare Kopfbedeckung gesehen – Engländerinnen würden niemals so viel Stoff um den Hals flattern haben wollen –, doch hier in Amerika brannte die Sonne stärker, vielleicht war der Schutz nötig. Auf jeden Fall war die Haube leicht zusammenzunähen.

Honor nahm eine Garnrolle und ihren Nadeleinfädler und fädelte geschickt sechs Nadeln ein, die sie einsatzbereit ins Kissen steckte. Auch wenn sie unter Belles kritischem Blick noch ein wenig befangen war, fühlte sie sich beim Nähen in ihrem Element. Sie befestigte den Haubenkopf mit Rückstichen an der Krempe, wobei sie den Stoff am Übergang zwischen Krempe und Kopf fältelte. Honor war eine flinke, akkurate Näherin, aber bei dieser Haube arbeitete sie bewusst langsamer, um sicherzugehen, dass sie alles genau so machte, wie Belle es wollte.

Belle saß im Schaukelstuhl neben ihr auf der Veranda und nähte cremefarbene Seide auf die ovale Krempe einer Strohhaube. In regelmäßigen Abständen warf sie einen prüfenden Blick auf Honors Arbeit. »Ich sehe schon, ich muss Ihnen nichts mehr erklären«, sagte sie, als Honor mit der Sonnenhaube fertig war. »Jetzt schauen Sie mir zu, wie ich den Stoff fältele, damit er ganz glatt auf der Strohkrempe liegt. Sehen Sie, so macht man es. Meinen Sie, Sie können das auch? Versuchen Sie's mal. Und nehmen Sie diese Nadel, es ist eine Putzmachernadel, für Stroh ist die besser.«

Als Belle sich hinreichend von Honors Nähkünsten überzeugt hatte, stand sie auf und streckte sich. »Ich glaube, Sie sind ein echter Glücksfall für mich, Honor. Wenn Sie mit der Haube fertig sind, können Sie hiermit weitermachen.« Sie klopfte auf einen Stapel Hauben in verschiedenen Herstellungsstadien, die sie zwischen sich und Honor auf den Tisch gelegt hatte. »Ich nähe später noch den Besatz drauf. Wenn Sie Fragen haben, finden Sie mich im Laden. Ich muss heute Nachmittag noch einmal aufmachen.«

Es war warm geworden. Die Sonne stand hoch am Himmel, und auf der Veranda gab es fast keinen Schatten mehr. Honor war seit ihrer Ankunft in Amerika selten einmal allein gewesen, deshalb genoss sie es, sich an diesem strahlend hellen Frühlingsnachmittag unbehelligt von den Fragen und Wünschen fremder Menschen einer vertrauten Tätigkeit widmen zu können. Allerdings hätte sie lieber in einen Bauerngarten mit schönen Staudenbeeten geblickt, auf Blumen, wie sie daheim im Garten ihrer Mutter wuchsen: Lupinen, Rittersporn, Akelei, Jungfer im Grünen und Vergissmeinnicht. Sie fragte sich, ob diese Blumen auch in Amerika gedeihen würden und ob die Amerikaner überhaupt Staudenbeete anlegten. Vermutlich nicht, denn Blumen hatten ja keinen praktischen Nutzen. Vor allem in dieser Gegend, wo man der Wildnis mühsam jeden Quadratmeter kultivierbaren Landes abringen musste und der Kampf ums Überleben alle Kräfte aufzehrte, stand wohl niemandem der Sinn nach schmückendem Beiwerk. Andererseits zeigte ein Blick auf den Haubenstapel, den Belle ihr hingelegt hatte, dass sich die Frauen Ohios bei den Kopfbedeckungen durchaus etwas Schmuck gönnten, denn die Hauben waren ausnahmslos aus farbenprächtigen Chintz- und Baumwollstoffen.

Als Honor mit der cremefarbenen Haube fertig war, nahm sie sich die nächste vor. Sie war aus einem zartgrünen, mit winzigen Gänseblümchen bedruckten Stoff. Schlug man die Krempe der Haube zurück, wurde darunter noch ein anderer, hellbrauner Stoff sichtbar. Honor hätte als Farbe eher rosa erwartet, nahm sich aber vor, nichts zu sagen. Während sie Stich für Stich an der zweiten Haube arbeitete, gab sie sich ganz dem vertrauten, von ständigen Wiederholungen geprägten Rhythmus des Nähens hin, der fast schon etwas Meditatives hatte. Es war so ähnlich wie in der Stillen Andacht: Die Gedanken wurden ruhiger. Honors Schultern sanken locker herab. Seit ihrer Abreise aus England hatte sie sich ständig angespannt gefühlt, jetzt nahm dieses Gefühl ein wenig ab. Als der Faden zu Ende war, ließ sie die Hände in den Schoß sinken und schloss die Augen. In der Ruhe und Einsamkeit fand sie endlich Muße zum Nachdenken. Sie dachte an Samuel, der ihr gesagt hatte, dass er eine andere liebe; an die Entscheidung, ihr geliebtes Dorset zu verlassen; an den Tod der Schwester, der sie ganz allein in der Fremde zurückgelassen hatte. Und plötzlich musste sie weinen. Ihr Schluchzen kam so heftig und schmerzhaft, dass es sie an das ständige Würgen an Bord der *Adventurer* erinnerte.

Zwischen den unterdrückten Schluchzern überkam Honor plötzlich ein seltsames Gefühl, ähnlich wie am Vortag auf der Straße zwischen Hudson und Wellington: Sie war nicht allein. Sie schaute hinter sich, aber Belle stand weder in der Tür noch hinterm Küchenfenster. Ihre Stimme hallte aus dem Laden herüber. Auch in den Nachbargärten war niemand zu sehen. Im nächsten Moment hörte Honor ein dumpfes Geräusch. Es schien aus dem Schuppen an der Hausseite zu kommen.

Vielleicht ein Hund, dachte sie und wischte sich die Augen mit dem Ärmel trocken. Oder eins von diesen Tieren, die es in England nicht gab, ein Opossum, ein Stachelschwein oder ein Waschbär. Aber stöberten solche Tiere in Holzstapeln herum? Außerdem hatte sie, auch wenn sie nicht genau sagen konnte, warum, das sichere Gefühl, dass es sich um eine menschliche Präsenz handelte.

Honor hielt sich nicht für besonders mutig. Bevor sie nach Amerika gekommen war, war sie auch kaum jemals in Situationen geraten, die beherztes Handeln erfordert hätten. Jetzt aber musste sie sich zusammenreißen, um nicht ins Haus zu laufen und Belle zu holen. Sie legte die Haube beiseite, stand auf und schlich die Verandatreppe hinab. Unentschlossenheit würde ihr in dieser Situation nicht weiterhelfen, dachte Honor und atmete tief durch. Dann hielt sie die Luft an und warf einen Blick in den Schuppen.

Das Licht fiel nur etwa einen halben Meter weit ins Innere, dahinter schlug das Halbdunkel in totale Dunkelheit um. Einen Moment lang sah Honor gar nichts, dann gewöhnten sich ihre Augen an die Dunkelheit, und sie machte an der rechten Wand einen ordentlich geschichteten hohen Holzstapel aus. Zwischen Holz und Wand war eine schmale Lücke, damit man besser an den Stapel herankam. In dieser Lücke stand ein Schwarzer. Honor, die noch immer die Luft anhielt, keuchte erschrocken auf und atmete dann jäh aus. Sie starrte den Mann an. Er war von mittlerer Größe und Statur, hatte gekräuseltes Haar und dicke, runde Backen. Seine Kleider sahen abgetragen und schmutzig aus, und er war barfuß. Mehr hätte Honor über ihn nicht sagen können, denn sie war in ihrem Leben zu wenigen Schwarzen begegnet, um das Aussehen des Mannes bewerten und einordnen zu können. Sie wusste auch nicht, ob er ängstlich, wütend oder resigniert schaute. In Honors Augen war er einfach nur schwarz.

Was sollte sie sagen? Sollte sie überhaupt etwas sagen? Honor wusste es nicht. Sie trat zurück und lief schnell zur Veranda. Dort warf sie ihre Nähutensilien zurück ins Kästchen, legte die Hauben darauf und nahm alles mit ins Haus.

Belle schien sich über ihren Anblick nicht weiter zu wundern. »Zu viel Sonne?«, fragte sie, während sie den Hut auf dem Kopf einer Kundin zurechtrückte. Sie schärfte noch einmal einen Kniff und steckte dann eine Hutnadel hindurch. Beide Frauen überprüften die Wirkung im Spiegel. »So ist es besser, meinen Sie nicht auch? Steht Ihnen.«

»Ich weiß nicht«, erwiderte die Frau. »Außerdem haben Sie die Veilchen zusammengedrückt.«

»Ach, tatsächlich? Ich mach Ihnen ein paar neue, jetzt wo ich eine Assistentin habe. Sind Sie mit einem Penny das Veilchen einverstanden?« Belle zwinkerte Honor zu. »Ist die Haube von Miss Adams fertig? Die grüne. Ja? Gut. Sie können dort in der Ecke am Fenster weiterarbeiten, da haben Sie das beste Licht.« Noch bevor Honor etwas erwidern konnte, hatte Belle sich wieder ihrer Kundin zugewandt.

Honor arbeitete den ganzen Nachmittag an den Hauben, und allmählich hörten ihre Hände auf zu zittern. Schließlich überlegte sie sogar, ob sie sich den Mann nur eingebildet hatte.

Vielleicht hatten die Hitze, das ungewohnt grelle Licht und die Aufregung der letzten Tage sie so weit gebracht, dass sie einen Hund oder Waschbären mit einem Menschen verwechselte. Honor beschloss, Belle gegenüber nichts zu erwähnen.

Im Laden herrschte ein ständiges Kommen und Gehen. Die Kundinnen beäugten Honor neugierig: Sie war etwas Besonderes und gab neuen Gesprächsstoff her, nur Honor direkt anzusprechen traute sich niemand. Stattdessen wurde Belle mit Fragen gelöchert. »Wozu hast du dir eine Quäkerin ins Fenster gesetzt, Belle?«, hieß es. »Wo kommt sie her? Wo will sie hin? Warum ist sie hier?« Geduldig beantwortete Belle alle Fragen. Bis zum Abend wussten sicher sämtliche Frauen in Wellington, dass Honor aus England kam, eigentlich nach Faithwell wollte und Belle nur ein paar Tage beim Nähen helfen würde. Belle warb mit Honor sogar für ihren Laden: »Honor ist eine sehr gute Näherin – sie ist sogar besser als ich. Wenn Sie heute noch eine Haube bestellen, lasse ich sie von Honor anfertigen. Ihre Nähte sind so fest, dass Sie ein Leben lang Freude an der Haube haben werden, es sei denn, Sie sind sie irgendwann leid und wollen eine neue. Dann könnten Sie sich allerdings ärgern, dass Sie eine Haube von Honor Bright gekauft haben, denn die gehen einfach nicht kaputt, und Ihnen fehlt die Entschuldigung, sich eine neue zu kaufen.«

Als es zu dämmern begann, schloss Belle den Laden und machte mit Honor einen Spaziergang durch Wellington. Die Stadt war kaum mehr als ein versprengter Haufen Häuser und Läden, die sich um eine Wegkreuzung angesiedelt hatten. Die wenigen breiten Straßen waren rasterförmig von Norden nach Süden und Osten nach Westen angelegt, und in der Mitte des Rasters weitete sich die Main Street zu einem rechteckigen Platz. Hier standen das Rathaus, eine Kirche, ein Hotel und die Ladenzeile mit Belles Geschäft. In den Nachbarstraßen entdeckte Honor noch mehrere Kramläden, einen Schuster, einen Schneider, einen Möbelschreiner, eine Ziegelei und eine Wagnerei. Die meisten Häuser hatten zwei Stockwerke und waren aus Holz gebaut, mit Vordächern über großen Fenstern, in denen die Waren ausgestellt lagen. Es gab eine Schule und ein fast fertiges Eisenbahndepot, denn spätestens im Sommer sollten die Züge bis Wellington fahren. »Wenn die Eisenbahn erst da ist, wird diese Stadt explodieren«, erklärte Belle. »Gut fürs Geschäft. Und gut für meine Hüte.«

Als sie durch die Straßen schlenderten, überkam Honor das unbehagliche Gefühl, das sie in allen amerikanischen Städten auf ihrer Reise nach Ohio beschlichen hatte: Hier war alles so schnell aus dem Boden gestampft worden, dass es genauso schnell wieder von einem Feuer oder den Unbilden des extremen amerikanischen Wetters weggewischt werden konnte. Sie hatte bereits von den Hurrikans, Tornados und Blizzards gehört. Obwohl die Ladenfronten noch recht neu zu sein schienen, hatten Sonne und Schnee bereits deutliche Spuren hinterlassen. Die Straßen waren an manchen Stellen trocken und staubig, an anderen wieder feucht und matschig.

Egal, wo sie hingingen, überall waren die Holzplanken, die über matschige Straßenabschnitte führten, von Speichelklumpen übersät. Als Honor und Grace in New York angekommen waren, hatten sie erstaunt beobachtet, dass amerikanische Männer ständig und überall ausspuckten – sie liefen immer mit einer dicken Backe voll Kautabak herum. Genauso erstaunlich fand Honor, dass das Spucken außer ihnen niemanden zu stören schien.

Belle nickte jedem Passanten zu, dem sie begegneten, und wenn es sich um eine Frau handelte, blieb sie stehen, um ein paar Worte mit ihr zu wechseln. Die meisten Frauen in Wellington trugen Alltagshauben, einige jedoch auch Hüte, an deren eigenwilligen Formen und Schmuckbesatz Honor Belles Handschrift erkannte. Belle bestätigte es. »Die Hauben nähen sich viele Frauen selbst, doch die Hüte sind alle von mir. Am Sonntag in der Kirche bekämest du noch mehr Modelle zu sehen. Wellingtons Damen würden es niemals wagen, einen Hut von einer Putzmacherin aus Oberlin zu tragen, denn sie wissen genau, dass ich ihnen dann nie wieder etwas verkaufen würde. Nichts gegen Oberlin, aber man kauft doch in der eigenen Stadt, oder?« Belle selbst hatte für den Spaziergang einen Strohhut aufgesetzt, dessen breites orangefarbenes Band mit bunten Strohblumen besetzt war.

An einer Ecke des großen Platzes befand sich das überraschend imposante Hotel der Stadt: ein lang gestrecktes, zweistöckiges Gebäude, über dessen Front sich auf jeder Etage ein Balkon zog, getragen von mehreren weißen Säulenpaaren. »Das Wadsworth Hotel«, erklärte Belle. »Der einzige Ort in der Stadt, an dem man einen anständigen Drink bekommt – auch wenn Sie das nicht interessieren dürfte. Ihr Quäker rührt doch keinen Alkohol an, oder?«

Honor schüttelte den Kopf.

»Ich persönlich trinke meinen Whiskey lieber zu Hause. Und zwar deshalb.« Belle deutete mit einem Kopfnicken auf das Ende der Hotelfront, das ihrem Laden direkt gegenüberlag. Draußen auf der Veranda lungerten ein paar Männer herum. Alle hatten Flaschen neben sich stehen, und einer hatte sogar die Füße auf den Tisch gelegt. Es war Donovan. Als er Belle und Honor erblickte, prostete er ihnen grinsend mit seiner Flasche zu und nahm einen tiefen Schluck.

»Entzückend.« Belle zog Honor weiter. Als sie am letzten Säulenpaar vorbeikamen, blieb Honors Blick an einem Plakat hängen. Es waren nicht die in fetten Buchstaben ausgelobten 150 Dollar Belohnung, die ihr ins Auge fielen, sondern die

Silhouette eines Mannes, der einen Sack über der Schulter trug. Sie blieb stehen und studierte das Plakat genauer.

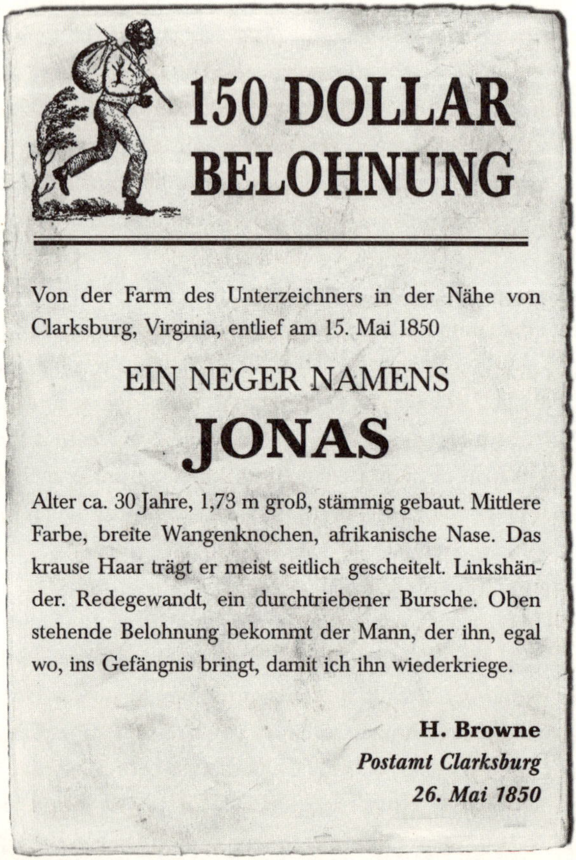

150 DOLLAR BELOHNUNG

Von der Farm des Unterzeichners in der Nähe von Clarksburg, Virginia, entlief am 15. Mai 1850

EIN NEGER NAMENS

JONAS

Alter ca. 30 Jahre, 1,73 m groß, stämmig gebaut. Mittlere Farbe, breite Wangenknochen, afrikanische Nase. Das krause Haar trägt er meist seitlich gescheitelt. Linkshänder. Redegewandt, ein durchtriebener Bursche. Oben stehende Belohnung bekommt der Mann, der ihn, egal wo, ins Gefängnis bringt, damit ich ihn wiederkriege.

H. Browne
Postamt Clarksburg
26. Mai 1850

Die detaillierte Beschreibung passte erstaunlich genau auf den Mann, den Honor im Schuppen gesehen hatte. Jetzt, wo es Worte für sein Aussehen gab, Adjektive wie »stämmig«, »afrikanisch« und »durchtrieben«, sah sie den Mann wieder vor sich: den berechnenden Blick, mit dem er sie genau musterte, die kräftigen Schultern und das krause Haar mit dem Seitenscheitel.

Donovan beobachtete sie.

»Weiter«, zischte Belle. Sie nahm Honors Arm und zog sie um die Ecke in die nächste Seitenstraße.

»Hat Donovan das Plakat aufgehängt?«, fragte Honor, als sie außer Hörweite waren.

»Ja. Er ist Sklavenjäger. Aber das haben Sie sich sicher schon gedacht, oder?«

Honor nickte, obwohl sie nicht einmal gewusst hatte, dass es einen Namen für so eine Tätigkeit gab.

»In Ohio wimmelt es nur so von Sklavenjägern. Sie kommen von Kentucky oder Virginia hoch, weil sie ausgerissene Neger zu ihren Besitzern zurückbringen wollen. Viele entflohene Sklaven wollen nach Kanada, da liegen wir genau auf dem Weg. Durch Ohio kommen sie mehr oder weniger alle durch, entweder in die eine oder andere Richtung. Sie brauchen sich nur drüben an die Kreuzung zu stellen, dann sehen Sie sie vorbeikommen: Siedler, die es auf der Suche nach mehr Land von Osten nach Westen zieht, und die ausgerissenen Sklaven, die in Richtung Norden unterwegs sind, wo sie die Freiheit suchen. Komisch, aber nach Süden oder Osten will keiner. Das Glück scheint im Norden oder im Westen zu liegen.«

»Warum bleiben die Neger nicht einfach in Ohio? Ich dachte, die Sklaverei sei hier abgeschafft?«

»Manche bleiben schon in Ohio – in Oberlin werden Sie ein paar freie Schwarze zu Gesicht bekommen. Aber in Kanada wird ihnen die Freiheit garantiert. Anderes Land, andere Gesetze. Die Sklavenjäger haben dort keine Macht.

Komisch, aber Donovan interessiert sich für Sie«, fuhr Belle fort. »Normalerweise sind ihm die Quäker nämlich nicht geheuer. Er zitiert gern einen Politiker, der gesagt hat, im Kriegsfall würden die Quäker ihr Land nicht verteidigen, aber dafür in Friedenszeiten ständig die Nase in anderer Leute Angelegenheiten stecken. Leider ist es überhaupt nicht gut, wenn Donovan ein Auge auf jemanden wirft, man wird ihn dann nämlich nicht mehr so schnell los. Also hüten Sie sich vor ihm, er wird Sie auch in Faithwell belästigen. Donovan ist ein halsstarriger Mistkerl. Niemand weiß das besser als ich.« Auf Honors fragenden Blick hin lächelte Belle. »Er ist mein Bruder.«

Dann lachte sie laut über Honors Gesichtsausdruck. »Wir haben verschiedene Väter, deshalb sehen wir uns nicht besonders ähnlich. Wir sind in Kentucky aufgewachsen, aber unsere Mutter war Engländerin – aus Lincolnshire.«

Jetzt fügte sich alles ineinander. »Hat sie den Quilt auf meinem Bett gemacht?«

»Ja. Donovan will ihn mir immer abschwatzen, der elende Scheißkerl. Wir haben völlig unterschiedliche Wege eingeschlagen, auch wenn wir beide in den Norden gegangen sind. Jetzt kommen Sie, es wird Zeit, dass wir heimgehen.« Doch Belle blieb noch einmal vor Honor stehen. »Hör zu, Schätzchen. Ich darf doch Du sagen?« Honor nickte. »Ich weiß, dass dir bei mir zu Hause was aufgefallen ist, aber es ist besser, du weißt nichts darüber. Dann musst du auch nicht lügen, wenn Donovan dich ausfragt. Quäker dürfen doch nicht lügen, oder?«

Honor schüttelte den Kopf.

Belle nahm Honors Arm und drehte sich um. Sie gingen wieder in Richtung Hutladen. »Herr im Himmel, bin ich froh, keine Quäkerin zu sein. Kein Whiskey, keine Farben, keine Federn, keine Lügen. Was hat man denn dann noch vom Leben?«

»Und kein Fluchen«, fügte Honor hinzu.

Belle lachte laut auf.

Honor lächelte. »Wir nennen uns selbst ›das eigene Volk‹, denn wir wissen, dass wir so auf andere wirken: eigen.«

Belle lachte immer noch, wurde aber still, als sie an der Hotelbar vorbeikamen. Donovan war verschwunden.

Während der nächsten beiden Tage nutzte Honor jede Stunde Tageslicht zum Nähen – am Morgen in der Ladenecke beim Fenster und am Nachmittag auf der hinteren Veranda.

Die Kundinnen warteten bereits auf die Hauben, die Belle ihr zum Fertigmachen gegeben hatte. Honor fasste eine Haube mit Spitze ein und schmückte eine andere mit einer doppelten Rüschenborte. In die innere Krempe einer steifen grünen Haube applizierte sie einen Kranz aus Stoffstiefmütterchen, dann nähte sie breite hellgrüne Bänder an, mit denen man die Haube unterm Kinn zusammenbinden konnte. »Kannst du noch mehr Stoffblumen herstellen, wenn ich dir die vorgefertigten Blütenblätter gebe?«, fragte Belle, als Honor mit den Hauben fertig war.

Honor nickte. Sie hatte zwar noch nie Stoffblumen genäht, da Quäkerinnen keine an der Kleidung trugen, doch schwieriger als ein kompliziertes Patchwork konnten sie auch nicht sein.

Belle reichte ihr eine Schachtel voller Stoffblüten und -blätter. »Die habe ich gestern Abend ausgeschnitten, nachdem du ins Bett gegangen bist. Nur ich, mein Whiskey und die Schere – so habe ich es am liebsten.« Sie zeigte Honor, wie man Stiefmütterchen, Veilchen, Rosen und Kleeblätter aus Stoff herstellte und Spitze so zusammenraffte, dass sie wie Schleierkraut aussah. Honor wünschte sich, Grace wäre bei ihr, um die farbenprächtigen, kunstvollen Kreationen zu bewundern.

Auch an diesem Tag wurde über das neue Gesicht im Laden getuschelt. Selbst die Kundinnen, die Honor schon am Vortag gesehen hatten, beteiligten sich wieder an dem Klatsch. »Na, so was! Schaut euch mal das Quäkermädchen an, es hat den Schoß voller Blumen!«, riefen sie. »Ist das nicht lustig? Du wirst sie noch umdrehen, Belle!«

Allerdings war Honor nur eine flüchtige Ablenkung, über die nachzudenken sie sich für später aufsparten. Die Frauen ließen ein paar Bemerkungen fallen und wandten sich dann wichtigeren Dingen zu. Sie begutachteten die neue Ware und versuchten den Preis zu drücken, indem sie die Hauben und Hüte aufprobierten und an Belles Kreationen herummäkelten: Egal ob am Schnitt oder am Schmuckbesatz, sie hatten an allem etwas auszusetzen. Belle wiederum war wild entschlossen, nicht einen Penny im Preis nachzugeben, sodass sich im Laden hitzige Wortgefechte entspannen.

Honor ging das Feilschen auf die Nerven. Anscheinend waren die Frauen aus Wellington der Ansicht, dass der Preis einer Ware sich danach richtete, wie dringend jemand etwas kaufen oder verkaufen wollte. Belles Hüte hatten keinen festen Preis, was ihren Wert scheinbar beliebig machte. Quäker hingegen feilschten nie, sondern vereinbarten einen fairen Preis für ihre Produkte und Dienstleistungen. Ihrer Meinung nach hatte alles auf Erden seinen eigenen Wert, sei es nun eine Karotte, ein Hufeisen oder ein Quilt, und dieser Wert änderte sich nicht einfach, weil gerade viele Leute Karotten oder Hufeisen brauchten. Honor wusste, dass es auch in Bridport Kaufleute gab, bei denen gefeilscht wurde, hatte es aber persönlich nie erlebt, wenn sie in einem Laden oder an einem Marktstand ihre Einkäufe machte. Wurde überhaupt jemals in ihrer Gegenwart gefeilscht, geschah das ganz beiläufig, ja fast verlegen, als sei es nur eine Art Scherz im Umgang miteinander, den man von Käufern und Verkäufern gleichermaßen erwartete. In Amerika schien das Feilschen viel ernster gemeint zu sein. Beide Seiten gaben einander nicht nur das Gefühl, im Unrecht zu sein, sondern versuchten sogar, die Gegenpartei als moralisch fragwürdig dastehen zu lassen. Ein paar Frauen in Belles Laden regten sich so sehr auf, dass Honor sich fragte, ob sie jemals wiederkommen würden.

Belle jedoch schien das Feilschen Spaß zu machen. Selbst wenn sie sich, was recht oft vorkam, nicht mit den Kundinnen einigen konnte und keinen Hut verkaufte, blieb sie gelassen. »Die kommen schon wieder«, sagte sie. »Wo sollen sie denn sonst hin? Ich bin die einzige Putzmacherin in der Stadt.«

Tatsächlich gaben viele Frauen auch dann Bestellungen auf, wenn es ihnen nicht gelungen war, einen besseren Preis auszuhandeln. Nur selten maß Belle die Köpfe ihrer Kundinnen aus; die meisten kannte sie ohnehin schon seit Jahren, und die Maße von Neukundinnen konnte sie auf einen Blick einschätzen. »Bei den meisten Frauen sind es 51 cm Kopfumfang«, erklärte sie Honor. »Deutsche Köpfe können ein wenig größer sein, aber sonst sind sie alle mehr oder weniger gleich, ganz unabhängig davon, wie viel die jeweilige Dame im Oberstübchen hat – oder auch nicht.«

Belles Modelle waren oft ungewöhnlich in Form und Gestaltung, doch mochten die Kundinnen auch erbittert über den Preis der Hüte streiten, schätzten sie dennoch Belles Urteil. Und wie Honor an den Frauen, die im Laden ihre Hüte abholten, sehen konnte, *hatte* Belle in der Regel recht. Für ihre Kundinnen wählte sie Farben und Designs, die anders waren als das, was man normalerweise zu sehen bekam. »Hüte können schnell langweilig wirken«, sagte sie zu einer Kundin, die sie gerade zu einem grünen Modell überredet hatte, das über und über mit gefalteten Strohhalmen besteckt war, die Kornähren darstellten. »Man will seine Mitmenschen doch mit etwas Neuem überraschen, damit sie ein anderes Bild von einem bekommen. Eine Frau, die tagein, tagaus dieselbe blaue Haube mit Spitzenbesatz trägt, sieht irgendwann aus wie ihre Haube, selbst dann, wenn sie sie gar nicht auf dem Kopf hat. Um nicht so schnell langweilig zu werden, braucht eine Haube auch Blumen als Schmuck, ein rotes Band oder eine Krempe, die dem Gesicht der Trägerin schmeichelt.« Sie warf dabei einen derart unverblümten Blick auf Honors schlichte Haube, dass Honor instinktiv den Kopf einzog.

»Aber Belle, du trägst doch auch jeden Tag dieselbe Haube«, bemerkte die Kundin.

Belle klopfte auf ihre Haube, die trotz des schlaff herabhängenden Rüschenrandes und der kleinen Kordel, mit der man hinten eine Falte in den Stoff ziehen konnte, fast so schlicht wie Honors Haube war. »Es ist nicht gut, wenn ich im Laden schicke Hauben trage«, sagte sie. »Ich will schließlich nicht mit meinen Kundinnen konkurrieren. Sie sind diejenigen, die gut aussehen müssen. Ich trage meine Hüte nur draußen in der Stadt, um Werbung zu machen.«

Trotz des Feilschens, der frivolen Schmuckbesätze und des Gefühls, als Gesprächsthema für die Hutkäuferinnen Wellingtons herhalten zu müssen, arbeitete Honor gern für Belle. Egal, was sie nähte, sie war beschäftigt und hatte keine Zeit zum Grübeln: weder über die Schrecken der vergangenen Wochen noch über ihre seltsame Situation oder über die Zukunft.

Zweimal sah Honor Donovan vorbeireiten, während sie am offenen Fenster saß und arbeitete. Eines Nachmittags brachte er sich in der Hotelbar gegenüber in Position und beugte sich weit über das Geländer. Honor hatte das Gefühl, dass er den Hutladen im Visier hatte, und wich auf ihrem Stuhl zurück, doch sie konnte sich nicht außer Sichtweite bringen. Um seinem forschenden Blick zu entgehen, raffte sie schließlich ihre Sachen zusammen und flüchtete auf die hintere Veranda.

Belle hatte völlig nüchtern über die Situation der Sklaven gesprochen, doch Honor war immer noch schockiert. In Bridport hatten die Freunde über die schändliche Sklavenhaltung in Amerika diskutiert und sich darüber empört, ohne je selbst einen Sklaven gesehen zu haben. Aber jetzt befand sich ein entflohener Sklave nur zwanzig Meter von Honor entfernt. Sie konnte es kaum glauben.

Honor nahm eine graue Haube in die Hand, die fast schlicht genug für eine Quäkerin war, jedoch ein schlüsselblumengelb leuchtendes Innenfutter hatte. Sie sollte nur noch senffarbene Bänder und eine gelbe Kordel annähen, mit der man das Bavolet im Nacken zusammenraffen konnte. Obwohl Honor anfangs von der Farbkombination nicht überzeugt gewesen war, musste sie angesichts der fertigen Haube zugeben, dass das Gelb dem Grau schmeichelte, gleichzeitig aber zart genug war, um die Haube nicht grell wirken zu lassen. Nur die Farbe der Bänder war ihr ein wenig zu aufdringlich. Belle hatte sicher einen ungewöhnlichen Geschmack, doch sie wusste, wie man schöne Effekte erzielte.

Als es im Laden ruhiger wurde, brachte Belle ihr eine Blechtasse mit Wasser heraus. Während Honor trank, lehnte Belle sich ans Geländer und blickte über den Hof. »Drüben auf dem Holzstapel liegt eine Schlange und sonnt sich«, verkündete sie. »Eine Kupferkopf. Gibt es bei euch in England auch Kupferkopfschlangen? Nein? Halte dich von ihnen fern, ihre Bisse sind tödlich, und ein schöner Tod ist es gewiss nicht.« Sie verschwand ins Haus und kam mit einer Flinte zurück. Ohne Vorwarnung zielte sie auf die Schlange und drückte ab. Honor zuckte zusammen und kniff die Augen zu, der Becher fiel ihr aus der Hand. Als sie sich wieder hinzuschauen traute, sah sie wenige Meter von dem Bretterstapel entfernt den kopflosen Schlangenkörper im Gras liegen. »So«, erklärte Belle zufrieden. »Aber wahrscheinlich gibt es dort ein ganzes Nest. Ich werde ein paar Jungs damit beauftragen, sie alle auszurotten. Ich will keine Schlangen in meinem Holzschuppen haben.«

Honor musste an den Mann denken, der sich dort schon seit drei Tagen versteckte. Sicher setzten ihm Hitze und Dunkelheit zu, und jetzt war er auch noch von dem Schuss aufgeschreckt worden. Wie kam Belle nur dazu, ihm Unterschlupf zu gewähren? »Du hast gesagt, Kentucky sei ein Sklavenstaat«, wandte Honor sich an die Putzmacherin, als ihre Ohren nicht mehr klingelten. »Hat deine Familie auch Sklaven besessen?« So direkt hatte sie noch nie zu fragen gewagt.

Belle musterte Honor aus gelbstichigen Augen. Sie lehnte immer noch mit der Flinte in der Hand am Verandageländer, das Kleid schlabberte ihr weit um den Körper. Plötzlich kam Honor der Gedanke, dass die Putzmacherin krank sein musste. Es musste einen Grund geben, warum sie so dünn war und eine so schlechte Gesichtsfarbe hatte. »Unsere Familie war zu arm, um Sklaven zu besitzen. Darum tut Donovan das, was er tut. Niemand hasst die Neger mehr als arme Weiße.«

»Warum?«

»Sie meinen, die Farbigen nehmen ihnen etwas weg oder machen die Preise kaputt. Der Wert eines Sklaven ist sehr hoch, verstehst du? Für einen Farbigen legt ein Plantagenbesitzer schon mal tausend Dollar hin, während ein armer Weißer keinen Penny wert ist.«

»Aber du hasst sie nicht.«

Ein Lächeln huschte über Belles Gesicht. »Nein, Schätzchen, ich hasse sie nicht.«

Die Glocke an der Ladentür läutete und kündigte eine neue Kundin an. Belle nahm ihre Flinte. »Donovan ist übrigens weg. Samstagabends säuft er sich im Wacks in Oberlin immer besinnungslos, darauf kann man sich verlassen. Vermutlich hat er heute schon früh angefangen. Du brauchst dich also nicht mehr hier hinten zu verstecken.«

Belle Mills' Putzmacherei
Main Street
Wellington, Ohio

1. des 6. Monats, 1850

Liebste Biddy,

es schmerzt mich, Dir mitteilen zu müssen, dass Gott vor sechs Tagen Grace zu sich gerufen hat. Sie ist am Gelbfieber gestorben. Ich will jetzt nicht ins Detail gehen – meine Eltern lassen Dich sicher den Brief lesen, den ich ihnen geschrieben habe. Ach, wie ich mir wünsche, Du säßest jetzt neben mir! Du könntest meine Hand halten und mich trösten.

Wenn Du sehen könntest, wo ich gerade sitze, würdest Du sicher große Augen machen: Es ist die hintere Veranda der Putzmacherin Belle Mills in Wellington, Ohio. Die Veranda geht in Richtung Westen, und ich blicke über eine weite Ebene, an deren Ende im Licht der untergehenden Sonne die Schienen der Eisenbahn aufblitzen. Wenn die Strecke fertig ist, wird die Eisenbahnstrecke von Columbus im Süden bis Cleveland im Norden reichen. Die Leute in Wellington freuen sich sehr darauf, wie wir es sicher auch tun würden, wenn die englische Eisenbahn bis Bridport käme.

Belle gehört zu den vielen Fremden, die Mitleid mit mir haben und mir helfen. Sie war sogar mehr als nur nett und hilfsbereit. Von ihrem Laden sind es nur noch sieben Meilen bis zu Adam Cox, doch als ich hier ankam, hat sie mich nicht einfach so schnell wie möglich weiter nach Faithwell geschickt. Ohne zu fragen, hat sie gespürt, dass ich eine Pause brauchte. Sie meinte, ich müsse nach dem Tod von Grace erst wieder zu mir kommen, und lässt mich ein paar Tage bei sich wohnen. Als Gegenleistung helfe ich ihr beim Nähen, was mir Spaß macht, da es eine vertraute Tätigkeit ist und ich mich noch dazu ein wenig nützlich machen kann. Es tut gut, nicht ständig auf die Hilfe von anderen oder auf meine Geldbörse angewiesen zu sein.

Ich kann einfach nicht glauben, dass Grace erst seit ein paar Tagen tot ist. Manchmal kommt es mir vor, als wollten Zeit und Raum mich zum Narren halten: Die Seereise schien mir Jahre zu dauern, obwohl sie nur einen Monat lang war, während Hudson – der Ort, in dem Grace begraben liegt – schon Ewigkeiten hinter mir zu liegen scheint, dabei bin ich erst seit drei Tagen in Wellington. Für einen Menschen, dessen Leben bisher immer in völlig geordneten Bahnen und ohne große Überraschungen verlief, habe ich in kurzer Zeit sehr viel erlebt. Und Überraschungen stehen mir in Amerika vermutlich noch einige bevor.

Was mich schon jetzt verwirrt, sind die Amerikaner selbst: Sie sind völlig anders als wir Engländer! Lauter, zum Beispiel, außerdem sagen sie einem auf eine Weise die Meinung, die ich nicht gewohnt bin. Obwohl hier alle wissen, was Quäker sind, finden die Leute mich seltsam. Die Kundinnen in Belles Laden haben mir das ziemlich unverblümt unter die Nase gerieben, und zwar in einem unangenehm vertrauensseligen Tonfall. Du weißt, dass ich eher schweigsam bin; in Amerika bin ich noch stiller geworden.

Doch obwohl die Leute hier fast ununterbrochen reden, scheinen sie trotzdem ihre Geheimnisse zu haben. Ich bin mir zum Beispiel fast sicher, dass sich, während ich diese Zeilen schreibe, keine zehn Meter von mir entfernt ein entflohener Sklave versteckt. Außerdem glaube ich allmählich, dass er in dem Wagen verborgen war, mit dem ich nach Wellington gekommen bin, aber ich traue mich nicht, mehr in Erfahrung zu bringen. Es gibt hier nämlich Männer, die hinter den Sklaven her sind, und Du weißt, dass ich nicht lügen kann, wenn ich etwas gefragt werde. Zu Hause war es leicht, immer offen und ehrlich zu bleiben. Es gab fast nie etwas, das ich vor Dir oder meiner Fami-

lie hätte verbergen müssen, nur über die Sache mit Samuel mochte ich nicht gern reden. Doch jetzt muss ich immer aufpassen, was ich sage. Ich will nicht lügen, niemals, aber hier in Amerika fällt es mir viel schwerer, mich an diesen Vorsatz zu halten.

Wenigstens Dir, meine liebe Freundin, kann ich alles anvertrauen. Morgen wird Adam Cox kommen, und ich gestehe, dass mich das ziemlich nervös macht. Er ist in der Hoffnung nach Ohio aufgebrochen, dass ihm seine zukünftige Frau dorthin folgen wird, doch nun hat er statt Grace nur mich am Hals. Natürlich kenne ich ihn und Matthew, seit die Familie Cox nach Bridport gezogen ist, aber mittlerweile sind sie älter geworden, und besonders nahe standen sie mir ohnehin nie. Trotzdem werden sie jetzt die einzigen vertrauten Gesichter unter lauter Fremden sein.

Bitte erzähle meinen Eltern nichts von dem, was ich Dir heute schreibe, denn ich will nicht, dass sie sich Sorgen um mich machen. Ich denke, es ist nicht unehrlich, wenn ich ihnen meine Gefühle vorenthalte – es sind schließlich keine Tatsachen, außerdem ändern sie sich bestimmt noch. In meinem nächsten Brief kann ich Dir hoffentlich schreiben, dass ich mich in Faithwell gut eingelebt habe und mich wohl fühle. Behalte mich bis dahin, liebe Biddy, in Deinen Gedanken und Gebeten.

Deine treue Freundin,
Honor Bright

Stille

Am Sonntag wurde Honor schon früh wach. Adam Cox, der vormittags noch in Faithwell die Andacht besuchen wollte, würde zwar erst am Nachmittag kommen, doch Honor war so aufgeregt, dass sie schlaflos im Bett lag. Sie lauschte dem Morgengesang der unbekannten amerikanischen Vögel, fuhr mit den Fingern die Umrisse des »Stern von Bethlehem« auf ihrem Quilt entlang und wartete auf das, was da kommen würde.

Obwohl sie sich den Großteil der Nacht mit einer Flasche Whiskey um die Ohren geschlagen hatte, war auch Belle an diesem Tag früh auf den Beinen. Zum Frühstück gab es wie immer Eier mit Speck und Maisgrütze, den dünnen weißen Brei, den Belle seit ihrer Kindheit in Kentucky jeden Morgen verzehrte. Während sie aßen, fragte sich Honor, ob die Putzmacherin einer Kirche angehörte und zum Gottesdienst ging. Belle machte jedoch keine Anstalten aufzubrechen, sondern setzte sich, nachdem sie den Tisch abgeräumt hatte, auf die hintere Veranda hinaus, um den *Cleveland Plain Dealer* zu lesen. Eine Kundin hatte die Zeitung am Vortag im Laden vergessen. Honor zögerte einen Moment, dann holte sie ihre Bibel und setzte sich zu Belle.

In dem Moment, als Honor sich neben Belle niederließ, wusste sie, dass der Mann aus dem Schuppen verschwunden war. Die Atmosphäre hatte sich verändert, und auch Belle wirkte entspannter. Sie schaute auf das Buch in Honors Schoß. »Ich gehe nicht oft in die Kirche«, sagte sie. »Der Pfarrer und ich sind in fast allem unterschiedlicher Meinung. Aber wenn du in den Gottesdienst möchtest, bringe ich dich gern hin. Du hast die Wahl zwischen Kongregationalisten, Presbyterianern und Methodisten. Ich an deiner Stelle würde zu den Kongregationalisten gehen, das sind die besten Sänger, ich habe sie von draußen gehört.«

»Nein, ich muss nicht in die Kirche.«

Während Belle in ihrem Stuhl schaukelte, schlug Honor die Bibel auf und versuchte sich zu erinnern, was sie zuletzt gelesen hatte, als sie vor einer gefühlten Ewigkeit am Totenbett ihrer Schwester gesessen hatte. Sie schweifte von Vers zu Vers und von Seite zu Seite und konnte sich nicht konzentrieren.

Belles Schaukeln wurde schneller. »Was ich schon immer über die Quäker wissen wollte …«, hob sie an und ließ die Zeitung sinken.

Honor blickte auf.

»Ihr sitzt einfach da und schweigt, oder? Keine Lieder, keine Gebete und auch kein Prediger, der eure Gedanken lenkt. Warum?«

»Wir warten und lauschen.«

»Und worauf?«

»Auf Gottes Stimme.«

»Könnt ihr Gott nicht in einer Predigt oder einem Kirchenlied hören?«

Honor musste daran denken, wie sie einmal in Bridport vor der Kirche St. Mary gestanden hatte, die sich genau gegenüber des Andachtsraums der Quäker auf der anderen Straßenseite befand. Die Gemeinde hatte gesungen, und einen kurzen Moment lang hatte Honor sie um die Musik beneidet.

»Wenn alle schweigen, ist man weniger abgelenkt«, erklärte sie. »Lang anhaltendes, achtsames Schweigen ermöglicht einem

Menschen, tief in sich hineinzuhorchen. Wir nennen es ›Aufmerksames Warten in der Stille‹.«

»Denkst du dann nicht einfach daran, was es mittags zum Essen geben wird oder was über andere im Ort geredet wird? Ich würde vermutlich an den nächsten Hut denken, den ich machen will.«

Honor lächelte. »Manchmal denke ich an den Quilt, an dem ich gerade arbeite. Es dauert eine Weile, bis man den Geist von alltäglichen Gedanken gereinigt hat. Aber es hilft, in Gemeinschaft mit anderen zu warten und die Augen zu schließen.« Sie suchte nach den richtigen Worten, um Belle zu erklären, was sie in der Andacht fühlte. »Wenn der Geist klar wird, richtet sich der Blick nach innen, und man versinkt in tiefer Stille. Man spürt Frieden und eine Kraft, die einen trägt. Wir nennen sie auch das Innere Licht.« Honor unterbrach sich kurz. »Seit ich in Amerika bin, habe ich es nicht mehr gespürt.«

»Warst du in Amerika auch schon in einer Andacht?«

»Nur einmal. Grace und ich haben eine Andacht in Philadelphia besucht. Es war … es war anders als bei uns in England.«

»Schweigt man nicht überall gleich?«

»Es gibt verschiedene Arten von Schweigen – manchmal ist es achtsam, manchmal nicht. In Philadelphia war ich abgelenkt und unaufmerksam, ich habe an dem Tag keinen inneren Frieden gefunden.«

»Ich dachte immer, die Quäker in Philadelphia seien die besten, die es gibt. Richtige Superquäker.«

»In solchen Kategorien denken wir nicht. Aber …« Honor zögerte. Eigentlich mochte sie es nicht, Freunde vor Nichtquäkern zu kritisieren, doch nun hatte sie den Satz angefangen und musste ihn auch beenden. »Der Andachtsraum in der Arch Street ist riesig, denn in Philadelphia gibt es sehr viele Freunde.

Als Grace und ich eintraten, gab es kaum noch freie Plätze. Wir haben uns auf eine der wenigen leeren Bänke gesetzt und wurden gebeten, uns einen anderen Platz zu suchen. Es hieß, wir säßen auf einer Negerbank.«

»Was ist das?«

»Eine Bank nur für die schwarzen Freunde.«

Belle hob die Augenbrauen. »Wie? Es gibt auch farbige Quäker?«

»Ja. Ich wusste es auch nicht. In die Andacht ist damals keiner gekommen, und die Bank blieb leer, obwohl es in den anderen Reihen eng und ungemütlich wurde.«

Belle sagte nichts, sondern wartete.

»Es hat mich überrascht, dass die Freunde dort auf getrennte Plätze bestanden. Die Schwarzen sind schließlich genauso Freunde wie alle anderen.«

»War es das, was dich an dem Tag von Gott ferngehalten hat?«

»Vielleicht.«

»Honor Bright, was bist du nur für ein Unschuldslamm«, schimpfte Belle. »Nur weil die Quäker sagen, dass vor Gott alle gleich sind, heißt das noch lange nicht, dass sie es auch auf Erden sind.«

Honor senkte den Kopf.

Belle zuckte mit den Schultern und wandte sich wieder ihrer Zeitung zu. »Ich für meinen Fall ziehe ein ordentliches Kirchenlied jederzeit dem Schweigen vor.« Sie begann zu summen und schaukelte im Takt zu einer einfachen, sich ständig wiederholenden Melodie.

Später ließ Belle Honors Truhe von ein paar Nachbarjungen nach unten tragen, damit Honor abfahrbereit war, sobald Adam Cox eintraf. Nach dem Essen saßen die beiden Frauen zusammen im Laden und warteten auf ihn. Obwohl die Geschäfte am

Sonntag geschlossen waren, kamen viele Leute vorbeispaziert und schauten neugierig in die Fenster.

»Danke für deine Hilfe«, sagte Belle zu Honor. »Jetzt habe ich wieder aufgeholt und bin mit der Arbeit auf dem Laufenden. Bis September sollte es ruhig bleiben, aber dann kommen sie mit den Winterhauben und wollen, dass ich ihnen neuen Putz draufnähe.«

»Ich bin dir sehr dankbar, dass ich hierbleiben durfte.«

Belle winkte ab. »Keine Ursache, Schätzchen. Komisch, normalerweise ist mir Gesellschaft immer unangenehm, aber mit dir kann man es aushalten. Vor allem, weil du nicht viel redest. Sind alle Quäkerinnen so schweigsam wie du?«

»Meine Schwester war es jedenfalls nicht.« Honor krampfte die Hände ineinander, damit sie beim Gedanken an Grace nicht zitterten.

»Also, du bist mir jederzeit willkommen, Honor. Bei deinem nächsten Besuch zeige ich dir, wie man Hüte macht. Und jetzt habe ich noch etwas für dich.« Belle ging zu einem Regal hinter der Ladentheke und zog die graugelbe Haube heraus, an der Honor am Tag zuvor gearbeitet hatte. »Ein neues Leben verlangt nach einer neuen Kopfbedeckung. Und diese Haube wartet auf ein Abenteuer.« Als Honor sich zierte, die Haube anzunehmen, drückte Belle sie ihr einfach in die Hände. »Das ist das Mindeste, was ich als Bezahlung für all deine Arbeit tun kann. Die Haube steht dir bestimmt, komm, probier sie einfach mal auf.«

Zögernd nahm Honor ihre alte Haube ab. Obwohl ihr das Grau der Außenseite gefiel, glaubte sie nicht, dass die gelbe Innenkrempe ihr stehen würde. Doch als sie in den großen Spiegel an der Ladenwand blickte, stellte sie erstaunt fest, dass Belle recht hatte. Die gelbe Krempe war wie ein zarter Lichtkranz, der ihr Gesicht aufleuchten ließ.

»Na, also«, sagte Belle zufrieden. »Jetzt siehst du elegant aus, wenn du nach Faithwell kommst, und vielleicht sogar ein bisschen modern. Hier ist noch ein gelber Stoffrest. Für ein Futter reicht er nicht mehr, deshalb kann ich nichts damit anfangen. Aber ich weiß, dass ihr Quilterinnen hinter jedem Stofffetzen her seid.«

Obwohl sie den Gedanken selbst albern fand, fragte sich Honor, ob es an der neuen Haube lag, dass Adam Cox sich ihr gegenüber so reserviert gab.

Als sie den Wagen aus Richtung Norden näher kommen hörten, traten Honor und Belle vor die Ladentür, um Adam Cox zu begrüßen. Honors Magen zog sich zusammen. Ihr graute davor, Adam Cox in aller Ausführlichkeit vom Tod seiner Verlobten berichten zu müssen, denn beim Anblick seiner Trauer würde auch ihr eigener Schmerz wieder aufflammen. Gleichzeitig freute sie sich aber darauf, ein vertrautes Gesicht zu sehen. Als Adam langsam und bedächtig vorm Laden vorfuhr und den Wagen zum Stehen brachte, trat Honor ihm erwartungsvoll entgegen, stutzte aber beim Anblick seiner versteinerten Miene. Sie hatte den Eindruck, als sei er in Gedanken ganz woanders und kenne sie gar nicht. Trotzdem überwand sie sich und begrüßte ihn freundlich: »Guten Tag, Adam, ich freue mich, dich zu sehen.«

Adam Cox stieg vom Wagen. Honor hatte nie ganz verstanden, was Grace an diesem Mann gefunden hatte. Er war hochgewachsen, hatte die hängenden Schultern eines Kaufmanns und einen Backenbart, der ihm bis zum Kinn reichte. Zu seiner nüchternen Kleidung trug er einen Hut mit breiter Krempe. Als er auf die Veranda trat, nickte er Honor zu, statt sie wie ein Familienmitglied zu umarmen. Er schien sich nicht wohl in seiner Haut zu fühlen, und noch bevor er das erste Wort sagte, wusste Honor, dass sie es nicht leicht miteinander haben würden. Sie waren weder durch Verwandtschaft noch durch Liebe verbunden, nur die Umstände und der Tod von Grace hatten sie zusammengebracht. Honor spürte, wie ihr die Tränen kamen, und kämpfte gegen sie an.

»Auch ich freue mich, dich zu sehen, Honor«, sagte Adam, doch erfreut klang es eigentlich nicht.

»Danke, dass du mich abholen kommst«, erwiderte Honor mit erstickter Stimme.

Belle beobachtete sie mit vor der Brust verschränkten Armen. Anscheinend hatte sie sich bereits eine Meinung über Adam Cox gebildet, doch sie blieb höflich. »Mein aufrichtiges Beileid zum Tod Ihrer Auserwählten, Sir«, sagte sie. »Gott macht es uns nicht immer leicht im Leben, so viel steht fest. Doch jetzt müssen Sie sich um Honor kümmern, sie hat verdammt viel durchgemacht.«

Adam starrte sie an.

»Außerdem näht keine Frau in dieser Stadt besser als sie«, fügte Belle hinzu und wandte sich dann an Honor. »Schade, Honor, ich fürchte, wir werden nicht mehr viel voneinander sehen. Faithwell liegt näher an Oberlin als an Wellington, sicher wirst du deine Einkäufe in Zukunft dort erledigen. Doch nimm dich in Acht vor den Leuten in Oberlin: Sie haben zu allem eine Meinung, die sie dir sehr freimütig mitteilen. Falls du sie eines Tages leid sein solltest, komm zurück, hier gibt es immer Arbeit für dich. Ja, was ist das denn?« Honor weinte. Belle nahm sie in die Arme und zog sie fest an ihren knochigen Körper. Für eine so dünne Frau war sie erstaunlich stark.

Die Straße, die in Richtung Norden aus Wellington herausführte, war breiter und gepflegter als die, die Honor mit Thomas von Hudson aus genommen hatte. Die gerodeten Streifen am

Straßenrand waren ebenfalls breiter, sodass der Wald nicht so bedrohlich nah wirkte. Außerdem tauchten am Weg immer wieder Gehöfte auf, Mais- und Haferfelder und Wiesen, auf denen Kühe weideten.

Schon nach einer Meile erfuhr Honor den Grund für Adams abweisendes Benehmen: In knappen Worten teilte er ihr mit, dass sein Bruder Matthew vor drei Wochen an der Schwindsucht gestorben sei. Die Krankheit war der Grund gewesen, warum Adam seinem Bruder überhaupt nach Ohio gefolgt war, da dieser Hilfe im Laden gebraucht hatte.

»Es tut mir so leid«, sagte Honor.

»Wir haben damit gerechnet, doch ich wollte Grace in meinen Briefen nicht damit belasten.«

»Wie geht es der Witwe von Matthew?«

»Abigail fügt sich dem Willen Gottes. Sie hat einen starken Charakter und kommt schon zurecht. Jetzt erzähl mir von Grace.«

In wenigen Sätzen berichtete Honor von der Krankheit und dem Sterben ihrer Schwester, dann schwiegen sie wieder. Es war ein angespanntes Schweigen, in dem Honor das Gewicht nicht gestellter Fragen und unausgesprochener Meinungen spürte. »Was habe ich mit der Schwester zu tun, wenn es keine Ehefrau mehr gibt?« Sicher ging Adam Cox vor allem diese Frage immer wieder durch den Kopf, doch weil er ein ehrlicher und ehrenwerter Mann war, würde er seine Beinahe-Schwägerin natürlich nicht im Stich lassen.

Adam sah Honor an. »Ist die Haube neu?«

Honor wunderte sich, dass Adam sich für ihre Kleidung interessierte. »Sie … sie ist ein Geschenk von Belle«, stotterte sie verunsichert.

»Ich verstehe. Dann hast du sie nicht selbst genäht?«

»Stimmt etwas nicht mit ihr?«

»Stimmen? Sie ist anders als das, was du sonst trägst – was eine Freundin normalerweise trägt.« Es war seltsam, so weit von zu Hause entfernt den vertrauten Dorset-Akzent zu hören. Adam räusperte sich. »Abigail, Matthews Witwe, hat nicht mit dir gerechnet. Ich übrigens auch nicht. Wir wussten nicht, dass du nach Ohio kommst, bis uns die Putzmacherin vor ein paar Tagen geschrieben hat, dass du bei ihr bist.«

»Hast du denn den Brief von Grace nicht erhalten? Sie hat dir sofort geschrieben, nachdem ich mich entschlossen hatte, sie zu begleiten. Und sie hat den Brief auch sofort abgeschickt – noch am selben Tag.« Honor fügte immer mehr Informationen hinzu, als könne der Brief plötzlich aus dem Nichts auftauchen, wenn sie nur genug über ihn redete.

»Nicht alle Briefe kommen an, Honor. Oder sie brauchen sehr lange, manchmal länger als die Person, die in dem Brief angekündigt wird. Bis wir einen Brief aus England erhalten, sind die Nachrichten in ihm bereits über einen Monat alt. Du hast deinen Eltern sicher geschrieben, dass Grace gestorben ist, oder?«

»Natürlich.«

»Sie werden es frühestens in sechs Wochen wissen, und in dieser Zeit wirst du Briefe von ihnen erhalten, in denen sie sich nach Grace erkundigen. Selbst wenn es wehtut, du musst dich daran gewöhnen. Auch die Post nimmt den langen Weg über den Ozean. Das Leben ändert sich, bevor es diejenigen, die es angeht, erfahren.«

Doch Honor hörte nur mit halbem Ohr zu, denn sie hatte ein Geräusch wahrgenommen, auf das sie schon seit ihrem Aufbruch aus Wellington lauschte: den ungleichmäßigen Hufschlag von Donovans Pferd, das sich von hinten näherte.

Schließlich schloss er zu ihnen auf. Honor roch Whiskey und kalten Rauch. »Honor Bright, hast du etwa gedacht, du kannst dich ohne ein Wort des Abschieds aus der Stadt stehlen?«, fragte er. »Wäre das nicht ziemlich unhöflich? Und unfreundlich noch dazu?«

Adam Cox zog die Zügel an und brachte den Wagen zum Stehen. »Hallo, Freund. Sie kennen Honor?«

»Adam, das ist Mr Donovan«, fiel ihm Honor ins Wort. »Ich habe ihn auf dem Weg nach Wellington kennengelernt.« Sie sagte nicht, dass er Belles Bruder war, denn das würde Adam nicht unbedingt für die Putzmacherin einnehmen.

»Aha. Dann danke ich für alle Freundlichkeiten, die Sie Honor in dieser schweren Zeit erwiesen haben mögen.«

Donovan grinste. »Oh, Honor war eine echte Sensation in der Stadt, nicht wahr, Schätzchen?«

Adam quittierte Donovans unverschämte Vertraulichkeit mit einem finsteren Blick. »Ich nehme Honor mit nach Faithwell«, sagte er knapp. »Wenn Sie fertig sind, können wir weiterfahren.« Er hob die Zügel an.

»Wie? Willst du jetzt *sie* heiraten, nachdem die Schwester gestorben ist?«

Honor und Adam zuckten zusammen und rückten unwillkürlich auseinander. Honor war körperlich unwohl.

»Ich fühle mich für Honor verantwortlich«, erwiderte Adam. »Sie ist mir wie eine Schwester und wird mit mir und meiner Schwägerin wie eine Schwester zusammenleben.«

Donovan hob die Augenbrauen. »*Zwei* Schwägerinnen und keine Ehefrau? Hört sich kuschelig an.«

»Das reicht jetzt, Donovan.« Honors scharfer Ton war fast so überraschend wie das fehlende »Mr«. Adam blinzelte verblüfft.

»Ah, sie zeigt ihre Krallen! Schon gut, schon gut, ich bitte vielmals um Entschuldigung.« Donovan deutete eine Verbeugung an, dann schwang er sich aus dem Sattel. »Also, ich will nur mal schnell einen Blick in den Wagen werfen. Runter mit euch.«

»Adam, lass ihn«, flüsterte Honor und kletterte vom Wagen. »Es ist einfacher so.«

Doch Adam blieb stocksteif auf dem Kutschbock sitzen. »Kein Mensch hat das Recht, ohne Grund die Habseligkeiten eines anderen zu durchsuchen.«

Der Schlag kam so schnell, dass Honor der Atem stockte. Gerade noch hatte Adam trotzig auf dem Kutschbock gesessen, und schon im nächsten Moment lag er im Straßenstaub. Adam schrie laut auf, Blut lief ihm aus der Nase, und er umklammerte sein Handgelenk. Honor kniete neben ihm nieder, legte seinen Kopf in ihren Schoß und tupfte ihm das Blut mit einem Taschentuch ab.

Donovan hatte unterdessen ihre Truhe geöffnet, durchwühlte wie schon beim ersten Mal den Inhalt und verstreute ihn im Wagen. Diesmal verlor er kein Wort über den Signaturquilt. Als er mit der Truhe fertig war, hob er den Deckel der aufklappbaren Sitzbank und schaute hinein, dann sprang er vom Wagen und beugte sich über Honor und Adam. »Wo ist der Nigger, Honor? Du weißt, dass du mich nicht anlügen darfst, Quäkermädchen.«

Honor schaute zu ihm hoch und sah ihm fest in die Augen. »Ich weiß es nicht.«

Donovan blickte sie lange an. Sein Gesicht trug noch die Spuren des samstagnächtlichen Saufgelages, doch Honor sah wieder Interesse in seinen Augen aufblitzen. Sie hielt dem Blick stand. Seine Augen faszinierten sie. Die hellbraune Iris war schwarz gesprenkelt wie von unendlich vielen winzigen Rindensplittern. Donovan trug immer noch ihren Schlüssel unterm Hemd – Honor erkannte die Umrisse.

»Na, gut. Ich weiß zwar nicht, warum, aber ich glaube dir. Eins sag ich dir: Wage niemals, mich anzulügen! Ich werde dich im Auge behalten, Honor Bright. Demnächst komme ich dich in Faithwell besuchen.« Er schwang sich wieder auf seinen Fuchs und lenkte das Pferd in Richtung Wellington. »Die Haube von meiner Schwester steht dir gut«, sagte er nach einer kurzen Pause. »Als Kinder hatten wir eine Decke in genau den gleichen Farben.« Er schnalzte mit der Zunge und galoppierte davon.

Honor wünschte, er würde nicht solche Dinge zu ihr sagen.

In der Ferne näherte sich ein anderer Wagen. Honor half Adam auf die Füße, um ihm die Schmach zu ersparen, vor Fremden im Dreck zu liegen. Er hielt immer noch sein Handgelenk umklammert.

»Gebrochen oder verstaucht?«, fragte sie.

»Ich glaube, zum Glück nur verstaucht. Es muss aber bandagiert werden.« Adam schüttelte den Kopf, als er Honors Habseligkeiten im Wagen verstreut liegen sah. »Was hat er gesucht? Er weiß, dass wir weder Alkohol noch Tabak besitzen oder überhaupt irgendetwas von Wert.« Fassungslos blickte er Honor an, die seinen Hut vom Straßenrand aufgehoben hatte und den Staub herausklopfte.

»Er sucht einen entflohenen Sklaven«, sagte Honor und reichte ihm den Hut.

Adam starrte sie wortlos an, bis er für den herannahenden Wagen zur Seite treten musste.

Auch während Honor seine Hand mit einem ihrer Halstücher bandagierte, sagte er kein Wort. Erst als sie wieder auf dem Kutschbock saßen und weiter in Richtung Faithwell fuhren, räusperte er sich. »Mir scheint, du gewöhnst dich schnell an die Sitten der Amerikaner.« Erfreut klang es nicht.

Faithwell, Ohio

5. des 6. Monats, 1850

Liebe Mutter, lieber Vater,

die Reise von Bridport nach Faithwell war sehr lang. Nach den letzten Wochen war es eine Erleichterung, mich hier in Faithwell endlich in ein Bett legen zu können, von dem ich mich nicht schon am nächsten Tag wieder verabschieden musste. Noch schöner aber war es, Post von Euch vorzufinden. Adam Cox sagte mir, der Brief sei schon vor zwei Wochen eingetroffen. Wie kann das sein? Schließlich hat der Brief die gleiche Reise gemacht wie ich, warum ist er dann so viel schneller angekommen? Als ich Deine Handschrift sah, Mutter, musste ich weinen. Dann sagte mir ein Blick auf das Datum, dass Eure Worte und auch die beschriebenen Ereignisse schon über zwei Monate alt sind. Doch obwohl der Brief nur eine Woche nach meiner Abreise geschrieben wurde, habe ich alle Neuigkeiten, die er enthielt, gierig aufgesogen, denn sie gaben mir das Gefühl, immer noch zu Hause zu sein und am Leben der Gemeinde teilzunehmen.

Leider muss ich Euch mitteilen, dass Matthew Cox verstorben ist. Vor vier Wochen hat die Schwindsucht den Sieg über ihn errungen. Der Haushalt in Faithwell, zu dem ich jetzt gehöre, sieht also völlig anders aus als erwartet. Statt aus zwei verheirateten Paaren und mir besteht er nun aus drei Menschen, die nur durch schwache Bande miteinander verbunden sind. Das macht das Zusammenleben nicht unbedingt einfacher, allerdings bin ich auch gerade erst angekommen und hoffe, mich bald etwas heimischer zu fühlen und nicht mehr wie ein Gast. Adam und Matthews Witwe Abigail haben mich freundlich aufgenommen, doch der Tod von Grace war ein fürchter-

licher Schock für Adam, der sich natürlich auf die Hochzeit und das neue Leben mit seiner Frau in Ohio gefreut hatte. Noch dazu sind sie von meiner Ankunft überrascht worden, denn der Brief, in dem Grace Adam mitteilte, dass ich sie nach Amerika begleiten würde, ist niemals angekommen.

Oft ertappe ich mich bei dem Gedanken, wie Grace sich in so einem Fall verhalten hätte. Sicher hätte sie die schwierige Situation mit ihrem Lachen und ihrer unkomplizierten Art entschärft. Ich versuche, sie nachzuahmen, was mir aber schwerfällt.

Adams Haus in Faithwell – oder besser Abigails Haus, denn es hat ihr und Matthew gehört – ist ganz anders als die Häuser, die ich gewohnt bin. Seit ich hier lebe, habe ich das Gefühl, eine andere Art Luft zu atmen als in England. Ich bewege mich auch anders in ihr. Kann ein Haus die Beschaffenheit der Luft verändern? Es ist ein neues Haus und wurde erst vor drei Jahren aus rohem Kiefernholz gebaut, das noch nach Harz riecht. Mir kommt es vor, als würde ich in einem Puppenhaus wohnen: Dem Holz fehlt die Stabilität von Stein, der mir in unserem Haus in der East Street immer ein Gefühl von Sicherheit gab. Hier dagegen knarzt und knarrt es die ganze Zeit, weil das Holz auf den Wind und die feuchte Luft reagiert. Das Wetter ist schwül, und im Sommer soll es noch schlimmer werden. Bis auf mein Zimmer sind alle Räume sehr großzügig angelegt, denn Land zum Bauen gibt es in Amerika mehr als genug. Das Haus hat zwei Stockwerke, und weil die Bretter und Balken so knarren, hört man jeden Schritt, besonders wenn sich jemand im oberen Stockwerk aufhält. Unten gibt es ein Wohnzimmer, die Küche und das Krankenzimmer – so nennen die Amerikaner einen an die Küche grenzenden Raum, in dem die Kranken der Familie untergebracht und gepflegt werden. Offenbar sind die Menschen hier so oft krank und haben Fieber, dass sie dieses besondere Zimmer brauchen. Nach allem, was ich gerade mit Grace erlebt habe, beunruhigt mich das.

Oben gibt es drei Schlafzimmer: Im größten hat Abigail mit ihrem

Mann gewohnt, das nächstgrößere wollte sich Adam mit Grace teilen, und eine dritte, winzige Kammer war für das Baby vorgesehen, das vielleicht eines Tages gekommen wäre. In dieser Kammer bin jetzt ich untergebracht, doch es soll nur eine vorübergehende Lösung sein, obwohl ich nicht weiß, wie eine endgültige Lösung aussehen könnte. Der Platz im Zimmer reicht gerade für ein Bett, doch das macht mir nichts aus, denn wenn ich die Tür hinter mir zumache, ist es mein Reich. Die Möbel im Haus haben etwas Provisorisches, wie in vielen anderen amerikanischen Häusern, in denen ich gewesen bin – als habe man schnell ein paar Stücke zusammengezimmert, bis Zeit ist, etwas wirklich Solides anzufertigen. Ich bin immer ganz vorsichtig, wenn ich mich auf einen Stuhl setze, weil ich Angst habe, er könnte unter mir zusammenbrechen. Die Tischbeine stecken voller Holzsplitter, weil sie nicht ordentlich abgeschliffen und poliert wurden. Die meisten Möbel sind aus Ahorn oder Esche, und ich vermisse unsere robusten, zeitlosen Eichenmöbel.

Die Küche gleicht im Großen und Ganzen unserer Küche in der East Street. Es gibt eine offene Feuerstelle, einen Herd, einen langen Tisch und Stühle, ein Büfett mit Töpfen und Geschirr und eine Vorratskammer. Trotzdem fühle ich mich in ihr ganz anders als in unserer Küche daheim. Zum Teil liegt es daran, dass Abigail nicht so ordentlich ist wie Du, liebe Mutter. »Alles hat seinen Platz und gehört an seinen Platz«, so hast Du es mir doch beigebracht, aber bei Abigail gilt das anscheinend nicht. Das Holz stapelt sie so planlos, dass es nicht richtig trocknen kann, der Besen blockiert den Zugang zum Schmutzwassereimer, statt aufgeräumt in einer Ecke zu stehen. Die Krümel werden nicht weggefegt und ziehen Mäuse an. Das Geschirr steht in einem beliebigen Durcheinander auf dem Büfett, statt ordentlich gestapelt zu werden. Außerdem werden Herd und Kamin mit Holz gefeuert, sodass immer Holzrauch in der Küche steht, der nicht den satten, erdigen Geruch von brennender Kohle hat. Wir müssen zwar keinen Kohlenstaub wegputzen, aber Holzasche kann genauso viel Arbeit machen, vor allem, wenn Abigail sich ungeschickt anstellt.

Leider stand meine erste Begegnung mit Abigail unter keinem guten Stern. Zu meiner Ankunft servierte sie eine Fleischpastete: Das Fleisch war zäh und der Teigmantel hart. Ich habe natürlich kein Wort gesagt und alles so gut wie möglich durchgekaut, doch Abigail war es peinlich. Gleich am nächsten Morgen hat sie sich noch einmal blamiert, weil sie mir saure Milch gab. Ich hoffe, dass ich ihr mit taktvollen Hinweisen und Veränderungsvorschlägen mit der Zeit eine Hilfe sein kann.

Auch die Stadt habe ich schon ein wenig erkundet, wobei »Stadt« eine recht stolze Bezeichnung für diese Häuserreihe entlang eines zerfurchten Fahrwegs ist. Bridport ist etwa hundertmal so groß. Es gibt einen Gemischtwarenhändler – wir würden ihn Krämer nennen –, eine Schmiede, den Andachtsraum, zehn Häuser und in den Feldern der Umgebung noch ein paar Höfe. Die Gemeinde besteht aus ungefähr fünfzehn Familien. Die meisten sind aus North Carolina hergezogen, weil sie nichts mehr mit der Sklaverei zu tun haben wollten, die hier fest in der Gesellschaft verankert ist. Ich hatte noch keine Gelegenheit, in Faithwell eine Andacht zu besuchen, doch die Menschen, die ich kennengelernt habe, sind freundlich, wenn auch sehr mit ihren eigenen Angelegenheiten beschäftigt. Das scheint mir bei den meisten Amerikanern der Fall zu sein. Die Kunst der Konversation betreiben sie ganz anders als wir Engländer. Sie sind dabei von einer Direktheit, die an Unhöflichkeit grenzt. Doch vielleicht ändert sich auch das, wenn ich die Menschen hier etwas besser kenne.

Die Stadt ist von Wäldern umgeben, nur hier und da führt die Straße an Höfen vorbei, die aus dem Wald herausgeschlagen wurden. Bevor ich nach Amerika kam, hatte ich keine Vorstellung davon, wie schwer es ist, den Wäldern Ackerland abzuringen. Überall stehen Holzstümpfe herum. In England hat alles seine Ordnung, man hat das Gefühl, Gott habe den Bäumen, Wiesen und Feldern ihre festen

Plätze zugewiesen. Die Felder schienen immer schon da gewesen zu sein und mussten nicht erst gerodet werden. Wenn ich aus dem Fenster meiner kleinen Kammer auf den Wald schaue, kommt es mir vor, als kröche er auf die Stadt zu und ließe sich nur für kurze Zeit von den Äxten in Schach halten. Ihr wisst, dass ich Bäume immer gemocht habe, aber hier gibt es sie in einer derart überwältigenden Fülle, dass sie fast bedrohlich auf mich wirken.

Im Gemischtwarenladen werden nur die wichtigsten Artikel des täglichen Bedarfs angeboten. Was der Krämer nicht führt, müssen wir im drei Meilen entfernten Oberlin kaufen. Oberlin ist mit seinen zweitausend Einwohnern wesentlich größer und hat auch ein gut besuchtes Studienkolleg. Ich war selbst noch nicht dort, doch Adams Laden befindet sich in der Stadt, und er fährt fast jeden Tag hin. Wenn Faithwell einmal groß genug ist, möchte er mit dem Laden umziehen und vor allem an Freunde verkaufen, aber das wird noch eine Weile dauern. Adam hat gesagt, dass ich im Laden aushelfen kann, wenn es viel zu tun gibt, und ich freue mich schon darauf, mich nützlich machen zu können.

Das Leben scheint mir hier gefährlicher zu sein als daheim in England, doch vielleicht liegt das daran, dass ich nur Bridport kenne: In Dorchester oder Weymouth mag es anders aussehen. In den amerikanischen Städten, die ich auf meiner Reise kennengelernt habe, und besonders hier in Faithwell, habe ich immer das Gefühl, ganz auf mich allein gestellt zu sein. Man kann sich nicht auf andere verlassen, weil nicht immer jemand da ist, der einem helfen könnte. Die meisten Menschen bauen wie wir ihr eigenes Gemüse an, aber es verkauft dir niemand einen Salat, falls dein eigener von den Kaninchen gefressen wurde, wie es Abigail gerade passiert ist. Es gibt dann eben einfach keinen Salat. Viele Leute hier halten sich eine eigene Kuh. Abigail und Adam haben zwar keine Kuh, dafür aber Hühner. Milch und Käse kaufen wir auf einem Hof in der Umgebung.

Ich habe Euch nur ein unvollständiges Bild von Faithwell ge-

zeichnet. Noch habe ich meinen Platz in dieser Gemeinde nicht gefunden, doch mit Gottes Hilfe und der Unterstützung der Freunde wird es mir hoffentlich gelingen. Seid bitte versichert, dass ich unversehrt angekommen bin und dass gut für mich gesorgt wird. Ich habe ein Bett, satt zu essen und bin von freundlichen Menschen umgeben. Gott ist noch mit mir. Für all das bin ich dankbar, doch obwohl ich keinen Grund zur Klage habe, muss ich oft an Euch denken. Es ist zwar noch viel zu warm für eine Decke, trotzdem habe ich den Signaturquilt über das Fußende meines Bettes gelegt. Jeden Morgen und jeden Abend berühre ich die Signaturen von all denen, die mir lieb und teuer sind.

Eure Euch liebende Tochter,
Honor Bright

Applikationen

Sie konnte nicht bleiben. Das wusste Honor bereits eine halbe Stunde nach ihrer Ankunft in Adams und Abigails Haus. Es war nicht die unordentliche Küche, in deren Spülbecken sich noch das Geschirr vom Mittagessen stapelte, oder der Dreck im ungefegten Flur; es war auch nicht das ungenießbare Abendessen oder die von den schlecht ziehenden Öfen verrauchte Luft. Weder der Mäusekot, den sie in der Vorratskammer entdeckte, noch die Spinnweben oben in den Zimmerecken oder die winzige, nur mit einem Bett ausgestattete Kammer, in die Adam sie führte, schreckten Honor ab. Das alles hätte sie ertragen können.

Sie konnte nicht bleiben, weil Abigail sie nicht bei sich haben wollte. Matthews Witwe war eine stämmige, große Frau mit hoher Stirn und dunkel brennendem Blick. Ihre Schultern waren breit, Fesseln und Handgelenke kräftig. Als Honor ins Haus trat, umarmte Abigail sie, doch in der Berührung lag keine Wärme. Nach der ungenießbaren Mahlzeit, die sie Honor vorgesetzt hatte, glaubte sie sich offenbar für alles im Haus verteidigen zu müssen, denn während sie Honor herumführte, ratterte sie eine Liste von Entschuldigungen herunter. »Pass auf, dass du nicht über den Teppich dort stolperst. Er müsste dringend festgenagelt werden, nicht wahr, Adam?« »Normalerweise raucht die Lampe nicht, aber dein Kommen hat mich in solche Aufregung versetzt, dass ich vergessen habe, sie zu schneuzen.« »Ich hätte noch gefegt, aber ich wusste ja, dass du mit deiner

Truhe nur frischen Dreck hereinbringst und ich dann noch einmal hätte fegen müssen.« Abigail hatte die Gabe, alles so darzustellen, dass immer andere die Schuld an den Missständen im Haushalt traf, nie sie selbst. Honor bekam schon ein schlechtes Gewissen, nur weil sie da war.

Als Kind hatte Honor gelernt, dass jeder Mensch sein eigenes Maß Inneres Licht in sich trage. Den einen sei zwar mehr, den anderen weniger geschenkt, doch jeder Mensch müsse versuchen, seinem Anteil Licht so gut wie möglich gerecht zu werden. Honor hatte den Eindruck, dass Abigail nur ein bescheidenes Maß Inneres Licht vergönnt war und sie noch nicht einmal diesem gerecht wurde. Natürlich konnte man ihr die dunkle Stimmung nachsehen, schließlich hatte sie ihren kranken Mann lange gepflegt und dann doch verloren; trotzdem vermutete Honor, dass Abigail die Unfreundlichkeit im Wesen lag.

Adam Cox versuchte nicht, Honor beizustehen oder ihr das Gefühl zu vermitteln, bei ihnen willkommen zu sein. Still und ernst zog er sich immer mehr in sich selbst zurück. Honor vermutete, dass ihm der doppelte Verlust von Bruder und Verlobter sehr naheging. Obwohl die Brautwerbung fast ausschließlich auf dem Briefweg stattgefunden hatte, musste er sich auf die Ankunft einer lebhaften, hübschen Frau gefreut haben. Und jetzt hatte er stattdessen deren schweigsame Schwester und eine mürrische Schwägerin am Hals.

Nur einmal wurde er unvermutet lebendig. Als sie nach dem Abendessen zusammen auf der Eingangsveranda saßen, wollte Abigail von Honor wissen, warum sie nach Ohio gekommen sei. »Adam hat mir von der Familie seiner Verlobten erzählt«, sagte sie und wippte dabei hektisch in ihrem Schaukelstuhl vor und zurück. Die Hände hatte sie müßig im Schoß verschränkt, denn zum Nähen war es zu dunkel. »Er hat gesagt, du wollest bald heiraten. Warum bist du dann hier?«

Adam setzte sich auf, als hätte er die ganze Zeit darauf gewartet, dass Abigail dieses schwierige Thema anschnitt. »Ja, Honor, was ist mit Samuel passiert? Ich dachte, ihr beiden wärt euch einig gewesen?«

Honor zuckte zusammen, obwohl sie damit gerechnet hatte, dass ihr diese Frage irgendwann gestellt würde. »Er hat eine andere kennengelernt«, antwortete sie so knapp wie möglich.

Adam runzelte die Stirn. »Wen?«

»Eine … eine Frau aus Exeter.«

»Aber ich stamme aus Exeter und kenne die meisten Freunde dort. Wer ist es?«

Honor schluckte gegen den Knoten in ihrem Hals an. »Sie ist keine Freundin.«

»Er hat eine Andersgläubige geheiratet?« Abigail kreischte beinahe.

»Ja.«

»Sicher haben die Freunde in Bridport ihn aus der Gemeinschaft ausgeschlossen«, vermutete Adam.

»Ja. Er ist nach Exeter gezogen und dort der anglikanischen Kirche beigetreten.« Das war das Schlimmste. Dass Samuel sie nicht mehr liebte, hätte Honor vielleicht akzeptieren können. Aber dass er sogar bereit war, die Glaubensgemeinschaft zu verlassen, die sie als festes Fundament ihres Lebens empfand, war ein Schlag, von dem sie sich wohl niemals erholen würde. Als Grace ihr dann anbot, mit nach Amerika zu kommen, musste Honor nicht mehr lange nachdenken, sondern sich nur die Verlegenheit in den Augen von Samuels Eltern vorstellen und die mitleidigen Blicke aller anderen. Es gab wirklich keinen Grund zu bleiben.

Beim Gedanken an Samuel hatten sich Honors Hände in ihrem Schoß verkrampft. Sie atmete tief durch und versuchte die Finger zu lockern, doch die Knöchel blieben weiß.

Abigail schüttelte den Kopf. »Das ist ja entsetzlich.« Es klang fast ein wenig hämisch, doch dann verfinsterte sich ihre Miene. Vielleicht wurde ihr gerade bewusst, dass sie genau diesen Umständen den unwillkommenen Gast verdankte. Ihr hartherziger Blick gab Honor wieder einmal das Gefühl, die alleinige Schuld an allem zu tragen.

Als sie später am Abend in ihrem winzigen Schlafzimmer lag, kuschelte sich Honor trotz der warmen Temperaturen trostsuchend in den Signaturquilt.

Später musste Honor sich eingestehen, dass sie ihr Entsetzen über ihr neues Zuhause vielleicht nicht gut genug verborgen hatte. Kein Wunder, dass Abigail nun beleidigt war. Auf Honor jedoch wirkte nicht nur das Haus unfertig und provisorisch, sondern ganz Faithwell. Als sie mit Adam aus Wellington ankam, hatte sie erst gedacht, die paar verstreuten Häuser seien nur die Vorboten einer größeren Siedlung, doch als sie am nächsten Morgen einen Erkundungsspaziergang mit Abigail machte, musste sie erkennen, dass sie sich geirrt hatte. Obwohl es regnete und die Straße vorm Haus eine einzige Schlammfläche war, hatte Abigail darauf bestanden, nach draußen zu gehen. Es war fast, als hätte sie Angst davor, mit Honor allein zu sein, denn Adam war schon frühmorgens zum Laden nach Oberlin aufgebrochen. Als Honor vorschlug, das Ende des Regenschauers abzuwarten, runzelte Abigail die Stirn und setzte ihre Haube auf. »Ich habe gehört, dass es in England die ganze Zeit regnet«, entgegnete sie schnippisch und band die Haubenbänder unterm Kinn zusammen. »Du solltest es doch gewöhnt sein. Aber die graugelbe Haube setzt du besser nicht auf, die ist zu modisch für Faithwell.«

Honor hatte längst beschlossen, Belles Geschenk wegzulegen. Sie fragte sich, ob sie wohl jemals an einem Ort leben würde, an dem sie eine solche Haube tragen konnte. Grace hätte es sicher geschafft, sie auch in Faithwell aufzusetzen.

Sie folgte Abigail die Straße entlang. Über die Planken, die zu diesem Zweck ausgelegt waren, suchten sie sich einen Weg durch den Matsch, allerdings waren auch die Bretter längst schlammverschmiert. Sie kamen an ein paar Häusern vorbei, die ähnlich gebaut waren wie das von Adam und Abigail. Außer Abigail und Honor war niemand auf der Straße unterwegs, auch der Kaufladen war bis auf den Krämer selbst leer. Er begrüßte Honor freundlich, in der offenen und ehrlichen Art, die sie von den Freunden in England kannte. Der Laden selbst war klein und sehr einfach. Den meisten Raum nahmen Fässer mit Mehl, Rohrzucker, Maisgries und Melasse ein. In den wenigen Regalen entdeckte Honor ein Sammelsurium aus Kerzen, Schnürsenkeln, einem Block Schreibpapier, einem Wischlappen und einem Handfeger, als sei eines Tages ein Hausierer vorbeigekommen und habe den Ladenbesitzer davon überzeugt, dass er jeweils ein Exemplar von jedem dieser Artikel auf Lager haben müsse, falls einmal jemand danach fragte.

Honor lächelte angestrengt weiter, sah sich alles interessiert an und versuchte ihre wahren Gedanken zu verbergen: Diese Fässer und Regale waren ein Symbol für die Beschränkungen ihres neuen Lebens. Ein Blecheimer, ein Briefchen Nadeln, ein Essigfass, ein paar einsam und traurig in den Regalen verstreute Verkaufsartikel – das war alles, was Faithwell zu bieten hatte. Es gab keinen Laden, in dem einen Süßigkeiten oder schöne Stoffe in Versuchung führten; keine Ecke, um die man zu anderen Geschäften in einer matschfreien Straße hätte biegen können; keine enteneierblauen Bodendielen. Adam hatte in seinen Briefen an Grace zwar nicht direkt gelogen, doch zumindest übertrieben, als er Faithwell als florierende Gemeinde bezeichnete. »Faithwell ist klein, doch es wächst«, hatte er geschrieben. »Ich bin mir sicher, dass es einmal eine florierende Gemeinde werden wird.« Vielleicht hätte Honor mehr darauf achten müssen, welche Zeit Adam verwendete – das Futur.

Zurück im Haus, versuchte sie Abigail zu helfen. Sie spülte das Geschirr, schrubbte die Töpfe, schüttelte die ovalen Flickenteppiche aus, die überall im Haus lagen, holte Holz herein und fegte die Asche aus dem Ofen, um sie im Plumpsklo zu versenken. »Stilles Örtchen«, murmelte sie dabei vor sich hin. Bei jedem Handgriff bat sie Abigail um Anweisungen, um sie nicht mit fremden Gewohnheiten zu beleidigen, die andeuten könnten, ihre Gastgeberin mache etwas falsch. Abigail gehörte zu den Frauen, die genau so reagierten.

Den ersten großen Fehler beging Honor, als sie die Küche und die Vorratskammer ausfegte. »Habt ihr keine Katze?«, fragte sie, als sich der Mäusekot im Kehricht häufte.

Abigail ließ das Messer fallen, mit dem sie gerade Kartoffeln schälte. »Um Himmels willen, nein! Von Katzen muss ich niesen.« Sie verschwand in der Vorratskammer und kam mit einem Glas voll rotem Pulver zurück. Mit ungelenken Bewegungen und unter schweren Seufzern klopfte sie sich kleine Häufchen aus dem Glas in die Handfläche und blies sie in die Ecken. Honor versuchte gleichgültig zu wirken, doch schließlich siegte ihre Neugierde. Sie nahm das Glas in die Hand. »Was ist das?«

»Roter Pfeffer. Der vertreibt alles Ungeziefer. Benutzt ihr ihn in England nicht?«

»Nein. Wir haben eine Katze.« Honor verkniff sich die Erwähnung, dass ihre Katze, eine Schildpatt namens Lizzy, eine ausgezeichnete Mäusefängerin war. Wenn Honor nähte, hatte sie meist schnurrend neben ihr gesessen. Beim Gedanken an ihre alte Katze begannen Honors Augen zu brennen, und sie wandte sich wieder dem Besen zu, damit Abigail ihre Tränen nicht sah.

Als Adam am Abend nach Hause kam, hörte Honor, wie Abigail ihm auf der Veranda etwas zuflüsterte. Sie versuchte nicht zu lauschen, doch an Abigails Tonfall wurde deutlich, worum es ging. Sie konnte nicht bleiben. Doch wo sollte sie hin?

Am folgenden Nachmittag verkündete Abigail, sie hätten nun genug im Haushalt getan, und setzte sich mit dem Quilt, an dem sie gerade arbeitete, und einer Schüssel frischer Kirschen auf die Eingangsveranda. Die Kirschen hatte Honor zuvor von einem Baum im Garten gepflückt, damit die Blauhäher nicht alle fraßen. Jetzt holte sie ihre eigenen Nähsachen und setzte sich zu Abigail hinaus. Seit ihrem gescheiterten Versuch an Bord der *Adventurer* hatte sie keinen Quilt mehr angerührt. Während ihrer Weiterreise an Land war sie nicht dazu gekommen, und bei Belle hatte sie nur Hauben genäht.

Obwohl sie die von ihrer Mutter ausgeschnittenen Sechsecke alle ins Meer geworfen hatte, besaß Honor noch ein paar Stoffstücke von zu Hause. Einige hatte sie schon aneinandergereiht, andere um Schablonen geheftet, jetzt warteten sie darauf, zu einem Quilt zusammengefügt zu werden. Fast alle Quilterinnen hatten halb angefangene Projekte herumliegen, die sie zu einem geeigneten Zeitpunkt wieder aufnehmen wollten. Honor betrachtete die fertigen Rosetten und Sterne und überlegte, was sie mit ihnen anstellen sollte. Die Farben und Formen – braune und grüne Rosetten aus alten Kleidern von ihr und Grace und ein angefangener »Stern von Bethlehem« in verschiedenen Gelbtönen – erinnerten sie an Dorset und wirkten im strahlend hellen amerikanischen Sonnenlicht fremd. Honor konnte sich nicht vorstellen, wie sie daraus etwas machen sollte, das zum Leben in Ohio passte, aber sie war auch noch nicht so weit, Stift und Papier zu nehmen und etwas Neues zu entwerfen. Es war zu früh, sie brauchte einen klaren Kopf und Inspiration.

Honor blickte auf Abigails Quilt. Säße sie mit ihrer Mutter, mit Grace oder ihrer Freundin Biddy beisammen, hätte sie ihre Hilfe angeboten, solange sie nicht am eigenen Quilt arbeitete. Abigail jedoch traute sie sich nicht zu fragen, denn sie würde das Angebot sicher in den falschen Hals bekommen. Außerdem gefiel Honor der Quilt, den Abigail nähte, nicht. Sie applizierte eine rote Vase, aus der rote Blumen und grüne Blätter ragten, auf einen weißen Hintergrund. Schon immer hatten Honor Patchworks besser gefallen als Applikationsquilts; außerdem kam es ihr wie mogeln vor, einfach nur Stoffstücke auf eine große Unterlage zu nähen. Wer sich für diese Technik entschied, machte es sich gerne leicht, weil man nicht wie beim Patchwork Hunderte von Stoffstücken zusammensetzen und dabei gleichzeitig noch auf den Farbverlauf achten musste, damit alles zueinanderpasste und sich ein schönes Ganzes ergab. Auch wenn viele Quilterinnen über der strengen Geometrie und Genauigkeit von Patchworkmustern verzweifelten – Honor hatte Freude daran. Doch seit sie in Amerika war, hatte sie in Gasthäusern und Pensionen, an Wäscheleinen und über Verandageländern, wo sie zum Lüften hingen, fast nur noch Applikationsquilts gesehen. Die meisten waren von eher schlichter Machart und in fröhlich leuchtenden Farben gehalten, in der Regel Rot und Weiß, manchmal kam auch noch Grün dazu. Einige waren zwar sehr schön in Blätter-, Feder-, Ranken- oder Traubenmustern gequiltet und gekonnt unterfüttert, damit die Muster plastisch hervortraten, aber meistens waren diese Quilts nicht nach Honors Geschmack.

Da gefielen ihr die amerikanischen Quilts, die aus mehreren Blöcken zusammengesetzt waren, schon besser. Die einzelnen Blöcke – ein Quilt hatte meist ein Dutzend oder mehr – bestanden aus kleinen Quadraten oder Dreiecken, die zu Mustern mit Namen wie »Bärenpfote«, »Fliegende Gänse« oder »Giftbeere« angeordnet waren. Sie waren komplizierter als applizierte Quilts, für Honor aber immer noch zu einfach. Sie zog ihre Schablonen vor.

Untätig herumsitzen mochte Honor jedoch auch nicht, sie musste irgendetwas tun. Vielleicht konnte sie einzelne Stoffstücke aneinanderreihen, die sie später, wenn ihr Kopf klarer war und sie länger am Stück nähen konnte, weiterverarbeiten würde. Honor begann Nadeln einzufädeln. Sie hatte bereits fünf eingefädelte Nadeln in ihrem Nadelkissen stecken, als sie Abigails Blick spürte.

»Was machst du da? Wozu brauchst du so viele Nadeln?«

»Ich bereite sie vor, damit ich nicht jedes Mal die Arbeit unterbrechen muss, wenn mir der Faden ausgeht«, erwiderte Honor. Belle Mills hatte sich über ihre Methode nicht gewundert, aber sie war schließlich auch eine versierte Näherin.

»Na, bist du aber patent«, sagte Abigail in einem Tonfall, der andeutete, dass sie diese Fähigkeit nicht besonders erstrebenswert fand.

Honor steckte zwei grüne und zwei braune Stoffsechsecke auf Schablonen fest und verband sie mit kleinen überwendlichen Stichen in weißem Faden. Unabhängig von der Farbe des Stoffes nähte sie am liebsten mit weißem Faden. Als sie am Ende der Reihe angelangt war, passte sie ein weiteres Sechseck ein, zog den Faden unten durch und nähte die nächsten beiden Seiten.

Abigail machte große Augen. »Wie kann man nur so schnell nähen?«

»Ich halte den Faden immer möglichst kurz.« Honor war aufgefallen, dass Abigail armlange Fäden in ihre Nadel einfädelte.

Abigail nahm eine der fertigen Rosetten in die Hand. »Also wirklich, diese Stiche«, staunte sie und zog an den Nähten. »Sie sind so gleichmäßig. Seit meiner Kindheit in Pennsylvania habe ich nicht mehr so feine Stiche gesehen. Eine unserer Nachbarinnen konnte auch so gut nähen. Und unsere Mutter.« Sie zerknitterte die Blüten. »Ist da Papier drin?«

»Ja. Hast du noch nie Patchworks mit Papierschablonen gemacht?«

»Nein.«

»In England nähen wir den Stoff um Papierschablonen, damit die einzelnen Stücke genau gleich groß werden, sonst passen sie beim Zusammenfügen nicht richtig ineinander. Siehst du?« Honor reichte Abigail ein paar Papiersechsecke.

»Aber dann knistert die Decke ja!«

»Wenn wir alles zusammengenäht haben, nehmen wir die Papierteilchen wieder heraus.« Honor liebte es, die Papierschablonen aus dem fertigen Quilt zu ziehen, denn dann wurde die vom Papier steife Decke mit einem Mal weich und kuschelig.

Abigail betrachtete die Papierschablonen genauer. »Zehn Pfund Mehl,« las sie. »Lab für einen Kuchen. Ich wollte nicht … aus Dorchester weg … ich komme bald …«

Honor erstarrte. In den Bruchstücken, die Abigail vorlas, hatte sie sofort Samuels Worte erkannt. Es war eine kurze Nachricht gewesen, in der er ihr mitgeteilt hatte, dass er Verwandte in Exeter besuche und in einer Woche wieder zurück sei. Damals war ihr der Brief so unwichtig erschienen, dass sie das Papier für Schablonen geopfert hatte. Mittlerweile hatte er eine ganz andere Bedeutung bekommen, denn in Exeter hatte Samuel die Frau kennengelernt, die er schließlich heiratete.

Honor hielt Abigail das Nähkästchen hin, damit sie die Schablonen zurücklegen konnte, doch Abigail ließ sich Zeit. Während Honor wartete, entzifferte sie weiter die Worte auf den Papierteilchen, um sie dann einzeln ins Kästchen fallen zu lassen. »Mir gefällt Applizieren besser«, sagte sie schließlich und strich ihren rot-weiß-grünen Stoff glatt. »Mit der Methode lassen sich recht einfach hübsche Decken herstellen.« Honor sah, dass Abigails

Stiche zackig und ungleichmäßig waren. Es wunderte sie nicht. Für gleichmäßige Stiche musste die Näherin still und gerade sitzen. Abigail beugte sich mit krummem Rücken, ungeschickt verdrehten Fingern und verknotetem Faden über ihre Arbeit, nähte ein paar Stiche und machte dann eine Pause, um über die Straße zu den Häusern beim Kaufladen zu blicken oder sich ein Glas Wasser zu holen. Daheim in Bridport hatte Honor schon vielen Mädchen das Nähen beigebracht, deshalb wusste sie, dass es auch unter Quäkerinnen unruhige Geister gab. Ihre eigenen feinen Stiche schrieb sie den langen Schweigeperioden in der Stillen Andacht zu, die sich bei ihr nicht nur beruhigend auf den Geist auswirkten, sondern anscheinend auch auf die Hände, was sich in perfekten Nähten spiegelte. Allerdings schien das nicht bei allen Näherinnen zu funktionieren.

Honor versuchte nicht, Abigail Ratschläge zu erteilen. Sie zeigte ihr nicht, wie man die Nadel halten musste, empfahl ihr nicht, gerade zu sitzen und einen Fingerhut zu benutzen, damit sie sich nicht in die Finger stach und Blut auf den weißen Stoff tropfte, und brachte ihr auch nicht bei, wie man einen doppelten Rückstich machte, statt den Faden zu verknoten. Es genügte Honor, einfach neben Abigail zu sitzen und in dem Rhythmus zu arbeiten, der ihr schon immer vertraut war.

»Warte, bis die anderen deine Nähte sehen«, meinte Abigail. »Dann darfst du beim nächsten Quiltkränzchen das Quilten ganz allein übernehmen.«

Mit der Zeit lernte Honor andere Einwohner Faithwells kennen. Wenn sie mit Abigail draußen auf der Eingangsveranda saß, blieben Passanten stehen, um sich vorstellen zu lassen. Außerdem nahm Abigail sie mit zu den Höfen im Westen der Stadt, die Milch und Käse verkauften, wo Honor neben den Bauersleuten auch anderen Kunden begegnete. Nur auf die erste Andacht in Faithwell musste sie eine Weile warten, denn am Fünfttag regnete es so stark, dass Abigail sich weigerte, das Haus zu verlassen. Honor musste deshalb bis zur nächsten Ersttag-Andacht warten, bevor sie die ganze Gemeinde kennenlernte.

Der Andachtsraum von Faithwell hatte nackte, weiß getünchte Wände, die auf allen Seiten von Fenstern durchbrochen waren, sodass er sehr hell wirkte. Von den Ausmaßen her glich er dem Andachtsraum in Bridport; da die Quäkergemeinde von Faithwell aber nur etwa halb so groß war, wirkte der Raum nicht so eng und überfüllt, wie Honor es von zu Hause gewohnt war. Vier Bänke standen im Quadrat. Eine war für die Ältesten der Gemeinde reserviert, deren Rat und Führung die anderen sich anvertrauten. Im Zentrum der vier Bänke stand ein Ofen, dessen Rohr im Zickzack zu einem Loch oben in der Decke lief.

Honor hatte sich auf die Andacht gefreut, denn sie hatte seit Philadelphia keine mehr besucht und sehnte sich nach dem Gefühl von Ruhe und Frieden, zu dem sie in der Stille meist fand. Doch zunächst einmal dauerte es einige Zeit, bis wirklich Ruhe im Raum einkehrte. Honor kannte das bereits, so war es immer vor den Andachten. Es war, als würde Staub aufgewirbelt, der sich erst wieder setzen musste. Die Menschen rutschten auf ihren Plätzen hin und her, um eine bequeme Haltung zu finden, sie räusperten sich und husteten. Die äußere Umtriebigkeit spiegelte die innere Unruhe von Gedanken, die noch bei den Alltagsverrichtungen weilten: im Geschäft, auf dem Feld, in der Küche, bei Sorgen oder Ärgernissen. Doch dann wurde es allmählich stiller. Einer nach dem anderen konzentrierten sich die Anwesenden auf das Innere Licht, in dem sich für die Quäker Gott offenbarte. Die Andachten begannen immer wortlos, doch die Qualität des Schweigens änderte sich mit der Zeit, bis dann der Moment kam, in dem selbst die Luft im Raum sich zu sammeln schien und schwerer wurde. Auch wenn es kein äußeres Zeichen dafür gab, war klar, dass die Versammelten sich an diesem Punkt gemeinsam auf etwas einließen, das tiefer und mächtiger als alles andere war. Honor versank dann ganz in sich selbst. Wenn sie diesen begehrenswerten Zustand erreicht hatte, der sich auch in den Gesichtern der anderen Freunde spiegelte, konnte sie dort lange verweilen.

Manchmal kam es vor, dass Freunde sich berufen fühlten, Zeugnis abzulegen, als benutze Gott sie als Medium. Sie sprachen dann sehr nachdenklich, manchmal zitierten sie Abschnitte aus der Bibel. Obwohl es jedem erlaubt war zu sprechen, ergriffen die Ältesten öfter das Wort. Honor hatte noch nie gesprochen, denn sie konnte ihre ganz besonderen Gefühle in der Andacht nicht in Worte fassen. Sie befürchtete sogar, dass allein der Versuch, etwas zu sagen, die Erfahrung zunichtemachen würde.

Obwohl die Andacht in Faithwell den englischen Andachten sehr ähnlich war, spürte Honor, die schon länger still und schweigend dasaß, dass sie innerlich nicht zur Ruhe kam. Der Raum um sie herum war anders, das Licht, die Luft, der Geruch und auch die vielen neuen Gesichter. Von draußen drang das Geräusch von Grillen, Heupferdchen und den Tierchen, die Abigail Eichenschrecken nannte, herein. Sie lärmten lauter und durchdringender als alle Insekten, die Honor aus England kannte. Ihr Summen, Brummen und Zirpen bildete eine Wand aus Geräuschen, die sich Honor in den Weg stellte.

Die vielen neuen Eindrücke lenkten sie ab, dabei war Honor nicht zum ersten Mal in einem fremden Andachtsraum. Sie hatte schon an Andachten in Exeter, Dorchester und Bristol teilgenommen und auch dort zur selben inneren Ruhe wie daheim in Bridport gefunden. In Faithwell jedoch war es anders. Gerade *weil* sie sich hier heimisch fühlen wollte, gelang es ihr nicht: Sie konnte nicht entspannen und ihre Gedanken loslassen. Als die Stille tiefer wurde, konnte Honor sich der allgemeinen Sammlung nicht anschließen. Stattdessen zogen die letzten leidvollen Tage von Graces Krankheit an ihrem inneren Auge vorbei. Dann blickte sie zu ihrer Banknachbarin Abigail und weiter zu Adam, der ihr gegenüber auf der Männerbank saß, und schon waren ihre Gedanken bei der angespannten Atmosphäre im Haus, bei den Blicken, die sich Adam und Abigail zuwarfen und die Honor zu ignorieren versuchte. Ihre Gedanken schweiften weiter zu dem Schwarzen in Belles Holzschuppen, zu Belles gelbstichiger Haut und ihren ungewöhnlichen Hüten und schließlich sogar zu Donovan, der ihre Truhe durchwühlte und sie mit hell funkelnden Augen ansah. Er war bereits wenige Tage nach ihrer Ankunft durch Faithwell geritten. Honor und Abigail hatten gerade Wäsche aufgehängt, und als er sie erblickte, war er langsamer geworden. Zu Abigails Entsetzen hatte er sogar seinen Hut gelüftet.

Honor war kein unruhiger Geist wie Abigail, die während der Andacht ihre Füße verschränkte, wieder öffnete und wieder verschränkte, sich die Nase putzte und sich den Schweiß aus dem Nacken wischte. Im Gegenteil. Sie saß in der Andacht immer ganz still da und schaffte es sogar, zwei Stunden völlig bewegungslos zu verharren. Doch selbst wenn ein Mensch sich nicht von der Stelle rührte, konnten die anderen spüren, wenn er nicht mit ihnen in die Stille eintauchte. Vielleicht fühlte sich Abigail sogar durch Honors mangelnde Konzentration gestört. Honor schloss die Augen und versuchte erneut, in sich zu gehen. Vergeblich. Sie öffnete die Augen wieder und suchte nach einem Gesicht, das sie führen und inspirieren würde. Bislang hatte sie es in jeder Andacht gefunden: Oft war es ein weibliches Gesicht, das von einer derart aufmerksamen Erwartung beseelt war, dass es selbst in einer Gruppe, in der völlige Gleichheit und Übereinstimmung herrschte, stille Führung bot. Es war fast schmerzhaft, in so ein vollkommen gesammeltes Gesicht zu schauen, weil man in eine ganz persönliche Gotteserfahrung einzudringen glaubte. Allerdings erinnerte dies Honor auch daran, dass Freunde in der Andacht völlig offen und unbefangen sein sollten.

In Faithwell fand Honor das gesuchte Gesicht auf der Ältestenbank, die im rechten Winkel seitlich von ihr stand. Es gehörte einer älteren Frau mit schlohweißem Haar unter der Haube. Ihr leuchtender Blick war auf einen fernen Punkt außerhalb des Raums gerichtet, vermutlich sah sie etwas vor ihrem inneren Auge. Hochgewölbte Augenbrauen gaben dem Gesicht der Frau einen offenen und staunenden Ausdruck, und die runden Backen betonten die Andeutung eines Lächelns. Honor musste immer wieder zu der Ältesten hinschauen und sich schließlich zwingen, auf den Boden zu blicken, damit aus ihrem Schauen kein Starren wurde. So beeindruckend das Gesicht der Frau auch war, freundlich wirkte es nicht unbedingt. Sie schien eher ein Mensch zu sein, den man bewunderte und respektierte, aber nicht liebte.

Nach einer Weile erhob sich ein Mann und zitierte aus der Bibel. Nun hatte Honor wenigstens etwas, über das sie nachdenken konnte, selbst wenn es sie nicht zu einer Zwiesprache mit Gott führte.

Nach der Andacht wurde Honor den anderen Gemeindemitgliedern vorgestellt, doch sie hatte Mühe, sich die vielen verschiedenen, teils sehr gewöhnlichen Namen zu merken: Carpenter, Wilson, Perkins, Taylor, Mason. Nur ein paar Namen wie Goodbody, Greengrass und Haymaker ragten aus der Masse heraus. Den letzten Namen erkannte Honor sogar wieder, denn so hießen die Bauern, bei denen sie Milch gekauft hatten. Judith Haymaker war die Frau mit dem beeindruckenden Gesicht auf der Ältestenbank gewesen. Jetzt, nach dem Ende der Andacht, war ihr Gesichtsausdruck nicht mehr ganz so konzentriert, doch dem Blick aus ihren blassblauen Augen hielt Honor trotzdem kaum zwei Sekunden lang stand. Neben der Frau stand deren Tochter, Dorcas, die ungefähr in Honors Alter war. Als Honor ihr vorgestellt wurde, lächelte Dorcas brav, schien aber weiter kein Interesse an ihr als möglicher Freundin zu haben. So erging es Honor mit allen Menschen in Faithwell; sie waren höflich, doch niemand zeigte ernsthaftes Interesse oder fragte sie etwas. Nicht, dass Honor sich das gewünscht hätte – sie war keinesfalls begierig, die Geschichte vom Tod ihrer Schwester immer wieder neu zu erzählen –, doch dass sich die Bewohner Faithwells anscheinend nur für ihre eigenen Angelegenheiten interessierten, fiel ihr trotzdem unangenehm auf.

Judith Haymaker nickte in Richtung eines jungen Mannes, der bei den anderen Männern stand. »Mein Sohn Jack.« Als hätte er aus der Ferne seinen Namen gehört, schaute Jack zu ihnen herüber und bedachte Honor mit einem Blick, wie ihn ihr bislang kein anderer Mann zugeworfen hatte. In seinen braunen Locken leuchteten blonde Strähnen auf, und das angedeutete Lächeln glich dem seiner Mutter, nur dass es in seinem Gesicht deutlich wärmer wirkte.

Honors Herz machte einen Satz, und sie blickte schnell weg, begegnete dafür aber den blassblauen Augen von Dorcas Haymaker. Dorcas hatte nicht den familientypischen lächelnden Zug um den Mund; ihr Gesicht wurde von einer forschen Karottennase und einer gerunzelten Stirn geprägt, die Honor an Abigail erinnerte. Sie blickte zu Boden. Ob alle Amerikanerinnen so wortkarg und zurückhaltend waren?

Nein! Im Stillen dankte Honor dem Herrn für Belle Mills.

Faithwell, Ohio

14. des 6. Monats 1850

Liebste Biddy,

diesen Brief schreibe ich auf der Eingangsveranda des Hauses von Adam und Abigail in Faithwell. Die Veranden sind ein besonderer Vorzug der amerikanischen Häuser, denn man kann dort sitzen und die wenigen kühlen Luftzüge draußen genießen, ohne der Sonne direkt ausgesetzt zu sein. Die Hitze hier übertrifft alles, was ich in Dorset jemals erlebt habe, und man hat mir angekündigt, dass es im nächsten Monat noch schlimmer werden wird. Die Hitze allein ist es aber nicht, die einem so zusetzt; hinzu kommt, dass es ständig schwül ist, sodass man das Gefühl hat, in einer Dampfwolke zu leben. Mein Kleid ist ständig feucht, meine Haare kräuseln sich, und manchmal kann ich kaum noch richtig atmen. Da fällt es schwer, Energie zum Arbeiten aufzubringen. Ach, Biddy, könntest Du doch nur neben mir sitzen und mit mir plaudern, lachen und nähen, das würde mir diesen fremden Ort erträglicher machen. Auch wenn Grace noch lebte und bei mir wäre, ginge es mir sicher besser. Zusammen wäre uns das Leben hier als das Abenteuer erschienen, das mit der Schiffsreise nach Amerika begann, doch ohne sie kommt mir alles wie eine Prüfung vor. Wie gerne würde ich Dir schreiben, dass ich mich gut hier in Ohio eingelebt habe. Ich weiß, dass Du mir genau das wünschst, und ich selbst wünsche es mir auch, doch ich gestehe, dass ich auf der Stelle ein Billet für die Postkutsche von Cleveland in Richtung Osten kaufen würde, wenn ich nicht wüsste, dass mir danach die unmögliche Seereise bevorstünde. Sonst gibt es wenig, das mich hier hält.

Ich will nicht undankbar klingen. Adam Cox ist sehr gastfreund-

lich, auch wenn er sich darüber ausschweigt, welchen Platz ich ohne Grace als natürliches Verbindungsglied in seinem Haushalt einnehmen soll. Vielleicht weiß er selbst nicht, was er von der Situation halten soll, dafür scheint Abigail es sehr genau zu wissen.

Doch ich muss fair bleiben. Auch Abigail hat mich freundlich begrüßt – auf ihre Art. Als ich ankam, hat sie die Arme um mich geworfen, wie Amerikanerinnen es gerne tun; ich stand stocksteif da und traute mich nicht zu zucken. Dann ist sie in Tränen ausgebrochen und hat gesagt, wie leid ihr das mit Grace tue und wie sehr sie hoffe, mir die Schwester ersetzen zu können. Doch seither hat sie sich nicht gerade wie eine Schwester verhalten. Manchmal bemerke ich sogar, wie sie mich sehr unfreundlich mustert, obwohl sie es schnell mit Fragen überspielt: Wie fühlst du dich? Möchtest du einen Tee? Oder sie hüstelt einfach nur laut. Was sie auch sagt oder tut, hinter allem verbergen sich ein eiserner Wille und ein unbeweglicher Geist. Ich weiß nicht, wie Abigail sich das Zusammenleben mit Grace vorgestellt hat, aber auf jeden Fall sind alle ihre Pläne durch meine Ankunft über den Haufen geworfen worden. Dabei mag Abigail es überhaupt nicht, wenn etwas ihren Plänen zuwiderläuft.

Natürlich muss es schwer sein, wenn einem plötzlich und unerwartet eine Fremde ins Haus schneit und bleiben will. Der unordentliche Haushalt, den Abigail führt, macht es aber auch schwer, sich auf Gäste einzustellen. Sie scheint keinerlei Struktur in ihrer Arbeit zu haben; ich habe zum Beispiel immer noch nicht herausgefunden, an welchem Tag Waschtag ist oder an welchem Tag gebacken wird. Besonders auffällig finde ich, dass die Küche hier nicht das gemütliche Herz des Hauses ist. Wenn ich mit Mutter in unserer Küche in der East Street gearbeitet habe, kam mir immer alles sehr klar, hell und warm vor. Bei Mutter herrschte eine fröhliche Geschäftigkeit, die mich alle trüben Gedanken vergessen ließ, selbst dann noch, als sich das Unglück schon über mir zusammenbraute. Abigails Küche hingegen ist dunkel, unaufgeräumt und nur notdürftig eingerichtet. Wie soll man sich an einem derart provisorisch wirkenden Ort heimisch fühlen? Am liebsten würde ich mich Zentimeter für Zentimeter durchs Haus schrubben, überall lüften und aufräumen, damit alles seinen Platz hat und findet. Ich habe ganz vorsichtig versucht, ein wenig Ordnung zu schaffen, ohne Abigail zu beleidigen, war aber nicht sehr erfolgreich. Obwohl sie mein Schrubben und Fegen nicht weiter kommentiert hat, habe ich einen Tag, nachdem ich das Geschirr auf dem Büfett geordnet hatte, alle Schüsseln und Teller im alten Durcheinander wiedergefunden. Wenn Abigail arbeitet, geschieht das unter so viel Klappern, Klirren und Krachen, dass ich schon vom Zuhören müde werde.

Am besten kannst Du Dir Abigails Charakter vielleicht vorstellen, wenn ich Dir sage, dass sie beim Quilten immer in der Naht näht, um ihre schiefen Stiche zwischen den Blöcken zu verstecken. Ich glaube, wir beide haben diese Technik seit unserer Kindheit nicht mehr angewendet!

Aber das ist gemein von mir. Auch Abigail hat ihren Kummer. Ihr Mann Matthew ist nach langem Leiden an der Schwindsucht gestorben; sie waren bereits drei Jahre verheiratet, doch sie haben keine Kinder. Das muss sehr schmerzhaft für Abigail sein, auch wenn wir natürlich nicht darüber geredet haben.

Vielleicht liegt alles nur an mir. Seit ich von zu Hause weg bin, fühle ich mich mir selbst fremd. Wenn ich ganz ehrlich bin, ist mein Leben schon damals aus den Fugen geraten, als Samuel mich verlassen hat. Seither sehe ich alles in einem schlechten Licht. Doch trotzdem: Abigail, Adam und ich sind ein seltsames Trio, das nichts anderes verbindet als ein oberflächliches Pflichtgefühl. Weil meine eigene Lage so ungewiss ist, kommt mir vermutlich der ganze Haushalt so provisorisch vor. Nachdem ich zwanzig Jahre lang im sicheren Schoß meiner Familie gelebt habe, ist es befremdend und erschreckend, sich so haltlos zu fühlen.

Faithwell selbst ist eine winzige, noch nicht besonders gut entwickelte Siedlung. Ich weiß, dass Adam in seinen Briefen nicht bewusst gelogen hat, als er Faithwell als »Stadt« beschrieb, aber übertrieben hat er dabei ganz gewiss. Dabei behaupten die Menschen hier voller Stolz, dass dieser Teil von Ohio bereits gut erschlossen sei und sich in den letzten Jahren ungeheuer viel getan habe. Doch ich habe trotzdem das Gefühl, am Rande der Zivilisation zu leben, wo man der Wildnis mühsam ein paar Häuser abgerungen hat. Du müsstest nur den »Kaufladen« hier sehen! Das Geschäft besteht hauptsächlich aus leeren Regalen, und es gibt fast keinerlei Auswahl. Noch dazu liegt es an einer unbefestigten Fahrspur, durch die keine Kutsche durchkäme. Selbst die robusten Bauernwägen bleiben immer wieder im Schlamm stecken, und wenn sie nicht stecken bleiben, wird man auf ihnen so durchgerüttelt, dass man lieber gleich zu Fuß geht.

Wenigstens der Andachtsraum von Faithwell ist recht nett, und die Freunde sind liebenswürdig. Trotzdem bin ich in der Andacht bislang noch nicht zur Ruhe gekommen. Ich weiß nicht, warum das so ist, und es enttäuscht mich sehr, da ich das gemeinsame Schweigen immer als tröstlich empfunden habe. Gerade im Moment müsste mir das aufmerksame Warten in der Gemeinschaft doch nur guttun. Ich weiß, ich muss geduldig sein, dann wird sich wieder eine Tür öffnen.

Die anderen Familien hier habe ich noch nicht richtig kennengelernt, deshalb weiß ich auch noch nicht, mit wem ich mich anfreunden könnte. Die Frauen sind in allem sehr direkt und schnörkellos: Sie reden, wie ihnen der Schnabel gewachsen ist, und kleiden sich schlicht und sachlich. Die Einfachheit erstreckt sich sogar auf ihren Gang, der eher ein Schlurfen ist und nicht besonders anmutig. Du würdest sicher über sie lächeln. Wenigstens kannst Du Dich in der Gewissheit wiegen, dass es hier keine Rivalin gibt, die jemals Deinen Platz als meine liebste Freundin einnehmen könnte.

Ich darf meine neue Heimat nicht so kritisieren. Deshalb will ich mit etwas Lustigem schließen: In Ohio bezeichnen sie Quilts als »Steppdecken«!

Deine treue Freundin,
Honor Bright

Löwenzahn

Zwei Wochen nach Honors Ankunft bat Adam Cox sie, ihm am Sechsttag im Laden in Oberlin zur Hand zu gehen. Abigail, die normalerweise aushalf, hatte über Unwohlsein geklagt, und an Sechsttagen war in der Stadt immer besonders viel los, da die Läden für die Bauern, die spät von den Feldern kamen, lange geöffnet hatten. Honor freute sich darauf, eine größere Stadt zu sehen, denn die Abgeschiedenheit in Faithwell machte ihr zu schaffen. Außerdem war sie froh, eine Zeit lang von Abigail wegzukommen, die ihr gegenüber immer feindseliger wurde.

Normalerweise ritt Adam nach Oberlin, wenn er genügend Zeit hatte, ging er sogar zu Fuß; wegen Honor jedoch borgte er sich einen Buggy aus. Genau in dem Moment, als sie am Kaufladen von Faithwell vorbeifuhren, trat Judith Haymaker mit einem Beutel Mehl im Arm aus der Tür. Honor hoffte, dass die Augen der Frau nicht so gut waren, dass ihr die graugelbe Haube auffiel. Seit ihrer Ankunft in Faithwell hatte sie Belles Geschenk nicht mehr angerührt, doch an diesem Tag hatte sie die Haube erstmals wieder aufgesetzt, um für die Arbeit in Adams Geschäft angemessen gekleidet zu sein. Die Haube war zwar schicker als eine Alltagshaube, aber nicht zu auffällig. Außerdem war Honor der Meinung, dass ihre Kleidung eigentlich niemanden etwas anging, solange sie sauber und sittsam war. Trotzdem machte sie sich jetzt Gedanken über die zartgelbe Innenseite der Krempe, deren Widerschein ihr Gesicht so vorteilhaft vom Grau der restlichen Haube abhob. Auch die mehrere Zentimeter breite weiße Borte am Ausschnitt ihres Kleides war ihr plötzlich sehr bewusst. Für Honor betonte dieses Detail die Klarheit und Einfachheit ihrer Kleidung, doch befürchtete sie, dass Judith Haymaker das anders sehen könnte. Selbst Adam hatte erstaunt die Augenbrauen gehoben, als Honor mit der neuen Haube nach unten gekommen war, doch gesagt hatte er nichts.

Honor nickte der Nachbarin zu. Judith Haymaker nickte kurz zurück, blieb dann aber regungslos stehen und ließ Honor und Adam vorbeifahren.

Im Osten von Faithwell rückte der Wald wieder näher an die Straße, und Honor musste mehrmals schlucken, um ihre Panik zu unterdrücken. Ob sie sich jemals an die riesigen, eintönigen Waldflächen Ohios gewöhnen würde? Plötzlich vermisste Honor das Meer – nicht den Ozean ihrer Seereise, sondern die Aussicht vom sicheren Strand aus, wo das Meer den Blick auf einen weiten verheißungsvollen Horizont freigab.

Sobald sie in die Straße eingebogen waren, die, von Norden kommend, nach Oberlin führte, entspannte sich Honor ein wenig, denn es wurde wieder heller. Der düstere Wald zog sich zurück, und sie fuhren an Höfen und Getreidefeldern vorbei. Auf den Weg fiel nun helles Sonnenlicht, und Wildblumen wie Zichorie, Wiesenkerbel und Schwarzäugige Susanne wuchsen an seinen Rändern. Es herrschte auch mehr Verkehr: Vor ihnen waren andere Buggys, Wägen und Reiter in Richtung Oberlin unterwegs, und aus der Gegenrichtung kamen ihnen Reisende in Richtung Wellington entgegen.

»Warum verlaufen hier alle Straßen entweder nordsüdlich oder ostwestlich?«, fragte Honor. Seit sie mit Thomas von Hudson nach Wellington gefahren war, rätselte sie über das vollkommen regelmäßig angelegte Straßennetz Ohios. In England folgten die Straßen den Konturen der Landschaft, die sich nicht an die strengen Vorgaben des Kompasses hielten.

Adam schmunzelte. »Weil es ohne Probleme möglich ist. Dieser Teil von Ohio ist sehr flach, nichts stellt sich dem Straßenverlauf in den Weg. Bis auf eine scharfe Kurve am Black River ein paar Meilen südlich von hier verläuft die Straße zwischen Oberlin und Wellington neun Meilen lang schnurgerade. Auch die Siedlungen sind mehr oder weniger identisch angelegt und ziehen sich in Abständen von ungefähr fünf Meilen wie ein Netz über das ganze Land.«

»Außer Faithwell.«

»Genau, wir fallen aus dem Raster.«

»Warum sind die Städte so gleichmäßig verteilt?«

»Vielleicht war es ein Versuch der Landvermesser, ein wenig Kontrolle über dieses ungezähmte Land zu erringen.« Nachdenklich hielt Adam inne. »Es ist ganz anders als in Dorset.« Es war das erste Mal, seit Honor bei Adam lebte, dass er Ohio mit ihrer Heimat verglich.

Bevor sie zum Laden fuhren, drehte Adam mit Honor noch eine Runde durch Oberlin. Das hübsche Städtchen war doppelt so groß wie Wellington und hatte viel mehr zu bieten als Faithwell. Die Häuser wirkten massiver und beständiger, manche waren sogar aus Backstein gebaut. Ein von vier Straßen umgrenzter Platz, auf dem alle Bäume gefällt worden waren, bildete das Stadtzentrum. Die eine Hälfte des Platzes wurde von Schulgebäuden eingenommen, die andere von einer Parkanlage, in der in diagonalen Linien junge Eichen und Ulmen gepflanzt worden waren. Honor tat der Anblick der vertrauten, in geordneten Reihen stehenden Bäume, so anders als das unüberschaubare Dicht an Dicht in den Wäldern um Faithwell, gut.

In zwei der Straßen am Platz standen ebenfalls Schulgebäude. Honor sah viele junge Menschen in ernsthafter Geschäftigkeit hin und her eilen. Es waren auch Frauen darunter – und Schwarze. »Sind das alles Studenten?«

Adam nickte. »Oberlins Gründungsväter glaubten ähnlich wie wir Freunde daran, dass alle Menschen gleich sind. Die Stadt war ursprünglich eine religiöse Siedlung, und es herrschten strenge Vorschriften. Noch heute gibt es in ganz Oberlin weder Alkohol noch Tabak zu kaufen.«

»Dann wird sicher auch nicht so viel gespuckt.«

»Genau, gespuckt wird auch nicht«, schmunzelte Adam. »Das Spucken fällt einem richtig auf, nicht wahr? Aber komisch, man gewöhnt sich daran. Mittlerweile bemerke ich es gar nicht mehr, wenn ich in Cleveland bin.«

Fast alle Geschäfte Oberlins lagen an der Hauptstraße, der Main Street. Im Vergleich zu Faithwell war die Anzahl und Vielfalt der Läden geradezu überwältigend: Honor sah mehrere Lebensmittelgeschäfte, zwei Fleischer, einen Schuster, einen Friseur, einen Zahnarzt, eine Putzmacherin, zwei Buchläden und sogar einen Daguerreotypiekünstler. Auch die Straßen waren besser als in Faithwell, breiter und nicht so ausgefahren, obwohl sie sich bei Regen sicher ebenfalls in Schlammflächen verwandeln würden. Vor den Läden waren bereits vorsorglich Planken für die Fußgänger ausgelegt.

Verglichen mit dem Geschäft von Adams Brüdern in Bridport, war die Cox'sche Kurzwarenhandlung in der Main Street recht unscheinbar. In Bridport hatten sich die Stoffballen in den offenen Regalen bis unter die Decke gestapelt, und für die Waren in den obersten Fächern gab es eine fahrbare Leiter, die an den Regalen entlanggeschoben wurde. Die Ladenfläche in Oberlin war zwar größer, aber um die wenigen Stoffballen auszulegen, genügten ein paar Tische in der Mitte des Raums. Adams Bruder war es vor seiner Krankheit nicht gelungen, das

Geschäft richtig aufzubauen, und in dem einen Jahr, das Adam nun hier war, hatte es sich nur langsam weiterentwickelt. Die strengen moralischen Prinzipien, nach denen Oberlin gegründet worden war, lockten zwar Quäker wie Matthew und Adam an, waren aber womöglich auch der Grund für den begrenzten wirtschaftlichen Erfolg ihrer Geschäfte. Die Einwohner der Stadt lebten nicht nur nach strengen Ernährungs- und Verhaltensregeln, sondern waren auch angehalten, keine Kleidung aus teuren Stoffen zu tragen. Obwohl die Bevölkerung mittlerweile von neuen, weniger prinzipientreuen Siedlern durchmischt war, gab es nach wie vor kaum Nachfrage für weichen Samt und bunte Satinstoffe, wie sie der Tuchladen in Bridport an Nicht-Quäker verkaufte. Die Stoffe in Adams Geschäft hingegen hätte Honor fast alle selbst tragen können. Auf den Tischen stapelten sich Baumwolle und Chintz, den die Amerikaner Kattun nannten, und ein wenig Damast für Vorhänge. Die farbenfrohsten Materialien waren die Bündel mit Stoffflicken, die Adam für Quilterinnen vorrätig hielt. Für Quilts gab es weder in Oberlin noch bei den Quäkern Beschränkungen, selbst wenn man die für Ohio typischen Rot- und Grüntöne niemals in einem Kleid finden würde.

Während der ersten Stunde im Laden musste Honor an Adams Seite bleiben, um zu lernen, wie man die Stoffe entlang der Markierungen am Tischrand abmaß, sie kurz einschnitt, dann entlang des Fadenlaufs auseinanderriss und in braunes Papier einschlug, das mit Bindfaden zugebunden wurde. Honor hatte oft genug Stoff gekauft, um mit der Prozedur vertraut zu sein, die in Oberlin nicht anders war als in Bridport. Wenigstens ein paar Dinge waren in England und Amerika gleich. Nachdem Adam sich überzeugt hatte, dass Honor alles richtig machte, durfte sie allein bedienen, während er an der Kasse stand und einen Jungen beaufsichtigte, der den Kunden Scheren und Nadeln schleifte. Adam hoffte, dass dieser neu eingeführte Service das Geschäft beleben würde.

Honor freute sich, mit neuen Menschen in Berührung zu kommen. Auch wenn ihr das Leben in einer Gemeinschaft von Freunden vertraut war, hatte sie die Einschränkungen ihres Daseins in Faithwell, wo sie Tag für Tag dieselben Gesichter sah, schon bald als sehr eintönig empfunden und sehnte sich nach Abwechslung. In England hatten sich Quäker und Nicht-Quäker mehr vermischt, außerdem liefen in Bridport ständig Schiffe ein und aus, sodass es täglich Neues zu sehen und fremde Gesichter zu entdecken gab. In Adams Kurzwarenladen musterte Honor aufmerksam die Kleidung der Kundinnen und lauschte deren Gesprächen über Politik, das Wetter, die Ernte oder die jüngsten Streiche der Studenten von Oberlin. Sie sah kleine Jungen mit Reifen vorbeilaufen und lächelte einem Mädchen zu, das einen geschnitzten Spielzeughund an einem Seil hinter sich herzog. Einer Kundin, die einen Stoffballen aufrollen wollte, durfte sie das Baby halten, und eine ältere Dame brauchte ein paar Schritte Begleitung zu dem Buggy, der um die Ecke in der College Street auf sie wartete. Endlich hatte Honor das Gefühl, sich nützlich machen zu können und nicht nur der lästige und unerwünschte Gast in Abigails Haus zu sein.

Unter den stetig strömenden Kundinnen waren auch mehrere schwarze Frauen, die Stoffe, Näh- oder Stecknadeln kauften oder sich die Scheren schleifen ließen. Honor musste sich zusammenreißen, um sie nicht anzustarren. Sie kamen ihr wie exotische Vögel vor, die im Flug vom Kurs abgekommen und unter Spatzen gelandet waren. Für Honor sahen alle schwarzen Frauen gleich aus: braune Haut wie poliertes Eichenholz, hohe Wangenknochen, breite Nasen und dunkle, ernst blickende Augen. Honor wusste nicht, wie sie sich den Frauen gegenüber verhalten sollte, und auch die Frauen schienen sich durch Honors Anwesenheit verunsichert zu fühlen. Nach einem kurzen Blick auf das neue Gesicht im Laden gingen sie gleich zu Adam hinüber und nahmen sogar Wartezeiten in Kauf, wenn er jemand anderen bediente. Waren sie dann an der Reihe, fragten sie ihn nach einem Stoff oder reichten ihm die Scheren und Nadeln, die sie sich von dem Jungen schleifen lassen wollten. Adam schien bei ihnen als sicher zu gelten. Die Frauen wussten immer genau, was sie wollten, entschieden sich schnell, bezahlten und gingen wieder. Mit Adam sprachen sie wenig, mit Honor überhaupt nicht. Niemals hätte eine von ihnen sie gebeten, einen Moment lang ihr Baby zu halten.

Als es später etwas ruhiger im Laden wurde, machte Honor einen kleinen Spaziergang, um frische Luft zu schnappen. Wenige Meter weiter kam sie an einem Süßwarenladen vorbei, in dem schwarze Frauen in Grüppchen zusammenstanden und miteinander lachten und plauderten. Der Mann hinter der Theke, der Pfefferminz und Raspeleis verkaufte, war ebenfalls schwarz und eindeutig der Ladenbesitzer. Honor staunte. Sie hatte nicht gewusst, dass Neger sogar Geschäfte besaßen. Donovan hatte recht gehabt: Oberlin war radikal.

Als Quäkerin war Honor das Gefühl, anders zu sein, gewohnt, und in Amerika war sie ohnehin fast überall eine Außenseiterin. Sie wusste, dass die schwarzen Frauen sich unter ihresgleichen wohler fühlten, so wie sie selbst sich unter Quäkern am wohlsten fühlte. Bei aller Aufgeschlossenheit zog es die Menschen doch immer wieder zu ihresgleichen hin. Und wenn aus einer Familie zwei so unterschiedliche Menschen wie Donovan und Belle Mills stammen konnten, hatten die Schwarzen sicher allen Grund, vorsichtig im Umgang mit Weißen zu sein. Trotzdem spürte Honor einen Stich, als sie jetzt dieselben Frauen, die sich im Kurzwarenladen von Adam Cox so reserviert gegeben hatten, ausgelassen miteinander plaudern sah. Selbst die Ausgegrenzten der Gesellschaft grenzten sie aus.

Als sie später am Tag Stoffe faltete, hörte Honor ein Räuspern neben sich. »Entschuldigen Sie, Miss. Wie viel kostet der Meter?«

Neben ihr stand eine Schwarze und betrachtete interessiert den Stoff, den Honor gerade in der Hand hielt: cremefarbene, mit winzigen rostroten Rauten bedruckte Baumwolle. Die Frau war nicht größer als Honor und deutlich älter; ein Netz aus Falten spannte sich über ihre glänzenden Wangen und über ihre Handflächen. Sie trug eine Brille und einen mit Löwenzahnblüten geschmückten Strohhut. Von der Hitze waren die Blumen bereits ganz schlaff geworden und hingen herab.

Honor blickte sich suchend nach Adam um, doch der war im Hinterzimmer verschwunden. »Moment, ich schaue nach«, sagte sie und freute sich, gefragt worden zu sein. Die Stoffballen waren um flache Holzbretter gewickelt, an deren Stirnende Adam den Preis geschrieben hatte. Honor schob den Stoff zurück und suchte nach der Aufschrift. »Fünfzig Cent der Meter«, verkündete sie.

Die Frau verzog das Gesicht. »Geht gerade noch.« Sie holte einen leicht vergilbten, aber wunderschön gefertigten Spitzenkragen aus der Tasche und legte ihn auf den Stoff, wo sie ihn mit langen, von hell-ovalen Nägeln gekrönten Fingern glatt strich. »Das passt zusammen?« Es klang nicht wie eine Frage, sondern mehr wie eine Feststellung, und Honor wusste nicht, ob sie darauf antworten sollte. Der Kragen vertrug sich durchaus mit dem Material, aber etwas Feineres wie Seide wäre noch besser gewesen. Allerdings wagte Honor nicht, einen Seidenstoff vorzuschlagen, da dieser viel teurer sein würde.

»Ist es für Sie?«, fragte sie.

Die Frau schüttelte den Kopf. »Es wird ein Brautkleid für

meine Tochter. Sie braucht etwas, das sie später auch noch tragen kann, zum Beispiel in der Kirche.«

Sie ist wie jede andere Frau und macht sich Gedanken, wie ihre Tochter zur Hochzeit auch in einem praktischen Kleid so gut wie möglich aussehen kann, dachte Honor. »Dann ist dieser Stoff eine gute Wahl«, sagte sie. »Wie viele Meter dürfen es sein?«

»Fünf Meter – ach nein, vier reichen. Sie ist so ein kleines Ding.«

Honors Hände zitterten. Sorgfältiger als bei allen anderen Kundinnen an diesem Tag maß sie den Stoff ab und schnitt ihn auf die gewünschte Länge. Zum ersten Mal im Leben habe ich einem schwarzen Menschen geholfen, dachte sie, als sie den Stoff in Papier einschlug und das Paket mit Bindfaden umwickelte.

Honor spürte die Augen der Frau auf sich ruhen und blickte auf. Die Frau musterte die gelbe Krempe von Honors Haube. »Wo haben Sie denn die Haube her? Sicher nicht aus Oberlin, oder?«

»Nein, die ist aus dem Hutladen von Belle Mills in Wellington.« Es hatten sie schon mehrere Frauen auf die Haube angesprochen, und alle waren enttäuscht gewesen, als sie hörten, dass es solche Hauben nur in Wellington zu kaufen gab.

In den Augen der Frau blitzte Erkennen auf, und sie musterte Honor lange über ihren Brillenrand hinweg. Dann schien sie etwas sagen zu wollen, doch in dem Moment tauchte Adam aus dem Hinterzimmer auf. »Hallo, Mrs Reed. Konnte Honor Ihnen behilflich sein?«

Mrs Reeds Augen verschwanden wieder hinter der funkelnden Brille. »Jap, konnte sie«, wandte sie sich nun an Adam. »Was ist mit Abigail?«

»Ihr war heute Morgen leider unwohl.«

»So, ihr war unwohl.« Mrs Reed presste die Lippen zu einem Strich und reichte Adam das Geld für den Stoff. Sie hatte ganz eindeutig noch mehr zu dem Thema zu sagen, man sah es nicht nur an ihrem demonstrativ geschlossenen Mund; auch ihr Blick sprach Bände. Doch sie sagte nichts und nahm das Päckchen vom Tisch. »Danke. Einen schönen Tag noch.« Sie drehte sich um und verließ, ohne sich noch einmal umzuschauen, den Laden.

Ernüchtert rollte Honor den Stoffballen auf und legte ihn zurück an seinen Platz. Mrs Reed hatte die Begegnung eindeutig weniger bedeutet als ihr.

Faithwell, Ohio

5. des 7. Monats 1850

Meine lieben Eltern,

ich war außer mir vor Freude, als heute Morgen Euer Brief eintraf, der erste seit den Zeilen, die mich bei meiner Ankunft in Faithwell erwartet hatten. Als ich ihn las, konnte ich Eure vertrauten Stimmen hören und mir genau vorstellen, wie Mutter schreibend am Tisch in der Zimmerecke sitzt und hin und wieder einen Blick aus dem Fenster wirft, um zu überlegen, was es noch Neues zu erzählen gibt.

Getrübt wurde meine Freude jedoch durch die schmerzhafte Erkenntnis, dass Ihr immer noch Grace und mich anredet. Selbst jetzt, da ich diese Zeilen schreibe, werdet Ihr und die Gemeinde noch nicht wissen, dass Grace gestorben ist. Es ist ein ganz eigentümliches Gefühl, dass eine so ernste und wichtige Nachricht Euch erst mit einer Verspätung von fast zwei Monaten erreicht. Und bis mein heutiger Brief bei Euch eintrifft, wird sich vermutlich schon wieder viel Neues ereignet haben. Manches, was ich heute schreibe, gilt vielleicht schon morgen nicht mehr und wurde längst von neuen Ereignissen überholt, bis Ihr es mit Verspätung lest. Ich kann nur hoffen und beten, dass sich bei uns allen in nächster Zeit nicht ständig tragische Dinge zutragen, die unsere Briefe ungültig machen, noch bevor sie ihr Ziel erreichen.

Seit meinem letzten Brief habe ich nach und nach die anderen Einwohner Faithwells kennengelernt, außerdem konnte ich Abigail besser zur Hand gehen als in der ersten Zeit. Ich versuche jetzt nicht mehr, alles im Haus zu verändern, denn Abigail nimmt jeden Vorschlag in dieser Richtung als persönliche Kritik. Dabei versuche ich nur, den Haushalt so zu organisieren, dass alles reibungslos läuft, doch Abigail ist äußerst empfindlich. Adam hält sich aus allem heraus und bittet mich nur, Abigails Rechte als Hausherrin zu respektieren und mich an ihre Anweisungen zu halten. Darum bleibt mir nichts anderes, als mich zurückzunehmen.

In einem Punkt jedoch konnte ich eine wirkliche Verbesserung erreichen. Abigail arbeitet nicht gerne im Garten – draußen ist es unerträglich heiß, denn die Sonne scheint hier viel öfter als in England, und die Luft fühlt sich schwer und stickig an. Eigentlich müsste Abigail die amerikanischen Sommer besser ertragen als ich, schließlich ist sie die Hitze von Kindheit an gewöhnt, doch sie wird immer gleich puterrot im Gesicht und jammert so bitterlich, dass sie mir leidtut. Außerdem ekelt sie der ständige Kampf gegen alle möglichen Tiere und Insekten. Als ich ihr anbot, den Garten zu übernehmen, hat mich Abigail zum ersten Mal seit meiner Ankunft dankbar angeblickt. Allein dafür nehme ich die Hitze gerne in Kauf.

Im Garten bauen wir viele Gemüsesorten an, die es auch bei Dir gibt, liebe Mutter: Kartoffeln, Bohnen, Karotten, verschiedene Salate und Tomaten. Doch selbst wenn es sich um dieselben Sorten handelt, sind die Früchte hier anders als unser Gemüse daheim. Die Kartoffeln sind größer und haben mehr Augen, die Karotten dünner und spitzer, allerdings genauso schmackhaft. Die Bohnen haben eine glattere Schale, und der Salat wächst hier viel schneller.

Einen Großteil des Gartens nimmt der Mais ein. Während wir ihn daheim nur als Viehfutter anbauen, scheint er hier zu den Grundnahrungsmitteln zu gehören und wird sogar noch mehr gegessen als Weizen oder Haferflocken. Man sieht ihn überall. Im Moment ist der Mais im Garten noch nicht reif genug, um ihn frisch zu verzehren, doch man hat mir gesagt, dass er ganz zart und süß schmeckt. Aus Maismehl hergestellte Lebensmittel habe ich allerdings schon mehr als genug gegessen. Abigail besteht darauf, selbst zu kochen, ich darf jedoch das Gemüse für sie waschen, klein schneiden und reiben.

Alle ihre Gerichte scheinen auf Mais zu basieren: von dem Brei, den die Amerikaner gern zum Frühstück essen, über das Brot, das zum Essen gereicht wird, den Teig für den selten gegessenen Backfisch bis hin zu den Kuchen, die es zum Kaffee gibt. Aber natürlich beklage ich mich nicht, sondern esse dankbar alles, was auf den Tisch kommt. Nur schmecke ich überall die süße Gemüsenote von Mais durch, und das Essen kommt mir etwas eintönig vor.

Im Garten gibt es viel Arbeit für mich. Abigail und Adam haben ihn ordentlich angelegt, doch in der Sommerhitze muss er ständig gegossen werden. Das Unkraut scheint schneller und üppiger zu wachsen als das Gemüse, außerdem habe ich mit Rehen und Kaninchen, Vögeln, Schnecken, Heuschrecken und anderen, mir unbekannten Insekten zu kämpfen. Die amerikanischen Kaninchen graben sich besonders gerissen unter den Zäunen durch, ich bin mir sicher, dass sie viel schlauer sind als ihre englischen Artgenossen. Am liebsten würde ich nachts draußen beim Gemüsebeet schlafen, um sie zu verscheuchen. Seit Abigail mir die Verantwortung für den Garten übertragen hat, kommentiert sie meine Methoden sehr kritisch, ohne selbst nützliche Vorschläge zu machen. Das kann sehr anstrengend sein. Der Mais braucht zum Glück wenig Aufmerksamkeit, worüber ich sehr froh bin, da ich jedes Mal, wenn ich an den Reihen vorbeigehe, ein paar Schlangen aufscheuche. Ich habe noch nie in meinem Leben so viele Schlangen gesehen, oft muss ich an mich halten, um nicht laut loszukreischen. Die meisten sind zwar harmlos, trotzdem gibt es genügend giftige Arten, um auf der Hut zu sein.

Hier in Amerika sagt man, der Mais müsse »bis zum 4. Juli kniehoch stehen«. Unser Mais geht mir jetzt schon weit übers Knie, deshalb dachte ich anfangs, dass er außergewöhnlich gut gedeiht. Doch dann sagte man mir, es sei das Knie eines Reiters zu Pferd gemeint. Es gibt so viele Wörter und Ausdrücke, die ich nicht verstehe, dass ich mich manchmal frage, ob das amerikanische Englisch vielleicht eine Fremdsprache wie das Französische ist.

Gestern war der 4. Juli. Für die Amerikaner ist das ein besonderes Datum, denn sie sind sehr stolz darauf, jetzt von England unabhängig und ein eigenes Land zu sein. Ich war gespannt auf diesen Tag, denn ich hatte gehört, dass er an vielen Orten gefeiert wird. In Faithwell oder Oberlin gab es allerdings keine Festlichkeiten, weil wir damit ja die Unabhängigkeitserklärung gutheißen würden, in der Neger nicht wie gleichberechtigte Bürger behandelt werden. Stattdessen haben sich einige Freunde aus Faithwell zum Collegegelände von Oberlin aufgemacht, um sich dort die Reden zur Abschaffung der Sklaverei anzuhören. Auch ich war mit dabei, und es gab ein Picknick, das aber nur Hunger und Durst stillen sollte und keine festliche Angelegenheit war. Im nördlichen Ohio sind die meisten Menschen gegen die Sklaverei, und Oberlin steht in dem Ruf, von allen Städten der Gegend am entschiedensten gegen sie vorzugehen.

Zum Glück war es gestern ausnahmsweise einmal nicht zu heiß, es wehte eine angenehm frische Brise. Auf den aufgebockten Tischen im Park lagen ungeheure Essensmengen ausgebreitet. Die Amerikaner nehmen ihre Picknicks sehr ernst. Während wir zu Hause einfach ein wenig Proviant mitnehmen, hält man es hier für wichtig, so viel wie möglich aufzutischen und zu essen. Niemals hätte ich gedacht, dass die Freunde aus Faithwell einen Hang zur Übertreibung haben könnten. In ihrer Kleidung und ihrem Betragen sind sie genauso schlicht und bescheiden wie die Freunde in Bridport, doch bei diesem Picknick haben sie viel mehr aufgetischt – vor allem Backwerk –, als wir jemals hätten essen können. Die Einwohner Oberlins scheinen es ähnlich üppig zu lieben, wovon ich mich überzeugen konnte, als ich mit Abigail einen kleinen Spaziergang über den Platz machte. Noch nie im Leben habe ich so viele verschiedene Kuchen gesehen!

Ein interessanter Anblick war für mich eine Gruppe von Negern, die ebenfalls beim Picknick saßen. Auch wenn meine Reise nach Ohio mich nur durch Staaten führte, in denen die Sklavenhaltung verboten ist, haben die wenigen Schwarzen, die ich sah, doch immer schwer ge-

arbeitet. Sie waren auf den Docks beschäftigt, arbeiteten für die Postkutschen oder in den Küchen und Ställen der Gasthäuser. Müßiggänger sind mir nie zu Gesicht gekommen. Deshalb habe ich mir die Gruppe genau angeschaut – natürlich nur aus den Augenwinkeln, ich habe sie nicht offen angestarrt – und herausgefunden, dass sich die Schwarzen gar nicht so sehr von uns unterscheiden. Ihr Picknick war jedenfalls mindestens genauso umfangreich, auch wenn sie etwas andere Speisen mitgebracht hatten. Die meisten Neger in Ohio kommen aus dem Süden, wo das Essen recht pikant sein soll. Die Frauen tragen mehr Rüschen an den Kleidern, als eine Quäkerin es jemals tun würde, allerdings sind die Stoffe nicht von guter Qualität. Die Männer hatten dunkle Anzüge an und Strohhüte auf dem Kopf. Die Kinder waren sehr ausgelassen und lebendig und rannten wie die weißen Kinder mit Bällen, Windrädchen und Drachen über den Platz. Zusammen gespielt haben weiße und schwarze Kinder allerdings nicht.

Die Reden waren lang, und ich muss zugeben, dass ich vieles nicht verstanden habe, was sicher nicht nur am amerikanischen Akzent lag. Die Leute sprechen hier recht unterschiedlich, was manchmal verwirrend ist. Ich hatte aber den Eindruck, dass selbst die Gegner der Sklaverei sich nicht einig darüber waren, wie sie abgeschafft werden soll. Manche waren für die sofortige Gleichberechtigung aller Schwarzen, während andere behaupteten, solch drastische Maßnahmen würden der Wirtschaft schaden, außerdem sei es besser, die Freiheit Schritt für Schritt einzuführen. Sie haben auch über den Kongress geredet, das amerikanische Gegenstück zu unserem Parlament. Dort wird gerade über eine neue Gesetzesvorlage zur Behandlung flüchtiger Sklaven debattiert, die auch das Hauptthema der Reden und Diskussionen in Oberlin war. Die Männer haben sich ziemlich in Rage geredet, manchmal haben sie sich sogar dazu hinreißen lassen, die Politiker persönlich zu beleidigen, und zwar mit Ausdrücken, wie ich sie noch nie gehört habe. Trotzdem haben die Reden mich sehr nachdenklich gemacht.

Dann hat der Schmied aus Faithwell mit seiner ungekünstelten tiefen Stimme ein Gedicht zitiert, das von allen bejubelt wurde. Später habe ich mich nach dem Gedicht erkundigt und erfahren, dass es von John Greenleaf Whittier stammt und den Titel »Stanzas for the Times« trägt. Ich habe mir ein paar Zeilen aufgeschrieben, damit ich sie nicht vergesse:

... geführt von unseres Landes Gesetzen
Für Wahrheit, Recht und gegen Menschenleid.
Wollen wir uns für die Freiheit einsetzen,
Wie sie Christen gebührt – und des Bürgers sei!

Als es dunkel wurde, hängten die Collegestudenten bunte Laternen in die Bäume, und die Fiedler spielten Lieder, die ich nicht kannte. Es war ein sehr schöner Abend, und ich habe mich vielleicht zum ersten Mal seit meiner Abreise aus England in diesem fremden Land richtig wohl gefühlt.

Nur ein Vorfall hat mir den Tag ein wenig verdorben. Ich stand gerade an einem Picknicktisch und hielt nach maisfreien Speisen Ausschau, als ich zufällig hörte, wie Judith Haymaker, eine Bäuerin, die uns Milch und Käse verkauft und im Andachtsraum von Faithwell zu den Ältesten gehört, etwas zu Adam sagte. »Es gehört sich nicht, dass ein Mann mit zwei jungen Frauen unter einem Dach lebt, die weder seine Schwester, Ehefrau noch Tochter sind. Das kann so nicht weitergehen.« Adams Antwort verstand ich nicht, aber er hat sehr ernst dabei geschaut.

Gerne würde ich schreiben, dass mich dieser Vorwurf überrascht hat, doch es war nicht so. Judith Haymaker hat nur in Worte gefasst, was mich schon seit meiner Ankunft in Faithwell beschäftigt. Weder Adam noch Abigail haben es jemals ausgesprochen, doch manchmal herrscht zwischen uns eine Spannung, die ihren Ursprung ganz sicher in unserer ungewöhnlichen Hausgemeinschaft hat. Macht Euch aber trotzdem keine Sorgen um mich. Möge es Euch ein Trost sein, dass wir vielleicht längst eine Lösung gefunden haben, bis Ihr diese Zeilen lest.

Eure Euch liebende Tochter,
Honor Bright

Wälder

Am Ersttag nach dem 4. Juli bekam Honor Besuch. Sie saß gerade dösend mit Abigail und Adam auf der vorderen Veranda, und ihr war ein wenig übel. Beim Sonntagsessen hatte wieder einmal eine fette, versalzene Speckschwarte die Hauptrolle gespielt. Honor hatte noch nie zuvor in ihrem Leben so viel Schweinefleisch gegessen wie in Amerika. Sie sehnte sich nach Lamm, Fisch oder Geflügel – nach einfach zubereiteten, aber delikat schmeckenden Gerichten.

»Honor Bright, mit dir habe ich ein Hühnchen zu rupfen!«

Honor fuhr zusammen und öffnete die Augen. Vorm Haus stand ein leichter Buggy, in dem niemand anders als Belle Mills saß. Sie warf die Zügel über den weißen Lattenzaun vorm Haus und sprang von der Kutsche. »Wie kannst du mir nur so viele Damen aus Oberlin schicken? ›Ich will auch so 'ne graugelbe Haube wie das Quäkermädchen haben‹, drängeln sie. Kannst du mir bitte sagen, wie ich da nachkommen soll, wo du nicht mehr da bist, um mir zu helfen?« Belle nickte Abigail und Adam zu. »Sie sind sicher Abigail. Adam kenne ich schon. Ich bin Belle Mills, die Putzmacherin aus Wellington. Ich weiß nicht, was Honor über mich erzählt hat – vermutlich gar nichts, sie redet ja nicht viel, oder? Na, wollen Sie mich nicht reinbitten, aus der Sonne raus? Ganz schön heiß heute.«

Da Abigail die Hausherrin war, wartete Honor, dass sie Belle zu sich auf die Veranda einlud. Doch Abigail starrte nur Belles

Kopfbedeckung an, einen Strohhut mit breiter Krempe, auf der ein weißer Spitzenstreifen über rotes Band gelegt war. An der Seite prangte noch dazu ein Bukett Seidenkirschen.

Honor wartete nicht länger und begrüßte Belle. »Ich freue mich sehr, dich zu sehen, Belle. Komm, setz dich zu uns.«

Belle trat auf die Veranda und ließ sich in den Schaukelstuhl sinken, den Adam ihr hinschob. »Ach, das tut gut. Nein, dieses Gerüttel auf dem Wagen, wirklich fürchterlich!«, stöhnte sie und zog die Spitzenhandschuhe aus. In Wellington hatte Honor sie noch nicht einmal auf ihren Spaziergängen Handschuhe tragen sehen. Das elegante Paar wirkte fremd an Belle, vor allem als sie es auszog und darunter ihre breiten Hände und knochigen Finger zum Vorschein kamen. Hut und Handschuhe vertrugen sich nicht mit der mageren Figur und den breiten Schultern der Putzmacherin. Einen größeren Kontrast zu den üppigen Kurven und runden Schultern, die die gerade vorherrschende Mode verlangte, hätte es kaum geben können. Wenn Frauen neuerdings wie Tauben aussehen sollten, glich Belle Mills einem Bussard.

»Abigail, vielleicht hätte unser Gast gern etwas zu trinken«, schlug Adam vor.

»Oh!« Abigail eilte ins Haus. Es war ihr sichtlich unangenehm, dass man sie daran erinnern musste.

»Aha, das ist also Faithwell«, meinte Belle und schaute sich um. »Ich hab es noch nie bis hier raus geschafft. Ist das die ganze Stadt?« Sie nickte in Richtung Kaufladen.

»Schon, aber es gibt noch ein paar Höfe im Umland«, erwiderte Adam. »Außerdem wächst Faithwell noch. Es ziehen ständig neue Familien her.«

»Da habe ich keine Zweifel, aber wahrscheinlich nur Quäker, oder? Ich kann mir nicht vorstellen, dass irgendein anderer Mensch bereit wäre, über diese Fahrspur zu fahren. Wie die nach einem kräftigen Regenschauer aussieht, will ich lieber gar nicht wissen. Der Matsch ist ja schon auf der Straße zwischen Wellington und Oberlin schlimm genug.«

Als Abigail mit Gläsern, einer Flasche mit dunklem Inhalt und einer Karaffe Wasser zurück aus dem Haus kam, nickte Belle. »Brombeersaft, stimmt's? Ich bin beeindruckt, dass ihr den noch vom letzten Sommer übrig habt. Ich hätte schon im Oktober alles ausgetrunken.«

Abigail, die gerade einschenkte, hielt inne. Anscheinend konnte sie nicht gleichzeitig gießen und denken.

»Keine Sorge, Schätzchen, das war ein Kompliment«, fügte Belle hinzu. »Nur eine gute Haushälterin schafft es, die besten Sachen für ihre Gäste aufzuheben.« Sie wandte sich an Honor. »Ich hatte gehofft, dass du zum 4. Juli nach Wellington kommst, aber wahrscheinlich war es zu weit für dich.«

»Wir feiern den 4. Juli nicht«, bemerkte Adam.

»Wirklich nicht? Amüsiert ihr Quäker euch nicht auch mal gern ein bisschen?«

»Wir wollen kein Dokument feiern, das nicht alle Menschen als freie Bürger Amerikas einschließt.«

»Wir waren in Oberlin und haben uns die Reden gegen die Sklaverei angehört«, fügte Honor hinzu.

»Hätte ich mir doch denken können, dass ihr Quäker lieber den Abolitionisten zuhört, als in der Luft herumzuballern. Ich persönlich hab nichts gegen ein bisschen Schießen. Wie geht denn das Geschäft drüben in Oberlin?«

»Ganz ordentlich«, sagte Adam. »Ich hätte aber nichts dagegen, wenn noch mehr los wäre.«

»Ich wette, ihr verkauft nicht viel Satin und Samt, oder?«

»Nein, kaum.«

Belle schmunzelte. »Die Leute in Oberlin haben eben nichts mit schicken Sachen am Hut. Ich bin froh, dass ich nicht dort Putzmacherin bin, denn in Oberlin könnte ich wohl nie etwas

Ausgefalleneres als Honors Haube machen.« Belle warf einen Blick auf die schlichten Kleider von Abigail und Honor, Adams kragenloses Hemd und die Hosenträger, die er darüber trug. »Zu welchem Stoffhändler in Cleveland gehen Sie?«

Während Abigail die Gläser vollschenkte und Honor sie herumreichte, plauderte Belle so unbefangen mit Adam übers Geschäft, dass Honor fast neidisch wurde. Aber schließlich gehörte es zu Belles Beruf, auf jeden Menschen zugehen zu können. Noch dazu hatte sie die besondere Gabe, aufrichtiges Interesse mit trockenem Humor und Ungezwungenheit zu verbinden.

»Sie haben einen ähnlichen Akzent wie Honor«, sagte sie gerade zu Adam. »Kommt ihr beide aus derselben englischen Stadt?«

Adam bestätigte dies, was für Belle der Startschuss war, ihn und Honor mit Fragen über Bridport zu löchern. Während sich die anderen über England unterhielten, wippte Abigail immer schneller und schneller in ihrem Schaukelstuhl. »Darf es noch etwas zu trinken sein?«, unterbrach sie schließlich und sprang auf.

»Aber gerne, danke.« Belle hielt Abigail ihr Glas hin und zwinkerte Honor zu, während Abigail einschenkte. »Und woher kommen Sie, Abigail?«

»Aus Pennsylvania.«

»Na, ist doch typisch Ohio. Wir kommen alle von woandersher.«

»Und wo ist Ihre Heimat?«, fragte Adam.

»Kentucky – hört man das nicht am Akzent? Mich hat es nach hier oben verschlagen, weil mein Mann nach Cleveland wollte, um mit Dampfschiffen auf dem Lake Erie zu spekulieren. Und ich hab gedacht, Cleveland wär allemal interessanter als unser Kaff in Kentucky. Gut, war ja auch so.«

»Du warst verheiratet?«, rief Honor erstaunt.

»Bin ich immer noch. Der Schurke hat sich vom Acker gemacht – und mein Bruder war leider einer der Gründe dafür. Die beiden waren nie einer Meinung. Keine Ahnung, wo mein Mann abgeblieben ist. Ach, er taugte nichts, der Kerl, und ich war dumm. Trotzdem hätte ich ihn lieber selbst zum Teufel gejagt, als es Donovan zu überlassen. Dieser Mistkerl.« Belle hielt inne. »Entschuldigt mein Fluchen. Jedenfalls bin ich froh, dass ich ihn los bin – die Eisenbahn wird die Dampfschiffe ohnehin bald verdrängt haben. In Cleveland habe ich dann das Putzmacherhandwerk gelernt, eins der wenigen, in denen Frauen selbstständig tätig sein können. Dann hab ich mich in Wellington niedergelassen und den Laden aufgemacht. Anfangs hab ich auch Oberlin in Erwägung gezogen, aber die mögen dort ja keine Federn und Farben, im Gegensatz zu mir.« Sie leerte ihr Glas in einem Zug. »Also, Honor, zeigst du mir jetzt den Rest von Faithwell? Ich muss mir ein wenig die Beine vertreten. Und setz die graue Haube auf, ich würde sie gern im Einsatz sehen.«

Honor war noch immer ganz verdattert von der Nachricht, dass Belle Mills verheiratet war, lief aber los, um ihre Haube zu holen. Normalerweise hätte sie die graugelbe Haube in Faithwell nicht zum Spaziergang getragen, aber der Frau, die sie genäht hatte, konnte sie den Wunsch kaum abschlagen.

Als sie die zerfurchte Fahrspur entlangspazierten und den Nachbarsfamilien zunickten, die sich nach dem Ersttagessen auf den Eingangsveranden ihrer Häuser versammelt hatten, hakte Belle sich bei Honor unter. Alle starrten Belle und ihren Hut und Honor und ihre Haube an, doch Belle schien das gar nicht zu bemerken. »Hat dich Donovan belästigt, seit du hier bist?«

»Er ist ein paarmal vorbeigeritten, aber angehalten hat er nicht.« Dass Donovans Grinsen und Winken bei Abigail und Adam jedes Mal düstere Mienen hervorgerufen hatten, erwähnte Honor nicht.

»Gut. Glaub aber bloß nicht, dass das so weitergeht. Donovan findet es einfach unwiderstehlich, die Menschen genau dann mit seiner Aufmerksamkeit zu beglücken, wenn sie es überhaupt nicht brauchen können.«

Sie gingen an der Schmiede vorbei und dann am Kaufladen. Belle schaute durch die Fenster. »Nicht besonders viel Auswahl, was?«, bemerkte sie. »Wie viele Familien leben denn hier?«

»Fünfzehn, einschließlich der Höfe außerhalb.«

»Oh je, so groß war das Kaff in Kentucky, aus dem ich komme. Ich weiß also, was das bedeutet. Wie kriegen wir dich nur aus dem Haus raus?«

»Bitte? Was meinst du damit?«

Belle blieb stehen und schüttelte Honors Ellbogen. »Nun komm schon, du willst doch nicht etwa weiter mit den beiden Trauergestalten zusammenwohnen? Noch dazu, wo Abigail dich immer so finster anblickt! Hast du nicht gemerkt, wie es sie aus der Fassung gebracht hat, als ihr beiden, du und Adam, über England geredet habt? Ich hab schon gedacht, sie schaukelt noch die Kufen vom Stuhl. Jedes Mal wenn sie sich ausgeschlossen fühlt, muss sie sich auf der Stelle einmischen.«

»Aber …«, wollte Honor erwidern.

Belles haselnussbraune Augen funkelten. »Sie ist eifersüchtig auf dich. Merkst du das denn nicht? Oder bist du einfach zu brav, um es zu merken? Abigail will Adam ganz für sich allein, deshalb kann sie keine andere Frau in der Nähe brauchen – und schon gar nicht eine, die netter und hübscher ist als sie, besser nähen kann und wahrscheinlich auch noch tüchtiger im Haushalt ist. Zum Teufel, ich glaub, die war sogar eifersüchtig auf mich, bis ich den Ehemann erwähnt habe.«

Als sie weitergingen, vertraute Honor Belle an, dass Judith Haymaker ihre Hausgemeinschaft Adam gegenüber als unschicklich bezeichnet habe.

»Überrascht mich gar nicht«, schnaubte Belle. »Selbst in Wellington würden sie sich über so eine Konstellation das Maul zerreißen, dabei sind wir nicht so streng wie die Quäker.«

»Das da drüben ist ihr Hof, dort holen wir unsere Milch«, sagte Honor leise. »Und das ist Judith Haymaker«, fügte sie dann noch leiser hinzu.

Die ältere Frau saß mit Sohn und Tochter auf der Veranda eines großen weißen Hauses mit grünen Fensterläden. Es lag weit genug von der Straße entfernt, um Honor und Belle zu erlauben, einfach nur zu winken, ohne sich verpflichtet zu fühlen, näher zu treten und die Haymakers zu begrüßen. Jack Haymaker nickte, Dorcas starrte sie an und Judith wippte in ihrem Schaukelstuhl. Im Weitergehen spürte Honor drei Paar Augen auf ihrer Haube. Rechter Hand von ihnen lag der Obstgarten der Haymakers, in dem die Kirschen bereits abgepflückt, Pflaumen und Pfirsiche aber noch nicht ganz reif waren.

Jetzt hat Judith Haymaker die Haube schon zum zweiten Mal gesehen, dachte Honor. Und auf dem Rückweg müssen wir noch einmal an ihnen vorbei.

»Die Farm scheint gut in Schuss zu sein«, bemerkte Belle. »Hübsche Herde.« Sie nickte zu den braunen Kühen auf der Wiese hinter der Scheune. Honor waren sie noch gar nicht aufgefallen.

Am Ende des Obstgartens begannen die ersten Ausläufer des Waldes. Die Straße verschmälerte sich zu einem von Wurzeln durchkreuzten Pfad, der sich durch die immer dichter stehenden Bäume schlängelte. Weiter hatte Honor sich noch nie getraut, denn hier draußen begann für sie die Wildnis, der fremde und abweisende Westen. Selbst Belle, die vor nichts Angst zu haben schien, blieb stehen und bestand nicht darauf, weiterzugehen. Im Wald wuchsen hauptsächlich Ahorne und Birken, dazwischen standen ein paar Eschen, Ulmen und Eichen. Die Blätter der Eichen waren lang und glatt und nicht so stark gewellt wie das Eichenlaub, das Honor von zu Hause kannte. Selbst ein so mächtiger und langlebiger Baum wie die Eiche verwandelte sich in Amerika zu etwas Fremdem. Als sie ins Halbdunkel des Waldes blickte, sah Honor einen Waschbären mit buckelndem Rücken weghuschen. Erst als er einen Ahornbaum hochgeklettert war, fühlte er sich sicher genug, um ihnen sein Maskengesicht zuzuwenden. Grace wäre über den Anblick eines Waschbären sicher außer sich vor Freude gewesen, dachte Honor.

»Belle, ich weiß nicht, was ich machen soll«, gestand sie.

Belle rückte die Kirschen auf ihrem Hut zurecht. »Inwiefern?«

»Ich meine, wie ich hier leben soll, in diesem Haus.«

»Ach so. Erlaube mir eine Frage: Willst du Adam Cox heiraten?«

»Nein!«

»In dem Fall wirst du dich woanders umschauen müssen. Gibt es in Faithwell einen Mann, der dir gefällt?«

Honor dachte an Jack Haymakers brennenden Blick – und dann dachte sie an Donovan, der sie angrinste und ihren Schlüssel an einem Band um seinen schweißdunklen Hals trug.

»Es ist ganz einfach, Honor Bright«, sagte Belle. »Du musst dich entscheiden, ob du zurück nach England willst oder lieber hierbleibst. Wenn du bleiben willst, musst du dir einen Mann suchen. England oder heiraten – du hast die Wahl.«

Honor schauderte, was Belle zum Lachen brachte. »Gar nicht so leicht, einen Mann zu finden, den man aushält, das sag ich dir. Komm, Schätzchen«, sie hakte sich wieder bei Honor unter, »flanieren wir noch einmal an den Haymakers vorbei, damit sie unsere Kopfbedeckungen bewundern können. Wenn dich das nervös macht, musst du dir nur die Ringelblumen in ihrem Vorgarten anschauen. Die sind in Reih und Glied gepflanzt!«

Faithwell, Ohio

11. des 7. Monats, 1850

Liebste Biddy,

gestern habe ich Deinen Brief erhalten, der mich sehr glücklich gemacht hat, obwohl die Neuigkeiten darin nun schon sechs Wochen alt sind. Als ich Deine Zeilen las, hatte ich fast das Gefühl, ich würde mit Dir zusammen durch die vertrauten Straßen gehen und hier und da stehen bleiben, um mit anderen Freunden zu reden. Besonders interessant fand ich, was Du mir über Deinen Besuch in Sherborne und die neuen Bekanntschaften, die Du dort geschlossen hast, geschrieben hast. Ich wünschte, ich wäre dabei gewesen.

Ich sitze gerade draußen auf der Veranda, meinem Lieblingsplatz zum Schreiben und Nähen, und genieße die kühle Abendluft. Adam und Abigail sind im Haus geblieben, denn sie meinen, mit der Feuchtigkeit kämen auch die Mücken. Doch mir sind die Stiche egal, Hauptsache, ich kann eine Zeit lang allein sein. Vorhin hat es ein Gewitter gegeben wie fast an jedem Sommernachmittag. Die Gewitter sind hier viel heftiger und beängstigender als die wenigen echten Unwetter, die ich in Bridport erlebt habe. Bei uns spielen sich die Gewitter doch hauptsächlich über der See ab, und es blitzt nur hier und da ein wenig. Doch hier kommen die Gewitter urplötzlich, und der Himmel geht innerhalb weniger Minuten von blau in tiefschwarz über. Es regnet sintflutartig, manchmal kommt noch Hagel hinzu. Wenn er länger andauert, zerstört er das Getreide. Sobald es ein wenig regnet, verwandeln sich die Straßen gleich in Schlammflächen. In der letzten Woche ist der Himmel an einem Nachmittag sogar grün geworden, was laut Abigail heißt, dass sich ein Tornado nähert.

Wir mussten unter den Küchentisch kriechen, obwohl ich bezweifle, dass er uns viel Schutz geboten hätte, wenn der Tornado wirklich durch Faithwell gekommen wäre. Ich habe gehört, dass so ein Tornado ganze Häuser in die Luft wirbeln und komplett zerstören kann.

Doch nach einem Gewitter ist die Luft klar und frisch und endlich etwas kühler – ein wahrer Segen. Ich hatte schon vorher von der Hitze in Ohio gehört, doch diese heftigen Wetterumschwünge hätte ich mir niemals vorstellen können. Manchmal kann ich mich kaum noch bewegen, weil es selbst in der Nacht so schwül und stickig ist. Darum habe ich das Gewitter heute freudig begrüßt.

Ich habe eine echte Neuigkeit zu berichten: Heute ist in der Fünftagandacht das Aufgebot von Adam und Abigail verlesen worden. In zehn Tagen wollen die beiden heiraten. Eigentlich hatte ich gedacht, dass ein Aufgebot innerhalb einer Periode von drei Wochen mehrmals verlesen wird, damit die Gemeinde Zeit hat, über die Verbindung nachzudenken, aber hier in Amerika geht offenbar alles schneller.

Adam und Abigail hatten mir vor der Andacht nichts von ihrer Absicht erzählt, sodass ich genauso überrascht war wie der Rest der Gemeinde, als das Aufgebot verlesen wurde. Hinterher haben die anderen Gemeindemitglieder Adam und Abigail gratuliert, allerdings habe ich die Glückwünsche als sehr oberflächlich empfunden. Es hat nicht diese freudige Stimmung in der Luft gelegen, die man normalerweise spürt, wenn eine Hochzeit angekündigt wird. Adam und Abigail waren recht wortkarg und sogar ein bisschen verlegen. Vermutlich heiraten sie, weil das eine praktische Lösung für unsere schwierige häusliche Situation ist.

Grace ist erst sechs Wochen tot, daran hätte ich Adam gerne erinnert. Er hat mir den ganzen Tag nicht in die Augen sehen können. Mehr noch, Abigail und er sind mir aus dem Weg gegangen; aber um ehrlich zu sein, ich ihnen auch. Obwohl es sehr heiß und schwül war, bin ich nach der Andacht fast den ganzen Nachmittag im Garten geblieben und habe Unkraut gejätet. Erst das Gewitter hat mich ins Haus getrieben.

Ein paar Frauen haben gleich für morgen ein sogenanntes »Quiltkränzchen« organisiert, um Abigail bei den Quilts für ihren Ehestand zu helfen. Mutter, Grace und ich haben daheim manchmal tagelang an einer Tagesdecke gearbeitet, aber hier quilten sie alles an einem Tag, wobei viele Hände helfen. Ich hatte mich schon darauf gefreut, einmal an so einem Quiltkränzchen teilnehmen zu können, ich wünschte nur, es hätte nichts mit Abigails Hochzeit zu tun. Das trübt meine Freude ein wenig.

Ich kann mir vorstellen, dass Du mehr über das Quiltkränzchen wissen willst, darum werde ich den Brief noch nicht abschicken und später mehr schreiben.

Später.

Das Quiltkränzchen fand auf dem Hof der Haymakers statt, bei denen wir unsere Milch holen. Mir gefällt ihr Name, obwohl die Mutter einen eisernen Willen zu haben scheint und die Tochter in ihren Launen Abigail ähnelt. Wir hatten ein Stück Schinkenspeck und einen Kirschkuchen mitgebracht, mussten aber leider feststellen, dass es schon vier andere Kirschkuchen und zwei Stück Schinken gab. Die »Steppdecke«, an der wir arbeiten wollten, war bereits in einen großen Rahmen gespannt. Ich hatte damit gerechnet, dass wir einen Wholecloth-Brautquilt machen würden, doch es war ein Applikationsquilt – Blumen in einer Vase und Früchte in einer Schüssel – in den für Ohio typischen Rot- und Grüntönen auf weißem Untergrund. Abigail hat in den letzten Wochen hart gearbeitet, um die Oberseite fertigzunähen. Normalerweise näht sie nicht so viel, ihr plötzlicher Eifer hätte mir also zu denken geben müssen. Das Applizieren ist hier sehr beliebt. Ich persönlich finde, es sieht zu einfach aus; als hätte die Näherin nicht lange nachgedacht, sondern nach Lust und

Laune ein paar Formen ausgeschnitten und sie auf ein Stück Stoff genäht. Ein Patchwork dagegen erfordert mehr Planung und Genauigkeit, und genau das gefällt mir an ihnen, auch wenn manche meinen, Patchworks wirkten kalt und geometrisch.

Judith Haymaker hatte mit Kreide und straff gespanntem Faden parallele Linien markiert, die wir im Rautenmuster quilten sollten. Auch durch die Blumen und Blätter sollten wir entlang der Konturen steppen. Als Hinterseite hat Abigail den üblichen blauen Stoff gewählt, den Du von unseren englischen Quilts kennst – manche Gebräuche haben den Ozean erfolgreich überquert. Die Füllung war allerdings aus Baumwolle und nicht aus Wolle, wie wir beide es vorgezogen hätten. Es gab eine Diskussion über die Herkunft der Baumwolle, und die Frauen fragten sich, ob sie womöglich von Sklaven angebaut und gepflückt worden sei. Judith Haymaker versicherte uns, dass Adam Cox die Baumwolle von einem Händler in Cleveland beziehe, der nur mit sklavenfreien Plantagen im Süden Geschäfte mache. Ich hatte schon von einem von Freunden geführten Laden in Cincinnati gehört, in dem alle Waren garantiert sklavenfreier Herkunft sind. Dass es so einen Laden auch in Cleveland gibt, wusste ich nicht, doch ich war froh, dass sich die Freunde in Faithwell Gedanken über so etwas machen.

Wir waren acht Frauen und haben mehrere Stunden lang genäht. Wie schon in England wurden die Gleichmäßigkeit meiner Stiche und mein beidhändiges Quilten bestaunt. Die meisten Frauen hier führen die Nadel nur mit einer Hand. Sie mochten gar nicht glauben, dass man mit zwei Händen so gut durch drei Lagen quiltet. Weil ich viel schneller als die anderen war, musste ich dauernd mit den langsameren Näherinnen den Platz tauschen. Ein paar Frauen sind sogar unter den Rahmen gekrochen, um zu sehen, wie meine Stiche auf der Unterseite aussehen. Du weißt ja, dass es mir bislang immer gelungen ist, auf beiden Seiten gleichmäßig zu quilten. Ich schreibe das nicht, um anzugeben, sondern um zu zeigen, dass ich mich hier selbst bei den vertrautesten Tätigkeiten oft wie eine Außenseiterin fühle. Statt mir Komplimente für mein Geschick beim Quilten zu machen, haben die anderen mich angestarrt wie eine exotische Frucht, die auf dem Wochenmarkt feilgeboten wird. Komplimente können in Amerika fast wie Beleidigungen klingen, als ob die Lobende ihre eigene Ungeschicklichkeit verteidigen müsse, statt sich über die Fähigkeiten eines anderen Menschen zu freuen. Immerhin hat Judith Haymaker mich gebeten, die applizierten Früchte und Blumen zu quilten, da sie besonders ins Auge fallen, und das war für mich eine Art Lob.

Während des Quiltens wurde viel geredet. Ich selbst habe aber nur etwas gesagt, wenn man mich angesprochen hat, was nicht oft geschah. Die Frauen waren sympathisch, allerdings muss ich zugeben, dass ich ihre Gespräche bis auf die Diskussion über die Herkunft der Baumwolle ziemlich langweilig fand. Denk jetzt bitte nicht, ich sei überheblich geworden. Wenn eine dieser Frauen mit uns in Bridport zusammensäße, fände sie unsere Gespräche über Menschen und Orte, die sie nicht kennt, wahrscheinlich auch belanglos. Wenn ich mich hier erst besser auskenne, werden bestimmt auch die Unterhaltungen interessanter für mich sein. Trotzdem habe ich den Eindruck, dass die Amerikanerinnen sich vor allem für sich selbst interessieren. Vielleicht kostet sie die Mühsal des Lebens hier ja alle Kraft, weshalb sie lieber gar nicht erst über ihren Tellerrand hinausblicken.

Auch wenn Abigails Hochzeit mit keinem Wort erwähnt wurde, schienen doch alle erleichtert zu sein, dass die Verhältnisse in unserer ungewöhnlichen Hausgemeinschaft nun besser geordnet sind. Niemand hat gefragt, was ich nun machen werde, allerdings frage ich es mich selbst. Ich möchte nicht länger mit Abigail und Adam unter einem Dach leben, aber in einer so kleinen Gemeinde wie Faithwell gibt es kaum andere Möglichkeiten.

Am Abend, als der Quilt fertig war, kamen die Männer von der Arbeit heim, und wir haben alle zusammen gegessen. Neben Schinkenspeck gab es Rinderbraten, Kartoffelbrei, gebackene Süßkartof-

feln – ihr Fleisch ist orange, und sie schmecken eher wie Kürbis als wie Kartoffeln –, grüne Bohnen, die sie hier »Strauchbohnen« nennen, frischen Mais und Maisbrot, verschiedenes Eingemachtes und viele Kuchen, vor allem Kirschkuchen, da gerade Saison ist. Am meisten habe ich mich über eine Schüssel mit Stachelbeeren gefreut, weil ich bislang gedacht hatte, dass es sie in Amerika gar nicht gibt. Ihr einfacher, aromatischer Geschmack hat mich an unseren Garten daheim in der Sommersonne erinnert.

Ich war glücklich, an dem Quiltkränzchen teilnehmen zu können, denn Quilten macht mir immer Freude – egal was dabei geredet wird. Das gleichmäßige, von ständigen Wiederholungen geprägte Arbeiten wirkt beruhigend auf mich. Ich wünschte nur, es hätten auch ein paar Frauen am Rahmen gesessen, mit denen ich mich hätte anfreunden können. Zwei von ihnen waren sogar ungefähr in meinem Alter – Dorcas Haymaker, die Tochter des Hauses, und eine Frau namens Caroline, aber sie waren eher misstrauisch als freundlich und fühlten sich durch meine Nähkünste vielleicht beleidigt. So habe ich Dich nur umso mehr vermisst.

Es tut mir leid, liebe Biddy. In jedem Brief habe ich das Gefühl, mich für meine Urteile und Klagen entschuldigen zu müssen. Ich bin selbst überrascht, wie schwer es mir fällt, mich an dieses neue Leben zu gewöhnen. Vielleicht liegt es daran, dass ich noch nie weit von zu Hause weg gewesen bin und mir deshalb nicht richtig vorstellen konnte, was mich in der Fremde erwartet und wie schwierig es sein würde. Außerdem bin ich natürlich davon ausgegangen, Grace an meiner Seite zu haben, die mir hilft und mich tröstet.

Ich verspreche Dir, dass ich in meinem nächsten Brief nicht klagen werde, sondern beschreibe, wie ich richtig ins amerikanische Leben eingetaucht bin.

Deine treue Freundin,
Honor Bright

Mais

Jack Haymaker war wie ein verspannter Muskel, den Honor bei jeder Bewegung spürte. Sie hatte sich längst eingestanden, dass sie nach ihm Ausschau hielt, wenn sie auf dem Hof der Haymakers Milch holte. Normalerweise war er nirgendwo zu sehen, was einerseits eine Enttäuschung war, aber gleichzeitig die Erwartung weckte, er könne ja noch auftauchen. Manchmal erblickte sie ihn dann wirklich und konnte ihn aus den Augenwinkeln heraus beobachten: Mal trat er aus der Scheune, mal trieb er die Kühe vor sich her auf die Weide, oder er spannte die Pferde vor einen Wagen voller Milchkannen. Nur direkt anschauen konnte Honor ihn nie, denn das war, als würde sie in die Sonne blicken, und so blinzelte sie nur kurz und bemühte sich, ihr Interesse zu verbergen. Doch bei jedem kurzen Blick, den sie riskierte, sah sie Jack lächeln, selbst wenn er gar nicht zu ihr hinschaute. Er schien sich ihrer Aufmerksamkeit einfach immer sicher zu sein.

Im Andachtsraum saß er ihr gegenüber auf der Männerbank. Seine Gegenwart wirkte so beunruhigend auf Honor, dass sie glaubte, sie würde es in Faithwell niemals mehr schaffen, sich auf die Stimme in ihrem Inneren zu konzentrieren – zumindest nicht, solange Jack im selben Raum war. Später, wenn alle plaudernd vor dem Andachtsraum standen, hoffte sie inständig, dass er nicht zu Abigail, Adam und ihr herüberkommen und sie ansprechen würde. In einer so kleinen Gemeinde blieb keine Geste unbemerkt. Wahrscheinlich wusste auch Jack das, denn er blieb bei den anderen jungen Männern stehen, lachte und scharrte mit den Stiefeln im trockenen Straßendreck, bis sein weißes Hemd grau vom Staub wurde. Doch obwohl er nie offen zu ihr herüberschaute, spürte Honor seine Nähe und fragte sich, ob niemand sonst die Verbindung bemerkte, die zwischen ihnen bestand.

Jack war kein besonders gut aussehender Mann: Sein Gesicht war flach, und die kleinen Augen standen eng beieinander. Aber er war immer frisch rasiert, was Honor besser gefiel als die Backenbärte, die sich die meisten Quäker stehen ließen. Das Attraktivste an Jack aber war, dass er sie, Honor, attraktiv fand. Es gab nichts Anziehenderes als das Interesse eines anderen. Honor spürte seine Augen auf sich ruhen; sie spürte es fast als körperliche Berührung.

Während des Quiltkränzchens bei den Haymakers war sie froh gewesen, sich ganz auf die vertraute Aufgabe des Quiltens konzentrieren zu können; doch selbst beim Nähen musste sie die ganze Zeit daran denken, dass am Abend Jack Haymaker ins Zimmer kommen würde, um mit den Frauen zusammen zu essen. Weil Honor eine geübte Näherin war, sah man ihren Stichen ihre wachsende Anspannung nicht an, doch nach ein paar Stunden begannen ihr die Handgelenke und der Rücken wehzutun. Ihre Schultern verspannten sich, und sie bekam Kopfschmerzen, was zum Teil aber auch an der schwülen Hitze lag, an die sie sich immer noch nicht gewöhnt hatte. Als Jack dann zusammen mit den anderen Männern hereintrat, konnte Honor ihn kaum sehen, weil ihr kleine pulsierende Lichter vor den Augen tanzten und ihre Schläfen pochten.

Veranda und Wohnzimmer füllten sich mit immer mehr Menschen, sodass Honor unbemerkt in die Küche und von dort durch die Hintertür nach draußen schlüpfen konnte. Sie stolperte zu einem Brunnen in der Mitte des Hofes und zog einen Eimer Wasser hoch. Dann lehnte sie sich an die runde Steinmauer und trank aus dem dafür vorgesehenen Becher. Sie holte tief Luft und schaute in den langsam dunkler werdenden Himmel, an dem die ersten Sterne funkelten. Die Luft war noch immer heiß und regungslos, und weiter hinten im Garten blinkten Glühwürmchen. Honor sah ihnen zu, wie sie durch die Luft flimmerten, und fragte sich, wie es kam, dass Insekten von innen heraus leuchten konnten.

»Ist alles in Ordnung, Honor?«

Natürlich war er ihr nach draußen gefolgt, obwohl sie es ganz sicher nicht darauf angelegt hatte. »Mir war ein wenig heiß.«

»Es ist auch wirklich schwül heute Abend, selbst hier draußen noch. Mir ist nicht klar, wie man freiwillig in diesem überfüllten Zimmer bleiben kann.« Jack Haymaker dehnte seine Vokale beim Sprechen leicht.

Ein Glühwürmchen war auf Honors Ärmel gelandet und begann zu ihrer Schulter hochzukrabbeln, wobei sein Körper immer noch leuchtete. Honor verdrehte den Kopf in Richtung des Insekts, was Jack zum Schmunzeln brachte. »Keine Angst, es ist nur ein Leuchtkäfer.« Er hielt ihm den Finger in den Weg. Honor versuchte, den Druck seiner Berührung zu ignorieren. Als das Glühwürmchen auf Jacks Finger krabbelte, hob er die Hand und ließ es wegfliegen. Es markierte seine Fluchtroute mit Lichtfunken.

»In England gibt es keine Glühwürmchen«, sagte sie.

»Wirklich nicht? Wie kommt das?«

»Dort ist vieles anders.«

»Was denn, zum Beispiel?«

Honor schaute sich um. »Die Landschaft ist … ordentlicher. Die Felder sind durch Heckenreihen unterteilt, und sie sind grüner. In England ist es nicht so heiß, und es gibt weniger Bäume.«

Jack verschränkte die Arme. »Klingt so, als würde es dir in England besser gefallen.«

»Ich wollte nur…« Sie begann zu stottern – am besten, sie sagte gar nichts mehr. »So habe ich das nicht gemeint.«

»Und wie hast du es gemeint?«

Honor überlegte, was sie gerade gesagt hatte, und begriff, dass sie den Fehler begangen hatte, England als überlegen darzustellen. Jetzt musste sie irgendwie Ohio loben, das kam immer gut bei den Amerikanern an. »Mir gefallen die Glühwürm… die Leuchtkäfer bei euch«, sagte sie. »Sie wirken so fröhlich und freundlich.«

»Im Gegensatz zu den Menschen?«

Honor seufzte. Wieder drehte er ihr die Worte im Mund um. Es war anstrengend, sie wusste schon, warum sie normalerweise lieber schwieg.

»Sicher ist es nicht leicht, mit Abigail und Adam unter einem Dach zu leben«, fuhr er fort.

Honor runzelte die Stirn. Von den richtigen Menschen nahm sie Mitgefühl gerne an, doch Jack kannte sie dafür noch viel zu wenig. Sosehr er sie körperlich anzog – vor seinen Worten schreckte sie zurück.

»Ich gehe jetzt besser ins Haus«, sagte sie.

»Ich komme mit.«

Sie gingen durch die Küche ins überfüllte Wohnzimmer, wo Dorcas Haymaker und ihre Freundin Caroline ihnen entgegenblickten. Ihre Augen blitzten auf wie Silberteller, in denen sich das Licht spiegelte. Carolines Wangen waren rot – Honor vermutete, dass Caroline sie mit Wollkraut einrieb, ein Trick, den Grace immer angewendet hatte, wenn sie sich für zu blass hielt. Quäker-Rouge – so hieß die Pflanze deshalb bei Außenstehenden.

Jack schien die Freundin seiner Schwester gar nicht zu bemerken. »Möchtest du etwas essen?«, fragte er. »Den ganzen Nachmittag zu quilten macht sicher hungrig.«

Honor wusste nicht, ob er sie neckte oder nicht. Bei Amerikanern konnte man das nie so genau sagen: Sie lachten über Dinge, die Honor überhaupt nicht lustig fand, und blickten ernst, wenn Honor gelächelt hätte. Sie antwortete nicht und ging zu den mit Speisen überladenen Tischen. Hoffentlich folgte er ihr nicht, hoffentlich hörte das Summen in ihrem Kopf bald auf! Wie kam es nur, dass er sie so durcheinanderbrachte? Seine ungezwungene Art verunsicherte sie, so wie ganz Amerika sie verunsicherte. Honor war ein gut funktionierendes, geordnetes Leben gewohnt, doch seit sie Dorset verlassen hatte, war nichts mehr wie früher. Jack Haymaker war ein Teil des amerikanischen Durcheinanders, das sie gleichzeitig anzog und abstieß.

Sie begutachtete das Essen, das vor ihr ausgebreitet war. Es barg keine Überraschungen: der übliche Vorderschinken, Roast Beef, Berge von Kartoffelpüree, grüne Bohnen, gebratene Maisküchlein und Unmengen an Kuchen. Honor sehnte sich nach gebuttertem Teekuchen, Makrelenpastete, einem Lammkotelett, Erdbeeren mit Schlagsahne – einfach zubereiteten und leicht verdaulichen Gerichten, die in überschaubaren Mengen serviert wurden. Doch dann entdeckte sie auf der anderen Tischseite eine Schüssel mit Stachelbeeren und streckte die Hand danach aus.

Genau in dem Moment kam Bewegung in die Menschengruppe, die sich um den Tisch versammelt hatte, und Judith Haymaker bahnte sich einen Weg durch die Menge. Sie trug eine große Platte mit dampfenden Maiskolben, die von Hüllblättern und Haaren befreit worden waren. »Frischer Mais!«, rief sie, und ihr Gesicht war vor Hitze und freudiger Erwartung gerötet. Ausnahmsweise lächelte sie einmal richtig breit. Die Frauen schoben mit klappernden Geräuschen Teller zur Seite und schafften Platz in der Mitte des Tisches.

»Der erste Mais der Saison«, erklärte Jack, als die anderen zum Tisch drängten, um sich Maiskolben zu holen. »Nächsten Monat werden die Kolben zwar noch größer sein, aber dafür sind sie jetzt besonders zart. Wo ist dein Teller, Honor? Der Mais wird gleich weg sein.« Er griff auf die Platte und nahm einen Kolben zwischen Daumen und Zeigefinger. »Schnell, der ist heiß!«

Honor blieb nichts anderes übrig, als sich einen Teller zu nehmen, auf den Jack gleich zwei Maiskolben legte. »Ich …«, wollte sie protestieren, doch Jack schnitt ihr das Wort ab.

»Wenn du willst, kannst du sie mit Butter essen. Siehst du den Teller dort mit der Scheibe Butter? Mit der soll man den Mais bestreichen. Aber ich finde, der erste Mais schmeckt ganz ohne alles am besten. Er ist so süß, dass er die Unterstützung von Butter nicht nötig hat. Komm.« Er führte Honor zu einer Bank an der Wand und wartete, bis sie sich gesetzt hatte, dann reichte er ihr den Teller und setzte sich neben sie. Außer den Augen von Dorcas und Caroline spürte Honor jetzt auch noch andere Blicke auf sich – die von Adam und Abigail, Judith Haymaker und des Schmieds Caleb Wilson. Caroline funkelte sie böse an.

Honor zog den Kopf ein und musterte ihren Maiskolben. Jedes einzelne Korn sah aus wie ein durchscheinender Zahn. Jack nagte bereits an seinem Kolben; er drehte ihn in der Hand und knabberte sich mit krachenden Geräuschen durch den Mais. Honor musste an ein Pferd denken oder an ein Reh, das durchs Unterholz brach. Sie konnte sich nicht überwinden, Jack anzusehen. Weder ihre Brüder noch Samuel oder gar Adam Cox hätten solche Geräusche beim Essen gemacht, doch Jack Haymaker langte herzhaft und unbekümmert zu.

Als er den abgenagten Kolben auf den Teller warf und sich erhob, um Nachschub zu holen, bemerkte er, dass Honor ihren Mais nicht angerührt hatte. »Magst du keinen Mais?«

Honor zögerte. »Ich habe noch nie Mais vom Kolben gegessen.«

»Ach, so.« Jack lächelte. »Dann steht dir ein besonderer Genuss bevor. Das will ich mit ansehen.« Er blieb vor ihr stehen und blickte mit einem breiten Grinsen auf sie herab. Seine Haare waren verwuschelt, und an seinem Kinn klebte ein Maiskorn. Honor wäre vor Verlegenheit fast im Boden versunken. Wenn sie bis jetzt noch kein allgemeines Aufsehen erregt hatten, dann taten sie es in diesem Moment. Honor wurde puterrot, doch ihr blieb keine andere Wahl. Wenn sie noch länger zögerte, würden die Leute nur noch mehr starren. Sie nahm ihren Maiskolben und drehte ihn in der Hand, als suche sie nach der besten Stelle, um hineinzubeißen.

»Na los, Honor, lass es dir schmecken«, ermunterte Jack sie.

Honor schloss die Augen und biss in den Maiskolben. Ihre Zähne gruben sich in die Körner. Sie öffnete die Augen. Noch nie hatte sie etwas so Frisches und Süßes geschmeckt. Dies war Mais in seiner reinsten Form, ein Mund voll Leben. Sie drehte den Kolben, biss immer wieder zu und genoss den Geschmack, der so ganz anders war als die vielen Maisgerichte, die sie in den vergangenen Wochen gegessen hatte. Plötzlich konnte sie gar nicht mehr aufhören. In Windeseile nagte sie den Kolben von oben bis unten ab, bis kein Korn mehr übrig war.

Jack lachte. »Na, das hat gutgetan, was? Willkommen in Ohio, Honor. Soll ich dir noch einen holen?«

Am Tag nach dem Quiltkränzchen tauchte Jack Haymaker am späten Nachmittag, als es schon ruhiger wurde, im Kurzwarenladen auf. Honor faltete gerade Stoffe, während Adam Cox das Geld in der Kasse zählte. Obwohl Honor sich bemühte, ruhig und gleichmütig zu wirken, war sie zusammengefahren, als Jack in den Laden trat, und ihr Brustkorb fühlte sich plötzlich ganz eng an. Sie begrüßte Jack und konzentrierte sich dann wieder auf den Stoff, den sie um einen Ballen wickelte. Es war die cremefarbene Baumwolle mit den rostroten Rauten, die Mrs Reed vor einem Monat für ihre Tochter gekauft hatte. Bevor sie den Stoff aufräumte, hatte Honor Adam gebeten, sich ein winziges Stück abschneiden zu dürfen, das sie zu den Stoffresten von Graces braunem Kleid und Belles gelber Seide legen wollte.

Jack wandte sich an Adam, der kurz zu schreiben aufhörte, den Stift aber weiter einsatzbereit über den Rechnungsbüchern schweben ließ. »Ich habe gerade eine Ladung Käse ans College geliefert«, verkündete Jack, »und da dachte ich, ich könnte Honor schon mal mit nach Hause nehmen, wenn du sie nicht mehr brauchst. Sicher ist sie müde nach dem langen Tag im Laden.«

Adam schaute Jack und Honor an, und die Erleichterung, die ihm plötzlich ins Gesicht geschrieben stand, sagte Honor mehr als alle Worte: Jack machte ihr den Hof, und Adam gab stillschweigend sein Einverständnis. Monatelang war ihr Schicksal ungewiss gewesen, jetzt schien es festgeschrieben zu werden. Doch sicher fühlte Honor sich nicht; ihr war zumute wie in dem Moment, als sie von der *Adventurer* aufs Dock in New York getreten war und der Boden dort weiter unter ihren Füßen schwankte.

»Aber natürlich«, erwiderte Adam. »Ich schaffe den Rest auch allein.« Er begann wieder zu schreiben. Honor griff nach ihrem Schal, der in der Hitze völlig überflüssig war, aber eine Frau ging nicht ohne Schal aus dem Haus. Der Schal hing an einem Wandhaken hinter Adam, sodass Honors Blick unwillkürlich in Adams Rechnungsbuch fiel: *11 Nadeln geschärft à 1 Cent/Nadel: 11 Cents. 5 Scheren geschliffen à 5 Cents/Schere: 25 Cents. Drei Meter grober Kattun* … stand dort. Sie sah die kahle Stelle auf Adams gebeugtem Kopf.

Am Nachmittag hatte es nicht geregnet, sodass es immer

noch schwülheiß war. Als sie auf dem Wagen der Haymakers die Main Street entlang in Richtung Süden fuhren, hörten sie es in der Ferne donnern. Der Himmel im Westen war bereits dunkel. Jack blickte Honor von der Seite an: »Keine Angst, das ist noch weit weg. Ich werde dich zu Hause abliefern, bevor es anfängt.«

»Ich habe keine Angst«, sagte Honor, obwohl das nicht ganz stimmte. Amerikanische Gewitter waren viel dramatischer als alles, was sie in England jemals erlebt hatte. Die Luft wurde im Lauf des Tages immer schwerer und schwüler, bis die Spannung kaum noch auszuhalten war und man sich fast schon nach dem Donnern und Blitzen in der Ferne sehnte, das Erleichterung versprach. Von einem Moment zum nächsten rauschte dann der Regen aus dichten schwarzen Wolken, und Blitze zuckten gleichzeitig mit laut krachendem Donner über den Himmel. Wenn das Gewitter direkt über einem stand, war es laut, unbarmherzig und brutal. Zum Glück war Honor in Ohio noch nie draußen von einem Gewitter überrascht worden, und sie war auch nicht begierig darauf, diese Erfahrung zu machen. Adams geliehener Buggy wäre sicher schneller gewesen als der Wagen der Haymakers, oder sie hätten das Gewitter in der Sicherheit des Ladens abwarten können, doch sie konnte Jack kaum bitten, umzukehren.

Als sie an der Mill Street vorbeifuhren, sah Honor dort Mrs Reed um die Ecke biegen. Sie blickte zu ihnen hinüber, und als sie erkannte, dass Honor und Jack nebeneinandersaßen, nickte sie, ohne zu lächeln. Dieses Mal war ihr Strohhut mit Sträußen aus winzigen weißen Blumen geschmückt, die Honor am Straßenrand hatte wachsen sehen.

»Kennst du sie?« Jack klang nicht besonders erfreut.

»Sie ist eine Kundin. Was sind das für Blumen an ihrem Hut?«

»Weißer Beinwurz. Man nimmt ihn zur Behandlung von Fieber. Gibt es den in England nicht?«

»Vielleicht schon. Die Blumen sehen hier nur ganz anders aus, selbst wenn sie dieselben Namen haben wie bei uns.«

Jack brummte etwas. In der Ferne grollte wieder der Donner, diesmal lauter.

Neben Jack auf dem Wagen zu sitzen, war etwas völlig anderes als neben Adam oder dem alten Thomas, der sie aus Wellington hergebracht hatte. Noch nicht einmal mit Samuel hatte sich Honor so gefühlt, wenn sie früher nebeneinander hergegangen waren. Es lag nicht nur daran, dass Jack selbst dann noch nach frischem Heu roch, wenn er von der Arbeit eines Tages verdreckt und verschwitzt war. Da war noch etwas anderes, eine Art tiefe und wortlose Verbindung zwischen ihr und Jack. Es war eine völlig neue Erfahrung für Honor, und sie hatte das Gefühl, als sei die Luft um sie herum von einer elektrischen Spannung aufgeladen. Sie spürte Jacks Nähe fast schon als körperlichen Schmerz. Honor registrierte jeden einzelnen seiner Atemzüge, jede Kopfbewegung, jedes Schulterrollen und jede Drehung der Handgelenke, wenn er den Pferden Zügelparaden gab. Jack hatte die Hemdsärmel hochgekrempelt, und ihre Augen ruhten auf den blonden Haaren seines nackten Unterarms, die alle in dieselbe Richtung zeigten wie Weizen im Wind.

Das muss Begehren sein, dachte sie, und ihre Wangen brannten vor Scham. Ihre Gefühle für Samuel waren anders gewesen, nicht so schmerzhaft intensiv. Sie hatten sich seit ihrer Kindheit gekannt, und er war ihr mehr wie ein Bruder gewesen. Doch vielleicht hatte Samuel für die Frau in Exeter solche Gefühle gehabt. Zum ersten Mal erlaubte Honor sich, ganz ruhig über Samuels Gefühle und Beweggründe nachzudenken.

»Der Mais wächst gut«, kommentierte Jack, als sie an den Feldern vorbeikamen, die zwischen Oberlin und Faithwell aus dem Wald herausgeschlagen worden waren. Viel mehr sagte er während der halbstündigen Fahrt nicht. Einmal beruhigte er

Honor noch, dass die Blitze noch nicht näher gekommen seien, ansonsten summte er leise eine Melodie vor sich hin, die sie nicht kannte.

Vor Abigails Haus – Abigail saß mit großen Augen auf der Eingangsveranda – bedankte sich Honor bei Jack für die Fahrt. Als er ihr vom Wagen half, blieb seine Hand länger als nötig unter ihrem Ellbogen liegen. »Wir waren schneller als das Gewitter, eh?«

Obwohl Honor nach dem langen Tag in Adams Laden schon am Nachmittag hungrig gewesen war, aß sie an diesem Abend nichts. In der Nacht schlief sie schlecht. Das Gewitter war vorbeigezogen. Die Luft hatte sich nicht abgekühlt, sodass es am nächsten Morgen noch genauso heiß und schwül wie am Vortag war.

»Der Mais steht jetzt fast hoch genug«, sagte Jack, als er Honor am folgenden Samstag wieder vom Laden abholte. »Aber ein klein wenig fehlt noch.«

Als sie zum dritten Mal mit ihm heimfuhr, bog er am Rand eines Maisfelds mit dem Wagen von der Straße ab. Sie saßen nebeneinander und schauten auf den Mais, der jetzt mit prall geschwollenen Kolben, aus denen lange seidige Haare ragten, höher als ein Mann stand. Die Stängel raschelten.

»Honor, findest du nicht auch, dass dieser Mais erntereif ist?«

Honor schluckte. Warb man so in Amerika um eine Frau? Eine Unterhaltung während eines Quiltkränzchens, drei gemeinsame Fahrten auf einem Wagen, gefolgt von einem Liebesakt im Maisfeld? Und anschließend würde das Aufgebot verlesen, und man heiratete: ganze zwei Monate vom ersten Gruß bis zum Ehebett. In Amerika schien die Zeit völlig unberechenbar zu sein: Honors gewohnter, gleichmäßiger Lebensrhythmus war völlig aus den Fugen geraten. Manchmal hatte sie fast das

Gefühl, die Zeit stehe still. So war es ihr an Bord der *Adventurer* ergangen, und so fühlte sie sich, wenn sie auf Post von ihrer Familie wartete oder endlose Nachmittage mit Abigail auf der Veranda verbrachte. Aber dann wieder schien die Zeit zu rasen; Honor dachte an die Tage nach dem Tod von Grace oder an die Eile, die Abigail und Adam mit ihrer Heirat hatten. Auch Jacks Erwartungen hatten sich rasant entwickelt. Es machte Honor atemlos und ratlos.

»Honor?«

Hatte sie eine Wahl? Natürlich konnte sie Nein sagen, dann würde Jack das Pferd wieder antreiben, und sie würden weiter in Richtung Faithwell fahren. Er würde sie aussteigen lassen und nie wieder vom Laden abholen. Und er würde sie nie wieder anlächeln, außer auf freundlich nachbarschaftliche Art, und sie würde weiter im Haus von Abigail und Adam festsitzen. Obwohl die beiden in der vergangenen Woche geheiratet hatten, empfand Honor das Zusammenleben mit ihnen nach wie vor als verkrampft und unangenehm.

Honor war immer davon ausgegangen, dass zwischen ihr und ihrem zukünftigen Ehemann eine tiefe Vertrautheit und Verbundenheit bestehen würde, Gefühle, die aus ihrer gemeinsamen Geschichte in derselben Gemeinde gewachsen waren. Im Fall von Samuel war diese Gleichung allerdings nicht aufgegangen, denn er hatte sie genauso plötzlich und unvermittelt im Stich gelassen, wie Jack sie jetzt begehrte. Die tiefe, gewachsene Vertrautheit, auf die Honor gebaut hatte, hatte sich in der Beziehung zu Samuel als hohl erwiesen, weil sie nicht mit körperlicher Anziehung einhergegangen war. Wenigstens begehrte auch sie Jack, dachte Honor. Das war doch schon etwas.

»Ja«, antwortete sie schließlich. »Der Mais ist reif.«

Jack sprang vom Wagen und reichte ihr die Hand. Als sie ins Feld traten, rauschte und raschelte der Mais über ihren Köpfen, die langen, faserigen Blätter schlossen sich um sie, schnappten nach Honors Kleid und kratzten ihr aufdringlich immer wieder über die Wangen. Obwohl sie in gerader Linie durch eine Reihe gingen, verlor Honor bald die Orientierung. Um sie herum nur raschelndes Grün und darüber der vor Hitze flirrende Himmel, über den Schwalben schossen, die einen Schlafplatz für die Nacht suchten.

Jack bettete Honor auf den sandigen Boden zwischen zwei Maisreihen. Einen Moment lang blickte er sie mit der Andeutung eines Lächelns an, als suche er Einverständnis in ihrem Gesicht. Dann zog er Honors weißen Schal von ihrer Schulter, fuhr mit dem Mund an ihrem Schlüsselbein entlang und biss sanft in ihren Hals, dort wo der Knochen eine kleine Kuhle bildete. Honor keuchte. Noch nie hatte ein Mann sie dort berührt – oder überhaupt richtig berührt. Mit Samuel hatte sie Händchen gehalten und gehauchte Küsse getauscht, und manchmal hatte sie sich an ihn gelehnt, wenn sie nebeneinandersaßen. Doch als Jack sie jetzt mit dem Mund berührte, weckte er etwas, von dem sie nicht gewusst hatte, dass es in ihr geschlummert hatte.

Um sie herum schmetterten die Grillen ihre endlosen Lieder. Honors Atem ging schneller. Jack lockerte das Kleid um ihre Schultern und streifte es nach unten, bis das weiße V des Ausschnitts zu einem Wulst in Honors Taille zusammengeknüllt war. Als Jacks Lippen der Spur des Kleides folgten, schloss Honor die Augen und erlaubte sich, die Berührungen seines Mundes auf ihren Brüsten zu genießen. Doch als er ihr dann den Rock hochschob und ihre Schenkel streichelte, erkannte sie, dass sie sich Donovan vorstellte, dessen gesprenkelte Augen ihren Blick festhielten, dessen braune Hände selbstsicher über ihre weiße Haut wanderten. Sie öffnete die Augen, doch es war zu spät, sie konnte Jack nicht mehr bremsen. Er berührte sie zwischen den Beinen, öffnete sie und drang in sie ein. Es war schockierend, schmerzhaft, animalisch, und doch folgte sie fast unbewusst dem Rhythmus, den Jack vorgab. Die Bewegungen kamen ihr seltsam vertraut vor, obwohl sie diese Erfahrung noch nie gemacht hatte. Schneller und schneller, Stoß um Stoß wirbelte Honor in einem Strudel, wusste nicht mehr, was sie spürte, weil Schmerz und Erregung sich in dem pochenden Rhythmus vermischten. Sie verlor jeden Halt, bis Jack ein letztes Mal fest zustieß und sich dann keuchend aufbäumte. Als er über ihr zusammenbrach, schlang Honor die Arme fest um ihn. Sie vergrub ihre Nase in seinem Nacken, während ihr Atem langsamer wurde. Als sie schließlich das Gesicht zur Seite drehte, um Luft zu holen, hörte sie wieder den Gesang der Grillen und spürte den harten Boden unter ihrem Rücken. Ein Stein schnitt ihr in die Taille. Mit verschwommenem Blick schaute sie durch die dunklen Maisreihen und fragte sich, ob es wohl Schlangen in der Nähe gab. Es bewegte sich nichts, doch das goldbraun schillernde Muster einer Schlangenhaut konnte jederzeit zwischen den Maispflanzen aufblitzen.

Am nächsten Tag wurde das Aufgebot verlesen. Bevor sie zur Andacht aufbrachen, hatte Honor Abigail im Garten überrascht, wo sie sich gerade übergab. Als Abigail sich wieder aufrichtete, standen ihr Schweißperlen auf der Oberlippe. Doch obwohl sie blass und erschöpft wirkte, las Honor in ihrem Gesicht den Ausdruck freudiger Erregung, den sie schon von anderen Frauen kannte. Da wusste sie, dass Abigail ein Kind unterm Herzen trug, obwohl sie doch gerade erst geheiratet hatte. Als Abigail verkündete, sie werde sich wieder ins Bett legen, sagte Honor nichts. Alles ging so schnell. Zu schnell.

Zusammen mit Adam machte sich Honor auf den Weg zur Andacht. Unterwegs erzählte sie ihm, dass sie und Jack Haymaker heiraten wollten. Adam nickte nur, ohne ein Wort der Zustimmung oder Freude zu verlieren.

Sicher hatte auch Jack vor der Andacht mit seiner Mutter gesprochen, denn als Älteste würde Judith Haymaker ohnehin schon von dem Aufgebot wissen. Honor war froh, dass sie Judiths erste Reaktion nicht miterleben musste. Sie waren sich immer nur kurz begegnet – beim Quiltkränzchen, in der Andacht und wenn Honor auf dem Hof Milch und Käse gekauft hatte. Honor hielt Judith für eine nüchterne, prinzipienfeste Frau. Sicher hatte sie sehr genaue Vorstellungen von der Zukunft ihres Sohnes, und es war eher unwahrscheinlich, dass die zierliche, stille und heimwehkranke Tochter eines Seilmachers, die keinerlei Erfahrungen in der Milchviehwirtschaft mitbrachte, in diesen Vorstellungen eine Rolle gespielt hatte.

Mutter und Tochter Haymaker saßen bereits im Andachtsraum: Dorcas auf der Frauenseite und Judith auf der Ältestenbank. Als Honor sich setzte, starrte Judith Haymaker geradeaus auf die weiß getünchte Wand. Die hochgewölbten Augenbrauen gaben ihrem Gesicht eine leuchtende und gnadenlose Offenheit. Dorcas blickte finster. Wenigstens Jack lächelte ihr von der Männerseite her zu. Ausnahmsweise vermisste Honor Abigail an ihrer Seite – sie fühlte sich der Gemeinde schutzlos ausgeliefert und hätte sich etwas mehr Halt gewünscht, als Adam ihr von der anderen Seite des Raums aus geben konnte.

Honor senkte den Blick und saß ganz still, als könne sie durch völlige Bewegungslosigkeit aus dem Raum verschwinden. Doch es gelang ihr nicht, sich zu konzentrieren. Als die Gemeindemitglieder schließlich ins Stadium des stillen, tiefen Suchens eintauchten, konnte Honor ihnen nicht folgen, denn ihre sorgenvollen Gedanken ließen sich einfach nicht ausschalten. Stattdessen spürte sie ihren schmerzenden Rücken, die juckende Nase und die Hitze des Tages, die ihr eine Schweißspur zwischen den Brüsten hinuntertrieb. Als die Andacht zwei Stunden später zu Ende ging, war Honor aufgewühlter als vorher.

Auf die Verlesung des Aufgebots reagierte die Gemeinde mit überraschtem Gemurmel. Honor zuckte zusammen und wurde rot, als sie das unterdrückte Schluchzen von Dorcas' Freundin Caroline hörte, die sie schon beim Quiltkränzchen feindselig angestarrt hatte. Honor wusste von ihr nur, dass sie die Tochter eines Bauern war. In einer so kleinen Gemeinde wie Faithwell war einem Mann im heiratsfähigen Alter wie Jack sicher schon eine geeignete Frau zugedacht gewesen – sowohl von der Gemeinde als auch den Familien. Nun musste Caroline entweder schnell einen anderen heiraten – zum Beispiel einen Mann aus einer benachbarten Quäkergemeinde wie dem zwanzig Meilen entfernt gelegenen Greenwich – oder mit Verwandten weiter in Richtung Westen ziehen, nach Iowa, Wisconsin oder Missouri. Honor ertrug es nicht, in Carolines erschüttertes Gesicht zu blicken, und schloss die Augen. Es tut mir leid, sagte sie in Gedanken und hoffte, die Entschuldigung würde den Raum durchqueren und Caroline erreichen. Es tut mir leid, doch diese Heirat ist die einzige Möglichkeit für mich, hier meinen Platz zu finden. Sie ist mein rettendes Ufer.

Als sich die Gemeinde von den Bänken erhob, rannte Caroline als Erste aus dem Andachtsraum. Dorcas wollte ihr folgen, blieb jedoch stehen, als Judith Haymaker eine Hand auf ihren Arm legte. Die Tochter hinter sich herziehend, kam Judith auf Honor zu. Alle Blicke im Raum ruhten jetzt auf ihr und ihrer zukünftigen Schwiegermutter. Honor faltete die Hände, um sie nicht verkrampft zu ringen, und blickte ihrer neuen Familie offen entgegen. Ihr blieb keine andere Wahl – schließlich konnte sie nicht ein Leben lang den Blick gesenkt halten.

Judith trug ein dunkelgraues Kleid und eine mit weißen Bändern festgezurrte flache weiße Haube. Trotz der Hitze schwitzte sie nicht. Ihre Schultern waren breit wie die eines Mannes, und die Muskeln an ihren Unterarmen traten vom jahrelangen Melken deutlich hervor. Um ihre Mundwinkel stand wie immer das eingemeißelte Lächeln, doch mittlerweile wusste Honor, dass es keine Wärme enthielt. »Komm nach dem Essen mit Adam vorbei«, sagte Judith. »Es gibt viel zu besprechen.«

Honor nickte. Ihr fiel auf, dass Judith sie nicht zum Essen eingeladen hatte, doch das machte nichts – sie hätte in Gegenwart der älteren Frau ohnehin keinen Bissen heruntergebracht.

Die Quilts schienen für Judith Haymaker das Wichtigste zu sein.

Honor war schon öfter mit Abigail zum Milchkaufen bei den Haymakers gewesen, doch sie hatte sich nie vorstellen müssen, was es bedeutete, auf einem Bauernhof wie dem der Haymakers zu leben. Als sie nun mit Adam den Weg in Richtung Westen zum Hof der Haymakers ging, brachte sie jeder Schritt von der überschaubar geordneten Ortschaft weg und der Wildnis näher. Diesmal sah sie den Hof mit anderen Augen. Die Bauernhöfe in Dorset, die sie kannte, waren alle älter und fest mit der Landschaft verwachsen, während die aus den Wäldern geschlagenen Höfe Ohios wie Fremdkörper in der Landschaft wirkten. Die einzelnen Gebäude waren sorgfältig geplant und aufeinander abgestimmt und nicht wie auf den alten Höfen in England über die Jahre hinweg zusammengewürfelt worden. Alles war aus Holz gebaut, selbst die Grundstücksgrenzen wurden von Lattenzäunen markiert statt von Steinmauern. Umgeben war der Hof von dichten Wäldern. Honor vermisste die überschaubaren grünen Wiesen, die Hügel und kleinen Haine des englischen Landes. Das zweistöckige Holzschindelhaus der Haymakers lag etwas abseits der Straße. Es gab sogar ein kleines Stück Rasen vor dem Haus, was für die Gegend eher ungewöhnlich war, da dafür alle Baumstümpfe entfernt werden mussten. Außerdem erforderte ein Rasen regelmäßiges Gießen und einen Hund, der Kaninchen und Rotwild verscheuchte. Die Haymakers hatten einen Hund: Digger, einen schlauen Englischen Schäferhund, der jetzt knurrend und kläffend auf Honor und Adam zusprang, obwohl er sich immer ruhig verhalten hatte, wenn Honor Milch holen kam. Anscheinend spürte er, dass dieser Besuch anders war, und wusste noch nicht, was er davon halten sollte. Hinter dem Haus befanden sich mehrere Nebengebäude, aus denen eine riesige Scheune herausragte, die viel größer als das Wohnhaus war und deren roter Anstrich bereits verblasste. Das Dach der Scheune fiel steil ab, und eine Erdrampe führte zum Scheunentor, dessen Flügel weit offen standen. Honor sah die Heuballen, die sich fast bis unter die Dachbalken stapelten.

Die Haymakers erwarteten sie auf der Eingangsveranda. Judith Haymaker hielt eine Bibel im Schoß, Dorcas flickte ein Hemd, und Jack hatte mit geschlossenen Augen still dagesessen, bis er aufsprang, um den Hund zurückzupfeifen. Dorcas verschwand im Haus, und Judith wies den Besuchern zwei Stühle mit steifen hohen Lehnen zu, bevor sie sich selbst wieder in den Schaukelstuhl setzte. Honor vermutete, dass der Schaukelstuhl nur von Judith benutzt werden durfte – es war die erste von vielen Haymaker-Regeln, die sie würde lernen müssen. Digger ließ sich knapp außer Reichweite der Schaukelstuhlkufen neben Judith nieder. Er war eindeutig ihr Hund; Honor war gleich klar, dass er sich niemals vor ihre Füße legen würde. Vielleicht hatte sie ja bei der Katze, die gerade über den Rasen pirschte und in einem der Blumenbeete neben der Verandatreppe verschwand, mehr Erfolg. Allerdings sah die Haymaker'sche Katze, eine alte Schildpatt, viel wilder aus als Honors Katze zu Hause in England.

Adam und Jack unterhielten sich kurz über den Hafer und

wann er erntereif sein würde, über die Geschäfte im Cox'schen Kurzwarenladen und das im Kongress debattierte neue Sklavengesetz, das Caleb Williams in der Andacht erwähnt hatte. Honor hätte gern genauer zugehört, doch sie war viel zu nervös, um sich auf ein so schwieriges Thema zu konzentrieren. Sie hatte ein Stück Patchwork mitgenommen und holte nun die braunen und grünen Sechsecke, an denen sie gerade arbeitete, aus der Tasche. Sie begann, die Stoffstücke mit überwendlichen Stichen zu einer Rosette zusammenzunähen, und spürte dabei, wie sie allmählich ruhiger wurde. Die vertraute Tätigkeit hatte diese Wirkung auf sie, immer und überall, selbst wenn sie an fremden Orten mit fremden Menschen zusammensaß.

Judith beobachtete Honors schnelles und gleichmäßiges Arbeiten. »So ein kompliziertes Patchwork braucht Zeit«, bemerkte sie. »Machst du nie Applikationen? Das geht viel schneller. Selbst aneinandergesetzte Blöcke in Mustern wie ›Giftbeere‹, ›Fliegende Gänse‹ oder ›Stern von Ohio‹ würden schneller gehen als das, was du nähst.«

»In England haben wir immer Patchworks gemacht.«

»Aber du bist nicht mehr in England.«

Honor senkte den Kopf.

Als Dorcas eine Karaffe mit Wasser und Gläser brachte, hörte Judith auf zu schaukeln, und die Männer brachen ihr Gespräch ab. »Ich würde gern wissen, was Honor mit in die Ehe bringt«, fiel Judith mit der Tür ins Haus, als ihre Tochter einzuschenken begann.

»Sie bringt sehr wenig, Judith«, erwiderte Adam. »Du kennst ihre Situation. Honor hat nie etwas anderes vorgegeben.«

»Das weiß ich. Aber bringt sie überhaupt etwas mit? Zum Beispiel Quilts?« Judith wandte sich an Honor. »Wie viele Steppdecken hast du?«

»Eine.«

»Eine?« Judith war fassungslos. »Man hat mir erzählt, du seist eine erfahrene Quilterin, außerdem habe ich dich beim Quiltkränzchen nähen sehen. Und ich sehe, wie schnell du jetzt arbeitest.« Sie beugte sich vor und nahm Honors Stoffsechsecke in die Hand. »Du hast die flinksten Hände in Faithwell. Was hast du eigentlich daheim in England gemacht?« Honor spürte, wie viele Fragen sich hinter dieser einen verbargen: Wie hat die Tochter eines Seilmachers ihre Tage verbracht? War sie faul oder fleißig? Würde sie sich bei den Haymakers irgendwie nützlich machen können?

»Ich hatte mehr Quilts«, erklärte Honor, »aber ich habe sie weggegeben, weil sie zu sperrig fürs Reisegepäck waren. Grace und ich konnten nur zwei Quilts mitnehmen, und der Hochzeitsquilt musste verbrannt werden, weil man befürchtete, er sei mit Gelbfieber infiziert.« Beschämt blickte Honor zu Boden. Sie hatte nicht damit gerechnet zu heiraten, zumindest nicht so bald, und jetzt war sie überhaupt nicht darauf vorbereitet. Sie konnte sich glücklich schätzen, dass Jack sie trotzdem wollte.

»Hat deine Schwester nicht mehr Quilts für die Hochzeit mit Adam mitgebracht?«

»Die Quilts waren ihr nicht so wichtig, außerdem hat sie gedacht, sie könnte hier noch einige anfertigen.«

Judith brummte etwas vor sich hin und reichte Honor das Patchwork zurück. »Du musst deiner Familie schreiben und ihnen die Umstände erklären. Sie müssen dir die Quilts schicken. Es wird zwar mehrere Monate dauern, aber wenigstens hast du sie dann irgendwann. Wie viele kannst du zurückfordern?«

Honor zögerte. Es kam ihr unhöflich vor, Quilts zurückzufordern, die sie gerne verschenkt hatte. Sie überlegte, wen sie mit der Bitte am wenigsten beleidigen würde. »Vielleicht drei.«

»Ich kenne die englischen Traditionen nicht«, sagte Judith, »aber hier bei uns hat eine junge Frau bis zur Hochzeit mindestens zwölf Quilts beisammen. Und ein dreizehnter wird zur Hochzeit gemacht, ein weißer Wholecloth. Vielleicht haben Abigail und Adam es dir nicht gesagt, weil im Fall von Abigails zweiter Ehe andere Regeln gelten. Also gut, wenn du den weißen Stoff bereitstellen kannst«, wandte sich Judith an Adam, »werden wir gegen Ende der Woche ein Quiltkränzchen veranstalten. Im Moment haben wir zwar mit der Ernte alle Hände voll zu tun, aber wir müssen uns die Zeit eben nehmen. Außerdem geben wir Honor drei von Dorcas' Steppdecken. Zusammen mit den Quilts, die aus England kommen, hat sie dann acht.«

Mit einem lauten Knall stellte Dorcas die Karaffe auf den Tisch und unterdrückte einen Schrei. Auf ihren Wangen waren rote Flecken erschienen.

»Ja natürlich, ich stelle gerne das Material«, stimmte Adam zu. »Und ich danke dir, dass du Honor in deine Familie aufnimmst. Wenn die Quilts ein Problem sind, müssen wir die Hochzeit nicht überstürzen. Honor kann bei uns wohnen, bis sie so viele Quilts gemacht hat, wie sie braucht.« Besonders überzeugt klang Adam allerdings nicht.

»Wenn etwas Ordentliches dabei herauskommen soll, würde es viel zu lange dauern«, erwiderte Judith Haymaker. »Um fünf gute Quilts zu nähen ...«

»Acht!«, unterbrach Dorcas. »Drei, um meine zu ersetzen.«

»Für acht Quilts bräuchte Honor zwei Jahre, und das mit unserer Hilfe.«

Adam schaute verwirrt. Obwohl er mit Stoffen handelte, hatte er eindeutig keine Ahnung, wie viel Arbeit in einem Quilt steckte. Er war nicht mit Schwestern aufgewachsen, die Quilts nähten.

»Wenn sie allerdings applizieren würde, statt Patchworks zu machen, ginge es ein wenig schneller.« Judith deutete auf Honors Stoffflicken. »Es wird Zeit, dass du diese Sachen weglegst und dich an die Muster Ohios gewöhnst.«

Honor hörte auf zu nähen und legte die Hände in den Schoß. Es gab Schlimmeres, als keine Sechsecke mehr nähen zu dürfen; wenn es von ihr verlangt wurde, dann machte sie eben Applikationen. Allerdings war sie immer davon ausgegangen, dass sie genügend Zeit für einen Hochzeitsquilt haben würde, wenn es eines Tages so weit war. Sie wollte ihn selbst entwerfen und das Quilten persönlich beaufsichtigen, obwohl sie als Braut nicht mitnähen durfte. Doch sie hätte ein oder zwei Näherinnen auswählen können, deren Arbeit sie vertraute. Bei dem Quiltkränzchen hingegen, das Judith Haymaker plante, würden viele Näherinnen mit sehr unterschiedlichen Fähigkeiten quilten. Bei einem Patchworkmuster blieben schlechte Nähte wenigstens unsichtbar, während bei einem einfarbigen Wholecloth die Nähte das A und O waren. Auf dem weißen Stoff würde man jede deutlich sehen. Jack und sie würden ihr Eheleben unter einem Quilt von zweifelhafter Qualität beginnen. Es war kein besonders verheißungsvoller Anfang.

Ich darf nicht weinen, dachte sie, und ich werde nicht weinen. Um die Tränen zurückzuhalten, ließ sie den Blick auf der Suche nach einer Ablenkung über den Hof schweifen. Er fiel auf eine der Prunkwinden, die sich an den Verandapfosten hochrankten. In der Pflanze bewegte sich ein winziges Etwas. Honor blinzelte. Es war ein kleiner Vogel, kaum größer als eine Biene, aber mit einem nadelspitzen Schnabel. Er bewegte die Flügel so schnell, dass sie nicht zu sehen waren. Während Honor ihn beobachtete, steckte der Vogel seinen Schnabel in eine Blüte, um den Nektar zu trinken.

Jack folgte ihrem Blick. »Das ist ein Kolibri«, sagte er. »Hast du noch nie einen gesehen? Gibt es in England etwa auch keine Kolibris? Keine Leuchtkäfer und keine Kolibris?«

Honor schüttelte den Kopf und verscheuchte mit der Bewegung den Vogel, der aber bald wieder angeflogen kam. »Nein, ich habe noch nie einen gesehen.«

»Wir haben schon zwei Heuernten eingebracht«, fuhr Judith fort, die sich über die Unterbrechung zu ärgern schien, »und wir werden diesen Sommer noch eine weitere einbringen. Der Hafer ist reif, dann kommt der Mais, außerdem haben wir noch den ganzen Gemüsegarten. Wir erwarten nicht von Honor, dass sie auf dem Feld arbeitet, aber sie kann kochen, sich um den Garten kümmern, die Kühe melken und Käse verkaufen. Die Erntezeit ist für uns immer die schwierigste Zeit im Jahr, und wir sind nur zu dritt. Zu viert geht es leichter. Wenn Honor uns irgendwie nützlich sein soll, müssen Jack und sie so bald wie möglich heiraten.« Sie schüttelte den Kopf. »Aber nur acht Quilts zur Hochzeit. Wo hat man so etwas schon gehört?«

Honor bemerkte, dass Jack sich nicht zu den Quilts äußerte, sondern das Verhandeln seiner Mutter überließ. Vielleicht war er der Ansicht, seinen Beitrag zu der ganzen Angelegenheit bereits im Maisfeld geleistet zu haben. Doch als Judith das Gespräch beendet hatte, führte er Honor und Adam über den Hof und zeigte ihnen voller Stolz, was die Haymakers sich aufgebaut hatten. Erst da wurde Honor bewusst, wie sehr sich ihr Leben verändern würde. Bei Abigail und Adam hatte es wenigstens andere Häuser und den Kaufladen in der Nähe gegeben. Der Hof der Haymakers befand sich zwar nur eine Viertelmeile von Faithwell entfernt, aber es führte nur ein schmaler, zerfurchter Weg dorthin, sodass man das Gefühl hatte, er läge sehr abgeschieden. Das Land um den Hof herum war zwar gerodet, es gab einen Vorgarten und einen Garten hinter dem Haus, Gemüsebeete, einen Obstgarten und eine Kuhweide, doch trotzdem schien die Wildnis dem Hof unangenehm nahe zu rücken und ihn von allen Seiten zu bedrängen. Gleich hinter der westlichen

Grenze, der Stelle, an der Honor und Belle einst umgekehrt waren, begann der Wald. Eigentlich hatte Honor Bäume immer geliebt; doch die Buchen, in die ihre Brüder daheim in England geklettert waren, der Apfelgarten hinterm Haus und die Kastanienbäume, deren Früchte sie im Herbst gesammelt hatten, ließen sich kaum mit den urtümlichen Baumriesen – den Bur-Eichen, Schwarz-Eschen, Buchen und Ahornbäumen – dieses Waldes vergleichen. »Der Wielandwald«, nannte Jack ihn. »Wir haben ihn nach meinem Vater benannt.« Honor blickte ihn fragend an. »Er ist in North Carolina gestorben. Bei einem Brand.«

Sie fragte nicht weiter, denn Jacks Gesicht wirkte plötzlich verschlossen.

Fast genauso einschüchternd wie die bedrängende Nähe des Waldes empfand Honor die Tiere auf dem Hof. In Dorset hatten sie acht Hühner gehalten, doch was Honors Familie außer Eiern brauchte, wurde beim Metzger oder im Milchladen gekauft. Die Haymakers besaßen achtzig Hühner: zwanzig Legehennen und sechzig Masthühnchen. Es gab zwei Pferde, zwei Ochsen, die mit einem anderen Hof geteilt wurden, acht Kühe (»Und jedes Jahr kommt eine weitere hinzu«, erklärte Jack voller Stolz) und vier riesige Schweine, die ekelerregend stanken. Genau genommen stank der ganze Hof nach Tieren. Für Honor war es unvorstellbar, wie man tagein, tagaus inmitten derart durchdringender Ausdünstungen leben konnte, doch Jack führte Honor und Adam jedes einzelne Tier vor. Adam war höflich und wirkte ehrlich interessiert, während in Honor das Grauen wuchs. Niemals würde sie auf eine Kuh stolz sein! In Bridport hatte sie weit von den Ställen und Scheunen der Bauern entfernt gewohnt. Landwirtschaftliche Produkte hatten die Brights immer in Läden gekauft, doch jetzt würde sie an einen Ort ziehen, an dem sie hergestellt wurden. Es waren eine neue Welt und ein völlig neues Leben. Auf seinem Hof, inmitten von tierischen Ausdünstungen und Geräuschen, wirkte Jack plötzlich wie ein Fremder. Honor würde sich auch an diesen anderen Jack erst noch gewöhnen müssen.

Der einzige Ort auf dem Hof, an dem sie sich ein wenig wohler fühlte, war der Heuschober. Dort überlagerte der süße, trockenstaubige Heugeruch den Gestank von Jauche und Dung, und es war still. Man hörte weder die Tiere unten in den Ställen noch die Menschen, die ihrer Arbeit nachgingen. Honor konnte sich vorstellen, dass sie sich in den Heuschober flüchten würde, wenn sie dem Treiben auf dem Hof für ein paar Minuten entkommen wollte. Gerade war die jüngste Heuernte eingebracht worden, und die neuen Ballen stapelten sich schon fast bis unter die Decke. Nur der Strohhaufen in einer Ecke des Schobers war noch recht flach. »Wenn wir den Hafer ernten, werden wir auch das Stroh auffüllen«, erklärte Jack seinen beiden Gästen. Honor zog einen Halm aus dem Strohhaufen. Verglichen mit dem Heu, war das Stroh stumpf und tot, man hatte ihm mit den Samen anscheinend auch alles Leben ausgedroschen.

Das Wohnhaus wirkte ein wenig vertrauter auf Honor. Mittlerweile hatte sie schon einige amerikanische Häuser von innen gesehen und wusste, dass sie dort quadratische Räume, große Fenster, schlichte Möbel aus Eschen-, Fichten- oder Ulmenholz und ovale Flickenteppiche auf den Fußböden vorfinden würde. Judith zeigte Honor und Adam alle Zimmer, einschließlich der Vorratskammer und des kühlen Raums neben der Küche, in dem gekäst wurde. Zu Honors Überraschung führte Judith sie sogar nach oben und ließ sie in jedes einzelne Schlafzimmer blicken, die bis auf die rot-weißen Quilts auf den Betten allesamt karg und schlicht möbliert waren. Honor war überrascht, dass man ihr die Schlafzimmer zeigte. Bei ihr zu Hause galten Schlafzimmer als Privatbereich, den man niemals einem Fremden zeigen würde. Honor blickte Adam an, doch der verzog keine

Miene. Auch in Pennsylvania waren Honor und Grace von den Familien, bei denen sie übernachtet hatten, in jedes einzelne Zimmer geführt worden. Die Leute schienen gern zu zeigen, wie sie lebten und was sie besaßen. In England hätte man so ein Verhalten als Angeberei bezeichnet, aber hier war es völlig normal, und Besitz hatte einen ganz anderen Stellenwert. Genau genommen war Honor ja auch keine Fremde: Bald würde sie zur Familie gehören. Sie musste sich daran gewöhnen, dieses Haus als ihr Zuhause zu betrachten.

Faithwell, Ohio

4. des 8. Monats 1850

Meine liebe Familie,

mit diesen Zeilen teile ich Euch mit, dass ich heute Jack Haymaker heirate. Wir werden zusammen mit seiner Mutter und seiner Schwester auf dem Milchviehhof der Familie am Stadtrand von Faithwell leben.

Ich weiß, dies kommt überraschend, aber ich hoffe, Ihr gebt uns Euren Segen und denkt mit Liebe im Herzen an uns.

Liebe Mutter, wenn es möglich ist, frage bitte Biddy, ob sie mir den Quilt mit dem »Stern von Bethlehem« zurückgeben kann, und schick ihn mir zusammen mit den Quilts, die ich William und Tante Rachel überlassen habe. Ich brauche sie jetzt. Es tut mir leid, dass ich darum bitten muss, aber die Familie meines Mannes erwartet von mir, genügend Quilts mit in die Ehe zu bringen. Ich hoffe, Ihr versteht das.

Eure Euch liebende Tochter,
Honor Bright

Fieber

Ihre erste Nacht als Ehefrau verbrachte Honor nicht im Bett von Jack Haymaker – oder besser: in ihrem Bett, denn so musste sie es ab jetzt nennen. Es war ein langer Tag gewesen. Nach der Hochzeitsandacht hatten die Haymakers die Gemeinde zu einem Festmahl eingeladen, und erst als die letzten Nachbarn gegangen waren und der Himmel bereits die Farbe von Tinte angenommen hatte, konnte Jack seine Frau nach oben und den Flur entlang zum Schlafzimmer führen. »Hier haben wir es bequemer als im Maisfeld«, sagte er lächelnd, als sie vor dem Bett standen, auf dem der weiße Wholecloth ausgebreitet lag. Die Frauen der Gemeinde hatten ihn erst vor ein paar Tagen beim Quiltkränzchen fertiggestellt, und weil sie jede Näherin nehmen mussten, die Zeit hatte, war er flüchtig und schlampig gequiltet worden.

Jack streifte seine Hosenträger ab und zog das Hemd aus, doch dann fiel ihm auf, dass Honor stocksteif dastand. »Willst du dich nicht ausziehen? Komm, ich helfe dir.« Er nestelte an der Knopfleiste im Rücken ihres Kleides und ließ seine Hand dabei kurz in Honors Nacken liegen. »Du bist ja ganz heiß!«, rief er besorgt. Jack drehte Honor zu sich herum und sah in ihr gerötetes Gesicht. Er setzte sie auf die Bettkante und fühlte ihr Stirn und Wangen. »Seit wann bist du so heiß?«

»Ich … es ist ein heißer Abend.« Das stimmte. Es war so schwül und stickig, dass Honor das fiebrige Gefühl, das sie empfand, einfach für eine Folge des Wetters gehalten hatte. Jack rief nach seiner Mutter und seiner Schwester, und Honor, die sich den ganzen Tag lang zusammengerissen hatte, sackte auf dem Bett zusammen.

Judith und Dorcas führten sie zurück nach unten und brachten sie ins Krankenzimmer neben der Küche. Es war ein kleiner, quadratischer Raum mit einem schmalen Bett, einem Holzstuhl und einem Kabinett, auf dem eine Wasserschüssel mit Krug stand. Im Kabinett war der Nachttopf versteckt, und an der Wand darüber hing ein Medizinschrank, in dem Leinenstreifen, Kampferfläschchen, Senf und andere Hausmittel, die Honor nicht kannte, aufbewahrt wurden. Das Bett war mit alten Leinenlaken und einer grauen, fürchterlich kratzigen Wolldecke bezogen. Ein Fenster ging auf den hinteren Hof hinaus. Die Frauen öffneten es und ließen auch die Tür zur Küche einen Spalt weit offen, damit ein wenig Luft zirkulieren konnte, auch wenn diese schwül und schwer war und sich kaum bewegte.

In den ersten Tagen ihrer Krankheit schwankte Honor zwischen Frieren und Schwitzen, Fieberdelirium und Klarheit. Mal sehnte sie sich danach, die Haymakers bei sich zu haben, dann wollte sie wieder allein gelassen werden. Wenn Dorcas nach ihr sah oder Jack sich zu ihr ans Bett setzte, gab Honor manchmal vor zu schlafen, denn reden oder zuhören strengte sie zu sehr an, zumal ihr die Haymakers immer noch recht fremd waren. Sie konnte nicht an viele gemeinsam verbrachte Stunden anknüpfen, in denen sie sich über das Wetter unterhalten hatten, die Kühe, die Arbeit auf dem Hof und die fürchterliche Hitze, bei der die Milch schnell sauer wurde. Es hatte noch keine Gelegenheit gegeben, darüber zu reden, wie Honor auf dem Hof schlief, was die Nachbarn machten und was Freunde und Verwandte ihr geschrieben hatten, sodass auch die Haymakers nicht so recht zu wissen schienen, worüber sie sich mit Honor unterhalten sollten. Wenn Jack neben ihr saß oder Judith Haymaker ihr Brühe einflößte, während Dorcas in der Tür lungerte, behalfen sich die Familienmitglieder damit, sich über Honors Kopf hinweg zu unterhalten. Manchmal spülten sie auch, um irgendetwas zu tun zu haben, den sauberen Nachttopf aus, strichen die Laken glatt, machten das Fenster auf oder zu und fegten den Boden.

Wenn Honor allein im Zimmer war, sah sie einfach zu, wie sich das Licht an der Wand veränderte, denn sie fühlte sich noch zu schwach und benommen, um sich aufzusetzen und zu lesen oder zu nähen. Manchmal war es im Zimmer so heiß, dass sie das Gefühl hatte, mit der Luft zu verschmelzen, doch selbst in ihrem Delirium begriff sie, dass das Unsinn war. In solchen Momenten war sie froh, wenn einer der Haymakers ins Zimmer trat oder, was ein oder zwei Mal geschehen war, Adam, um sie daran zu erinnern, wer sie war und wo sie sich befand.

Abgesehen von ihrer Seekrankheit an Bord der *Adventurer* war Honor schon lange nicht mehr so schwer krank gewesen. Sie verbrachte eine Woche liegend im Bett, bevor sie sich das erste Mal aufsetzte, und es dauerte eine weitere Woche, bis sie wenigstens kurz aufstehen konnte.

Die Haymakers kümmerten sich fürsorglich um Honor, schienen aber über die Schwere ihrer Erkrankung nicht weiter beunruhigt zu sein. »Es ist Fieberfrost«, erklärte Judith Haymaker, als Honor sie fragte, warum es ihr immer noch nicht besser gehe. »Der bleibt gern lang. Irgendwann bekommt ihn jeder einmal.«

Honors Krankheit überschnitt sich mit der Haferernte. Allerdings ging es ihr zu Erntebeginn schon wieder gut genug, dass die Haymakers sie allein lassen und aufs Feld gehen konnten, wo jede Hand gebraucht wurde. Honor bedauerte, dass sie nicht mithelfen konnte, denn sie hatte gehofft, dass die Zusammenarbeit ihr Zugehörigkeitsgefühl zur Bauerngemeinschaft stärken würde. Als Jack nach dem ersten Erntetag kurz bei ihr hereinschaute, erzählte sie ihm von ihren Bedenken. »Es wird noch viele Jahre geben«, beruhigte er sie und schlief im nächsten Moment auf dem Stuhl neben ihrem Bett ein.

Das Fenster des Krankenzimmers ging auf den hinteren Hofteil zwischen Scheune, Wagenschuppen und Hühnerhaus hinaus. Honor betrachtete diesen kleinen Ausschnitt der Welt dort draußen stundenlang. Anfangs schien sich überhaupt nichts zu rühren, doch nach einer Weile fielen ihr kleine Bewegungen auf: gelb-schwarze Schmetterlinge flatterten vorbei, Blätter wirbelten in einer Brise auf, und die Schatten wanderten langsam über den staubigen Boden.

Eines Tages, als die Haymakers auf dem Feld waren, beobachtete Honor vom Bett aus zwei Streifenhörnchen, die sich um den Brunnen in der Hofmitte jagten, während die Hofkatze, den Bauch dicht über dem Boden, auf sie zupirschte. Doch die Streifenhörnchen bemerkten sie rechtzeitig und entwischten ihr. Als die Schildpatt später noch einmal über den Hof kam, folgten ihr drei halbwüchsige Kätzchen. Sie begannen mitten auf dem Hof miteinander herumzutollen, wobei ihnen die alte Katze unbeteiligt zusah. Der Brunnen warf jetzt keinen Schatten mehr, es war Mittag. Honor bemerkte einen Blechbecher, der oben auf dem Brunnenrand stand, dann fielen ihr die Augen zu. Sie musste kurz eingenickt sein, denn als sie die Augen wieder öffnete, war seitlich vom Brunnen schon wieder ein Stück Schatten zu sehen. Sie blinzelte noch einmal. Seltsam, der Becher war verschwunden.

Eine Henne war aus dem Hühnerhaus entwischt und pickte am Boden. Weil Digger mit aufs Feld gelaufen war, gab es niemanden, der sie vor dem Fuchs beschützte. Honor fragte sich, was sie tun sollte, falls ein Fuchs auf den Hof kam, obwohl das am helllichten Tag eher unwahrscheinlich war. Sie konnte zwar mittlerweile im Krankenzimmer herumlaufen, bezweifelte aber, dass sie es bis auf den Hof hinaus schaffen würde, um das Huhn zu retten, ohne ohnmächtig zu werden.

Dann betrachtete Honor den Schatten neben dem Brunnen genauer. Der dunkle Fleck spiegelte nicht die Form des Brunnens, sondern sah eher aus wie ein Kartoffelsack. War es eine Fiebertäuschung? Während Honor noch schaute, löste sich ein Arm aus der dunklen Masse und stellte den Becher zurück auf den Brunnenrand. Honor glaubte sogar, das metallische Aufschlagen des Bechers auf dem steinernen Brunnenrand zu hören.

Honor setzte sich vorsichtig auf und bemühte sich, keinerlei Lärm zu machen. Bei der Vorstellung, dass sie ganz allein auf dem von Wäldern umgebenen Hof war und draußen jemand neben dem Brunnen hockte, zog sich ihr Magen vor Angst zusammen. Am liebsten hätte sie einfach wieder die Augen geschlossen, in der Hoffnung, der Mann würde verschwunden sein, wenn sie sie wieder öffnete. Honor atmete tief durch und versuchte innerlich zur Ruhe zu kommen. Sie rief sich in Erinnerung, dass jeder Mensch etwas von Gott in sich hatte, selbst der Mann, der sich dort draußen auf dem Hof versteckte. Doch als sie aus dem Bett glitt, um sich unters Fenster zu knien, zitterte sie am ganzen Körper.

Honor hatte gehofft, dass die Sonne den Mann so stark blenden würde, dass er sie nicht sehen konnte, doch als sie zu der dunklen Gestalt hinausschaute, spürte sie, wie ihr Blick erwidert wurde. Der Mann verhielt sich dabei völlig still, sodass das Huhn in seiner Nähe ungerührt weiterpickte. Auch Honor bewegte sich nicht. Sie spürte, wie ihr unterm Nachthemd der Schweiß über den Rücken lief. Während sie weiter schaute, richtete der dunkle Fleck sich auf und nahm die Form einer jungen Frau an. Sie war schwarz, barfuß und trug ein gelbes Kleid. Um die Haare hatte sie einen Stoffstreifen geschlungen, den sie vom Kleidersaum abgerissen hatte. Das Huhn rannte davon, doch die Frau blieb ungerührt stehen und streckte Honor eine Hand entgegen. Die kleine, unscheinbare Geste genügte, um Honors Magen zu beruhigen. Sie sagte: Ich bin auf der Flucht, bitte hilf mir. Honor fühlte sich durch die Geste mit der Frau verbunden. Von Kindheit an hatte man ihr beigebracht, dass Sklaverei falsch war und bekämpft werden musste, aber bislang hatte sie sich nur mit Gedanken und Worten auseinandersetzen müssen. Nun wurde Honor mit einem Mal mit der Wirklichkeit konfrontiert: Sie musste handeln, wusste aber nicht, wie.

Die schwarze Frau ließ die Hand sinken und blieb neben dem Brunnen stehen. Auf dem Hof schienen plötzlich alle Bewegungen einzufrieren. Das Huhn war nirgends mehr zu sehen. Es regte sich keine Brise, noch nicht einmal die Grillen und Heupferdchen zirpten. Niemals hätte Honor gedacht, dass es in Ohio so still sein könne.

Langsam, damit ihr nicht schwindelig wurde, richtete sie sich auf und tastete sich an der Wand entlang zur Tür und weiter in die Küche. Als sie am Küchenbüfett vorbeikam, nahm sie den Anschnitt eines Brotlaibs mit. Draußen auf der hinteren Veranda machte sie einen Moment lang zögernd Halt, dann trat sie in den Hof hinaus. Die heiße, strahlend helle Sonne blendete Honor, und sie blieb stehen. Sie hielt sich eine Hand über die Augen und blinzelte, war aber immer noch so geblendet, dass alles vor ihr verschwamm. Sie war schon über zwei Wochen nicht mehr draußen in der Sonne gewesen.

Die Frau kam nicht zu ihr, sondern verharrte, eine Hand auf den Rand gestützt, neben dem Brunnen. Sie erinnerte Honor an ein Schaf, dem man sich ganz vorsichtig nähern musste, damit es nicht wegsprang; obwohl es einem auch bei aller Vorsicht bestimmt nicht gelingen würde, so nahe an das Tier heranzukommen, dass man es berühren konnte. Als kleines Mädchen hatte Honor es einmal mit viel Geduld geschafft, ein Lamm am Hals zu streicheln. Das Tier war nicht wie erwartet geflohen, sondern hatte die Berührung über sich ergehen lassen. Doch diese Frau sah nicht so aus, als würde sie geduldig stehen bleiben. Jede Faser ihres Körpers war fluchtbereit.

Honor hätte gern etwas zu der Frau gesagt, wusste aber, dass Gesten in diesem Moment wichtiger als Worte waren. Sie trat näher und hielt der Schwarzen das Brot hin. Die Frau streckte die Hand aus und nahm den Brotkanten mit einem Kopfnicken entgegen, aß ihn aber nicht, sondern ließ ihn in der Tasche ihres Kleides verschwinden. Sie war groß, viel größer als Honor, hatte lange dünne Beine und Arme wie Zaunlatten. Ihr Kleid schien für eine kleinere Person gemacht worden zu sein, denn es reichte ihr nur bis zu den Waden, und ihre schmalen Handgelenke ragten weit aus den Ärmeln heraus. Das Kleid war schmutzig, zerknittert und zerrissen und sah aus, als trüge die Frau es schon seit Wochen Tag und Nacht am Leib. Ihr Gesicht glänzte vor Schweiß, und auf ihrer breiten flachen Nase waren ein paar Pickel zu sehen. Das Weiße in ihren Augen hatte einen gelben Stich, die Augenwinkel waren von eitrigem Schorf verkrustet. Honor fragte sich, ob sie wohl mit ins Haus kommen würde, um sich zu waschen, bezweifelte es aber. Die Frau brauchte schnelle, praktische Hilfe und keine Badewanne.

Noch bevor Honor etwas sagen konnte, riss die Frau den Kopf herum, als habe etwas in der Ferne wie ein Seil an ihm gezogen. Honor lauschte und vernahm ein Geräusch, das sie schon seit Wochen nicht mehr gehört hatte: die unregelmäßigen Hufschläge eines Pferdes mit einem zu schweren Eisen.

In den Augen der Frau blitzte es auf. Honor las Verzweiflung in ihnen: Jetzt hatte sie es so weit geschafft, um kurz vorm Ziel geschnappt zu werden. Honor atmete tief durch und überlegte, was sie tun sollte, konnte aber in der Sonne kaum einen klaren Gedanken fassen. Sterne tanzten ihr vor den Augen, sie begann zu schwanken. »Schnell, verstecken Sie sich im Kühlraum«, sagte sie noch, dann gaben die Knie unter ihr nach.

Als Donovan auf den Hof ritt, lag Honor im Staub auf dem Boden. Er sprang vom Pferd, rannte zu ihr hin, kniete nieder und zog ihren Kopf in seinen Schoß. »Honor, was ist los? Hat dich jemand…« Donovan schaute über den leeren Hof und dann in Honors ausgemergeltes Gesicht. »Hast du die Sommergrippe? Was machst du dann hier draußen, du dummes Kind?«

Er roch durchdringend nach Schweiß, abstoßend und gleichzeitig berauschend. Honor versuchte nicht, sich aus seinen Armen zu winden. »Ich … ein Huhn ist ausgebrochen. Ich muss es wieder einfangen.« Das stimmte zumindest. Als habe sie Honors Worte gehört, tauchte die Henne wieder vor der Scheune auf, ruckte mit dem Kopf und gackerte Donovan empört an.

»Ich fange es wieder ein, aber zuerst bringe ich dich ins Haus. Wehr dich nicht.« Donovan hievte sie hoch wie einen Sack Mehl und trug sie ins Haus. »Wo sind denn alle?«, fragte er, als er sich in der leeren Küche umschaute.

»Bei der Haferernte.« Honor zeigte in Richtung Krankenzimmer. »Da rein, bitte.«

Unerwartet behutsam legte Donovan sie aufs Bett. »Honor Bright, was, zum Teufel, machst du hier?«, fragte er dann und ließ sich auf den Stuhl neben ihr sinken. »Ich hab dich schon seit Wochen nicht mehr gesehen und dachte schon, du versteckst dich in dem Quäkerhaus in der Stadt vor mir. Und plötzlich tauchst du hier auf!« Donovan wirkte entrüstet, als sei sie eine schlechte Freundin, die ihn nicht über ihren Umzug informiert hatte.

Honor holte tief Luft. »Könntest du bitte meinen … meinen Mann holen. Jack Haymaker. Er ist draußen auf dem Feld, nur ein Stückchen die Straße weiter in Richtung Westen. Bitte.«

Ein seltsamer Ausdruck huschte über Donovans Gesicht, bevor er ihn mit einem anzüglichen Grinsen überspielte. »Aha, ein Ehemann! Dann hatte also einer Erfolg bei dir.«

Honor blickte ihn nur an. Eigentlich hätte sie Angst haben müssen, denn sie war ganz allein mit Donovan, doch sie hatte keine Angst. Sie sollte ihn verachten, weil er ein Sklavenjäger war, aber sie verachtete ihn nicht. Auch in ihm ist ein Stück vom Licht, dachte sie, nur finde ich es nicht.

»Brauchst du etwas?« Donovan schaute in den weißen Porzellankrug auf ihrem Nachttisch, über dem zum Schutz vor Fliegen ein Spitzendeckchen lag. »Möchtest du frisches Wasser? Ich kann es dir aus dem Brunnen holen oder aus dem Kühlraum, wenn es dort welches gibt.«

»Nein.« Honor versuchte, nicht zu schreien.

»Wirklich kein Problem.« Ausgerechnet jetzt, wo sie es nicht wollte, gab Donovan sich fürsorglich.

»Doch, etwas könntest du für mich tun«, sagte Honor, um ihn vom Kühlraum abzulenken. Wenn er dort hineinging, wäre die Frau zwischen den Käseregalen verloren. »Erinnerst du dich noch an den Signaturquilt, den du bei unserer ersten Begegnung aus meiner Truhe gezogen hast?«

»Jep.«

»Könntest du ihn mir holen? Er ist oben in meiner Truhe. Diese Decke hier ist so fürchterlich kratzig.«

»Aber klar doch.« Froh, etwas für Honor tun zu können, sprang Donovan aus dem Zimmer. Sie hörte seine Schritte, erst auf der Treppe und dann über ihrem Kopf, als er den Flur entlang zum Schlafzimmer polterte. Honor betete, dass sich die Frau im Kühlraum weiterhin ruhig verhielt und nicht in Panik ausbrach.

Donovan kam mit dem Quilt über dem Arm zurück und breitete ihn über Honor aus. Er beugte sich vor und tat so, als wolle er die Decke glatt streichen, fuhr dabei aber mit der Hand langsam die Konturen von Honors Körper nach. Seine Augen glühten im sonnengebräunten Gesicht. Honor fiel ein, dass sie an Donovan gedacht hatte, als sie mit Jack im Maisfeld lag, und die Röte stieg ihr ins Gesicht. Sicher ist es das Fieber, das mich durcheinanderbringt, redete sie sich ein, doch sie wusste, dass das nicht stimmte.

Donovan sah, wie Honor rot wurde, und reagierte selbst mit roten Flecken, die sich auf seinem Hals und den Wangen ausbreiteten. »Ach, verdammt, Honor. Warum hast du nicht wenigstens versucht, einem anderen eine Chance zu geben?« Honor schluckte. Niemals hätte sie sich vorstellen können, so ein Gespräch mit Donovan zu führen. »Freunde heiraten Freunde«, sagte sie, »andernfalls müssen sie die Gemeinschaft verlassen. Außerdem könnte ich niemals mit einem Sklavenjäger zusammen sein.«

»Aber du bist gerade mit einem zusammen.«

Sie zitterte und blickte ihn hilflos an. »Bitte, geh Jack holen«, flüsterte sie.

Die Erinnerung an ihren Ehemann schien Donovan zu ernüchtern. »Ich fang nur schnell die Hühner ein, bevor der Fuchs sie holt.«

»Ach, lass die Hühner. Das kann Jack später machen.«

»Nein, ich mache das. Ich will mich nämlich noch ein bisschen umschauen. Deswegen bin ich schließlich hergekommen: Ich suche etwas. Dass ich stattdessen dich hier finde, hätte ich allerdings nicht erwartet.« Donovan hielt inne. »Was meinst du, wie konnten die Hühner überhaupt aus dem Stall kommen?«

Honor schüttelte nur den Kopf.

Donovan blickte sie durchdringend an. »Na gut, Honor Bright. Wir sehen uns bald wieder.«

Er ging nach draußen. Durchs Fenster konnte Honor beobachten, wie er über den Hof schritt, vorbei an dem Brunnen, auf dessen Rand der Blechbecher stand und in der Sonne leuchtete wie ein Signalfeuer. Beim Gedanken an Wasser spürte Honor, wie durstig sie war. Sie schloss die Augen und hörte Donovan pfeifen. Dann schien er das Scheunentor zu öffnen und hineinzugehen, denn das Pfeifen wurde leiser. Wenige Minuten später wurde es wieder lauter, und die Hühner begannen zu gackern. Offenbar trieb Donovan sie zusammen.

Nach einer Weile hörte sie sein Pferd in Richtung Haferfeld davongaloppieren. Anscheinend war sie kurz eingenickt, denn als sie plötzlich jemanden neben sich spürte, fuhr sie mit einem Ruck hoch und war sofort hellwach. Es war niemand im Zimmer, doch neben ihr auf dem Nachttisch stand ein Becher mit Wasser. Es war kühl und kam frisch aus dem Brunnen. Honor glaubte, noch nie so köstliches Wasser getrunken zu haben.

Sie hatte nicht damit gerechnet, dass Donovan mit ihrem Mann zurückkommen würde, doch anscheinend hatte Jack sich solche Sorgen gemacht, dass er das Angebot des Sklavenjägers, ihn zu Pferd zurück zum Haus zu bringen, angenommen hatte. Honor hörte den Fuchs auf den Hof klappern, und im nächsten Moment kam Jack ins Krankenzimmer gestürzt, kniete vor ihr nieder und fühlte ihr die Stirn. Donovan blieb, den Hut in den Händen, in der Tür stehen. Sein Blick war sofort auf den Becher gefallen, der einzigen Veränderung im Raum in der vergangenen halben Stunde. Honor schaute ihn erschrocken an, doch statt der erwarteten Wut sah sie, wie sich langsam ein Lächeln auf seinem Gesicht ausbreitete. In Donovans Augen stand Bewunderung, als hätte Honor ihn beim Kartenspielen mit einem gerissenen Trick über den Tisch gezogen. Er drohte ihr mit dem Finger. »Haymaker, du erklärst deiner Frau besser das Gesetz über Sklavenflüchtlinge. Ich hab gehört, der Präsident wird ihm demnächst zustimmen. Wenn es bewilligt ist, werde ich Honor nichts mehr durchgehen lassen – und dir auch nicht. Vielleicht musst du mir dann helfen, wenn ich einen Nigger fangen will.«

Jack blickte zu ihm hoch. Honor hielt die Anspannung, beide Männer im selben Zimmer und in ihrer Nähe zu haben, nicht mehr aus. »Bitte geh jetzt, Donovan.«

Donovan grinste. »Du hast dir ein temperamentvolles Frauchen gesucht, Haymaker. Behalt sie besser gut im Auge, denn ich werde es auch tun.« Er zwinkerte Honor zu, setzte seinen Hut auf und verschwand.

Honor schloss die Augen und betete, dass der Frau die Zeit gereicht hatte, um ein besseres Versteck zu finden.

Das Hufgetrappel von Donovans Pferd war noch im Hof zu hören, als Jack begann, Honor ins Verhör zu nehmen. »Er … dieser Mann, Donovan … er sagt, er kenne dich. Woher?« Jack bemühte sich um einen neutralen Gesichtsausdruck, was sein Misstrauen aber nur noch offensichtlicher machte.

»Aus Wellington.« Honor griff nach dem Wasserbecher auf ihrem Nachttisch.

Jack starrte den Becher an. »Hat er dir das Wasser gebracht?«

Honor antwortete nicht, damit sie nicht lügen musste. Sollte Jack doch denken, was er wollte. Sie nippte am Wasser und stellte den Becher zurück auf den Tisch.

»Aber wie … wie kommst du dazu, einen Mann wie ihn zu kennen?«, fuhr Jack fort. »Einen Sklavenjäger.«

Honor schloss die Augen, um seinem forschenden Blick auszuweichen. Ich habe nichts zu verbergen, beruhigte sie sich. »Er ist der Bruder der Putzmacherin von Wellington.«

»Und was hat er hier gesucht? Wollte er dich besuchen?«

»Nein.«

»Hat er mit dir über einen Sklavenflüchtling gesprochen? Hat er …« Jack unterbrach sich und seine Augen wurden zu schmalen Schlitzen. »Ist ein Farbiger hier reingekommen und hat dich um Hilfe gebeten? Hast du ihm etwa geholfen?«

»Nein«, konnte Honor wahrheitsgemäß sagen. »Außer Donovan ist kein Mann hier gewesen. Was sollte ein entflohener Sklave hier suchen?«

»In Ohio gibt es viele ausgerissene Sklaven, und es gibt feste Routen mit sicheren Häusern, in denen sie Hilfe finden. Allerdings glaube ich, dass sie die Routen oft ändern, um die Sklavenfänger zu verwirren. Es gibt ein richtiges Netzwerk aus Wegen und Helfern, das sogar einen Namen hat: *Underground Railroad* – Die Untergrundbahn.«

Honor hatte den Ausdruck noch nie gehört.

»Die meisten Sklavenflüchtlinge zieht es nach Oberlin«, fuhr Jack fort, »aber hin und wieder verirrt sich einer in unsere Gegend. Wahrscheinlich ist heute auch ein Flüchtling unterwegs, und Donovan ist ihm auf den Fersen. Aber wenn du jemals einen Flüchtling auf unserem Hof siehst, darfst du ihn nicht zum Bleiben auffordern. Du musst ihn weiter nach Oberlin schicken.«

»Und wenn die Flüchtlinge hungrig sind? Oder durstig?« Honor wagte es nicht, zum Becher zu blicken.

Jack zuckte mit den Schultern. »Natürlich kannst du ihnen Wasser geben, wenn es nötig ist. Aber lass dich in nichts hineinziehen. Es könnte dir – und uns allen – nur Ärger bringen.«

Honor schlief bald ein. Als Jack am späten Abend wieder vom Feld zurückkam, setzte er sich noch einmal zu Honor ans Bett. »Donovan hat im Wielandwald eine Farbige geschnappt«, sagte er. »Er ist mit ihr hier vorbeigeritten, aber wahrscheinlich hast du geschlafen.«

Er beobachtete Honor sehr genau, und sie war bemüht, sich keinerlei Regung anmerken zu lassen.

»Ich bin froh, dass er sie geschnappt hat«, fügte Jack hinzu.

Honor erstarrte. »Warum?«

Jack rutschte unruhig auf der Bettkante hin und her. »Weil es besser ist, wenn nicht dauernd Männer wie Donovan durch unsere Gegend reiten. Sie stören ehrliche Leute nur bei der Arbeit und machen den Frauen Angst.«

»Bist du etwa der Ansicht, Sklaven sollten besser nicht flüchten?«

»Honor, du weißt, dass wir die Sklaverei nicht gutheißen. Schließlich glauben wir daran, dass vor Gott alle Menschen gleich sind. Aber ...« Jack unterbrach sich.

»Aber was?«

»Ach, wie soll ich das jemandem erklären, der aus einem Land kommt, in dessen System die Sklaverei nicht von Anfang an fest verankert war?«, seufzte Jack. »Es ist leicht, die Sklaverei zu verurteilen, wenn man die Folgen nicht bedenken muss.«

»Was für Folgen?«

»Wirtschaftliche Folgen. Wenn die Sklaverei morgen abgeschafft würde, wäre das Amerikas Untergang.«

»Wieso?«

»Baumwolle und die daraus gewebten Stoffe gehören zu den wichtigsten Produkten unseres Landes. In den Südstaaten wird die Baumwolle mit Hilfe von Sklaven angebaut, und in den freien Nordstaaten wird sie zu Stoff weiterverarbeitet. Beide Seiten sind voneinander abhängig. Könnte man die Baumwolle dank der Sklaven nicht zu einem günstigen Preis ernten, müssten die Fabriken im Norden schließen.«

Honor dachte darüber nach und wünschte sich einen klareren Kopf, um besser gegen Jack argumentieren zu können.

»Ich weiß, dass die englischen Freunde entschiedene Sklavereigegner sind«, fuhr Jack fort. »Wir Amerikaner sehen das nicht anders, nur sind wir vielleicht ein bisschen pragmatischer. Seinen Überzeugungen im Alltag treu zu bleiben, ist viel schwieriger, als sie nur zu predigen. Denk nur einmal an die vielen

Baumwollstoffe, die du für deine Quilts verarbeitest. Selbst wenn du sie in England gekauft hast, sind viele von ihnen durch Sklavenarbeit produziert worden. Wenn möglich, kaufen wir Stoffe, die ohne Sklavenarbeit hergestellt wurden, aber das ist schwierig, denn es gibt nur wenige sklavenfreie Plantagen.« Er strich über ein grünes Chintzquadrat, das Teil eines Blocks in Honors Signaturquilt war. »Dieses Stoffstück hier wurde wahrscheinlich in Massachusetts aus Baumwolle von einer Südstaatenplantage gewebt. Würdest du den Quilt deswegen wegwerfen?«

Honor umklammerte den Rand des Quilts, als rechnete sie damit, dass Jack ihr die Decke jeden Moment entreißen könnte. »Willst du damit sagen, dass wir den Sklaven nicht bei der Flucht helfen sollen?«

»Sie verstoßen gegen das Gesetz, und das kann ich nicht billigen. Ich würde einen flüchtenden Sklaven nicht aufhalten, aber ich würde ihm auch nicht helfen. Beihilfe zur Flucht steht unter Strafe – sie wird mit Geldbußen, Gefängnis oder Schlimmerem geahndet.« Während er sprach, war ein bitterer Zug um seinen Mund getreten.

Er verschweigt mir etwas, dachte Honor. Sollte eine Frau nicht alles über ihren Ehemann wissen? »Jack …«

»Ich muss jetzt beim Melken helfen.« Noch bevor Honor etwas sagen konnte, war Jack aus dem Zimmer verschwunden.

Honor lag im Bett und weinte um die Frau, die ihr Wasser gebracht hatte und nun Donovan in die Hände gefallen war.

Als Honor am nächsten Nachmittag von einem Nickerchen erwachte, saß Belle Mills neben ihr. Honor glaubte noch zu träumen und blinzelte, doch sie täuschte sich nicht: Eine Haube, wie Belle sie trug, hätte sie niemals erträumen können. Von der breitesten Krempe, die Honor jemals gesehen hatte, ringelten sich duftige Spitzenbänder hinab. Zugebunden war die Haube mit einer grell orangefarbenen Schleife, die Belles gelblichen Teint noch betonte. Der ausgesprochen damenhafte Stil der Haube ließ Belles kräftigen Kiefer und die vorgewölbten Augen noch stärker hervortreten, wodurch ihr Gesicht noch männlicher wirkte.

»Honor Bright, wie konntest du es wagen, einfach klammheimlich zu heiraten? Ich musste es ausgerechnet von meinem Bruder erfahren, und nichts hasse ich mehr, als Neuigkeiten aus seinem Munde zu hören. Ich war wirklich beleidigt, und wenn Donovan mir nicht gesagt hätte, dass du krank bist, und ich mich nicht überzeugen wollte, dass deine neue Familie sich auch ordentlich um dich kümmert, wäre ich niemals hier rausgekommen. Sieht nicht so aus, als würden sie viel für dich tun. Es ist noch nicht einmal jemand im Haus.«

»Die Haferernte«, murmelte Honor. »Sie müssen sie vor den Gewittern reinbringen, die für morgen angekündigt sind.«

Belle schmunzelte. »Schätzchen, wie hört sich das denn an – Honor und die Haferernte! Als Nächstes erzählst du mir noch, wie viele Gläser Pfirsiche du eingemacht hast.« Sie legte eine kühle Hand auf Honors Stirn, und Honor fragte sich, wie sich Belle bei dieser Gluthitze so kühl anfühlen konnte. Die Geste erinnerte sie an ihre Mutter, und Honor schloss einen Moment lang die Augen, um das Gefühl zu genießen.

»Du hast immer noch Fieber«, erklärte Belle, »aber es ist nicht mehr hoch. Du wirst es überleben. Also gut, ich freue mich, dass du dich an meinen Rat gehalten und geheiratet hast. Und bei dem Hof hier ist es keine Überraschung, dass du dich für Jack Haymaker entschieden hast. Gut, dafür musstest du die Schwiegermutter in Kauf nehmen. Ich kann mich noch genau an ihren Blick erinnern, als wir am Haus vorbeispaziert sind. Aber, Schätzchen, was ist denn? Schon wieder Tränen?« Honor weinte. Heiße Tränen rollten ihr seitlich über die Wangen und bis in die

Ohren hinein. Belle zu sehen, war, als hätte sie in einer Schüssel mit unreifem harten Obst eine süße reife Pflaume entdeckt.

»Jetzt ist aber gut.« Belle legte einen Arm um Honors Schultern und hielt sie fest, bis die letzten Schluchzer verebbt waren. Sie fragte nicht nach dem Grund für die Tränen.

»Rate mal, was in Wellington passiert ist!«, sagte Belle, nachdem Honor sich ein wenig beruhigt hatte. »Die Eisenbahn ist da! Vor zwei Wochen war die Jungfernfahrt von Cleveland aus. Die ganze Stadt war auf den Beinen, um sie einfahren zu sehen, und natürlich haben die meisten Damen einen neuen Hut für den Anlass gebraucht. Hab ich dir nicht gesagt, dass die Eisenbahn gut fürs Geschäft ist?«

»Ich würde sie auch gerne sehen.«

»Du musst sie dir wie das größte und schwärzeste Pferd vorstellen, das jemals geschnaubt hat. Wusstest du, dass sie fünfzehn Meilen in der Stunde fährt? Fünfzehn! Das heißt, nur noch zweieinhalb Stunden bis Cleveland. Bald werde ich einen Ausflug mit ihr machen. Du solltest mitkommen.«

Honor lächelte.

»Oh, ich habe dir ja ein Hochzeitsgeschenk mitgebracht«, erinnerte sich Belle. »Oder hast du etwa gedacht, ich komme mit leeren Händen?«

»Wir … aber du hättest doch nicht … danke … ich … Jack und ich danken dir …« Honor setzte immer wieder neu an, um die richtigen Worte zu finden. Normalerweise schenkte man sich unter Quäkern nichts, da materiellen Dingen nicht so viel Bedeutung beigemessen werden sollte, doch Honor wollte Belles großzügige Geste nicht zurückweisen. Sie nahm die flache, in Papier gewickelte Schachtel mit der blauen Schleife entgegen.

»Na, mach schon. Pack es aus. Du musst nicht auf deinen Mann warten. Du glaubst doch nicht, dass ich den ganzen weiten Weg zurückgelegt habe, um wieder zu gehen, bevor ich gesehen habe, ob es dir gefällt.«

Honor zog die Schleife auf und schlug das Papier zurück. Vor ihr lagen zwei mit feiner Spitze eingefasste Kissenbezüge aus Leinen. Auch wenn ihr schöne Dinge nicht wichtig sein sollten, war Honor begeistert.

»Wenn man sein Haupt nachts auf ein hübsches Kissen betten kann«, erklärte Belle, »erträgt man das, was einem tagsüber so zustößt, viel leichter. Du hast einen Ort gefunden, an dem du bleiben kannst, Honor Haymaker. Es geht aufwärts!«

Faithwell, Ohio

27. des 8. Monats 1850

Liebe Belle,

herzlichen Dank für Deinen Besuch an meinem Krankenbett. Mittlerweile geht es mir wieder besser, auch wenn ich mich immer noch ein wenig schwach fühle.

Ich danke Dir auch für die Kissenbezüge, die Du Jack und mir geschenkt hast. Noch nie habe ich so ein schönes Geschenk bekommen. Ich werde sie immer in Ehren halten, so wie ich die Geste der Freundschaft in Ehren halte, deren Ausdruck sie sind.

Deine treue Freundin,
Honor Haymaker

Brombeeren

Einige Tage später, als sie wieder klarer denken konnte und schon recht munter auf den Beinen war, fiel Honor eine Erwiderung auf Jacks Behauptungen über Sklavenhaltung und Baumwolle ein. Der Gedanke schien ihr so naheliegend und einleuchtend, dass sie ihn gleich loswerden musste, und so ergriff Honor zur Verblüffung der Haymakers beim Abendessen das Wort, obwohl niemand sie etwas gefragt hatte. Beim Essen herrschte wie immer Stille, denn die Haymakers redeten während der Mahlzeiten nicht viel. Weil Honor so darauf brannte, den anderen ihre Gedanken mitzuteilen, in der Kunst der Gesprächsführung aber völlig unerfahren war, fiel sie einfach mit der Tür ins Haus: »Vielleicht sollten wir alle ein wenig mehr für Stoff bezahlen, dann könnten die Baumwollanbauer das Geld nehmen, um die Sklaven ordentlich zu entlohnen. In dem Moment wären sie dann keine Sklaven mehr, sondern Arbeiter.«

Die Haymakers starrten sie an.

»Ich würde gerne einen Penny mehr für den Meter zahlen, wenn ich wüsste, dass ich damit etwas für die Abschaffung der Sklaverei tue«, fügte Honor hinzu.

»Ich wusste gar nicht, dass du genügend Pennys übrig hast, um dir so viel Großzügigkeit zu leisten«, bemerkte Dorcas spitz.

Judith Haymaker reichte ihrem Sohn den Teller mit Speck. »Wenn Adam Cox die Stoffpreise erhöhen würde, könnte er seinen Laden bald schließen«, sagte sie. »Heutzutage muss man mit jedem Penny rechnen. Außerdem geht es den Südstaatlern völlig gegen die Natur, einem Sklaven Lohn zu zahlen. Eher würden sie den Baumwollanbau einstellen.«

»*Wenn ein Fremdling bei dir in eurem Lande wohnen wird, den sollt ihr nicht schinden. Er soll bei euch wohnen wie ein Einheimischer unter euch, und sollst ihn lieben wie dich selbst.*« Obwohl sie die Worte schon oft gehört hatte, gelang es Honor nicht, sie mit dem gebotenen Nachdruck vorzutragen.

Judith runzelte die Stirn. »Du musst mir nicht sagen, was in Leviticus steht, Honor, ich kenne meine Bibel.«

Honor senkte den Blick und schämte sich für den Versuch, eine ernsthafte Diskussion über das Thema anzufangen.

»Wir kommen aus einem Sklavenstaat«, fuhr Judith fort. »Wie viele andere Freunde sind wir vor zehn Jahren von North Carolina nach Ohio gezogen, weil wir nicht mehr unter Sklavenhaltern leben wollten. Wir wissen deshalb sehr genau, wie die Südstaatler denken.«

»Bitte entschuldigt. Ich wollte mir kein Urteil anmaßen.«

»Einige Bauern im Süden haben ihre Sklaven freigelassen oder ihnen erlaubt, sich freizukaufen«, räumte Jack ein, »aber das waren Ausnahmen. Außerdem haben die freigelassenen Neger dann Probleme, Arbeit zu finden. Viele lassen ihre Familien zurück und kommen in den Norden, um sich in Orten wie Oberlin, das toleranter ist als die meisten anderen amerikanischen Städte, anzusiedeln. Doch selbst in Oberlin bleiben die Schwarzen unter sich, und entlaufene Sklaven aus dem Süden sind auch dort nicht völlig sicher. Deshalb sind wir für die Kolonisation. Es scheint die bessere Lösung zu sein.«

»Was ist die Kolonisation?«

»Die Neger stammen ursprünglich aus Afrika; dort, in ihrer Heimat, wären sie sicher viel glücklicher.«

Honor schwieg und dachte über Jacks Behauptung nach. Woher wollte er wissen, was die Neger glücklich machte? Ob er sie gefragt hatte?

In der folgenden Woche bekam Honor selbst Gelegenheit, diese Frage zu stellen. Jack fuhr mit dem großen Wagen nach Oberlin, weil er den Maishäcksler reparieren lassen musste, und Honor begleitete ihn. Noch vor zehn Tagen hätte sie sich nicht vorstellen können, ohne Hilfe durchs Zimmer zu laufen, von einem Ausflug in die Stadt gar nicht zu reden. Aber nachdem das Fieber abgeklungen war, hatte sie sich, wie die anderen ihr vorausgesagt hatten, schnell erholt. Jetzt freute sie sich, endlich wieder nach Oberlin zu kommen. Adam hatte ihr versprochen, Jack nach dem Ende der Erntesaison zu fragen, ob sie an Sechsttagen gelegentlich im Laden aushelfen könne. Allerdings war Honor unsicher, wie ihr Mann darauf reagieren würde. Vielleicht war er der Ansicht, dass sie lieber lernen solle, wie man mit Kühen umging, statt mit Stoffen zu hantieren. Judith hatte bereits angekündigt, ihr demnächst das Melken beizubringen, wovor es Honor graute, weil ihr die Kühe so groß und fremd vorkamen. Wegen ihrer Krankheit hatte sie ihre Arbeit bislang auf Haus und Garten beschränken dürfen und hatte den Tieren des Hofes, die in ihren Augen nichts anderes taten als fressen und verdauen, aus dem Weg gehen können. Nur dem Tiergestank entkam sie auch in Haus und Garten nicht.

Jedes Mal, wenn sich Honors Leben veränderte, war ihr das, was vorher war, plötzlich lieb und teuer: Erst hatte sie Bridport nachgetrauert, dann den Hüten und Hauben von Belle Mills, und jetzt vermisste sie den Cox'schen Kurzwarenladen. Doch es hatte keinen Sinn, darüber zu grübeln, welche anderen Richtungen ihr Leben hätte nehmen können. Sie musste sich mit dem Gegebenen arrangieren. Honor war aufgefallen, dass die Amerikaner nie über die Vergangenheit oder andere Lebensentwürfe nachzudenken schienen. Die meisten waren aus England, Irland oder Deutschland ausgewandert und Umzüge und Veränderungen gewohnt. Die Bewohner Ohios kamen aus den Südstaaten, aus New England oder Pennsylvania, manche sahen Ohio auch nur als Zwischenstation auf dem Weg in den Westen. Seit Honor vor drei Monaten in Faithwell angekommen war, hatten bereits zwei Familien beschlossen, nach der Ernte weiter in Richtung Westen zu ziehen. Ihr Platz würde sicher bald von anderen, die aus dem Süden oder Osten kamen, eingenommen werden. Die Häuser standen nie lange leer. Ohio war ein unruhiger Staat, alles bewegte sich in Richtung Norden oder Westen. Auch in Faithwell und Oberlin spürte man diese Unruhe. Es herrschte ein ständiges Kommen und Gehen, was aber außer Honor niemanden zu stören schien.

In der Stadt trennten Jack und Honor sich. Er fuhr zum Schmied, und sie ging in den Kurzwarenladen, um Hallo zu sagen und nach Stoff für einen neuen Quilt zu suchen, den sie für Dorcas machen wollte. Vorne an der Ladentür saß der Junge und schliff eine Schere; er blickte kaum auf, als Honor eintrat. Adam bediente gerade die einzige Kundin im Laden: Mrs Reed. An diesem Tag hatte sie ihren Hut mit Schwarzäugiger Susanne geschmückt. Honor nickte den beiden zu und trat aus alter Gewohnheit an einen Tisch, um Stoffe zu falten und auf Ballen zu wickeln. Als sie über das Meer an bunten Stoffen blickte, fiel ihr die abendliche Diskussion mit den Haymakers ein. Honor liebte Stoffe mit ihrer Vielfalt an Webarten, Mustern und Strukturen über alles. Jeder Stoff steckte für sie voller Möglichkeiten: Wenn ihr ein Material gefiel, überlegte sie immer gleich, was sie daraus herstellen könnte. Doch jetzt hatte die Baumwolle für sie ihre Unschuld verloren, denn die meisten Stoffe waren von der Sklaverei befleckt und auf unredliche Weise produziert worden. Jack hatte recht: Es war schwer, einen Stoff zu finden, der frei von diesem Makel war, aber wenn sie konsequent auf alle Baumwollstoffe verzichten würde, könnte sie in der Hitze Ohios nur Wolle tragen oder nackt herumlaufen.

»Ich gehe nur schnell nach nebenan, um Wechselgeld zu holen«, sagte Adam zu Mrs Reed. »Honor, kümmerst du dich bitte einen Moment lang um den Laden?«

»Natürlich.«

Während sie auf Adam warteten, faltete Honor weiter Stoffe, und Mrs Reed ging um die Tische herum und strich über den einen oder anderen Ballen.

»Darf ich Sie etwas fragen?«, traute sich Honor schließlich.

Mrs Reed runzelte die Stirn. »Was denn … Ma'am?« Honor trug keinen Ehering, weil Freunde dieses Zeichen der Verbundenheit nicht brauchten. Trotzdem schien Mrs Reed zu wissen, dass sie verheiratet war.

»Bitte nennen Sie mich Honor. Wir Quäker benutzen keine Anreden wie ›Ma'am‹ oder ›Miss‹.«

»Gut, Honor, was wollen Sie denn wissen?«

»Was halten Sie von der Kolonisation?«

Mrs Reed blieb einen Moment lang der Mund offen stehen. »Was ich von der Kolonisation halte?«, wiederholte sie.

Honor sagte nichts. Sie bedauerte bereits, die Frage gestellt zu haben.

Mrs Reed rümpfte die Nase. »Sind Sie Abolitionistin? Viele Quäker sind gegen die Sklaverei.« Sie schaute sich im leeren Laden um und schien zu einer Entscheidung zu kommen. »Die Abolitionisten haben viele schöne Theorien, aber ich lebe in der Wirklichkeit. Was soll ich in Afrika? Ich bin in Virginia geboren worden, genauso wie meine Eltern, Großeltern und deren Eltern. Ich bin Amerikanerin, ich halte überhaupt nichts davon, dass wir alle an einen Ort verfrachtet werden sollen, zu dem die meisten von uns keinerlei Beziehung haben. Wenn die Weißen uns auf Schiffe schicken und loswerden wollen, kann ich nur sagen: Nicht mit mir. Dies ist meine Heimat, und ich gehe nirgendwo anders hin.«

Plötzlich stand Adam neben Honor. »Gibt es ein Problem, Mrs Reed?«

»Nein, Sir, alles in Ordnung.« Mrs Reed hielt ihre Hand auf, um das Wechselgeld entgegenzunehmen, und nickte ihm zu. »Guten Tag.« Sie verließ den Laden, ohne Honor noch eines Blickes zu würdigen.

»Honor, du darfst niemals mit Kunden über Politik reden«, ermahnte Adam sie mit leiser Stimme. »Auch wenn die Amerikaner ständig über Politik reden, müssen wir Quäker unsere Neutralität wahren.«

Honor nickte und kämpfte mit den Tränen. Es kam ihr vor, als hätte man ihr gleich zweimal ins Gesicht geschlagen.

Einige Tage nach dem Ausflug nach Oberlin gingen Honor und Dorcas zu den Büschen am Rand des Wielandwaldes, um die letzten Brombeeren der Saison zu pflücken. Obwohl es immer noch sehr warm war, wenn die Sonne hoch am Himmel stand, war die schlimmste Sommerhitze vorbei, und die Abende wurden bereits kühler.

Honor fand ihre Schwägerin ähnlich kompliziert wie Abigail. Dorcas machte sich über Honors englischen Akzent lustig, empfand Hilfsangebote als Beleidigungen und bemühte sich nie, Honor in ein Gespräch mit einzubeziehen. Honor versuchte das Verhalten ihrer Schwägerin zu verstehen. Sicher war es schwer, eine Fremde im Haus zu haben, wegen der sich eingespielte Routinen und Gewohnheiten ändern mussten; außerdem hatte Dorcas damit gerechnet, dass ihre Freundin diesen Platz einnehmen würde. Stattdessen hatten sich Honors Vorahnungen erfüllt, und Caroline hatte vor Kurzem verkündet, sie wolle in den Westen gehen. Dass Honor vor einer Woche aus dem Krankenzimmer zu Jack gezogen war, entspannte das Verhältnis zwischen den Schwägerinnen auch nicht gerade. Das Eheschlafzimmer befand sich direkt neben dem Zimmer von Dorcas, die sicher hörte, was dort nächtens vor sich ging. Obwohl Honor und Jack sich Mühe gaben, leise zu sein, bebten Bett und Wand im Rhythmus ihrer Liebe. Außerdem stöhnte Jack manchmal verhalten. Nachdem Honor den ersten Schock darüber überwunden hatte, welche Ansprüche Jack auf ihren Körper erhob, begann sie ihre gemeinsamen Nächte zu genießen.

Doch wenn Dorcas mit Honor allein war und sie weder ihrer Mutter noch sonst jemandem etwas beweisen musste, war sie freundlicher. Als sie sich gemeinsam über die Brombeerbüsche beugten, begann sie mit Honor zu plaudern. Fröhlich erklärte sie, dass sie möglichst viele Brombeeren pflücken müssten, damit sie genügend Kuchen für das nächste Quiltkränzchen backen könnten. Es würde das vorerst letzte Quiltkränzchen sein, denn die Maisernte stand bevor, außerdem mussten Obst und Gartengemüse eingemacht werden. Brombeeren zu pflücken war ein Luxus, für den sie bald keine Zeit mehr haben würden.

Auch die Brombeeren in Ohio unterschieden sich von ihren Verwandten in England. Sie waren größer und süßer, aber trotzdem nicht so schmackhaft, da die Süße den Fruchtgeschmack völlig überlagerte. Honor hatte gehofft, die Haymakers mit einem Brombeermus überraschen zu können, für das man die Beeren durch ein Sieb strich und zu einer dicken Paste verarbeitete, die den nussigen Geschmack besonders deutlich hervorbrachte. Mittlerweile hegte sie jedoch den Verdacht, dass die amerikanischen Beeren sich besser für Marmelade oder Likör eigneten.

Honor hatte dem Geplapper ihrer Schwägerin nur mit halbem Ohr zugehört, doch als Dorcas plötzlich verstummte, blickte sie auf. Dorcas stand stocksteif da, die Arme starr an den Seiten und die Finger gespreizt. Ein Schwarm Wespen schwirrte um sie herum. Noch bevor Honor reagieren konnte, schienen die Wespen sich wie auf ein Kommando hin zum Angriff zu entschließen und fielen über Dorcas her. »Autsch!«, schrie diese auf und begann dann laut zu kreischen. Ihr Gesicht schwoll an. »Scheuch sie weg! Honor, hilf mir!«, schrie sie und schlug gegen ihren Rock.

In Dorset, das durch jahrhundertelange Besiedelung kultiviert worden war, hatte Honor beim Spazierengehen nie etwas Schlimmeres erlebt als ein paar Brennnesselstiche. In Amerika jedoch war die Landschaft wilder, unzivilisiert und voller Gefahren und plötzlicher Bedrohungen, denen die Menschen pragmatisch begegneten: Sie gruben Sturmkeller gegen Tornados, erschossen Bären und legten Feuer, um Raupen auszuräuchern. Belle hatte die Kupferkopfschlange in ihrem Garten erschossen, als sei das etwas völlig Alltägliches, wie wenn Honor nach einer Fliege schlug oder Kaninchen aus dem Gemüsebeet jagte. Honor wusste, dass sie jetzt beherzt handeln musste, doch auch wenn sie einmal als Kind gestochen worden war, hatte sie es noch nie mit so vielen Wespen gleichzeitig zu tun gehabt. Was sollte sie tun? Als die Wespen kurz von Dorcas abließen, hatte Honor die Geistesgegenwart, ihre Schwägerin am Arm zu packen und von dem Nest wegzuziehen, auf das sie getreten war. Die Wespen verfolgten sie noch eine Weile, eine stach Honor in den Arm.

Als sie unschlüssig stehen blieb, hörte Honor hinter sich eine leise Stimme. »Bring sie zum Bach, zieh sie aus und lass sie im Wasser untertauchen. Und dann Lehm auf die Stiche schmieren.«

Honor schaute sich um. Hinter den Brombeerbüschen hockte ein junger Schwarzer, dessen Augen zwischen Honor und Dorcas hin und her wanderten. Dorcas' Gesicht war mittlerweile so angeschwollen, dass sie nichts mehr sehen konnte. Der Mann schwitzte vor Angst und Hitze und schien jeden Moment flüchten zu wollen.

»Bach?«, flüsterte Honor.

»Der Bach da drüben.« Der Mann deutete mit der Hand in den Wielandwald. »Von kaltem Wasser und Lehm schwellen die Stiche ab.« Einen kurzen Moment lang blickte er Honor an, der Ausdruck in seinen Augen war lebendig, ernst und ängstlich zugleich. »Können Sie mir sagen, in welche Richtung ich laufen muss? Ohne den Nordstern als Orientierung habe ich mich verirrt.«

Honor zögerte und dachte an das, was Jack ihr geraten hatte. »Oberlin ist drei Meilen in die Richtung«, erwiderte sie dann und deutete ihm den Weg. »Sie können dort jeden Neger nach Mrs Reed fragen. Sie wird Ihnen helfen.« Das war frei erfunden, doch Honor ging davon aus, dass Mrs Reed den jungen Mann nicht abweisen würde.

Er nickte, und dann lächelte er. Als Honor seine Zähne weiß aufblitzen sah, kam es ihr vor, als würden sie draußen im Wald Verstecken spielen. Sie war so verblüfft, dass sie zurücklächelte. Der Mann rannte los durch die Bäume in Richtung Oberlin und Freiheit, und Honor blickte ihm nach. Sie wünschte, sie hätte ihm etwas zu essen mit auf den Weg geben können.

Honor atmete tief durch, dann lief sie, Dorcas hinter sich herziehend, in den Wald und in die Richtung, die der Mann angegeben hatte. Seit sie mit Thomas von Hudson nach Wellington gefahren war, hatte sie keinen Wald mehr betreten, doch jetzt schritt sie beherzt über den weichen feuchten Boden und durchs Unterholz. Nesseln stachen ihre Beine, und Dornengestrüpp kratzte an ihr; doch von innen wirkte der Wald gar nicht mehr so dicht und bedrohlich. Außerdem hatten sie ein Ziel.

Sie stießen auf eine Gruppe Buchen, zwischen denen das Vorankommen leichter war, und fanden kurz darauf den Bach.

»Du musst dich ausziehen. Komm, ich helfe dir.« Honor knöpfte Dorcas das Kleid auf und half ihr aus dem Petticoat. Aus allen Kleiderschichten fielen Wespen, manche zerdrückt, andere setzten erneut zum Angriff an, während Honor sie wegzuscheuchen versuchte. Ohne Kleider sah Dorcas dünn und verletzlich aus: Ihre Hüftknochen standen vor, die Schulterblätter glichen Hühnerflügeln, und der Kopf über dem schmalen Körper wirkte viel zu groß. Dorcas' Arme, Beine und der Rumpf waren von Stichen übersät. Sie erinnerte Honor an eine vom Stallwinter abgemagerte Kuh, die von ihrer Herde getrennt worden war und nun allein und verunsichert auf der Weide stand.

»Komm, du musst ins Wasser«, wies Honor sie an.

»Das ist so kalt!« Kreischend wälzte Dorcas sich im flachen Wasser. Honor kniete sich vor sie, schaufelte mit den Händen Schlamm vom Bachgrund zusammen und strich ihn über Dorcas' Rücken und Arme. Dorcas begann wieder zu weinen, diesmal mehr vor Scham als vor Schmerz. »Ich will nach Hause«, schluchzte sie.

»Gleich. Halte still.« Als Honor den Matsch in Dorcas' Gesicht schmierte, musste sie sich ein Lächeln verkneifen. Dorcas erinnerte sie an die Zeichnungen, die sie von australischen Eingeborenen gesehen hatte.

Wasser und Lehm halfen, ganz wie der Mann gesagt hatte. Die Schwellungen gingen zurück, und nach ein paar Minuten stieg Dorcas aus dem Wasser. Honor half ihr beim Ankleiden, obwohl sie beide zögerten, die Kleider über den trocknenden Schlamm zu ziehen. Doch ihnen blieb keine andere Wahl, schließlich konnte Dorcas nicht nackt nach Hause laufen.

Während sie durch den Wald stapften, sprachen sie kein Wort miteinander. Honor holte die Eimer mit den Brombeeren, die sie am Waldrand stehen gelassen hatten und über denen immer noch Wespen kreisten. Von dem Mann war nichts mehr zu sehen. Dorcas hatte ihn mit keinem Wort erwähnt, und Honor hoffte, dass sie zu aufgelöst gewesen war, um ihn zu bemerken.

Als sie auf den Hof kamen, heulte Dorcas wieder laut los. Ihre Mutter kam sofort herbeigeeilt. Judith wies ihre Tochter an, ein kaltes Bad zu nehmen, und strich ihr anschließend eine Paste aus Backnatron und Wasser auf die Stiche; es waren insgesamt neunzehn. Als Jack am Abend ins Haus trat, überfiel ihn Dorcas gleich mit der Geschichte des Wespenangriffs, außerdem erfuhr es jeder Kunde, der in den nächsten Tagen zum Milchkaufen kam. Wenn sie ihr Abenteuer vom Kampf mit den Wespen zum Besten gab, waren Tränen, Schmerzen und Scham vergessen. Honor tauchte in dieser Geschichte ebenfalls nicht auf, außerdem war Dorcas nicht mehr freundlich zu ihr; doch solange ihre Schwägerin den Schwarzen nicht erwähnte, war Honor alles andere egal.

Bei ihrer nächsten Begegnung mit Mrs Reed hatte Honor das Gefühl, dass die ältere Dame schon auf sie gewartet hatte. Die Haymakers waren in die Stadt gefahren, um noch mehr Einmachgläser für das letzte Gartengemüse zu kaufen. Honor war mitgekommen und schaute zunächst auf einen Besuch im Kurzwarenladen vorbei. Bevor sie sich wieder mit ihrer Familie traf, machte sie noch einen Spaziergang über den College-Platz. Die Blätter der Ulmen wurden an den Rändern bereits gelb. Als Honor in ihrem Schatten dahinging, hörte sie plötzlich eine leise Stimme neben sich: »Es war töricht, ihn mir einfach vorbeizuschicken. Und ihm noch dazu meinen Namen zu nennen. Sie dummes Mädchen, mir das einfach unterzuschieben!«

Honor schaute sich um. Als Erstes fielen ihr strahlend gelbe Blüten und farnartige Blätter an einer Hutkrempe auf. Sie kannte die Blumen: Gänsefingerkraut. Ihre Mutter hatte es immer gesammelt und als Tee aufgebrüht, wenn sie als Kinder Halsschmerzen hatten. Der würzige Duft stieg ihr in die Nase; Mrs Reed schien die Blumen erst vor ein paar Minuten gepflückt zu haben.

Die kleine Frau presste die Lippen fest zusammen, Falten standen um ihren empörten Mund. »Gehen Sie weiter«, befahl sie schließlich. »Sonst fragen sich die Leute noch, warum Sie hier rumstehen wie ein dämliches Maultier. Kommen Sie schon.« Mrs Reed marschierte im Eilschritt über den mit Holzplanken ausgelegten Weg und nickte den schwarzen Passanten und manchmal auch einem Weißen zu. Honor raffte ihren Rock, damit er nicht in einem der Nägel, die aus der Planke hervorstanden, hängen blieb. Sie hoffte, dass die Haymakers noch mit den Einweckgläsern beschäftigt waren und sie nicht sahen, denn sie hätte nicht gewusst, wie sie ihnen ihren Spaziergang mit Mrs Reed erklären sollte.

»Er hätte die falsche Person nach mir fragen können, und dann hätte ich richtig Ärger bekommen«, fuhr Mrs Reed fort. »In Oberlin sind viele auf unserer Seite, aber längst nicht alle, und man weiß nie, mit wem man es gerade zu tun hat. Man kann nie vorsichtig genug sein. Beim nächsten Mal sagen Sie den Flüchtlingen, sie sollen nach einer Kerze im hinteren Fenster des roten Hauses in der Mill Street Ausschau halten. Sie ist das Zeichen, dass die Luft rein ist und sie ins Haus kommen können. Wenn sich das Signal ändert, lasse ich Sie das wissen.« Mrs Reed marschierte noch schneller, und Honor hatte Mühe, mit ihr Schritt zu halten.

»Normalerweise sind die Flüchtlinge vor allem im Frühjahr unterwegs. Im Winter ist es zu kalt, und im Sommer schuften sie auf den Feldern und werden dabei ständig bewacht. Doch diesen Herbst wird es einen großen Flüchtlingsstrom geben, sie rechnen nämlich alle damit, dass das neue Sklavengesetz, das *Fugitive Slave Law,* durchkommt. Selbst Leute, die sich im Norden sicher gefühlt haben, überlegen es sich noch einmal und ziehen weiter nach Kanada. Auch in Oberlin schauen sich die ersten Farbigen schon misstrauisch um, ich aber nicht. Ich bleib, wo ich bin, so viel steht fest. Ich bin aus dem Alter raus, wo man ständig durch die Gegend rennt.«

Donovan hatte das Gesetz Jack gegenüber erwähnt, aber in ihrer Fieberumnebelung hatte Honor nicht weiter auf seine Worte geachtet. Am liebsten hätte sie jetzt Mrs Reed ausgefragt: Was es mit dem Gesetz auf sich habe, warum es mehr entlaufene Sklaven geben würde und wer zum Kreis der Helfer gehöre. Doch Mrs Reed mochte es nicht, wenn man sie mit Fragen bedrängte. »Was kann ich sonst noch tun?«, erwiderte Honor deshalb nur.

Mrs Reed blickte Honor von der Seite an und fuhr sich mit der Zunge über die Zähne. »Besorgen Sie sich eine Kiste und legen Sie sie verkehrt herum hinter Ihr Hühnerhaus. Auf die Kiste legen Sie einen Stein, damit keine Tiere an das Essen kommen, das Sie unter ihr verstecken. Sie können alles nehmen, was Sie haben. Brot und Dörrfleisch sind am besten, aber auch Äpfel, wenn sie jetzt reif werden. Macht ihr bei euch auf dem Hof Pfirsichleder?«

Honor nickte und dachte an das heiße Pfirsichpüree, an dem sie sich beim Rühren die Arme verbrüht hatte. Das Püree wurde auf ein Blech gestrichen, getrocknet und später in Streifen geschnitten, die wie Lederstreifen aussahen. Im Mund wurde das Pfirsichleder dann wieder weich und wunderbar süß.

»Solche Sachen. Lebensmittel, die sich für unterwegs eignen. Selbst getrockneter Mais ist besser als nichts. Ich werde die Leute, die entlaufene Sklaven in Ihre Richtung schicken, informieren. Dann wissen die Flüchtlinge, wonach sie suchen müssen. Doch sprechen Sie mich nie darauf an.«

Sie wurden ohnehin schon neugierig angeschaut – nicht feindselig, wie es in anderen Städten sicher der Fall gewesen wäre, aber befremdet. Auch in Oberlin schien es ungewöhnlich zu sein, dass eine Weiße und eine Schwarze in der Öffentlichkeit miteinander redeten. Mittlerweile waren sie an die First Church gekommen, eine große Backsteinkirche an der nordöstlichen Ecke des Platzes. Mrs Reed schüttelte den Kopf, als wolle sie sagen: »Jetzt bin ich fertig mit Ihnen«, und eilte die Kirchenstufen hoch. Honor blieb zurück, denn Quäker betraten keine Kirchen mit Turm. Vermutlich wusste Mrs Reed das.

»Wie hat Ihrer Tochter das Hochzeitskleid gefallen?«, rief Honor ihr nach, als sie bereits in der Kirchentür stand.

Ein breites Lächeln erstrahlte auf Mrs Reeds strengem Gesicht. »Sie sah gut aus, oh ja, und wie! Das Kleid war ein voller Erfolg.«

Beim nächsten entflohenen Sklaven war Honor besser vorbereitet. Als sie eines Abends mit den Haymakers auf der Eingangsveranda saß, um das letzte Tageslicht zu genießen, ritt Donovan vorbei. Jack ließ die Zeitung sinken, die er gerade las, Dorcas hörte auf, den Riss in einem Rock zu flicken, und Honor, die an einer roten Applikation für den neuen Quilt arbeitete, erstarrte mitten in der Bewegung. Nur Judith Haymaker schaukelte ungerührt weiter in ihrem Schaukelstuhl. Donovan zog den Hut und grinste Honor frech an, kam aber nicht zu ihnen, sondern verschwand im Wielandwald.

»Es muss ein entlaufener Sklave in der Nähe sein«, sagte Jack, »sonst hätte Donovan keinen Grund, sich hier herumzutreiben.« Er blickte Honor ein wenig verunsichert an.

»Im Kaufladen haben sie erzählt, dass eine Familie aus Greenwich, die früher entlaufenen Sklaven geholfen hat, das wegen des neuen Gesetzes nicht mehr tut«, bemerkte Dorcas. »Deshalb funktioniert der alte Fluchtweg wahrscheinlich nicht mehr, und viele kommen lieber hier vorbei, als durch Norwalk zu laufen.«

»Die Familie aus Greenwich ist vernünftig«, erklärte Judith Haymaker, »auch wenn sicher eine andere für sie einspringen wird.«

»Worum … worum geht es in dem Gesetz?«, fragte Honor.

»Es besagt, dass ein Mann wie der da«, Judith machte eine ruckartige Kopfbewegung in Richtung des im Wald verschwindenden Donovan, »von uns verlangen kann, dass wir ihm bei der Jagd nach Ausreißern helfen. Anderenfalls müssten wir tausend Dollar Strafe zahlen oder kämen ins Gefängnis. Wir würden den Hof verlieren.«

»Der Kongress ist kurz davor, das Gesetz zu verabschieden«, fügte Jack hinzu. »Caleb Wilson hat mit uns darüber diskutiert. Es war nach einer Andacht in der Zeit, als du krank warst, Honor, deshalb hast du nichts davon gehört. Es wurde beschlossen, dass jeder von uns seinem Gewissen folgen soll, wenn wir vor der Frage stehen, ob wir einem Flüchtling helfen oder uns ans Gesetz halten sollen.«

Honor verknotete den Faden, zog ihn an und biss das Ende ab.

Als Honor am nächsten Morgen ins Hühnerhaus ging, um die Eier einzusammeln, waren es zwei weniger als sonst, und die Hennen, die normalerweise wie am Schnürchen legten, wirkten unruhig. Sosehr sie es hasste zu lügen, erzählte sie Judith, sie wäre auf zwei Eier getreten und hätte sie zerbrochen, doch vermutlich glaubte ihr die Schwiegermutter ohnehin nicht.

Später nahm sich Honor eine Scheibe vom Maisbrot, bestrich es mit Butter und wickelte es in ein Tuch. Das Päckchen versteckte sie unter einer Kiste, die sie aus dem Wagenschuppen geholt hatte. Auf die Kiste legte sie einen Stein, der sie beschwerte und gleichzeitig als Signal diente, dass unter der Kiste etwas versteckt lag. Es war riskant, denn natürlich könnten auch die Haymakers die Kiste entdecken oder Donovan, wenn er in der Gegend herumschnüffelte. Als Honor am nächsten Morgen Eier holen ging, war das Maisbrot verschwunden, und das Tuch lag ordentlich gefaltet unter der Kiste. Am Abend legte sie ein paar Stücke Schinkenspeck darunter, die am anderen Morgen aber immer noch dalagen und von Ameisen übersät waren. Vermutlich hielten die Flüchtlinge sich nie länger an einem Ort auf, da dann die Gefahr zu groß war, entdeckt zu werden.

Honor begann auf Zeichen zu achten, die auf Flüchtlinge hindeuteten: wenn es im Wald raschelte, Digger in der Nacht zu bellen begann oder die Kühe im Stall unruhig wurden. Sie begann zu spüren, wenn sich jemand in der Nähe des Hofes aufhielt. Es war, als trüge sie ein Barometer in sich, das jede Veränderung in der Umgebung registrierte wie den zunehmenden Luftdruck vor einem Gewitter. Die Atmosphäre veränderte sich so deutlich, dass Honor sich fragte, warum es außer ihr niemand wahrzunehmen schien. Für Honor ging von Menschen eine Art kalte Hitze aus; vielleicht strahlte aus ihnen ja das, was Freunde das Innere Licht nannten.

Oft sah sie die entlaufenen Sklaven nicht einmal, sondern wusste erst sicher, dass sie da waren, wenn die von ihr versteckten Lebensmittel verschwanden. Jedes Mal, wenn sie etwas nach draußen gebracht hatte, rechnete sie bange damit, dass die Haymakers die Kiste fanden und ihr Vorwürfe machten. Aber normalerweise ging niemand hinters Hühnerhaus, es sei denn, ein Huhn war ausgebrochen oder Jack machte mit der Hacke Jagd auf Schlangen, die in den Erdlöchern wohnten und Eier klauten. Normalerweise kündigte Jack seine Schlangenjagden aber an, sodass Honor die Kiste vorher verstecken konnte. Es überraschte und beschämte sie, dass sie sich so schnell ans Stehlen und Verheimlichen gewöhnte. Eigentlich war das überhaupt nicht ihre Art, außerdem verletzte sie damit die Prinzipien der Ehrlichkeit und Offenheit. Doch seit sie in Amerika lebte, fand Honor es zunehmend schwerer, nicht zu lügen und nichts zu verheimlichen. In England war ihr Leben immer einfach und ehrlich gewesen; selbst als Samuel sie verlassen hatte, war sie offen mit ihrem Herzeleid umgegangen und hatte die Familie und die Gemeinde daran teilnehmen lassen. Doch bei den Haymakers hatte sie immer das Gefühl, dass es besser war, zu schweigen und eine möglichst gleichgültige Miene zur Schau zu tragen, um keinen Streit mit ihrer neuen Familie zu riskieren.

Doch bei aller Zurückhaltung und der Einsicht, dass sie diejenige war, die sich an die Haymakers anpassen musste, konnte Honor deren Einstellung zur Sklavenhaltung und zu Sklavenflüchtlingen nicht akzeptieren. Sie hielt ihre Augen und Ohren offen, und wenn sie spürte, dass ein Entlaufener in der Nähe war, versuchte sie ihm so zu helfen, dass niemand etwas davon merkte. Es durfte auf keinen Fall der Eindruck entstehen, dass sie sich den Regeln der Familie ihres Ehemanns widersetzte – obwohl sie es insgeheim natürlich tat.

Doch es war nicht leicht, ihre Aktivitäten zu verbergen. Weil ein Bauernhof wie der der Haymakers von allen Bewohnern gemeinsam bewirtschaftet wurde, war Honor fast nie allein. Wenn sie im Garten arbeitete, was sie oft tat, da die Gartenarbeit ihr vertrauter war als die anderen Aufgaben auf dem Hof, waren Judith oder Dorcas fast immer in der Nähe. Entweder sah Honor sie durchs Fenster, oder sie kamen nach draußen, um Teppiche auszuklopfen, auf der hinteren Veranda Butter zu rühren oder Wäsche auf die Leine im Hinterhof zu hängen. Wenn die Kühe gemolken waren, führte Jack sie auf die Weide hinaus, wo sie tagsüber blieben, und reparierte anschließend Zäune, hackte Holz, lieferte Käse in die Nachbargemeinden, mistete den Schweinestall aus, striegelte die Pferde oder arbeitete auf dem Feld. Er war den ganzen Tag über beschäftigt, und man wusste nie, an welcher Ecke er im nächsten Moment auftauchen würde.

Doch nach und nach fand Honor kleine Zeitfenster, in denen sie allein sein konnte. Obwohl sie nicht darauf erpicht war, bei den Kühen zu helfen, übernahm sie gerne die Hühner, denn da konnte sie nicht viel falsch machen. Jeden Morgen fütterte Honor sie und sammelte die Eier ein; einmal in der Woche mistete sie das Hühnerhaus aus. Jack und Dorcas melkten indessen, während Judith in der Küche am Herd stand und das Frühstück vorbereitete. Dies war die beste Zeit, um heimlich zur Essenskiste zu laufen. Wenn sie zum Klohäuschen ging oder die Nachttöpfe dort ausleerte, konnte Honor auf dem Weg dorthin einen alten Becher mit Wasser füllen und ihn unter die Kiste oder an den Waldrand stellen. Die Angst, entdeckt zu werden, war ihr ständiger Begleiter. Was sollte sie dann tun oder sagen? Sie wusste es nicht.

Solange das Wetter mild war, blieben die vorbeiziehenden Flüchtlinge im Wielandwald und wagten sich nur heraus, um unter der Kiste nach Essen zu suchen. Honor sah und hörte sie nicht, es sei denn, sie wurden von Donovan oder einem anderen Sklavenjäger geschnappt. Insbesondere Donovan genoss es, Honor seine Trophäen zu präsentieren: Wenn er einen entlaufenen Sklaven erwischt hatte, ritt er demonstrativ am Hof der Haymakers vorbei, selbst wenn er dafür einen Umweg in Kauf nehmen musste. Oft saß der Gefangene gefesselt hinter Donovan auf dem Pferd und hatte große Mühe, nicht herunterzufallen.

Als die Haymakers eines Abends auf der Veranda saßen, kam Donovan zum Haus geritten, zog den Hut und stieß den Schwarzen, der hinter ihm saß, vom Pferd. Honor sprang auf, doch Jack packte sie am Arm und hielt sie zurück. »Misch dich nicht ein, Honor, genau darauf ist er aus.«

»Aber der Mann braucht Hilfe. Vielleicht ist er verletzt.« Der entlaufene Sklave lag mit dem Gesicht im Dreck und strampelte mit den Beinen, um sich auf die Seite rollen zu können.

»Für einen Mann wie Donovan wäre es ein Triumph, wenn du zu ihm läufst.«

Honor runzelte die Stirn.

»Tu, was dein Mann dir sagt«, mischte sich Judith Haymaker in scharfem Ton ein. »Und schau mich nicht so an.«

Honor zuckte zusammen und blickte Hilfe suchend Jack an, ob er den Befehl seiner Mutter abschwächte. Doch dieser reagierte nicht, sondern beobachtete mit über der Brust verschränkten Armen Donovan.

»Los, Haymaker, hilf mir«, rief Donovan. »Ich hab hier einen besonders lebhaften Gesellen, der mir dauernd ausbüxen will.« Als Jack nicht sofort reagierte, grinste Donovan. »Soll ich dir sagen, wie das Gesetz lautet? Mach ich doch gerne: ›Es ergeht Befehl an alle guten Bürger, der unverzüglichen Vollstreckung dieses Gesetzes tatkräftig Hilfe und Unterstützung zu leisten, wann immer sie dazu aufgefordert werden.‹ Da staunst du, Haymaker, was? Um solche Sätze zitieren zu können, habe ich Lesen gelernt. Jetzt mach mal hin mit ein bisschen Hilfe und Unterstützung, oder willst du, dass ich dich des Gesetzesbruchs beschuldige? Das könnte dir ein paar nette Tage im Kittchen einbringen, und du wärst von deiner hübschen Frau getrennt.«

Jacks Kiefer verspannten sich. Er sitzt in der Klemme, dachte Honor, genau wie ich. Was ist schlimmer? Keine Prinzipien zu haben oder sich nicht an die eigenen Prinzipien halten zu können?

Sie stand auf der Veranda und musste mit ansehen, wie ihr Mann Donovan half, den Schwarzen wieder aufs Pferd zu hieven. Das Gesicht des Mannes war angeschwollen und voller Schrammen, und seine Kleider hingen ihm in Fetzen vom Körper. Als Donovan seinem Pferd die Sporen gab, blickte der entflohene Sklave Honor einen kurzen Moment lang in die Augen. Donovan sah es nicht, aber Jack; er schaute seine Frau an, und Honor senkte den Blick. Selbst Blicke waren mittlerweile gefährlich.

Faithwell, Ohio

30. des 10. Monats 1850

Liebste Biddy,

schon seit Wochen will ich Dir schreiben, doch jedes Mal, wenn ich den Stift in die Hand nehme, schlafe ich über meinen Worten ein. Wir haben so viel Arbeit mit der Ernte, dass ich abends nur noch essen und mich waschen kann, bevor ich todmüde ins Bett falle. Und morgens stehe ich dann wieder in aller Frühe auf, um zu melken. Ja, da staunst Du: Ich weiß, wie man eine Kuh melkt! Judith hat darauf bestanden, dass ich es lerne. Eine echte Haymaker muss offensichtlich melken können.

Ich gebe zu, dass ich anfangs fürchterliche Angst vor den Kühen hatte. Sie sind so groß, so schwer und knochig, außerdem machen sie meist nur, was sie wollen, und nicht, was ich will. Wenn sie doch nur einmal stillhalten würden! Aber nein, sie treten nach mir oder versuchen mich gegen die Wand zu drücken. Weil ich Angst hatte, sie könnten mir auf die Füße steigen und sie brechen, bin ich ihnen immer aus dem Weg gesprungen. Judith hat mir dann die besonders friedfertigen Kühe zugewiesen, doch selbst mit ihnen hatte ich Mühe. Meine Hände sind klein und meine Arme noch nicht stark genug. (Die Unterarme von Judith und Dorcas sind dick wie Zaunpfosten!) Anfangs habe ich doppelt so lange für eine Kuh gebraucht wie die anderen. Ich glaube, ich habe die Haymakers an den Rand der Verzweiflung getrieben, vor allem, weil ich so viel Milch verschüttet habe. Die Kühe haben ständig meinen Eimer umgekippt.

Es ist ein komisches Gefühl, den Euter einer Kuh anzufassen. Ich musste mich erst dazu überwinden und dachte, es würde den Kü-

hen bestimmt nicht gefallen. Doch Dorcas hat mir erklärt, dass ich mir in die Hände spucken muss, damit sie nicht am Euter reiben, und da schienen die Kühe nichts mehr dagegen zu haben. Mit der Zeit bin ich sicherer im Umgang mit ihnen geworden, und in der letzten Woche habe ich keinen einzigen Eimer vergossen. Vielleicht sind meine Arme schon kräftiger geworden, denn ich brauche jetzt nur noch fünfzehn Minuten für eine Kuh. Die anderen melken allerdings noch schneller und brauchen nur zehn Minuten. Doch ich lerne beharrlich weiter. Allmählich macht mir das Melken sogar Spaß. Es hat etwas Beruhigendes, sich gegen eine Kuhflanke zu lehnen und der Kuh Milch zu entlocken. Manchmal spüre ich fast eine ähnliche Versunkenheit wie in der Andacht.

Außerdem bin ich froh, dass ich mich nützlich machen kann. Der Hof kann nur mit meiner Hilfe größer werden. Die Haymakers versuchen, die Herde jedes Jahr um eine Kuh zu erweitern, aber dazu müssen sie auch entsprechend mehr Heu als Winterfutter ernten. Jack ist sehr glücklich, dass wir diesen Sommer drei gute Ernten eingefahren haben, weil wir so das Kälbchen behalten können, das letzten Monat geboren wurde.

Bestimmt schmunzelst Du über meine Erzählungen von Kühen, Heu und Ernten. Auch ich hätte mir niemals vorstellen können, so ein Leben zu führen. Du würdest staunen, wenn Du unsere Vorratskammer sehen könntest, in der sich die Regale unter den vielen Gläsern mit eingemachtem Gartengemüse biegen: Bohnen, Erbsen, Gurken, Tomaten und Kürbis. Im Keller lagern Kartoffeln, Rüben, Karotten, Rote Beete, Äpfel und Birnen. Kirschen und Pflaumen werden zu Sirup eingekocht oder getrocknet. Im Moment verarbeiten wir gerade die Äpfel zu Apfelmus, Apfelkraut und zu getrockneten Apfelringen.

Natürlich haben wir auch zu Hause in England Gemüse angebaut, aber nicht so viel wie hier. Ich glaube, wir ernten fünfmal so viel wie Mutter. Aber es macht natürlich auch viel Arbeit, und in der Einmachzeit habe ich ständig nach Essig und Pökelsalz gestunken.

Meine Hände und Arme sind von Brandflecken übersät; sie kommen vom heißen Sirup oder dem Wachs, mit dem wir die Gläser versiegeln. Manchmal muss ich daran denken, wie leicht ich es in Bridport hatte, wo ich einfach in den Laden gehen und kaufen konnte, was ich brauchte. Aber dazu fehlt uns hier das Geld. Außerdem sind die Haymakers – wie alle Menschen in Faithwell – sehr stolz darauf, völlig unabhängig zu sein. Es ist tatsächlich befriedigend, sich selbst versorgen zu können, und ein Blick in den überquellenden Vorratsraum entschädigt mich für viele Mühen. Im Heuschober liegt das Heu bis unter die Decke, und im Maisspeicher sieht es nicht anders aus. Die Schweine setzen schnell Fett an, wir werden sie in ein oder zwei Monaten schlachten. Außerdem machen wir Hühner ein (ja, Du hast richtig gelesen, sie stecken sie in Gläser!), und Jack jagt Rotwild. Kurzum: Der Hof ist für den Winter gerüstet, der lang und sehr kalt sein soll. Ich glaube aber nicht, dass mir die Kälte viel ausmachen wird, sie ist mir lieber als die drückende Hitze. Im Moment aber genieße ich den Herbst – im Amerikanischen nennen sie ihn »fall« wegen des fallenden Laubs. Bis jetzt war es tagsüber noch recht mild, auch wenn die Nächte schon sehr kühl sind und wir vor zwei Wochen den ersten Frost hatten. Die Laubbäume leuchten in herrlichen Farben, viel kräftiger, als ich es aus England gewohnt bin. Wenn ich die roten und orangefarbenen Ahornbäume – beide gibt es hier in Hülle und Fülle –, die goldenen Birken und dunkelroten Eichen sehe, geht mir das Herz auf.

Mit Judith und Dorcas verstehe ich mich allmählich etwas besser, denn sie sehen endlich, dass ich eine Hilfe für sie bin. Ich habe gelernt, mich Judiths Willen zu fügen, und mache alles so, wie sie es sagt, denn wenn ich meinen eigenen Vorstellungen folge, mache ich es in ihren Augen ohnehin immer falsch. Manchmal ist das zermürbend, aber es ist leichter, als ständig meine eigenen Methoden rechtfertigen zu müssen. Außerdem kontrolliert sie mich nicht ganz so oft, wenn ich mich unterordne. Meinem Verhältnis zu Jack hilft es auch, weil er dann nicht ständig zwischen seiner Mutter und mir hin- und hergerissen ist. Ach, es ist nicht leicht, sich in einer fremden Familie zurechtzufinden.

Mit meinen Kochkünsten habe ich leider keinen Erfolg. Mein Essen schmeckt ihnen nicht, sie meinen, es sei zu leicht und zu schlecht gewürzt. Tatsächlich reagieren die Zutaten hier nicht so, wie ich es will. Wenn ich Posset mache, heiße Milch mit Gewürzen, brennt die Milch meistens an. Das Mehl ist hier so grob, dass mein Gebäck zerbröselt. Das Rindfleisch ist zäh, und ich weiß nicht, wie ich ihm die Zartheit und den feinen Geschmack von englischem Lamm geben soll. Lammfleisch gibt es hier nicht, denn Kühe und Schweine gedeihen in dieser Gegend besser als Schafe. Speck und Schinken sind aber so salzig, dass ich sie kaum essen kann. Außerdem wird der Schmortopf jedes Mal zu heiß, sodass alles in ihm anbrennt. Ich kann kochen, was ich will, alles schmeckt nach Mais, selbst wenn gar keiner drin ist. Deshalb arbeite ich jetzt einfach strikt nach Judiths Anweisungen und schnipple, schrubbe und scheuere nur.

Einzig meine Näh- und Quiltkünste werden hier ehrlich geschätzt. Judith hat das Nähen ganz in meine Hände gegeben, und ich habe es gerne übernommen. Ich bin schon bei mehreren Quiltkränzchen gebeten worden, das Motiv in der Mitte zu quilten, da es auf einem Bett am meisten auffällt.

Im Moment arbeite ich an einem Quilt für Dorcas, um ihr die zu ersetzen, die sie mir für meine Hochzeit gegeben hat – ich schulde ihr insgesamt drei. Da Dorcas sich für einen Applikationsquilt entschieden hat, komme ich gut voran. Das Muster, das sie gewählt hat, nennen sie hier »Präsidentenkranz«: Dafür werden Blöcke mit Kränzen aus roten Blumen und grünen Blättern auf einer weißen Unterfläche aneinandergesetzt. Man fasst sie erst mit einer roten Borte ein und dann mit einer äußeren Borte aus Weinranken, auf die noch mehr rote Blumen appliziert werden. Die leuchtenden Komplementärfarben Rot und Grün heben sich stark vom weißen Stoff ab. Der Effekt ist beeindruckend, aber nicht so dezent, wie wir beide es gewohnt sind. Ich habe Dorcas den Quilt vorgezeichnet, und sie hat sich immer wieder umentschieden: Mal wollte sie grüne, dann wieder rote Ranken, mal große und mal kleine Kränze, mal Gänseblümchen und Tulpen im Wechsel und dann wieder nur eine Blume. Als ich die einzelnen Teile bereits ausgeschnitten hatte, hat sie nochmals ihre Meinung geändert! Ich dachte schon, ich müsste einen Großteil des Stoffs wegwerfen und mir Verschwendung vorwerfen lassen, doch ausnahmsweise kam Judith mir zu Hilfe und wies Dorcas an, die Entscheidung mir zu überlassen. Zumindest auf diesem Gebiet kann ich also meine Vorstellungen verwirklichen.

Ich konnte Dorcas davon überzeugen, für die Applikationen gemusterte Stoffe zu verwenden statt die hier üblichen einfarbigen, deshalb hat das Rot jetzt winzige blaue Punkte und das Grün winzige gelbe Punkte. Auf diese Weise werden die Applikationen weniger flächig wirken. Es war ein kleiner Sieg, mit der Folge, dass ich jetzt viel lieber an dem Quilt arbeite. Beim nächsten Quilt kann ich Dorcas vielleicht zu einem echten englischen Patchwork überreden, auch wenn ich dafür viel länger brauche.

Manchmal frage ich mich, warum ich die Quilts nicht einfach für mich selbst mache und Dorcas ihre alten wiedergebe, wenn meine fertig sind. Benutzt haben wir sie ohnehin noch nicht. Im Moment schlafen Jack und ich unter meinem Signaturquilt und dem weißen Wholecloth, den die Frauen in der Woche vor meiner Hochzeit für uns gemacht haben. Doch wahrscheinlich wären weder Judith noch Dorcas von dem Tausch begeistert, deshalb habe ich ihn erst gar nicht vorgeschlagen. Die Qualität meiner Quilts ist besser, weshalb Dorcas sie natürlich vorzieht, solange sie die von ihr bevorzugten Muster bekommt. Auf das Quilten freue ich mich, denn für diesen Teil der Arbeit interessiert sich Dorcas kaum, sodass ich Muster quilten kann, die mir gefallen. Ich glaube, für den ersten Quilt werde ich eine durchlaufende Federborte nehmen, obwohl sie besonders schwierig ist.

Aber immerhin kann man dann hinter den rot-grünen Kränzen und Blumen noch einen Teil sehen, der wirklich meiner Art zu arbeiten entspricht.

Vermutlich hat Mutter Dich mittlerweile um den »Stern von Bethlehem« gebeten, den ich Dir vor meiner Abreise nach Amerika gegeben habe. Ich schäme mich dafür, ihn zurückfordern zu müssen, aber ich weiß, dass meine liebste Freundin mich verstehen wird. Die Umstände haben dazu geführt, dass ich viel schneller geheiratet habe als erwartet. Was die Quilts angeht, war ich noch lange nicht bereit – und auch sonst nicht. Ich hoffe, dass ich Dir eines Tages einen anderen Quilt machen und auf die lange Reise zu Dir schicken kann.

Deine treue Freundin,
Honor Haymaker

Polarstern

Die Tage wurden kälter, und Honor machte sich zunehmend Sorgen um die Flüchtlinge, die draußen schlafen mussten. Von denen, die ihr bislang über den Weg gelaufen waren, hatte kaum einer genügend Kleidung dabeigehabt, erst recht nichts Warmes. Die meisten entflohenen Sklaven kamen in der Nacht am Hof vorbei, holten sich das Essen, das Honor draußen versteckt hatte, und verschwanden wieder. Nur selten verschlug es Flüchtlinge tagsüber in die Gegend, und dann versteckten sie sich meistens im Wielandwald.

Als der erste Frost kam und sich bald darauf eine dünne Schneedecke über der Landschaft ausbreitete, suchte Honor nach einem warmen Platz, an den sie Flüchtlinge führen konnte, die tagsüber ein Versteck brauchten. Natürlich bot sich der Heuschober an, weil man dort im warmen Stroh schlafen konnte, doch genau deshalb würden die Sklavenjäger den Heuschober auch als Erstes durchsuchen. Außerdem melkten Honor, Judith und Dorcas morgens und abends in der Scheune unterm Heuboden die Kühe, und Jack ging dort ohnehin den ganzen Tag ein und aus. Er mistete die Ställe aus, streute sie mit frischem Stroh ein oder holte Heu vom Boden, um das Vieh zu füttern. Eigentlich herrschte in der Scheune zu viel Betrieb, um dort jemanden zu verstecken, doch Honor fiel kein besserer Ort ein. Im Hühnerhaus würden die Hühner Alarm schlagen, und in den Ställen unterhalb des Heuschobers würde ein versteckter Fremder Schweine, Kühe und Pferde unruhig machen. Der Wagenschuppen wurde zwar nicht so oft betreten, war aber kalt und ungemütlich, während der Holzschuppen sich viel zu nahe beim Wohnhaus befand. Außerdem war der Heuschober für Honor der schönste Platz auf dem Hof, an dem sie sich selbst am wohlsten und sichersten fühlte.

Der erste Flüchtling, den Honor dort versteckte, war ein etwa zwölfjähriger Junge. Als Honor an einem Ersttag morgens zum Eiereinsammeln ging, entdeckte sie ihn zusammengekauert hinterm Hühnerhaus. Er war so durchgefroren, dass er sich kaum noch bewegen konnte. Sie reichte ihm einen Maiskuchen, den sie in der Schürzentasche versteckt hatte. Während er aß, überschlugen sich ihre Gedanken. »Warte hier, bis du uns zur Andacht gehen siehst – zur Kirche«, korrigierte sie sich rasch, damit er sie auch sicher verstand. »Dann geh in die Scheune und versteck dich in der hintersten Ecke im Stroh. Wenn jemand hereinkommt, darfst du dich nicht von der Stelle rühren. Ich werde rufen, wenn ich später nach dir suche.« Weil Ersttag war, ein Tag der Ruhe, würde Jack die Ställe nicht ausmisten, sondern nur das Vieh füttern. So war die Scheune vorerst einigermaßen sicher.

An jenem Abend regnete es, ein kalter Niesel, unter den sich später sogar Eis mischte. Honor entschuldigte sich zum Klohäuschen, hängte dort ihre Laterne auf und rannte durchs Dunkel weiter zur Scheune. »Ich bin's«, rief sie leise. Sie hörte den Jungen näher kommen, sah ihn aber nicht, sondern roch nur seinen Angstschweiß. »Hier, nimm.« In der Dunkelheit hielt sie ihm ein wenig kaltes Rindfleisch und ein paar Kartoffeln hin.

Als er das Essen entgegennahm, berührten sich ihre Hände. »Danke.«

»Du musst noch heute Nacht weiter nach Oberlin. Es liegt drei Meilen nördlich von hier. Geh hinter die Scheune und von dort immer weiter geradeaus. In Oberlin musst du in die Mill Street und dort nach einer Kerze im Hinterzimmer eines roten Hauses Ausschau halten.« Noch bevor der Junge etwas sagen konnte, war Honor schon wieder draußen, da sie befürchtete, dass man sie im Haus vermissen würde. Als sie das Scheunentor hinter sich zuzog, hörte sie, wie der Junge sich gierig über das Essen hermachte.

Am nächsten Tag wartete Honor eine günstige Gelegenheit ab. Als Jack Käse auslieferte und die Haymakerfrauen Apfelmus einmachten, stahl sie sich mit einem Eimer voller Apfelschalen für die Schweine in die Scheune. Sie wollte nachsehen, ob der Junge auch keine Spuren hinterlassen hatte, doch zu ihrer Verblüffung fand sie ihn im Stroh schlafend vor. »Warum bist du noch hier?«, rief Honor, worauf der Junge gleich fluchtbereit auf die Füße sprang. »Es ist gefährlich, so lange zu bleiben.«

Der Junge zuckte mit den Schultern und legte sich wieder ins Stroh. »Zu kalt draußen. So warm hatte ich's schon lange nicht mehr. Heute Morgen hat jemand die Tiere gefüttert, da hab ich mich ganz still verhalten, damit er mich nicht findet. Haben Sie was zu essen dabei?«

Statt mit ihm zu schimpfen, gab Honor ihm ein paar Apfelschalen und sagte, sie wolle versuchen, ihm später noch etwas anderes zu bringen. Im Unterschied zu den anderen Flüchtlingen, die ihr begegnet waren, war dieser Junge sehr gesprächig. Während er sich über die Apfelschalen hermachte, erzählte er Honor von seiner Flucht aus Virginia. Honor erfuhr, dass er eigentlich mit einem älteren Mann unterwegs war, von dem er aber im Osten Ohios getrennt wurde, als man sie durch einen dichten Wald verfolgte. Was mit seinem Gefährten geschehen war, wusste der Junge nicht.

»Ich will nicht nur bis Pennsylvania oder New York, sondern noch viel weiter nach Norden«, erklärte er mit der Selbstgewissheit eines Zwölfjährigen. »Yankeeland ist mir noch zu gefährlich. Kanada ist sicherer. Bis jetzt hab ich unterwegs fast immer Hilfe bekommen, vor allem von den Quäkern. Sind Sie auch 'ne Quäkerin?«

Honor nickte. »Du hast es fast geschafft«, sagte sie. »Es sind nur noch ein paar Tage, bis du an den großen See kommst. Dort wird dir jemand helfen, ein Boot nach Kanada zu finden.«

»Jep.« Der Junge wirkte recht gleichgültig. Wahrscheinlich hatte er sich schon so ans Unterwegssein gewöhnt, dass er das Ziel aus dem Auge verloren hatte.

Bevor sie die Scheune wieder verließ, deckte Honor den Jungen zu, damit er wie ein echter Strohhaufen aussah. Solange er still liegen blieb, war er so gut verborgen. Doch der Junge war noch zu sehr Kind, um sich längere Zeit nicht zu bewegen: Er zuckte mit den Füßen, zappelte mit den Beinen, wälzte sich von einer Seite auf die andere und grub sich tiefer ins Stroh. Honor hoffte, dass die Angst den Jungen lähmen würde, falls Donovan oder ein anderer Sklavenjäger in die Scheune käme.

Doch Donovan kam nicht, und in der Nacht verschwand der Junge. Honor betete, dass er es bis Kanada schaffen würde.

Wenige Wochen später versteckte sie den nächsten Flüchtling. Als sie eines Morgens zum Melken in die Scheune ging, hatte Honor das mittlerweile fast schon vertraute Gefühl, dass sich jemand im Wielandwald aufhielt, auch wenn sie sich bemühte, nicht in die Richtung zu blicken. Die Pfützen und Wagenfurchen waren an diesem Morgen zugefroren; die Nacht musste draußen sehr unangenehm gewesen sein. Als sie später am Tag zum Eiereinsammeln ging, spürte sie die Präsenz noch immer. Honor wurde unruhig, konnte aber nichts tun.

Am Nachmittag traf dann die Nachricht ein, dass bei einer Freundin in Faithwell die Wehen eingesetzt hatten. Judith wurde um Hilfe gebeten. Dorcas begleitete ihre Mutter, doch Honor blieb daheim, weil sie Jack abends beim Melken helfen wollte. Wenn seine Mutter nicht da war, vergaß Jack seine Ernsthaftigkeit und wurde richtig ausgelassen. Er setzte sich mit Honor an dieselbe Kuh und bespritzte sie beim Melken mit Milch, bis Honor ihn lachend bat, aufzuhören.

Ein paar Minuten lang arbeiteten sie schweigend weiter. Honor lehnte sich gegen die warme Kuhflanke und dachte an den Flüchtling im Wald. »Eine Geburt«, sagte Jack schließlich auf seiner Seite der Kuh, »sicher sind wir auch bald dran.« Er packte Honors Hand und drückte sie in den feuchten Euter der Kuh. »Wir könnten gleich anfangen. Oben im Heu haben wir ein schönes Bett.«

»Nach dem Melken«, wandte Honor lächelnd ein.

Doch noch bevor sie mit Melken fertig waren, kam jemand auf den Hof, um Jack zu holen. Er sollte schnell zum Arzt nach Oberlin reiten, weil die Gebärende Blutungen bekommen hatte. Als Jack vorschlug, Honor unterwegs bei Adam und Abigail abzusetzen, damit sie nicht so lange allein war, versicherte Honor ihm, dass ihr das Alleinsein nichts ausmache. »Außerdem habe ich doch Digger«, erinnerte sie ihn. »Einer muss die Kühe melken, und danach gibt es auch noch genug zu tun.« Der Hund zeigte sich ihr gegenüber zwar immer noch misstrauisch, würde sie im Notfall aber sicher verteidigen.

Sobald Jack verschwunden war, sperrte Honor Digger ins Haus und lief mit einer Laterne zum Waldrand, wo sie das Licht hochhielt und ins dunkle Baumdickicht leuchtete. »Kommen Sie raus!«, rief sie mit klopfendem Herzen. »Ich zeige Ihnen ein Versteck.« Obwohl ihr die Dringlichkeit der Situation ein wenig die Angst vorm Wald nahm, konnte sie sich immer noch nicht überwinden, zwischen die Bäume zu treten.

Zum Glück musste sie das auch nicht, denn im nächsten

Moment trat eine Frau aus ein paar eng beieinanderstehenden Ahornbäumen in den Lichtkranz der Laterne hinein. Sie trug eine Haube und einen Schal, schlotterte aber trotzdem vor Kälte. Als Honor sie durch den Obstgarten zur Scheune führte, drang aus dem Haus Diggers gedämpftes Wutgebell. Doch Honor hörte noch ein anderes Geräusch: den Hufschlag von Donovans Pferd, das sich über den Fahrweg von Faithwell her näherte.

Honor blies die Laterne aus. Sie hoffte, dass die Frau ihr folgen würde, und rannte los. Statt zu dem schweren Scheunentor, das sie zusammen mit Jack für die Nacht geschlossen hatte, lief Honor zu einer kleineren Tür in der Seitenwand der Scheune, die dort für den Fall eines Feuers als Notausgang eingebaut war. Wenn sie durchs große Scheunentor gingen, könnte Donovan sie hören, und dann würde er sofort entdecken, dass kein Riegel vorgeschoben war.

Im Inneren der Scheune war es so dunkel, dass Honor die Hand nicht vor den Augen sehen konnte. Zeit zum Nachdenken blieb ihr nicht. Sie packte die Frau beim Arm und zog sie, über Heuballen stolpernd, zu dem Strohhaufen in der Ecke, in den sie sich eingruben und warteten. Sie hörten, wie Donovan auf den Hof geritten kam, vom Pferd sprang und dann die verschiedenen Gebäude inspizierte: Erst gackerten die aufgebrachten Hühner im Hühnerhaus; dann quietschte die Tür zum Wagenschuppen, und als Nächstes schlug die Tür des Klohäuschens zu. Schließlich wurde es still. Auch sie durften jetzt keinen Laut von sich geben.

Scheinbar war Honor endlich einer Person begegnet, die genauso stillhalten konnte wie sie.

Insgeheim war Honor immer stolz darauf gewesen, wie lange sie in der Andacht völlig bewegungslos dasitzen konnte. Wenn sie Platz genommen hatte, stellte sie die Füße fest auf den Boden, drückte die Beine zusammen und faltete die Hände im

Schoß. In dieser Position konnte sie zwei Stunden lang verharren. Überall um sie herum rutschten Männer und Frauen auf ihren Plätzen hin und her, um schmerzende Beine und Hinterbacken zu entlasten. Sie kreisten mit den Schultern, kratzten sich am Kopf, husteten und falteten die Hände auf und zu. Jack war besonders schlimm. Wenn er sich, was selten genug vorkam, vom Platz erhob, um zu sprechen, hatte Honor immer den Verdacht, dass er nicht unbedingt den Drang verspürte, Zeugnis abzulegen, sondern sich einfach strecken musste. Nicht alle Quäker waren von Natur aus still.

Die Frau, die neben ihr stocksteif im Stroh lag, hatte sicher nicht Honors jahrelange Erfahrung im bewegungslosen Sitzen. Trotzdem verhielt sie sich so ruhig, dass sich nicht ein Strohhalm rührte. Honor hörte lediglich ein paar Mäuse, die in einem Nest in der Nähe fiepten und raschelten, und einmal den feuchten Lidschlag der Frau: ein Geräusch, das in der Stille unnatürlich laut wirkte. Es schien fast, als hielten die beiden Frauen einen Wettbewerb ab, wer am längsten völlig bewegungslos liegen konnte.

Dann hörte Honor das Schnappen eines Stocks und das Ächzen eines Lederstiefels. Alles in ihr spannte sich an. Auch Donovan nahm an dem Wettbewerb teil, obwohl er nicht so gut war wie die Frauen. Die Sklavin lag weiter völlig still, nur einmal hörte Honor, wie sich ihre Zunge mit einem »Tock« vom Gaumendach löste.

Das Geräusch wirkte fast wie ein Signal. Knirschend rieb Metall an Metall, als Donovan den Riegel des Scheunentors zurückschob und einen der Türflügel öffnete. Nach der alles durchdringenden Dunkelheit leuchtete das Licht seiner Laterne heller als die Sonne. Als Donovan in die Scheune trat, wurde der Drang wegzulaufen fast übermächtig, doch Honor wusste, dass er sie einholen würde. Sie hatten keine andere Wahl, als zu bleiben, wo sie waren. Jetzt war mehr gefordert, als sich nur vollkommen still zu verhalten; sie mussten sich regelrecht auflösen, damit Donovan ihre Gegenwart nicht spürte. Das war viel schwieriger, als einfach nur stillzuhalten, denn es bedeutete, das Innere Licht zu ersticken und zu löschen.

Obwohl es gegen ihren Instinkt ging, schloss Honor die Augen. Lieber hätte sie Donovan beobachtet, dessen Umrisse immer wieder im Licht aufflackerten, während er mit der Laterne in alle Ecken leuchtete. Doch wenn sie ihr Sehvermögen ausschaltete und im Geist die Scheune verließ, konnte sich ihr Ich vielleicht völlig zusammenziehen. Sie versuchte, in Gedanken zurück über den Ozean zu reisen, und sah sich mit ihrer Mutter und ihrer Schwester auf dem Colmer Hill vor den Toren von Bridport stehen und auf die See hinausblicken.

»Honor Bright.« Donovan sprach ihren Namen aus, als wüsste er, dass sie da war. Seine Stimme holte sie zurück in die Scheune. Obwohl Honor die Augen nicht öffnete, spürte sie seinen Blick durch das Stroh dringen. Ihr Geist wollte zu ihm, obwohl er doch für alles stand, was sie ablehnte.

Die Luft in der Scheune war plötzlich zum Schneiden dick.

Die entflohene Sklavin reagierte lediglich mit einem weiteren Wimpernschlag auf die atmosphärische Veränderung.

Eine Zeit lang verhielten sich alle drei Menschen in der Scheune völlig still.

Schließlich räusperte sich Donovan. »Diesmal lass ich's dir durchgehen, Honor. Weiß auch nicht, warum. Aber es wird nie wieder passieren, das verspreche ich dir.«

Nachdem der letzte Hufschlag seines Pferdes verklungen war, wartete Honor noch eine Viertelstunde, bevor sie sich im Stroh aufsetzte und ihre verkrampften Beine lockerte. »Gut«, sagte sie. »Er ist weg.«

Die Schwarze bewegte sich immer noch nicht.

»Ich habe noch nie einen so stillen Menschen erlebt«, lobte Honor die Frau. »Sie würden eine gute Quäkerin abgeben.«

Schließlich hörte sie doch etwas: das Geräusch eines Lächelns.

»Wissen Sie, wo Sie hinmüssen?«, fragte Honor, als sie draußen vor der Scheune standen.

Die Frau blieb weiter stumm und deutete nur auf einen Stern am nördlichen Himmel: den Polarstern. Samuel hatte Honor einmal erklärt, dass sich alles am Nachthimmel um diesen einen unscheinbaren Stern drehte, und weil er sich selbst nicht bewegte, konnte man sich an ihm orientieren. Es erstaunte Honor immer wieder aufs Neue, dass es am Himmel, an dem doch alles in Bewegung war, einen festen Punkt geben konnte.

Faithwell, Ohio

20. des 1. Monats 1851

Liebste Biddy,

ich war überglücklich, als heute zusammen mit dem »Stern von Bethlehem« und den Quilts von William und meiner Tante auch noch Dein Brief eintraf. Das Paket mit Briefen von Dir, Mutter und Tante Rachel hat aus diesem Tag einen Festtag gemacht. So viele Briefe auf einmal! Mit so vielen Neuigkeiten und so viel Wärme in ihnen! Es war eine wunderbare Unterbrechung dieser langweiligen Wintertage.

Als ich die Quilts auspackte und auf unserem Bett ausbreitete, sind mir beim Anblick der vertrauten Stoffe und Muster die Tränen gekommen. Ich bin Dir unendlich dankbar für Dein Verständnis und die Großzügigkeit, mit der Du mir den Quilt überlassen hast, zumal ich aus gewissen Bemerkungen in Deinen letzten Briefen herauszuhören glaube, dass Du bald selbst genügend Quilts brauchen wirst! Meine Schwiegermutter ist sehr erfreut, dass die Quilts endlich eingetroffen sind, obwohl sie und Dorcas ziemlich verblüfft geschaut haben, als sie die Decken vor sich sahen. Englische Patchworks sind ganz eindeutig nicht nach ihrem Geschmack, sie haben auch gar nicht versucht, das zu verbergen.

Eigentlich hatte ich gedacht, dass ich im Winter öfter zum Briefeschreiben kommen würde. Zeit hätte ich genug, denn draußen wächst nichts mehr, der Schnee liegt bis unter die Fenster, und wir verlassen das Haus mehr oder weniger nur noch, um zu melken, das Vieh zu füttern oder zur Andacht zu gehen. Trotzdem kann ich mich nicht so recht zum Schreiben überwinden, vielleicht weil es so wenig zu erzählen gibt. Jeder Tag gleicht dem anderen. Schon seit einem Monat sind wir im Haus zusammengepfercht wie die Hühner und Kühe im Stall, und ich habe das Gefühl, mit der Zeit immer müder und schwerfälliger zu werden. Ich kann mich nicht erinnern, dass es mir in den Wintern daheim so ergangen wäre: In Dorset war es milder, es fiel nicht so viel Schnee, und weil wir in der Stadt lebten, konnten wir drei, Grace, Du und ich, uns immer draußen herumtreiben. Wir haben Menschen vorbeigehen sehen, es wurden Waren und Ideen ausgetauscht, und wir haben uns die frische Seeluft um die Ohren wehen lassen. Hier sitze ich den ganzen Tag lang mit Dorcas und Judith in der Küche, dem wärmsten Raum des Hauses, doch die Luft ist so verbraucht wie unsere Gespräche. In solchen Momenten frage ich mich, was ich Dir überhaupt schreiben soll, und schiebe es deshalb auf die lange Bank. Dafür entschuldige ich mich. Doch jetzt hat mir die Ankunft Deines Briefes und der Quilts einen guten Grund gegeben, endlich zum Stift zu greifen.

Wenn ich daran denke, dass ich Dir in meinem letzten Brief geschrieben habe, ich freute mich auf die Kälte, muss ich lächeln. Wie sehr ich mich jetzt nach dem Sommer sehne! Seit Wochen liegt eine dicke Schneedecke, alle paar Tage kommen ein paar Zentimeter hinzu, und nie taut etwas weg. Jack hat Wege zum Hühnerstall, zum Brunnen, zum Klohäuschen und zur Scheune freigeräumt, außerdem trampelt er regelmäßig mit dem Pferd einen Pfad nach Faithwell, wohin wir Milch liefern. Trotzdem ist es schwer, durch den Schnee zu kommen, und die Kälte treibt uns immer schnell zurück ins Haus. Wenn ich morgens zum Melken über den Hof gehe, werden meine Finger so steif, dass ich kaum noch an den Zitzen ziehen kann. Ich muss mir dann erst die Hände an der Kuhflanke aufwärmen. Wenigstens sind die Tiere warm, und ihr Atem verhindert, dass es in der Scheune friert. Die Hühner verlassen ihren Stall nicht mehr und legen nur wenig; manchmal erfriert eines, und wir müssen es essen. Das ist immer schrecklich für mich, weil die Legehennen dazu nicht gedacht sind.

Es gibt jetzt viel weniger Arbeit im Haushalt, und ich finde es seltsam, dass wir uns durch all die guten Sachen essen, die wir im Sommer und Herbst unter so viel Mühen eingekocht und eingelagert haben. Aber das ist natürlich Sinn und Zweck der Vorratshaltung. Jeden Tag wird die Vorratskammer um ein oder zwei Gläser ärmer. Jede Woche schlachten wir ein Huhn. Wir verzehren Schinken und Speck des Schweines, das wir im letzten Monat geschlachtet haben. Die Kartoffel- und Karottenmieten im Keller werden leerer. Draußen in der Scheune sind die Heuberge, die im Herbst so riesig wirkten, zu kleinen Hügeln geschrumpft. Der Maisspeicher ist noch gut gefüllt, doch die Pferde fressen jeden Tag eine ordentliche Portion weg, und mit dem Hafer geht es nicht anders. Wenn ich mit ansehe, wie alles dahinschwindet, aber wegen Schnee und Kälte nichts Neues nachwächst, bekomme ich ein ganz komisches Gefühl, eine Art Panik, dass uns demnächst das Essen ausgehen könnte und wir alle verhungern müssten. Die Haymakers haben natürlich schon viele solche Winter erlebt und sind zuversichtlicher. Sie sind es gewohnt, alles, was wir brauchen, selbst herzustellen und nichts zu kaufen. Täglich sehe ich Jack und Judith rechnen. Sie versuchen abzuschätzen, wie lange uns unsere Vorräte noch reichen werden. Gestern hat Judith zum Abendessen ein paar Steaks herausgeholt, doch dann hat sie eines vor dem Braten wieder zurückgelegt. Diese kleine Geste hat mich beunruhigt, obwohl die Steaks beim Abendessen gut gereicht haben und wir alle satt geworden sind. Ich muss mich darauf verlassen, dass die Haymakers uns gut durch den Winter bringen werden. Vermutlich werde ich eines Tages genauso zufrieden und sorglos wie Dorcas sein, die ihren gesunden Appetit noch nicht verloren hat. Allerdings hat sie mir gegenüber zugegeben, dass sie die ersten Winter nach ihrem Umzug aus North Carolina auch fürchterlich bedrohlich fand.

Ich vermisse frische Lebensmittel. Bis auf ein paar Äpfel, Kartoffeln und Karotten essen wir jetzt nur noch Eingemachtes oder Getrocknetes. Doch einen wunderbaren neuen Leckerbissen habe ich kennengelernt: Jack hat eine Kelle getrockneter Maiskörner ins Feuer gehalten, die dann zu weißen Blüten aufgeplatzt sind. Sie nennen es »Popcorn«, und ich habe noch nie etwas so Schmackhaftes gegessen. Jack hat sich über meine Begeisterung so gefreut, dass er an drei Abenden hintereinander Popcorn gemacht hat, bis Judith anfing zu schimpfen.

Wie ich Dir schon geschrieben habe, helfe ich jeden Morgen und Abend beim Melken. Es fällt mir jetzt viel leichter, und die Kühe akzeptieren mich – und ich sie. Früher haben sie für mich alle gleich ausgesehen, Viecher, die auf der Wiese stehen und Gras fressen; aber jetzt weiß ich, dass jede einen eigenen Charakter hat, genau wie wir Menschen. Es dauerte ein paar Wochen, bis sie akzeptiert hatten, dass sie nun von neuen Händen berührt werden. Wie Pferde und Hunde spüren sie schnell, wenn jemand unsicher ist, und wenn man sie lässt, nutzen sie das aus. Ich habe gelernt, mich bei ihnen durchzusetzen, und jetzt sind sie sehr brav. Du würdest lächeln, wenn Du meine Arme sehen würdest, denn ich habe richtig Muskeln bekommen. Meine Unterarme sind fast so dick wie meine Oberarme, und meine Schultern hängen nicht mehr herab wie früher. Eigentlich sollten mir solche Dinge egal sein, doch ich finde, dass mein Körper irgendwie seltsam aussieht. Jack macht es nichts aus – er ist Melkerinnenarme gewohnt.

Nach dem Melken frühstücken wir, danach räume ich die Küche auf, und Judith und Dorcas machen aus der Morgenmilch Butter und Käse. Wenn ich in der Küche fertig bin, bereite ich einen halben Scheffel Mais für die Pferde vor, wozu ich die getrockneten Maiskörner von den Kolben streifen muss. Es ist die Arbeit, die ich am meisten hasse, weil meine Daumen dabei bald zu schmerzen beginnen. Meine Daumenballen sind schon stark angeschwollen, und ein Netz aus Narben zieht sich über meine Daumenspitzen. Eines Tages wirst Du mich nicht mehr wiedererkennen! Manchmal kommt es mir so fürchterlich sinnlos vor, den Mais abzustreifen, nur damit er ge-

fressen wird und ich am nächsten und übernächsten Morgen dieselbe Prozedur von vorn beginnen muss. Wenn das Vieh im Winter die ganze Zeit im Stall eingesperrt ist und nichts anderes zu tun hat, als zu fressen, zu verdauen und alles um sich herum schmutzig zu machen, kommen mir die Tiere wie Maschinen vor. Ich werde mich sicher genauso freuen wie die Pferde und Kühe, wenn der Frühling kommt und sie wieder nach draußen auf die Weide können.

Wenn wir mit der Morgenarbeit fertig sind, bereitet Judith das Essen vor, während Dorcas und ich am Ofen sitzen und nähen oder stricken. Im Moment arbeite ich an meinem zweiten rot-weißen Applikationsquilt für Dorcas. Ich konnte sie nicht überreden, mich ein Patchwork machen zu lassen, aber mittlerweile macht mir das Applizieren auch nicht mehr so viel aus. Gerade in den grauen Wintermonaten habe ich begonnen, mich mit der schlichten Heiterkeit dieser Decken anzufreunden. Doch ich komme nur langsam voran: die Kälte, die abgestandene Luft im Haus und das ewige Gleichmaß der Tage machen mich allmählich begriffsstutzig, und ich verliere meinen alten Eifer, schnell fertig zu werden. Mir unterlaufen mehr Fehler, und dann muss ich alles wieder auftrennen. Als wir im Herbst so viel zu tun hatten, habe ich mehr geschafft als im Moment. Außerdem ist es anstrengend, die ganze Zeit so eng zusammengepfercht zu sein; manchmal werde ich richtig missmutig und verdrossen. Ich habe das Gefühl, in der Falle zu sitzen oder in diesem Haus eingefroren zu sein – zusammen mit einer Familie, der ich mich immer noch nicht zugehörig fühle.

Ich vermisse die Wiesen Dorsets, die den ganzen Winter über grün bleiben. Früher habe ich sie nie geschätzt; erst jetzt, wo mir noch viele braune, graue und weiße Monate bevorstehen, weiß ich, was ich an ihnen hatte. Mittlerweile kommt es mir so vor, als sei der überwältigende Farbenrausch des Herbstlaubs, all die vielen Rot- und Orangetöne, ein letztes Geschenk Gottes gewesen, damit wir die eintönigen Wintermonate besser ertragen.

Andere Menschen sehen wir fast nie, denn alle sitzen in ihren Häusern und warten auf das Ende des Winters. Nur manchmal trotzt jemand der Kälte und dem Schnee und kommt vorbei, um Milch oder Käse zu kaufen. Einmal hat uns die Putzmacherin Belle Mills besucht – in einem Schlitten! Erinnerst Du Dich noch an den Papagei, den einmal ein Matrose nach Bridport mitgebracht hat? Genauso war es, als Belle hier in Faithwell vorfuhr – Du musst Dir nur den Anblick ihrer grellbunten Federn vor all dem Schnee vorstellen! Judith und Dorcas haben nicht ein Wort gesagt, aber ich habe mich so gefreut, Belle zu sehen, dass mir die Tränen gekommen sind. Belle hat natürlich gleich angefangen zu spotten, dass ich jedes Mal zu heulen anfange, wenn sie mich sieht. Sie ist meine einzige richtige Freundin hier in Ohio, und unser Verhältnis kommt dem nahe, was wir beide miteinander haben – auch wenn sie sich so sehr von Dir unterscheidet wie ein amerikanisches Rotkehlchen von einem englischen. Die Rotkehlchen hier sind riesig, haben strahlend rote Brüste und sind ziemlich frech, vor allem im Vergleich zu den zarten kleinen Vögeln, die Du kennst.

Belle hat mir einen wunderschönen hellbraunen Seidenstoff mitgebracht, den ich für einen Quilt verwenden will, sobald ich mit dem für Dorcas fertig bin. Im Frühling, wenn alles zu neuem Leben erwacht, werde ich endlich wieder etwas nähen können, das mir gefällt.

Deine treue Freundin,
Honor Haymaker

Zuckerbäume

Tauwetter. Honor kam es vor, als würde sich die Faust, die sich um sie und die ganze Welt geschlossen hatte, plötzlich wieder öffnen und sie freigeben. Es war verblüffend, wie schnell sich die Kälte, die so lange ihr Leben beherrscht hatte, zurückzog. Eines Tages wachte Honor auf und spürte, dass die Luft sich verändert hatte. Es herrschte immer noch Frost, doch er hatte seinen eisigen Biss verloren.

Der Quilt, den Honor den Winter über für Dorcas genäht hatte, war fast fertig. Honor hatte beschlossen, ihn allein zu quilten, anstatt es von mehreren Näherinnen bei einem Quiltkränzchen machen zu lassen. Die Essensvorräte gingen langsam zur Neige, das Frühjahr war einfach nicht die richtige Zeit für so eine Einladung. Honor saß über den kleinen ovalen Rahmen gebeugt, in den sie den Stoff gespannt hatte, damit sie mit der Nadel leichter hindurchkam. Sie saß da wie immer, doch ihr Körper fühlte sich anders an: Er versteifte sich nicht mehr gegen die Kälte. Im nächsten Moment lachte Dorcas über etwas, das Judith gesagt hatte – den ganzen Winter lang hatte Honor sie nicht lachen hören. Da wusste sie, dass auch die anderen die Veränderung spürten.

Als sie in der Nacht an Jacks warmen Rücken gekuschelt lag und einer weiteren Veränderung tief in ihrem Inneren nachspürte, hörte Honor, wie es draußen zu tropfen begann. Es war ein Geräusch voller Verheißung. Innerhalb eines Tages verwandelte sich die Fahrspur nach Faithwell in einen tiefen, zähen Morast, der fast genauso unwegsam war wie der Schnee. Als sie zur Andacht gehen wollten, blieb Honor bis zu den Knien im Matsch stecken. Jack, Dorcas und Judith zogen sie mit vereinten Kräften wieder heraus, doch dabei verlor Honor einen Stiefel. Jack musste einen Spaten holen und ihn ausgraben.

Am Tag darauf bohrte Jack einige Ahornbäume im Wielandwald an, um ihnen Saft für die Herstellung von Sirup abzuzapfen. Nach frischem Mais vom Kolben war Ahornsirup Honors zweitliebste amerikanische Spezialität. Niemals hätte sie gedacht, dass etwas so süß und gleichzeitig erdig und harzig schmecken konnte. Es war schwierig, ihrer Familie in England diesen ganz eigenen Geschmack zu beschreiben, deshalb hätte Honor am liebsten eine Kostprobe im Brief mitgeschickt.

Am nächsten Morgen nahm Jack seine Frau nach dem Melken mit in den Wielandwald, um den Ahornsaft zu ernten, der in der Nacht aus den Baumstämmen getropft war. Der Saft musste schon frühmorgens geholt werden, da es einen ganzen Tag dauerte, bis er zu Sirup eingekocht war. Honor freute sich, eine Weile mit ihrem Mann allein sein zu können, was sie sonst fast nur im Bett waren. Der Winter hatte die Haymakers auf so engem Raum zusammengepfercht, dass Honor manchmal vor Verzweiflung hätte schreien können. Jetzt sehnte sie sich danach, mit Jack zusammen zu sein, ohne dass sich ständig Judith und Dorcas zwischen sie drängten. Wenigstens hatte es in letzter Zeit keine Überraschungsbesuche von Donovan mehr gegeben, sonst wären die Spannungen sicher unerträglich geworden. Wie Mrs Reed vorausgesagt hatte, waren im Winter weniger Flüchtlinge unterwegs gewesen. Dieser Umstand und der tiefe Schnee hatten Donovan ferngehalten.

Honor und Jack arbeiteten zusammen im Wald. Sie gingen von Baum zu Baum und schütteten den Saft aus den Auffanggefäßen, die unter den Ausflussrohren in den Baumstämmen hingen, in die mitgebrachten Eimer. Die Kälte hatte dem Wielandwald etwas von seiner wild wuchernden Bedrohlichkeit genommen. Die Bäume waren kahl, und das dichte Gestrüpp des Unterholzes war abgestorben und zusammengeschrumpft, sodass sich Honor zwischen den Bäumen nicht mehr ganz so beklommen fühlte. Nachdem sie eine Weile einträchtig geschwiegen hatten, beschloss Honor, Jack etwas zu erzählen, worüber er sich bestimmt freuen würde. Solange es so kalt gewesen war, hatte sie es für sich behalten, doch das Tauwetter hatte auch in ihr etwas zum Schmelzen gebracht. »Jack«, begann sie, »ich …«

In dem Moment trat ein Schwarzer hinter einer Bur-Eiche hervor. Jack und Honor sprangen erschrocken zur Seite.

»Ich wollt Sie nicht erschrecken, Sir, Ma'am«, sagte der Mann. Er nahm den Hut ab und kratzte sich den zotteligen Bart. »Hab gehört, hier gäb es Quäker, die sich um einen kümmern, wenn man Hilfe braucht.«

»Wir sind nicht …«

»Sie sind schon fast in Oberlin«, unterbrach Honor ihren Mann. »Es sind nur noch drei Meilen in diese Richtung.« Sie deutete in Richtung Norden. »In Oberlin müssen Sie in die Mill Street gehen, die zweite Straße rechts von der Main Street. Dort, wo die Mill Street den Pflaumenbach überquert, steht ein rotes Haus. Halten Sie nach einer Kerze im hinteren Fenster Ausschau – wenn sie brennt, wird man Ihnen helfen.«

Jack schaute seine Frau verblüfft an.

Der Mann nickte. »Danke.« Er zog sich den Hut über die Ohren und wickelte den knopflosen Mantel fester um sich, dann rannte er in die Richtung davon, die Honor ihm gezeigt hatte.

Jack funkelte Honor wütend an. »Woher weißt du das alles?«

Honor konnte ihm nicht in die Augen sehen und betrachtete deshalb angestrengt die klare Flüssigkeit in ihrem Eimer. Erst nach stundenlangem Kochen würde der helle Ahornsaft sich in braunen Sirup verwandeln.

»Wir wissen, dass du Essen draußen versteckst, aber dass du auch mit ihnen redest und ihnen derart genaue Anweisungen gibst, hätten wir nicht gedacht. Und mit Leuten von der *Underground Railroad* scheinst du auch in Kontakt zu stehen.«

Honor blickte auf. »Du wusstest, dass ich Essen verstecke?«

»Natürlich. Einem Bauern kann man so leicht nichts vormachen. Hast du etwa auch entflohene Sklaven versteckt?«

»Ein paar Mal.«

»Ich hab's mir schon gedacht.«

»Warum hast du dann nie etwas gesagt?« Honor fühlte sich fast erleichtert, dass nun alles heraus war.

»Mutter wollte sich natürlich sofort einmischen. Sie war wütend, dass du nicht auf uns gehört hast. Du hast riskiert, dass wir alle bestraft werden! Und dann hast du noch diesen Sklavenjäger angelockt.« Jack nahm den größeren Eimer und ging zum nächsten Baum. »Aber ich habe sie gebeten, dich weitermachen zu lassen.«

Honor folgte ihm. »Warum?«

Jack nahm das Auffanggefäß vom Hahn und kippte den Saft in den Eimer. Dann blickte er Honor ernst und traurig an. »Weil ich dachte, dass es dich glücklich machen würde. Ich wusste, dass du es nicht bist, und ich dachte, wenn du deinen Grundsätzen treu bleiben kannst, bist du vielleicht auch froh, mich geheiratet zu haben.«

Honor starrte ihn an. Jack hatte ihr eine Freude machen wollen? Niemals hätte sie gedacht, dass ihm ihr Glück so wichtig war. Sie holte tief Luft und streckte die Hand aus, aber er war schon zum nächsten Baum weitergegangen. Sie wusste, dass sie jetzt endlich etwas sagen sollte –, sie musste ihm die freudige Nachricht mitteilen –, doch die Worte blieben ihr im Hals stecken. Der richtige Moment war verstrichen, und Jack kehrte ihr nun demonstrativ den Rücken zu.

Als sie alle Gefäße geleert hatten, trugen Honor und Jack den geernteten Ahornsaft zurück zum Hof. Jack hatte einen provisorischen Schuppen errichtet, in dem der Saft eingekocht werden sollte. Im Haus konnte man den Sirup schlecht herstellen, weil dabei so viel Feuchtigkeit entstand. Judith und Dorcas hatten bereits ein Feuer gemacht, über dem ein gusseiserner Topf hing. Sie würden sich den Tag über beim Rühren abwechseln, bis der Saft sich in einen dicken dunklen Sirup verwandelt hatte.

Honor hatte gehofft, dass Jack ihre Begegnung mit dem Schwarzen für sich behalten würde. Doch als sie auf dem Hof ankamen, erzählte er sofort, dass sie im Wielandwald einen entlaufenen Sklaven gesehen hätten. Noch dazu wiederholte er Wort für Wort, was Honor zu dem Mann gesagt hatte.

Judith Haymaker nahm ihrem Sohn den Eimer ab. Sie blickte erst ihn an und dann Honor. »Jetzt muss Schluss sein mit dem Unsinn«, sagte sie an Honor gewandt, während sie den Ahornsaft aus dem Eimer in den Kessel goss. »Ich habe Jack lange genug nachgegeben, aber sicher ist er jetzt meiner Meinung: Du musst nicht nur an das Risiko für unseren Hof denken, sondern auch an euer Kind. Es wäre ihm gegenüber nicht fair, wenn es den Hof nicht mehr gäbe, bis es auf die Welt kommt.«

Honor wurde rot.

»Was?« Jack blieb der Mund offen stehen.

Judiths angedeutetes Lächeln wurde etwas breiter, wenn auch nicht wärmer. »Honor, hast du etwa gedacht, ich würde nichts merken? Man sieht es dir im Gesicht an und in deinen Bewegungen.« Sie wandte sich an Jack. »Du bist ein Mann, dir fällt so etwas nicht auf. Ich wollte warten, bis Honor es dir selbst sagt. Es tut mir leid, dass es jetzt anders gekommen ist, aber du musst es wissen, damit du deiner Frau erklären kannst, wie viel sie aufs Spiel setzt, wenn sie nicht mit diesen Dummheiten aufhört.«

Jack wandte sich an Honor. »Stimmt das? Bist du schwanger?«

Honor nickte.

Jacks Wut schmolz dahin wie der Schnee in der Sonne. Er umarmte Honor. »Ich freue mich.«

»Du musst mir versprechen, dass du den entlaufenen Sklaven nicht mehr hilfst«, fuhr Judith fort. »Es ist gegen das Gesetz, und es ist gefährlich. Wir Haymakers werden es nicht mehr tolerieren. Wir haben bereits genug mitgemacht.«

»Was … was meinst du damit?«

Die Haymakers sahen sich an. Schließlich seufzte Judith. »Damals in North Carolina haben wir einen entlaufenen Sklaven versteckt. Wir mussten eine so hohe Geldstrafe zahlen, dass es uns den Hof gekostet hat. Es hat nämlich schon Strafen gegeben, bevor das *Fugitive Slave Law* in Kraft trat, und dieses neue Gesetz ist noch strenger und härter.«

»Seid ihr deshalb nach Ohio gezogen?«

»Ja«, sagte Jack. »Nach allem, was geschehen war, haben wir es dort nicht mehr ausgehalten.«

»Ich dachte immer …« Honor unterbrach sich. Dies war nicht der richtige Zeitpunkt, um Jack an seine Behauptung zu erinnern, sie seien wie die meisten Quäkerfamilien in Faithwell aus dem Süden weggezogen, weil sie ihren Überzeugungen treu bleiben wollten. Vielleicht waren der Verlust von Geld und Land ein wesentlich stärkeres Motiv als moralische Grundsätze.

Dorcas rührte immer schneller und schneller im Ahornsaft. Ihr Gesichtsausdruck war finster. »Eins hat Mutter nicht gesagt«, begann sie, aber als Judith den Kopf schüttelte, unterbrach sie sich. »Bin ich eigentlich die Einzige, die hier rühren muss?«, fragte sie schließlich. »Honor wird es sich in ihrem Zustand sicher nicht zumuten wollen.«

»Unsinn, sie ist keine zerbrechliche Porzellanvase«, sagte Judith. »Wir werden uns abwechseln. Also, Honor, versprich uns, vorbeiziehenden Sklaven in Zukunft nicht mehr zu helfen.«

»Na gut«, versprach Honor schweren Herzens.

»In Ordnung. Dann kannst du jetzt den Saft rühren. Dorcas, gib Honor den Löffel.«

Faithwell, Ohio

27. des 2. Monats 1851

Liebe Mutter, lieber Vater,

ich habe Neuigkeiten für Euch und für den Rest der Familie: Ich erwarte ein Kind. Ich habe es schon länger vermutet, doch ich wollte es Euch erst mitteilen, wenn ich mir ganz sicher bin. Wann genau das Baby kommen wird, kann ich nicht sagen, aber ich denke, es wird im 9. oder 10. Monat des Jahres sein. Die Haymakers freuen sich natürlich, obwohl Judith bereits angemerkt hat, dass ich ihnen hochschwanger oder stillend wieder keine Hilfe bei der Ernte sein werde.

Das Baby macht mich etwas müde, aber sonst geht es mir gut. Ich bin von der Übelkeit verschont geblieben, unter der viele Frauen im ersten Stadium der Schwangerschaft oder manchmal sogar noch länger leiden. Abigail zum Beispiel ist es immer noch übel, obwohl ihr Baby schon in einem Monat kommen wird. (Sie behauptet zwar immer, es seien noch zwei Monate, aber wir wissen, dass es nicht mehr so lange dauern wird.) Den Winter über habe ich sie und Adam Cox nur selten gesehen, was sehr schade war. Ich hatte gehofft, dass ich gelegentlich in Adams Laden aushelfen kann, doch die Haymakers wollen, dass ich bei ihnen auf der Farm bleibe. Obwohl ich froh bin, jemanden von zu Hause in meiner Nähe zu haben, haben Adam, seine Frau und ich kein so enges Verhältnis, wie ich es mir erhofft hatte. Vermutlich braucht es einfach seine Zeit, bis wir unsere Befangenheit wegen der ungewöhnlichen Situation, in der wir uns anfangs befanden, ablegen können.

Auch der Schnee ist endlich geschmolzen. Es ist so eine Erleichterung, nicht mehr ständig im Haus festzusitzen. Die Nächte sind zwar immer noch sehr kalt, doch tagsüber ist es deutlich wärmer. Die Schneeglöckchen blühen, sogar ein paar sehr frühe Narzissen haben sich schon vorgewagt, und die Weiden beginnen zu knospen. Wie wohl ihr Grün nach all dem Grau und Braun dem Auge tut! Schon in wenigen Wochen werden wir den Boden im Garten umgraben können.

Vielleicht ist es ja töricht, aber ich hoffe, dass Ihr eines Tages Euer Enkelkind kennenlernen werdet. Es liegt in Gottes Händen.

Eure Euch liebende Tochter,
Honor Haymaker

Milch

Honor hatte zwar versprochen, niemandem mehr zu helfen, doch das hinderte die Flüchtlinge nicht daran, weiter am Hof vorbeizulaufen. Als das Wetter besser wurde, riss der Strom der aus dem Süden kommenden Sklaven kaum noch ab. Honor fand es nicht leicht, sich an die Abmachung zu halten und die Flüchtlinge einfach wegzuschicken.

Beim ersten Mal gelang es ihr noch recht gut. Honor verließ gerade das Klohäuschen, als ein Mann dahinter hervortrat. Er sah sie erwartungsvoll an, sagte aber nichts. Honor blickte zum Garten hinüber, in dem Judith den Boden lockerte und für die Aussaat vorbereitete. Ihre Schwiegermutter hatte sich mittlerweile aufgerichtet, stand auf die Grabgabel gestützt da und beobachtete sie. »Es tut mir leid, aber ich kann Ihnen nicht helfen.« Honor hatte sich die Worte für diese Situation bereits zurechtgelegt, doch dann sprach sie leiser weiter: »Gehen Sie noch drei Meilen weiter in Richtung Norden, dann kommen Sie nach Oberlin. In dem roten Haus in der Mill Street wird man Ihnen helfen. Gott behüte Sie.« Diese Auskunft galt sicher noch nicht als Hilfe, doch schon als sie die Worte aussprach, wusste sie, dass Judith das anders sehen würde.

Der Mann nickte, machte auf dem Absatz kehrt und verschwand im Wald.

Eigentlich war es gar nicht so schlimm gewesen, ihn wegzuschicken, dachte Honor, doch sie fühlte sich unbehaglich. Sie wartete, ob Judith etwas sagen würde, doch die hatte sich bereits wieder der Gartenarbeit zugewandt.

Der nächste Flüchtling war eine ältere Frau, was Honor überraschte. Die meisten entlaufenen Sklaven waren jünger, denn die Flucht kostete viel Kraft. Honor entdeckte die Frau, weil Digger bellend und knurrend hinters Hühnerhaus rannte, wo die Alte sich ganz klein gemacht hatte. Zusammengekauert, die Arme um die Beine geschlungen, saß sie da und sah zu, wie der Hund sich in eine immer wildere Raserei hineinsteigerte. Ihr Gesicht war von tiefen Furchen durchzogen, doch ihre gelbbraunen Katzenaugen leuchteten wach und klar.

»Quäkerfrau, hast du was zu essen?«, fragte sie, nachdem Honor Digger zurückgerufen hatte. »Ich hab nämlich Hunger.«

»Es tut mir leid, aber ich kann …« Honor brachte ihren eingeübten Satz nicht zu Ende.

»Nur 'n Stück Brot und 'n bisschen Milch von einer eurer Kühe dort, dann bin ich wieder weg.«

»Warten Sie.« Digger hinter sich herziehend, lief Honor in die Küche. Judith und Dorcas waren zum Glück zum Kaufladen gegangen, und Jack war beim Milchausfahren. Sie sperrte Digger im Haus ein. Während sie ein Stück Brot und eine Scheibe Käse abschnitt und Milch in den Blechbecher goss, versuchte Honor, Argumente zu finden, die sie Judith gegenüber vorbringen konnte: Ich verstecke sie nicht, ich gebe ihr nur etwas zu essen. Ich behandele sie genauso, wie ich jeden anderen Passanten, der um etwas bittet, behandeln würde.

Honor sah der Frau beim Essen zu, behielt aber gleichzeitig den Fahrweg im Auge. Die Alte hatte nur noch wenige Zähne, deshalb kaute sie lange auf Brot und Käse herum. Nachdem sie den Becher geleert hatte, schmatzte sie mit den Lippen. »Gute Milch. Ihr habt gute Kühe.« Sie erhob sich und zurrte die Lumpen, die sie sich in Ermangelung von Schuhen um die Füße gebunden hatte, fest. »Danke«, sagte sie dann und bürstete sich die Krümel vom Kleid.

»Wissen Sie, wo Sie hinmüssen?«

»Aber ja doch. In den Norden.« Die Frau deutete in Richtung Wald und verschwand.

Beim Abendessen wartete Honor, bis eine Pause eintrat, und beruhigte ihren nervösen Magen zunächst mit ein paar Schlucken Wasser. »Heute ist eine entlaufene Sklavin auf den Hof gekommen«, erklärte sie. »Es war eine alte Frau«, fügte sie hinzu, in der Hoffnung, diese Information könne die Sklavin als besonders bedürftig erscheinen lassen. »Ich ... ich habe ihr ein wenig Brot und Käse und einen Schluck Milch gegeben. Dann ist sie wieder gegangen.«

Schweigen. »Wir haben über dieses Thema geredet«, sagte Judith schließlich. »Du hattest versprochen, den entlaufenen Sklaven nicht mehr zu helfen.«

Honor schluckte. »Ich weiß. Aber es ist schwer, einem Menschen etwas abzuschlagen, der so flehend um etwas zu essen bittet, wie die Frau es getan hat. Außerdem hätte ich es für jeden anderen, der auf der Straße unterwegs ist und am Hof vorbeikommt, genauso gemacht. Ich habe keinem Flüchtling geholfen, sondern war einfach nur höflich.« Ihre einstudierten Argumente klangen lahm und überzeugten sie selbst nicht.

Judiths Miene verhärtete sich. »Mit dieser Logik hätte dein Sklavenjäger, dieser Donovan, sicher Mühe. In Zukunft holst du mich, wenn du es selbst nicht schaffst, die Farbigen wegzuschicken.«

Doch als der nächste Flüchtling auf den Hof kam, brachte Honor es nicht übers Herz, Judiths Angebot wahrzunehmen. Sie hatte das seltsame Gefühl, die Sklaven vor dem lächelnden Mund und den kalten Augen ihrer Schwiegermutter beschützen zu müssen. Sie selbst würde die Zurückweisung wenigstens sanfter formulieren. »Es tut mir leid, aber ich kann Sie nicht verstecken«, sagte sie zu dem hellhäutigen Mann, der einige Tage nach der alten Frau auf den Hof kam. Sie wählte das Wort »verstecken«, weil es nicht ganz so endgültig klang wie »nicht helfen« und immer noch die Hoffnung barg, dass Honor auf irgendeine Weise doch noch etwas für den Flüchtling tun könne. Sie ging dazu über, immer ein wenig Dörrfleisch in der Schürzentasche zu haben, sodass sie den beiden Jugendlichen, die als Nächstes kamen, wenigstens etwas zu essen reichen konnte. Die Geste linderte höchstens Honors Schuldgefühle, aber nicht den Hunger der beiden Jungen.

Doch dann kam der Tag, an dem Honor ihre einstudierten Worte nicht mehr weiterhalfen. Als sie an einem Frühlingsmorgen nach dem Melken mit Dorcas über den Hof lief, hörten sie aus dem Wielandwald ein Geräusch, das wie Babygeschrei klang. Sie blieben stehen und lauschten. Da hörten sie es wieder, Schreie wie von einem Baby, wenn auch gedämpft, als versuche jemand, es zum Schweigen zu bringen.

Honor trat zwischen die Bäume, an denen die grünen Blattknospen kurz davor waren, sich zu öffnen. »Du hast doch nicht etwa vor, da reinzugehen und nachzuschauen«, schimpfte Dorcas hinter ihr her. »Hast du nicht verstanden, was Mutter gesagt hat?«

»Vielleicht ist es ja kein entflohener Sklave. Es könnte auch jemand sein, der sich verirrt hat.«

Im Gebüsch hockte eine zierliche Frau, die ein Baby an die Brust drückte. Sie war selbst fast noch ein Kind: Ihre Haut hatte die Farbe von Tee, und ihre Wangen waren rund wie Pfannkuchen. »Sind Sie gekommen, weil Sie mich verpfeifen wollen?«, fragte sie Honor.

»Nein«, erwiderte Honor.

»Ich habe keine Milch mehr für sie, deshalb schreit sie so.«

»Dorcas, geh und hole einen Becher Milch. Und etwas zu essen«, befahl Honor.

Dorcas blickte sie verblüfft an, ging dann aber zurück zum Haus.

Während sie warteten, versuchte Honor dem Baby beruhigend zuzulächeln, doch es war ein verkrampftes Lächeln. »Wie alt ist die Kleine?«

»Vier Monate. Ich weiß auch nicht, warum ich mit einem kleinen Baby ausgebüxt bin. Das ist nicht fair ihr gegenüber. Aber ich hab's einfach nicht mehr ausgehalten.«

»Wo kommt ihr beiden her?«

»Kentucky. Der Weg ist zwar nicht so weit wie bei manchen anderen, aber dafür ist mir mein Herr dicht auf den Fersen, zusammen mit einem Sklavenfänger hier aus der Gegend.«

Honor erstarrte. »Heißt er Donovan?«

Das Mädchen zuckte mit den Schultern.

»Sind sie in der Nähe?«

»Zuletzt hab ich sie in Wellington gesehen.«

»Also nicht weit weg. Wir können euch beide nicht verstecken, aber solange ihr im Wald bleibt und euch von der Straße fernhaltet, seid ihr in Sicherheit.« Honor erklärte der jungen Frau, wo Mrs Reed wohnte, doch die hörte nicht zu; ihre Augen waren auf einen Punkt hinter Honor gerichtet. Dorcas kam zusammen mit ihrer Mutter zurück.

Judith Haymaker hielt der jungen Frau einen Krug Milch hin. Sie nahm die Milch und versuchte sie dem Baby einzuflößen, doch weil das Kind noch nicht aus einem Krug trinken konnte, verschluckte es sich. Daraufhin hielt die Mutter den Finger in die Milch und ließ das Baby anschließend daran saugen.

»Wer hat dich hergeschickt?«, wollte Judith wissen.

»Eine Frau in Wellington, Ma'am«, stotterte die junge Frau, die sich ganz auf ihr Kind konzentrierte.

»Wie hieß sie?«

Das Mädchen schüttelte den Kopf.

»Wie hat sie ausgesehen?«

»Eine weiße Frau, die aber irgendwie gelb war. Sie hat krank ausgesehen.«

»Wo hast du sie getroffen?«

»Im hinteren Teil eines Ladens.«

»Was für ein Laden?« Judith ließ nicht locker. Honor versuchte, das Mädchen mit Blicken zu warnen.

»Weiß nicht, Ma'am.« Das Mädchen schwieg eine Weile, dann hellte sich sein Gesicht auf. »Sie hatte Federn in den Taschen.«

Honor stöhnte leise.

»Wie? Hat sie Hühner gehalten?«

»Nein, Ma'am. Es waren gefärbte Federn. Blaue und rote.«

»Die Putzmacherin.« Judith warf Honor einen bösen Blick zu, bevor sie sich wieder an die junge Frau wandte. »Ist das Baby fertig mit der Milch?«

Das Baby war tatsächlich eingeschlafen. Die junge Mutter sah aus, als könne sie selbst ein wenig Schlaf vertragen; ihr Kopf sackte immer tiefer auf ihre Brust.

»Dann müsst ihr jetzt gehen.« Judiths Haltung duldete genauso wenig Widerspruch wie ihre Worte. Die Schwarze riss die Augen auf. Sie reichte Dorcas den Blechbecher und stand geschickt auf, ohne das Baby zu wecken. Obwohl sie noch so jung war, wirkte sie erfahren im Umgang mit der Kleinen. Sie legte das Baby in ein gestreiftes Tuch, das sie sich hinter den Rücken schob und vor ihrer Brust mehrmals verknotete, sodass das Baby ganz eng an sie geschmiegt lag. »Danke«, sagte sie und schaute dabei auf ihre Füße, dann marschierte sie los und verschwand zwischen Ahorn und Buchen.

Judith ging zurück zum Haus. »Ich werde nach Wellington

fahren und mit Belle Mills sprechen. Sie darf uns in Zukunft keine Farbigen mehr vorbeischicken.«

Honor und Dorcas folgten ihr. »Ich würde lieber selbst mit ihr sprechen«, sagte Honor.

»Ich will nicht, dass du dich mit ihr triffst. Sie hat keinen guten Einfluss auf dich.«

Tränen brannten Honor in den Augen. »Dann werde ich ihr schreiben. Bitte.«

»Dann schreib ihr, dass sie uns auch nicht mehr besuchen kommen soll«, knurrte Judith. »Sie ist hier nicht willkommen. Und du zeigst mir den Brief, bevor du ihn abschickst. Ich muss dir leider sagen, dass ich dir nicht mehr vertraue.«

Faithwell, Ohio

3. des 4. Monats 1851

Liebe Belle,

ich schreibe Dir mit der Bitte, in Zukunft keine Flüchtlinge mehr zu uns nach Faithwell zu schicken. Zusammen mit meinem Mann und seiner Familie habe ich beschlossen, dass es ein zu großes Risiko für den Hof bedeutet. Vor Kurzem wurde in Greenwich ein Freund festgenommen, weil er einem entlaufenen Sklaven geholfen hatte, jetzt sitzt er für sechs Monate im Gefängnis und muss außerdem eine beträchtliche Geldstrafe zahlen. Seit das Fugitive Slave Law *verschärft wurde, hören wir immer wieder von solchen Fällen.*

Ich bin Dir sehr dankbar für Deine Großzügigkeit mir gegenüber, als ich so allein und hilflos war. Trotzdem halten wir es für besser, wenn Du uns nicht mehr in Faithwell besuchen kommst. Unsere Sitten und Gewohnheiten sind zu unterschiedlich. Ich wünsche Dir alles Glück der Welt und werde dafür beten, dass Du immer im Licht wandeln mögest.

Mit aufrichtigen guten Wünschen,
Honor Haymaker

Zwiebeln

Honor fuhr mit Jack nach Oberlin, um ihren Brief an Belle Mills abzuschicken. Sie war schon seit Monaten nicht mehr in der Stadt gewesen. Erst hatten Schnee und Kälte sie gehindert, dann das Tauwetter, weil sie wegen des tiefen, zähen Matsches auf allen Fahrwegen den Wagen nicht nehmen konnten. Aufs Pferd wollte Jack seine Frau nicht setzen, denn er hatte Angst, sie könnte herunterfallen und dem Baby schaden. Doch jetzt war das Wetter endlich besser geworden, und Honor durfte Jack begleiten, als er eine Fuhre Käse ans College liefern musste.

Jack setzte sie vor dem Cox'schen Kurzwarenladen ab, doch Honor ging nicht hinein, sondern wartete ab, bis ihr Mann um die nächste Ecke gebogen war. Dann lief sie hastig die Main Street entlang. Es gab noch eine weitere Person, der sie ihre Entscheidung mitteilen musste.

Obwohl sie den Weg oft genug beschrieben hatte, war Honor selbst ihn noch nie gegangen. Als sie jetzt an die Ecke zur Mill Street kam und weiter hinten die Brücke über den Pflaumenbach und rechts davon das kleine rote Haus sah, verlor sie den Mut. Sie beschloss, noch ein Stück zu gehen, um ihre Nervosität zu überwinden. Es war ein milder Nachmittag, die Sonne strahlte fröhlich vom Himmel, ein Wetter, wie Honor es den ganzen Winter über vermisst hatte.

Sie beschloss, weiter in Richtung Süden an den Stadtrand zu laufen, wo die neue Eisenbahnstrecke gebaut wurde. Es waren bereits Tausende von Bäumen gefällt worden, obwohl die ersten Züge erst in einem Jahr fahren sollten. Dann würden sie Cleveland mit dem hundert Meilen weiter westlich gelegenen Toledo verbinden. Honor konnte sich nicht vorstellen, jemals weiter westlich als in Faithwell leben zu wollen. Selbst im Wielandwald oder auf den Straßen Oberlins lief sie niemals in Richtung Westen. Straßen und Züge in Richtung Osten erschienen ihr viel verheißungsvoller, obwohl sie wusste, dass jeder Weg in den Osten unweigerlich an der Grenze des Atlantiks enden würde.

Südlich der Mill Street hörte der aus Holzplanken bestehende Gehweg auf, und Honor musste sich einen Weg durch den zähen Matsch suchen, der an ihren Stiefeln saugte und den Saum ihres grünen Kleides grau färbte. Vor ihr kreuzte die Main Street die Mechanics Street, von der Geschrei und raues Gelächter herüberhallten. Honor blieb stehen und tat so, als hindere der Matsch sie am Weitergehen. Sie hatte vergessen, dass sich hinter der Kreuzung das Hotel Wacks befand.

Wegen der religiösen Überzeugungen der Gründerväter, die an ein einfaches Leben und harte Arbeit geglaubt hatten, war Alkohol in Oberlin noch heute verboten. Doch das Hotel lag knapp jenseits der Stadtgrenze, wo die kommunalen Gesetze nicht mehr galten. Es wurde von einem Mann namens Chauncey Wack geführt, einem Demokraten und Sklaverei-Befürworter, und war der einzige Ort in Oberlin, an dem man Tabak und Alkohol bekam. Obwohl die meisten Bewohner Oberlins abstinent waren, gab es einen festen Kern von trinkenden Gästen. An diesem Nachmittag saßen mehrere Männer auf der Veranda zur Straße und genossen das schöne Wetter. Einer von ihnen war Donovan. Honor schnappte nach Luft, als sie ihn in einen Stuhl zurückgelehnt entdeckte. Er lächelte sie an und prostete ihr mit seiner Whiskeyflasche zu. Vermutlich hatte er sie schon beobachtet, seit sie die Main Street entlanggegangen war.

Den Winter über hatte sie ihn zwar nicht zu Gesicht bekommen, doch seit die Sklavenflüchtlinge wieder unterwegs waren, ritt auch Donovan wieder regelmäßig am Hof vorbei und zog seinen Hut, wann immer er Honor draußen oder auf der Veranda erblickte. Sosehr sie sich auch um Gleichgültigkeit bemühte, raste ihr Puls doch jedes Mal, wenn sie ihn erblickte, und das Herz schlug ihr bis zum Hals. Als sie ihn jetzt vor sich sah, fiel ihr ein, dass auch Donovan keinen Grund mehr hätte, nach Faithwell zu kommen, wenn sie den entflohenen Sklaven die Hilfe verweigerte und sie sich eine andere Fluchtroute suchen würden. Sein Wiederauftauchen im Frühjahr hatte Judith bereits unwirsche Kommentare entlockt und Jack wütend gemacht. Ich muss das Richtige tun, dachte Honor. Für das Baby und für die Familie.

Unwillkürlich zog sie den Bauch ein, obwohl sie wusste, dass man ihr die Schwangerschaft in diesem frühen Stadium noch nicht ansah. Dann ging sie, die Hände fest im Schal verkrampft, weiter auf Donovan zu. Als sie vor dem Hotel stand, begrüßten seine Kumpane auf der Veranda sie mit Johlen und Pfeifen. Honor wartete ungerührt ab, bis die Männer still wurden. »Donovan, ich würde gern mit dir sprechen«, sagte sie, woraufhin die anderen erneut zu johlen und pfeifen begannen.

»Du willst mit *mir* sprechen, Honor Bright? Das ist ja mal 'ne Neuigkeit. Ich dachte immer, mein Anblick sei dir verhasst.« Donovan erhob sich, wobei sein Stuhl auf den Boden kippte. »Worüber möchtest du denn sprechen?«

Honor deutete auf die Straße. »Lass uns ein Stück zusammen gehen.«

Donovan wirkte fast ein wenig verlegen. Lag es daran, dass eine Frau etwas von ihm wollte, oder hatte er das Gefühl, dass er die Situation ausnahmsweise einmal nicht in der Hand hatte? Honor war sich nicht sicher. Er kam jedoch die Verandastufen herunter und trat zu ihr, ungerührt von den Pfiffen und unflätigen Kommentaren der anderen Männer, was Honor mit ihm anstellen könne und er mit ihr. Honor versuchte nicht hinzuhören und marschierte entschlossenen Schritts vor Donovan die Straße entlang. Nur einmal blieb sie stehen, weil ein Wagen vorbeifuhr und sie nicht mit Matsch bespritzt werden wollte.

Als sie weit genug vom Hotel entfernt waren und die Männer das Interesse an ihnen verloren hatten, verlangsamte Honor ihren Schritt, sodass Donovan sie einholen und neben ihr hergehen konnte. Mittlerweile hatte er seine Fassung wiedergewonnen und wirkte belustigt. »Was soll das alles?«, fragte er. »Du warst bis jetzt noch nie an meiner Gesellschaft interessiert. Langweilst du dich etwa schon mit Haymaker? Hat aber nicht lange gedauert. Was …«

»Ich will mit dir über die Sklavenflüchtlinge sprechen und das, was ich mit ihnen zu tun habe«, unterbrach Honor ihn, damit sie sich seine üblichen Grobheiten erst gar nicht anhören musste.

»Ha, du gibst es also zu! Ich war mir natürlich schon immer sicher, dass du Nigger versteckst, ist aber trotzdem nett, es aus deinem Munde zu hören.«

»Die Familie meines Mannes – meine Familie – ist damit nicht einverstanden, und ich will mich ihren Wünschen nicht widersetzen. Du brauchst also nicht mehr an unserem Hof vorbeizureiten. Es wird sich dort niemand mehr verstecken.«

Donovan zog die Augenbrauen hoch. »Einfach so? Du hörst einfach so damit auf?«

»Im Winter sind keine Flüchtlinge gekommen, und jetzt im Frühjahr waren es nur wenige. Ich werde erst gar nicht mehr damit anfangen.«

»Und was ist mit deinen Überzeugungen? Ich dachte, du bist gegen die Sklaverei und willst, dass alle Nigger freigelassen werden.«

»Das will ich auch. Aber meine Familie macht sich Sorgen wegen des Gesetzes, und ich will mich an das halten, was sie von mir verlangen.«

»Soll ich dir sagen, was den Haymakers Sorgen macht, Honor Bright? Sie wollen keine Frau, die selber denken kann, sie wollen dich kleinhalten.«

»Das stimmt nicht«, sagte Honor, doch weiter verteidigte sie die Haymakers nicht. Sie wusste, dass sie nicht ganz die Wahrheit gesagt hatte, doch richtig gelogen war es auch nicht.

Sie waren an die Trasse gekommen, die für die Eisenbahnschienen gerodet wurde. Eine breite Schneise klaffte an dieser Stelle im Wald wie eine Wunde. Honor blickte auf die Stümpfe, die noch herausgerissen werden mussten. Sie erstreckten sich bis zum Horizont, und jeder Stumpf war von einem kleinen, mit Wasser gefüllten Graben umgeben. »Warum haben sie die Gräben um die Baumstümpfe gegraben?«, fragte Honor.

»Das Wasser weicht das Holz auf, dann lassen sich die Stümpfe später leichter rausreißen«, erklärte Donovan. »Sie haben die Trasse erstmal so zurückgelassen und sind in Richtung Norwalk weitergezogen, um dort an den Schienen zu arbeiten.« Er deutete in Richtung Westen.

Sie standen nebeneinander und blickten auf den langen Streifen aus Baumstümpfen. Honor fragte sich, warum sie sich in Donovans Gegenwart wohler fühlte als mit den Haymakers. Schließlich war Donovan kein Quäker, und seine Einstellungen könnten ihren eigenen nicht stärker zuwiderlaufen. Er akzeptiert mich so, wie ich bin, dachte sie. Darum.

Donovan hob eine Handvoll Kieselsteine auf. »Hör mal, Honor«, setzte er an und begann einen Stein nach dem anderen gegen die Baumstümpfe zu werfen. »Solltest du jemals alles aufgeben und zu mir kommen wollen, würde ich mit dem, was ich mache, aufhören. Ich könnte 'ne andere Arbeit finden. Vielleicht bei der Eisenbahn.« Seine Worte kamen zögernd, fast als schäme er sich für sie. »Wir könnten in den Westen gehen. Ich würde dich bestimmt glücklicher machen als Haymaker, jede Wette.«

Sie konnte es sich vorstellen. Sie konnte sich vorstellen, mit einem Mann wie Donovan zu leben, und das überraschte Honor am meisten. Es muss ein guter Kern in ihm stecken, dachte sie. »Ich bezweifle nicht, dass du dich ändern könntest«, sagte sie, »aber ich trage Jacks Kind unterm Herzen.«

Donovan brummte etwas und spuckte auf den Boden. »Aha. Hab mich schon gefragt, wann ihr beide es endlich zustande bringt.« Sein Gesichtsausdruck blieb unbewegt, doch Honor spürte, dass sich eine Tür geschlossen hatte.

Sie wäre gern noch länger mit ihm dort gestanden, doch Donovan drehte sich um und ging in Richtung Stadt zurück. Sie musste ihm folgen. Einen Moment lang tat er ihr leid. Er war bereit, sich zu ändern, doch er brauchte jemanden, *für* den er sich ändern konnte. Jetzt war die Chance verspielt. Sie sah seinen hohen breiten Rücken vor sich und unterdrückte ein Schluchzen.

Vor dem Hotel bestand Honor darauf, dass sie keine Begleitung mehr brauche. »Ich habe noch viel zu erledigen«, sagte sie. Auf keinen Fall durfte er sehen, wie sie zu Mrs Reed ging.

Donovan lüftete den Hut, hielt ihn sich vor die Brust und machte eine theatralische Verbeugung. »Lebe wohl, Honor Bright. Vielleicht komme ich ab und zu noch am Hof vorbei – um der alten Zeiten willen. Und um zu sehen, ob du ehrlich bleibst. Doch ich werde nicht anhalten, versprochen.« Er setzte den Hut wieder auf und war mit ein paar Sätzen zurück auf der Veranda. Als Honor sich zum Gehen wandte, wippte er schon wieder auf seinem Stuhl und nahm einen tiefen Zug aus der Whiskeyflasche.

Vor dem Haus von Mrs Reed blühte ein Hartriegel, dessen zartweiße, vierblättrige Blüten leicht rosa schimmerten. Honor blieb stehen und bewunderte die Blütenpracht; der kleinwüchsige Baum war der einzige amerikanische Baum, den sie gern vor dem Haus ihrer Kindheit gehabt hätte. Mrs Reeds winziger Vorgarten quoll über vor Blumen. Die linke Seite des Eingangswegs war mit Immergrün, Lerchensporn und Veilchen ganz in rotblauen Tönen gehalten, während rechter Hand gelbe Narzissen und Schlüsselblumen wuchsen. Insbesondere die Veilchen standen überraschend dicht und üppig, manche waren strahlend blau, andere blasser und hahnenblättrig. Honor stellte sich vor, wie Mrs Reed sich hinunterbeugte und ein paar Blumen für ihren Hutschmuck pflückte. Die meisten Vorgärten in Amerika wirkten künstlich und formell. Judith Haymaker zum Beispiel hatte die Narzissen- und Hyazinthenzwiebeln so gesetzt, dass die Blumen in strengen Reihen standen; ein Anblick, über den jede Engländerin gelächelt hätte. Die Blumen im Garten von Mrs Reed jedoch wirkten bei aller Üppigkeit, als wüchsen sie willkürlich wie Wildblumen. Honor fühlte sich an einen Waldspaziergang erinnert, bei dem man zufällig auf riesige Kissen mit Primeln und Anemonen stieß. Die Blumen standen einfach da, als hätte es sie schon immer gegeben. Es zeugte von großem Können, wenn man einem Garten die Hand des Gärtners nicht anmerkte.

Honor betrachtete die Blumen, bis sie merkte, dass die Zeit knapp wurde und sie nicht länger zögern durfte. Sie trat auf die Eingangsveranda und klopfte an die Haustür, von der sich die weiße Farbe schälte. Niemand antwortete, obwohl der Geruch von bratenden Zwiebeln nach draußen drang und das gedämpfte Klappern von Töpfen zu hören war.

Als sie von der Eingangsveranda trat, um zum Haus hochzublicken, fiel Honor eine Bewegung auf. Sie drehte sich zum Nachbarhaus um, das so ähnlich aussah wie das Haus von Mrs Reed, nur dass es braun war und statt Blumen eine ungepflegte

Brachfläche im Vorgarten hatte. Auf der Eingangsveranda saß ein farbiger alter Mann und schaukelte in seinem Schaukelstuhl. Er war Honor vorher nicht aufgefallen, doch jetzt grinste er sie an, wobei er zahnlose Gaumen entblößte, und deutete auf die Hinterseite des Hauses. Da bemerkte Honor den ausgetretenen Pfad im rauen Fingergras, der hinters Haus führte. Sie folgte ihm und konnte durch die offene Hintertür sehen, wie sich drinnen jemand bewegte. Als Honor etwas rief, hielt die Person inne, und einen Moment später tauchte Mrs Reed in der Tür auf. Diesmal trug sie nicht ihren Strohhut, sondern hatte ein rotes Tuch um den Kopf geschlungen. Ihre Brillengläser funkelten im Sonnenlicht, sodass Honor den Ausdruck in ihren Augen nicht sehen konnte. »Was wollen Sie denn hier, Honor Bright?« Mrs Reed sah sich um. »Schnell, rein mit Ihnen, bevor Sie jemand sieht.« Sie zog Honor ins Haus und machte die Tür hinter sich zu.

Schnell war klar, warum Mrs Reeds Hintertür sperrangelweit offen gestanden hatte. In der Küche brieten in einer großen Pfanne Zwiebeln, die ein so starkes Aroma verströmten, dass Honor die Augen tränten. Sie zog ein Taschentuch aus ihrem Kleiderärmel, um den Tränenfluss zu dämmen. »Es tut mir leid … diese Zwiebeln …«

Mrs Reed machte keinerlei Anstalten, die Zwiebeln umzurühren, sondern verschränkte die Arme vor der Brust. »Was wollen Sie hier?«, fragte sie noch einmal und schob missbilligend die Unterlippe vor.

Honor hörte auf, sich die Augen zu tupfen, obwohl sie gleich wieder zu tränen begannen. Sie holte tief Luft. »Ich bin gekommen, um Ihnen zu sagen, dass ich nicht mehr … ich kann nicht mehr helfen. Ich lasse alle, die Flüchtlinge zu mir nach Faithwell geschickt haben, wissen, dass ich niemanden mehr verstecken oder mit Nahrungsmitteln versorgen kann. Ich dachte, Sie sollten es auch erfahren.«

Mrs Reed zeigte keinerlei Reaktion, sondern wandte sich wieder ihren Zwiebeln zu. Honor nutzte die Gelegenheit, um sich in der Küche umzuschauen. Sie war noch nie im Haus einer Schwarzen gewesen und wusste nicht, was sie erwarten sollte.

Die Küche von Mrs Reed war viel kleiner als die Küche der Haymakers; das ganze Haus war wesentlich kleiner und schien nur aus zwei Zimmern unten und zwei Zimmern oben zu bestehen. Das war aber nichts Ungewöhnliches, denn Bauernhäuser waren generell größer als Stadthäuser. Doch im Unterschied zur hellen und aufgeräumten Küche der Haymakers, mit den blank geputzten Oberflächen und den ordentlich aufgereihten Gläsern in den Vorratsschränken, war die Küche von Mrs Reed dunkel und unordentlich. Der Geruch von heißem Öl und Gewürzen hing so stechend in der Luft, dass Honor das Gefühl hatte, die Pfanne müsse jeden Moment anbrennen. Der Herd war alt und rußig und seine Oberfläche fleckig von Öl und Essensresten. In Regalen neben dem Herd standen deckellose Gefäße mit Salz, Pfeffer und Cayennepfeffer. Lorbeerblätter, Rosmarinzweige und andere getrocknete Kräuter und Zweige, die Honor nicht kannte, lagen in Büscheln verstreut neben Maisgries- und Mehltüten und Flaschen mit dunklen Saucen, die außen auf dem Glas eingetrocknete klebrige Spuren hinterlassen hatten. Oben über dem Herd hing eine Girlande aus getrockneten Chilischoten, die nicht aus Ohio stammen konnten. Doch so unordentlich die Küche auch aussehen mochte, Mrs Reed selbst wirkte sauber und adrett. Auf der blütenweißen Schürze, die sie über ihrem Kleid trug, war nicht ein Fettspritzer zu sehen, was angesichts der zischenden Zwiebeln und des großen blubbernden Topfes hinter der Zwiebelpfanne an ein Wunder grenzte.

Mrs Reed nahm die schwere Zwiebelpfanne hoch. »Nehmen Sie den Holzlöffel dort«, wies sie Honor an und deutete mit dem Kopf auf einen mit Kochutensilien übersäten Tisch. Sie hielt die

Pfanne über den Topf, wobei die angespannten Sehnen in ihren Unterarmen deutlich hervortraten. Honor nahm den Löffel und kratzte die Zwiebeln aus der Pfanne in den großen Topf, wo sie sich zu faserigem Hühnerfleisch und Tomaten gesellten.

»Danke.« Mrs Reed setzte die Pfanne ab, griff nach ein paar Chilischoten und krümelte sie in den Eintopf. Dann wischte sie sich die Hände an der Schürze ab, nahm als Nächstes ihre beschlagene Brille von der Nase und putzte auch sie an der Schürze. Sie schien die Geste fast unbewusst auszuführen, so selbstverständlich wirkte sie. Vermutlich putzt sie sich die Brille mindestens zehn Mal am Tag, dachte Honor.

Eine Weile lang herrschte befangenes Schweigen. »Haben Sie mir sonst noch was zu sagen?«, fragte Mrs Reed schließlich und holte sich eine Tüte Maisgries und aus einem Korb auf dem Boden zwei Eier. »Reichen Sie mir mal die Schüssel da drüben.« Mit einer Kopfbewegung deutete sie auf eine irdene Schüssel auf der Anrichte. »Schütten Sie die Walnüsse einfach raus, die sind schon alt und bitter, man kann sie nicht mehr essen. Weiß auch nicht, warum ich die nicht längst schon weggeschmissen habe.«

Während Honor tat, wie ihr geheißen wurde, überlegte sie, ob Mrs Reed sie noch nach dem Grund für ihre Entscheidung fragen würde, doch sie wirkte nicht besonders interessiert. »Ich bin schwanger«, sagte Honor schließlich.

Mrs Reed häufte zwei Handvoll Maisgries in die Schüssel, griff nach dem Mehl und schüttete etwas davon zum Maisgries. »So, sind Sie das?« Sie blickte Honor von der Seite an. »Ja, ein klein bisschen dicker sind Sie schon. Es ist aber sicher noch ein ganz kleines Würmchen.« Sie brach zwei Eier über der Schüssel auf, nahm einen kleinen Topf vom Herd und goss dessen Inhalt mit in die Teigschüssel. Dann begann sie zu rühren. »Holen Sie mir mal den Krug von da drüben. Nein, nicht die Milch, die

Buttermilch. Gießen Sie etwas zum Teig, während ich rühre. Halt, das reicht schon! So flüssig darf der Teig nicht werden. Bringen Sie mir noch eine Handvoll Maisgries und ein Ei.« Mrs Reed kommandierte Honor ganz selbstverständlich herum, als sei sie es gewohnt, in der Küche das Sagen zu haben. »Und jetzt noch drei, nein, vier Prisen aus der Dose dort. Das ist Soda.«

Als Honor die vier Prisen Backsoda in den Teig rieseln ließ, begann im Nebenzimmer ein Baby zu weinen. »Verdammt, warum wird sie denn jetzt schon wach«, brummte Mrs Reed. »Das ist meine Enkelin. Gehen Sie rüber und holen Sie das Baby, ja? Das hier muss so schnell wie möglich in den Ofen, sonst wird es nicht mehr rechtzeitig fertig. Sie ist dort drüben.« Mrs Reed deutete zum vorderen Zimmer.

Honor zögerte. Sie sollte endlich zu Adams Laden gehen, wo sie mit Jack verabredet war, und vorher musste sie noch den Brief an Belle zur Postkutsche bringen, die täglich nach Wellington fuhr. Doch das klägliche Jammern des Babys unterbrach ihre Überlegungen; außerdem war es unmöglich, Mrs Reed etwas abzuschlagen. So unmöglich, dass Honor vermutlich sogar weiterhin den entflohenen Sklaven helfen würde, wenn Mrs Reed sie darum bat. Doch Mrs Reed bat sie nicht.

Es fiel nur ein schmaler Lichtstreifen in das verdunkelte Zimmer, deshalb zog Honor zuerst die Vorhänge auf. Als das Sonnenlicht ins Zimmer flutete, drehte das Baby, das auf einem von Stühlen umstellten Stapel aus Bettdecken und -tüchern lag, den Kopf. Bei Honors Anblick weiteten sich seine tränenfeuchten Augen vor Schreck, und das Weinen steigerte sich zu einem hohen Kreischen. Es war ein pummeliges Baby mit dichten schwarzen Locken, runden Backen und einem bogenförmigen Mund. Als Honor näher trat, rollte es sich ängstlich auf den Bauch und begann, mit Armen und Beinen zu strampeln wie eine auf einem Stein festsitzende Schildkröte. Honor schätzte das Alter der Kleinen auf fünf oder sechs Monate. Sie war alt genug, um sich herumzurollen, konnte aber noch nicht sitzen oder krabbeln. Honor rechnete. Das musste bedeuten, dass Mrs Reeds Tochter bereits schwanger gewesen war, als ihr Hochzeitskleid genäht wurde. Hoffentlich hatte der Stoff gereicht.

Sie schob einen Stuhl zur Seite, ging neben dem Baby in die Hocke und legte ihm eine Hand auf den Rücken. »Na, komm schon, mein Kleines. Was ist denn?« Sie versuchte sich vorzustellen, dass sich die Wölbung ihres Bauches eines Tages in so einen zappelnden Schreihals verwandeln würde. Sie konnte es nicht glauben. Da fiel ihr der Quilt ins Auge. Mittlerweile kannte Honor die meisten amerikanischen Quiltarten. Auch wenn ihr die Farben und Muster nicht besonders gefielen, waren die Decken in der Regel sorgfältig gearbeitet. Es wurde immer der beste Stoff genommen, der zu haben war, selbst wenn es nur Flicken aus alten Kleidungsstücken waren. Die Muster waren wohl durchdacht und, egal ob sie einfach oder kompliziert waren, ordentlich ausgeführt.

Mrs Reeds Quilt bestand aus unterschiedlichen Stoffflicken, die zu groben Blöcken in den Farben Blau, Grau, Beige und Braun und dem einen oder anderen gelben Streifen zusammengenäht waren. Die Stoffstücke waren aus abgetragener und verblichener Wolle oder Wollmischungen und aus Mänteln, Decken, Hemden und Petticoats herausgeschnitten worden. Quiltnähte sah man auf der Oberseite jedoch nicht; stattdessen wurde die Decke durch Knoten aus braunem Garn fixiert, die in der Mitte eines jeden Blocks herausragten – eine schnelle Methode, um die drei Schichten zusammenzuhalten. Honor drehte eine Ecke des Quilts um. Er war mit braunem Halbwollgewebe gefüttert, durch das sich dünne orangefarbene Streifen zogen. Sie fuhr mit der Hand über die Blöcke und zog zwei von ihnen straff, um die Nähte zu inspizieren. Sie waren gerade, wenn auch nicht übermäßig präzise.

Was sie an dem Quilt am meisten beeindruckte, war dasselbe, was ihr schon im Vorgarten aufgefallen war. Die Verteilung der Farben wirkte willkürlich, und trotzdem ergab sich insgesamt ein harmonischer Eindruck. Das Grau ließ die reine Schönheit des Blaus erst richtig hervortreten, während das Blau dem Braun Tiefe gab und das Beige klar und hell wirken ließ. Eigentlich war die Kombination von Grau und Beige bei Quilterinnen verschrien, trotzdem wirkten die beiden Farben in dieser Decke so natürlich wie zwei nebeneinanderliegende Steine, während das gelegentlich aufblitzende Gelb die anderen Farben harmonisierte. Honor wurde das Gefühl nicht los, dass dem Quilt ein Muster zugrunde lag; doch so intensiv sie das Patchwork auch studierte, sie fand es nicht, es fiel immer wieder zu einzelnen Flicken auseinander. Neben Mrs Reeds farbenprächtigem, scheinbar willkürlich zusammengesetztem Quilt wirkten die von den Frauen Ohios bevorzugten rot-grünen Applikationen kindisch und Honors eigene, sorgfältig komponierte Patchworkmuster zu verkopft und kompliziert.

»Das ist ein gutes Zeichen, wenn das Baby sich beruhigt, ohne dass es aufgenommen wird. Da werden Sie mit Ihrem eigenen auch gut klarkommen.« Mrs Reed lehnte am Türpfosten.

Honor schreckte auf. Das Baby war tatsächlich still geworden und lag vor ihr, als hätte sie es auf dem Bauch liegend festgenäht. Honor blickte Mrs Reed an. »Dieser Quilt ist …«, sie suchte nach dem richtigen Wort, »… bemerkenswert.«

Mrs Reed schnaubte. »Er hält mich warm, das ist die Hauptsache.« Doch hinter der schroffen Bemerkung schien sich Freude zu verbergen. Sie befingerte einen braunen Flicken. »Der ist aus einem alten Mantel meines Mannes. Ich hab ihn getragen, als ich mit meiner Tochter weggelaufen bin. Er wollte uns nicht ohne Mantel gehen lassen und hat mir seinen gegeben, weil er wärmer war als meiner.«

»Und wo ist Ihr Mann jetzt?«, fragte Honor und wünschte sich im selben Moment, sie hätte den Mund gehalten, denn Mrs Reeds Gesicht verschloss sich.

»In Virginia, wenn er noch lebt. Er wollte später nachkommen, weil er meinte, allein hätten wir bessere Chancen. Aber die Flucht ist ihm nie gelungen.« Mrs Reed hob ihre Enkelin hoch. »Komm, mein Zuckerstück, jetzt gibt's was zu essen. Wie wär's mit Maisbrei mit etwas Sirup? Das magst du doch.« Das Baby jauchzte, die Tränen waren vergessen, und es griff nach Mrs Reeds Brille.

»Hör auf damit, du kleines Äffchen.« Mrs Reed trug das Kind in die Küche.

Honor berührte den braunen Streifen, bevor sie Mrs Reed in die Küche folgte. Die alte Frau stand wieder am Herd. Das Baby hatte sie sich über die Schulter gelegt und tätschelte ihm mit der einen Hand beruhigend den Rücken, während sie mit der anderen in einem Topf mit Brei rührte. Jetzt, wo es sich auf dem sicheren Arm der Großmutter befand, wirkte das Baby nicht mehr ängstlich, sondern starrte die weiße Frau aus großen Augen an. Honor fragte sich, ob es ihre Hautfarbe war, die das Baby faszinierte, oder einfach ihre Fremdheit. Vielleicht war das ja ein und dasselbe.

Honor räusperte sich. »Ich muss gehen«, sagte sie. »Es tut mir leid«, fügte sie nach einer kurzen Pause hinzu.

Mrs Reed drehte sich halb zu ihr um, behielt die Augen aber auf dem Brei. Ihre Brille war schon wieder beschlagen. »Bei mir müssen Sie sich nicht entschuldigen«, sagte sie, wobei sie rhythmisch den Rücken den Babys klopfte. »Sie müssen sich bei den Flüchtlingen entschuldigen, die Ihre Hilfe brauchen. Viel Glück dabei, Honor Bright.«

Belle Mills' Putzmacherei
Main Street
Wellington, Ohio

6. April 1851

Liebe Honor,

ich ignoriere Deinen letzten Brief, schick mir lieber einen neuen, der nicht so klingt, als hätte Dir Deine Schwiegermutter beim Schreiben über die Schulter geschaut.

Außerdem sollte man gewisse Dinge niemals in einen Brief schreiben. Wenn er in die falschen Hände gerät, könnte es gefährlich werden. Bitte richte das Mrs Haymaker von mir aus.

Ob es Dir gefällt oder nicht, Du wirst in Wellington immer eine Freundin haben.

In alter Treue,
Deine Belle Mills

Stroh

Einen Monat lang verebbte der Flüchtlingsstrom. Honor hatte kaum noch Kontakt zu Menschen außerhalb Faithwells. Donovan machte seine Drohung nicht wahr, gelegentlich am Hof vorbeizureiten. Es trafen keine Briefe von ihren Eltern oder Biddy ein. Nach Oberlin kam sie nicht, noch nicht einmal, als Abigail ihr Baby bekam und Adam gut ein wenig Hilfe im Laden hätte brauchen können. Jack bot ihr auch nicht an, ihn beim Käseausliefern zu begleiten. Honor beklagte sich nicht. Sie widmete sich mit großem Eifer der Gartenarbeit, stellte den Quilt für Dorcas fertig und begann einen neuen. Und ihr Bauch wuchs.

Nur manchmal holte sie den Brief von Belle Mills hervor, las ihn noch einmal und lächelte.

Als Honor eines Nachmittags im Garten Kürbisse auspflanzte, nahm sie im Augenwinkel eine Bewegung wahr. Sie schaute durch den Obstgarten zum Wielandwald, wo eine Gestalt geduckt von Baum zu Baum huschte. Honor lief zum Waldrand und rief leise. Hinter den Brombeerbüschen, bei denen Honor und Dorcas im letzten Spätsommer von dem Wespenschwarm überrascht worden waren, humpelte ein junger Mann hervor. Er zitterte am ganzen Körper, ob vor Angst oder aus einem anderen Grund, konnte Honor nicht sagen. Gerade als sie zu der Erklärung ansetzen wollte, dass sie ihm nicht helfen könne, fiel ihr Blick auf seinen Fuß. Ihr Atem stockte.

»Bitte, Ma'am, können Sie mir helfen?« Der Mann lehnte am Stamm eines Ahornbaums. »Mir geht's nicht so gut.«

»Was ist passiert?«

»Bin in eine Falle getreten.«

Jemand hatte bereits versucht, die Wunde mit Kiefernharz zu behandeln, doch vergeblich. Der Fuß des jungen Mannes war geschwollen, Blut und Eiter sickerten aus der Wunde. Von dem süßlich faulen Geruch musste Honor würgen. Sie konnte sich nicht vorstellen, dass Belle den Jungen in diesem Zustand weitergeschickt hätte. »Wo kommen Sie her?«

»Greenwich. Dort haben sie mir gesagt, ich solle nach Norwalk gehen. Ist das hier Norwalk?«

Norwalk lag zwanzig Meilen weiter westlich. »Nein. Ich … Hier bei uns können Sie nicht bleiben.«

Der junge Mann starrte sie aus fiebrigen Augen an.

Honor seufzte. »Warten Sie. Ich hole etwas Wasser.« Sie eilte zum Brunnen. Als sie den Eimer hochzog, um den Blechbecher zu füllen, trat Judith auf die hintere Veranda. »Du hast versprochen, keinen Flüchtlingen mehr zu helfen.«

Honor wurde rot. »Ich gebe ihm nur etwas Wasser, ich werde ihn nicht verstecken.« Judith presste den Mund zu einem grimmigen Strich zusammen. »Er ist verletzt«, fügte Honor hinzu. »Sein Fuß ist in eine Falle geraten und hat sich bereits entzündet. Kannst du ihn dir anschauen? Vielleicht können wir etwas für ihn tun?«

»Wir lassen uns nicht in die Probleme der Farbigen hineinziehen.«

»Aber …«

»Wir haben das bereits besprochen, Honor, und du hast zugestimmt, dass wir in dieser Familie keinen Flüchtlingen mehr helfen. Was immer wir als Freunde fühlen mögen, es wäre gegen das Gesetz unserer Regierung, und wir können uns keinen

Gesetzesverstoß leisten. Willst du, dass dein Mann im Gefängnis landet? Und du selbst auch?«

»Wenn du dir den Mann nur ansehen würdest, würde dein Gewissen dir befehlen, ihm zu helfen.«

»Ich werde ihn mir nicht ansehen.«

Honor stand fassungslos da und versuchte die Wut hinunterzuschlucken, die in ihr hochkochte. »Ich habe ihm das Wasser versprochen.«

»Dann bring es ihm und gehe anschließend zurück an deine Arbeit im Garten.« Judith drehte sich um und verschwand im Haus.

Die Hoffnung, die im Gesicht des Mannes aufleuchtete, als sie ihm den Becher reichte, tat Honor so weh, dass sie zu Boden blickte und zurücktrat. »Lassen Sie den Becher dort stehen, wenn Sie getrunken haben. Drei Meilen nördlich von hier liegt Oberlin. Gehen Sie zum roten Haus in der Mill Street, dort wird man Ihnen helfen und notfalls auch einen Arzt rufen.«

Honor drehte sich um und rannte in den Garten zurück, wo sie mit der Hacke eine Furche zog und dabei dem Mann den Rücken zukehrte. Heiße Tränen strömten ihr übers Gesicht. Erst als sie eine ganze Reihe fertig hatte, wagte Honor, einen Blick über die Schulter zu werfen. Der Mann war verschwunden und der Blechbecher mit ihm.

In jener Nacht fand sie keine Ruhe. Der Frühling neigte sich dem Ende zu, es war warm, aber noch nicht heiß. Vermutlich war es das beste Wetter, das Ohio zu bieten hatte. Honor lag neben Jack unter dem Hochzeitsquilt, aus dem ihre Füße herausragten, damit ihr nicht zu warm wurde. Jack schlief tief und fest, wie immer wenn sie beieinander gewesen waren. Ihr wachsender Bauch schien ihn nicht zu stören, und ob es sie störte, hatte er niemals gefragt. Sie gab seinem nächtlichen Verlangen nach, weil es einfacher so war. Eine Zeit lang hatte Honor sogar genossen, was sie miteinander im Bett taten. Die ungeheure Intensität und Tiefe der Empfindungen, die über sie hinwegrollten, waren etwas völlig Neues gewesen, damals, als ihre Gefühle füreinander noch frisch wie das junge Heu waren. Doch mit ihrem Versprechen, den Flüchtlingen nicht mehr zu helfen, waren diese Gefühle zu Stroh geworden: stumpf, grau und vertrocknet. Wenn Honor unter Jack lag und ihn vor sich hinpumpen ließ, fand sie selbst nicht mehr in den Rhythmus seiner Bewegungen hinein. Sie wusste nicht, ob er es bemerkte; er erwähnte es nie und schlief hinterher immer gleich ein.

Honor lag schlaflos im Bett und dachte über den Mann und seinen Fuß nach. Sie spürte, dass er sich immer noch in der Nähe aufhielt und draußen im Wielandwald leiden musste. Wie konnte sie ihm nur helfen? Würde sie das überhaupt allein schaffen? Mit den Haymakers konnte sie nicht rechnen, genauso wenig mit Adam Cox, denn der würde sich niemals gegen die Familie ihres Mannes stellen. Sie dachte an den Schmied Caleb Wilson, der das Gedicht von Whittier zitiert hatte und nach der Andacht oft über die Sklaverei sprach. Er war ein Mann mit Prinzipien und würde sie vielleicht unterstützen – wenn er nicht so viel Achtung vor Judith Haymaker hätte. Nein, in Faithwell würde sie wohl kaum jemanden finden, der bereit war, sich ihrer Schwiegermutter zu widersetzen, selbst wenn es um eine gerechte Sache ging.

Die Antwort hatte schon eine Weile am Rand ihres Bewusstseins geflackert, bevor Honor sie zuließ, aber dann konnte sie an nichts anderes mehr denken. Schließlich stand sie auf und zog sich leise an. Jack rührte sich nicht. Honor schlich nach unten und machte einen großen Schritt über Digger, der in der Tür lag. Er knurrte, ließ sie aber vorbei.

Draußen setzte sie sich auf die Veranda und wartete eine Weile. Wenn Judith oder Dorcas sie gehört hatten und nachschauen kamen, würde sie sagen, dass sie sich nicht wohl fühle und frische Luft brauche. Tatsächlich fühlte sie sich in der milden Nachtluft gleich klarer, frischer und entschlossener. Ich habe ihnen gehorcht, dachte sie, aber es hat nichts geändert.

Als sie sicher sein konnte, dass niemand wach geworden war, trat sie von der Veranda und lief durch das taufeuchte Gras zu dem Fahrweg, der am Hof vorbeiführte. Im Licht des Halbmonds marschierte sie in Richtung Faithwell, das schon bald hinter den Bäumen auftauchte. Sie lief am Kaufladen vorbei, an der Schmiede und am Haus von Adam und Abigail. Ihr Ziel war die Straße, die Oberlin und Wellington verband. Bei Nacht war Honor noch nie allein in Ohio unterwegs gewesen. Tausende von Grillen und Fröschen sägten, zirpten und quakten ihre überwältigende Begleitmusik zum Sternengefunkel am unendlichen Himmel. Doch Honor konnte das nächtliche Konzert nicht genießen, denn es mischten sich noch andere, unheimlichere Geräusche darunter. Überall raschelte es im Unterholz. Ein Stinktier hatte in der Nähe seine bitter stechende Moschusnote abgesetzt, sodass Honor mehrmals würgen musste, doch sie lief tapfer weiter. Jetzt wünschte sie sich, sie hätte Digger mitgenommen. Obwohl sie mittlerweile schon neun Monate auf dem Hof lebte, war das Verhältnis zwischen ihr und dem Hund noch immer angespannt, doch hier draußen auf der Straße hätte Diggers respekteinflößende Nähe sie sicher beruhigt. Ohne Digger gab es nur einen Weg durch die Dunkelheit: Sie musste weiterlaufen und an die Weite und Sicherheit der größeren Straße denken.

Tagsüber waren zwischen Oberlin und Wellington immer Reiter, Wagen und Fußgänger in Richtung Norden oder Süden unterwegs. Doch als Honor die Straße endlich erreichte, musste sie feststellen, dass sie zu dieser späten Nachtstunde genauso menschenverlassen und dunkel dalag wie der Fahrweg nach Faithwell.

Honor blieb mitten auf der Straße stehen und lauschte in die Nacht. Was sie hören wollte, war der Hufschlag eines Pferdes mit ungleichmäßig dicken Eisen – aus welcher Richtung es auch kommen mochte. Donovan schlief bestimmt noch nicht. Solange sich ein entflohener Sklave in der Gegend aufhielt, würde er nachts auf der Suche sein, denn auch die Flüchtlinge waren meistens nachts unterwegs und versteckten sich tagsüber. Honor blickte die Straße entlang in Richtung Norden, wo Oberlin lag, dann in Richtung Süden nach Wellington. Sie könnte einfach stehen bleiben und auf ihn warten; doch vermutlich würde sie das nicht lange aushalten, denn in der Totenstille schien das Rascheln aus dem Wald noch näher zu kommen. Gegen die Angst half weiterlaufen wahrscheinlich am besten. Sie entschied sich, die Richtung nach Wellington einzuschlagen, denn dann konnte sie immer noch bei Belle Mills Hilfe suchen, falls sie Donovan nicht begegnete. Mrs Reed wollte sie in die Sache nicht hineinziehen. Für eine schwarze Frau, insbesondere für eine ehemalige Sklavin, war es viel zu gefährlich, nachts allein unterwegs zu sein. Außerdem fürchtete Honor die funkelnden Brillengläser und die missbilligend vorgeschobene Unterlippe.

Mit zittrigen Schritten lief sie durch die stockdunkle Einsamkeit auf Wellington zu und kämpfte gegen ihre zunehmende Panik an. Auch wenn sie mit den Haymakers oder den Freunden im Andachtsraum von Faithwell zusammensaß, hatte Honor sich oft einsam gefühlt, aber jetzt war sie zum ersten Mal, seit sie in Amerika angekommen war, wirklich mutterseelenallein. Über ihr standen nur der Mond und die Sterne, und um sie herum erstreckte sich die unermessliche Weite der gleichgültigen Natur. Honor fühlte sich ausgeliefert, und dieses Gefühl wurde immer stärker, bis es sie schließlich völlig überwältigte und sie die Unbarmherzigkeit und Grausamkeit der Welt als kalten Metallgeschmack auf der Zunge spürte. Honor blieb mitten auf der

Straße stehen und schnappte verzweifelt nach Luft, als müsse sie ertrinken. Sie versuchte sich zu beruhigen, indem sie den Blick nach innen lenkte und wie in der Andacht nach der Wärme des Inneren Lichts suchte, doch sie fand es nicht. Zu durchdringend war ihre Sehnsucht nach Donovan: Er sollte kommen und sie vor der Nacht und dem Metallgeschmack in ihrem Mund retten.

Eine halbe Stunde verstrich. Honor war vom Kampf gegen die Angst schon fast wie gelähmt, als sie weit hinter sich endlich den ungleichmäßigen Hufschlag von Donovans Pferd hörte. Sie stellte sich an den Straßenrand und wartete. Ihre Haube und die weiße Borte am Ausschnitt ihres Kleides leuchteten matt im Mondlicht, doch Donovan bemerkte Honor erst, als sein Pferd einen Schritt vor ihr zu scheuen begann. Er fluchte und griff in die Mähne des Tiers, und als es sich beruhigt hatte, blickte er zu ihr hinab. »Honor Bright!«, rief er aus, eindeutig verblüfft, sie hier draußen zu sehen.

Honor konnte kaum noch sprechen. »Donovan, ich … jemand braucht deine Hilfe.«

»Wer?«

»Ich zeige es dir.«

Er hielt ihr die Hand hin. »Steig auf.«

Honor zögerte, und sie hatte viele Gründe dafür. Sie trug ein Kind unter dem Herzen, und sie würde sich auf Donovan verlassen müssen, obwohl sie ihm eigentlich nicht traute. Wenn sie erst auf dem Pferd saß, musste sie die Arme um ihn legen und sich an seinen Rücken pressen, und sie wusste, welche Gefühle das in ihr wecken würde. Doch ein kurzer Gedanke an den Mann im Wald, den sie im Stich gelassen hatte, genügte, und schon fuhr ihr Fuß in den Steigbügel. Sie nahm Donovans Hand und ließ sich hochziehen.

»Wohin geht's?«

»In den Wielandwald, direkt neben unserem Hof. Aber …«

Honor wollte ihm nicht verraten, dass niemand von ihrem nächtlichen Ausflug wusste, obwohl das eigentlich offensichtlich war, denn sonst wäre sie kaum allein auf der Straße unterwegs. »Bitte reite nicht durch Faithwell oder am Hof vorbei. Ich will nicht, dass sie uns hören. Wir können das Pferd in der Nähe des Dorfes lassen und den Rest des Weges zu Fuß gehen.«

Donovan drehte sich zu ihr um. »Ist ein Nigger im Wald?«

»Ja.«

»Vor einem Monat hast du mir erzählt, dass du mit den entlaufenen Sklaven nichts mehr zu tun haben willst.«

»Er kommt aus Greenwich und hat sich in unsere Gegend verirrt. Ich hatte nicht vor, mich einzumischen, aber er ist verletzt und braucht einen Arzt.«

Donovan schnaubte. »Und du glaubst allen Ernstes, ich bringe ihn zu einem Arzt?«

Sie antwortete nicht. Sie saßen auf dem Pferd, das unruhig seitwärts tänzelte, während es auf ein Signal des Reiters wartete.

»Honor, du weißt, dass ich ihn ausliefern werde. Das und nichts anderes.«

Honor seufzte. »Ja, ich weiß. Aber sonst stirbt er. Und es ist besser, wenn er lebt, selbst als Sklave.«

»Und warum bittest du ausgerechnet mich?«

Sie antwortete nicht.

»Du lebst in einer Stadt voller Quäker und bittest *mich* um Hilfe? Du musst wirklich Probleme haben, Schätzchen.«

»Die Freunde in Faithwell sind schon in Ordnung. Die meisten würden alles tun, um zu helfen. Es ist nur … die Haymakers haben ihre Überzeugungen der Umstände wegen zurückgestellt, und sie haben in der Gemeinde viel Einfluss.« Unwillkürlich hatte Honor sich an ihn gepresst, und die kleine harte Kugel ihres Bauches drückte in seinen Rücken. Donovan spürte es und erstarrte, dann beugte er sich vor, um Abstand zwischen sich und Honor zu bringen.

»Na, gut«, sagte er schließlich. »Halt dich fest.« Er riss die Zügel herum, schnalzte mit der Zunge und ritt los.

Als sie ihn fanden, saß er bewegungslos, die Beine weit von sich gestreckt, an eine Bur-Eiche gelehnt. Neben ihm stand der Blechbecher, den Honor ihm nachmittags gebracht hatte. Donovan ließ Honor mehrere Bäume weit entfernt warten und hielt seine Laterne vor das verzerrte Gesicht des entflohenen Sklaven. Honor schloss die Augen, konnte aber immer noch den Lichthof der Laterne und die im Dunkeln bleckenden Zähne des Mannes sehen.

Donovan kam zurück und blickte in Honors erschüttertes Gesicht. Als sie sich in seine Arme schmiegte, sagte er nichts, sondern hielt sie einfach fest und ließ sie an seiner Brust weinen. Auch als ihre Tränen längst versiegt waren, klammerte Honor sich weiter an ihn. Sie legte die Wange an seine Brust und sog den durchdringenden Geruch nach Holz und Rauch ein. Da spürte sie etwas Hartes an seinem Hals: Es war der Schlüssel zu ihrer Truhe. Donovan trug ihn immer noch.

Wenn er mich jetzt fragen würde, ob ich mit ihm in den Westen gehe, würde ich Ja sagen, dachte sie. Ich spüre das Licht in ihm.

Doch Donovan fragte nicht. »Honor, es wird hell«, sagte er schließlich. »Du solltest jetzt heimgehen, bevor sie merken, dass du weg warst.«

Sie nickte und ließ ihn los, so schwer es ihr auch fiel. Um ihn nicht ansehen zu müssen, wischte sie sich mit dem Ärmel das Gesicht ab.

»Soll ich ihn begraben?«

»Nein. Sie sollen sehen, was sie angerichtet haben. Was *wir* angerichtet haben.«

»Weißt du, wahrscheinlich wäre er sowieso gestorben, selbst wenn du ihm einen Arzt besorgt hättest. Riecht nach Wundbrand.«

Honors Augen funkelten. »Wir hätten ihm helfen müssen. Dann wäre er wenigstens nicht ganz allein im Wald gestorben.«

Donovan sagte nichts mehr, sondern ging mit ihr bis an den Rand des Obstgartens, wo die ersten Apfelbäume standen. Er berührte kurz ihren Arm und verschwand dann zwischen den Bäumen, um in einem Bogen um das Dorf zu seinem Pferd zurückzugehen.

Als Honor aus dem Obstgarten trat, liefen Jack und Dorcas gerade mit den Melkeimern über den Hof zur Scheune. Sie schauten sie verwirrt an. »Wo warst du?«, rief Jack, als er Honors von Tränen und Dreck verschmiertes Gesicht sah. Ihre Haube war verrutscht, Matsch klebte an ihren Stiefeln, und in ihren Kleidern hing der warme Geruch des Pferdes. »Wir haben dich im Klohäuschen vermutet.«

Honor ignorierte ihn. »Digger!«, rief sie.

Der Hund kam neugierig aus der Scheune gerannt. Er war es nicht gewohnt, dass Honor ihm Befehle gab. »Lauf.« Sie deutete in den Wald. »Such ihn.« Digger blickte ihren ausgestreckten Finger an, schnupperte in der Luft und schoss los wie der Blitz.

»Honor, was ist los?«

Honor antwortete nicht. Ihr fehlten die richtigen Worte. Sie drehte sich um und lief zum Heuschober. Es war kaum noch Heu aus dem letzten Jahr übrig, doch in wenigen Wochen würde die erste Ernte des Jahres den Schober wieder neu füllen. Immerhin gab es noch etwas Stroh, und obwohl es schal und dumpf roch, kletterte Honor auf den Haufen, rollte sich um ihren Bauch herum zusammen und schlief ein.

Als sie aufwachte, saß ihre Schwägerin neben ihr und flocht Strohhalme zu Zöpfen. Honor sah zu ihr hin, setzte sich aber nicht auf. Von den drei Haymakers war ihr in diesem Moment Dorcas am liebsten: Wenn Jack zu ihr gekommen wäre, hätte sie sich nur aufgeregt, und bei Judiths Anblick wäre sie wütend geworden. Ihre Schwägerin jedoch war für Honor in den Monaten, die sie nun auf dem Hof lebte, zu einer eher gutartigen Irritation geworden.

Dorcas schien ihren Blick zu spüren. Sie legte den Strohzopf weg und schlang die Arme um die Knie. »Sie haben ihn gefunden. Ein paar Männer sind gekommen, um ihn zu beerdigen.« Eine kurze Pause trat ein, dann sprach sie weiter. »Ich hasse dich nicht, Honor, was immer du auch von mir denken magst. Letzten Sommer, als du mir bei dem Wespenangriff geholfen hast, habe ich gehört, wie du mit einem Farbigen gesprochen hast, und ich habe es weder Mutter noch Jack verraten, obwohl ich das hätte tun müssen.« Sie hielt wieder inne. Honor sagte nichts.

»Ich will dir helfen, die Haymakers zu verstehen. In North Carolina ist etwas geschehen, von dem wir dir nichts erzählt haben. Ich finde aber, wir sollten das tun«, fügte Dorcas hinzu und fiel einen Moment lang in die ihr eigene, selbstgerechte Verteidigungshaltung zurück. »Jack war auch dafür, es dir zu sagen, aber Mutter ist der Ansicht, es sei eine alte Familiengeschichte und für dich nicht wichtig. Doch es *ist* wichtig, weil es einiges erklärt.« Sie spielte mit dem Strohzopf. »Mutter weiß nicht, dass ich es dir erzähle.«

Honor setzte sich auf und bürstete das Stroh von ihrer Haube. Sie sagte immer noch nichts; etwas schien ihr die Kehle zuzuschnüren.

»Du kennst doch die Seitentür in der Scheune, den Notausgang, falls es brennt.«

Honor nickte.

»Jack war es sehr wichtig, diese Tür einzubauen«, erklärte sie und legte wieder eine Pause ein, bevor sie weitersprach. »Mutter hat dir erzählt, dass wir in North Carolina eine Geldstrafe zahlen mussten, weil wir einem entlaufenen Sklaven geholfen haben. Aber die viel schlimmere Strafe hat sie nicht erwähnt. Als Vater … als er …« Dorcas biss sich auf die Lippen. »Ich war damals zehn Jahre alt und Jack fünfzehn. Vater hatte schon einigen entlaufenen Sklaven geholfen. Eines Morgens tauchte wieder einer auf, und Vater versteckte ihn in unserer Scheune. Als der Besitzer des Sklaven und seine Männer ihn suchen kamen, behauptete Vater, in der Scheune sei niemand. Ja, er hat gelogen, aber nur, weil es um eine gute Sache ging. Und dann … und dann hat der Sklavenbesitzer Vater gepackt, und seine Männer haben die Scheune angezündet, um zu sehen, was Vater tun würde. Da hat er zugegeben, dass der Sklave drinnen versteckt ist. Sie sagten zu ihm, er solle ihn herausholen, während sie das Feuer löschen würden. Aber als Vater in der Scheune war, haben sie den Riegel vors Scheunentor geschoben, sodass Vater und der Sklave nicht mehr rauskonnten.« Tränen liefen über Dorcas' blasses Gesicht. Honor nahm eine ihrer kalten Hände.

»Sie haben uns verboten, uns der Scheune zu nähern. Jack ist sogar handgreiflich geworden und hat sie angegriffen, und du weißt, dass wir Freunde so etwas normalerweise nicht tun. Wir dachten, Vater und der Sklave könnten durch die Falltür entkommen, durch die Heu und Stroh zu den Tieren heruntergeworfen werden, doch der Rauch muss zu dicht gewesen sein. Wir hörten … wir … wir …«

Honor drückte die Hand ihrer Schwägerin ganz fest, und Dorcas schwieg eine Weile.

»Man hat den Sklavenbesitzer nicht einmal des Mordes angeklagt, weil Vater freiwillig in die brennende Scheune gegangen ist«, setzte Dorcas wieder an, nachdem sie sich die Tränen weggewischt hatte. »Stattdessen mussten wir eine Geldstrafe für die ›Zerstörung von Eigentum‹ zahlen – damit meinten sie den Tod des Sklaven. Wir hatten Vater verloren, die Scheune und unser Geld – es war zu viel, und deshalb sind wir in den Norden gegangen. Jetzt kannst du sicher verstehen, warum wir nichts mehr mit entlaufenen Sklaven zu tun haben wollen.«

Eine Zeit lang saßen sie schweigend beisammen. Zum ersten Mal, seit sie und Jack geheiratet hatten, fühlte sich Honor ihrer Schwägerin verbunden. Sie bedauerte, dass für dieses Gefühl von Nähe und Wärme erst eine so fürchterliche Geschichte erzählt werden musste.

Dorcas ließ Honor im Stroh allein, damit sie selbst bestimmen konnte, wann sie zu den anderen zurückkam. Doch Honor wusste nicht, ob sie jemals zu den Haymakers zurückkehren wollte.

Ihr Leben war immer von klaren moralischen Vorstellungen geprägt gewesen, die sich in vielen stillen Stunden des Aufmerksamen Wartens gefestigt hatten: Vor Gottes Augen waren alle Menschen gleich, und deshalb durfte auch keiner Sklave eines anderen sein. Jede Form von Sklaverei musste abgeschafft werden. In England hatte das ganz einfach und selbstverständlich geklungen, doch in Ohio war dieses Prinzip immer mehr unterwandert worden – von wirtschaftlichen Argumenten, von persönlichen Lebensumständen und von tief verwurzelten Vorurteilen, die Honor selbst bei den Quäkern spürte. Sie nahm sich selbst nicht davon aus. Es war zwar leicht, sich über die Negerbank im Andachtsraum von Philadelphia zu empören, doch ob sie selbst wirklich keine Probleme damit hätte, in der Andacht neben einer Schwarzen zu sitzen? Sie wusste es nicht. Natürlich half sie den Schwarzen, aber kannte sie einen von ihnen persönlich? Als Mensch? Gut, Mrs Reed, aber von der wusste sie auch nur, dass sie gern Blumen am Hut trug, ihren Eintopf mit vielen

Zwiebeln und Chilis würzte und einen improvisierten Quilt genäht hatte. Doch gerade alltägliche Dinge wie diese machten einen Menschen aus.

In den Wirren des Alltags verloren abstrakte Prinzipien ihre Kraft und Klarheit. Sie verwässerten. Honor verstand nicht, wie das geschehen konnte, und doch war es so. Die Haymakers hatten gezeigt, wie leicht man eine Rechtfertigung dafür fand, seine Überzeugungen zurückzustellen, statt anderen zu helfen. Und jetzt, wo sie ein Familienmitglied war, erwartete man von ihr, dass sie sich der Familientradition anschloss und ebenfalls gegen ihre Überzeugungen handelte.

Als der Abend dämmerte, verließ Honor die Scheune und ging über den Hof zum Haus zurück. Ihre Augen brannten trocken, und ihr Hals fühlte sich an, als hätte sie einen Ball verschluckt, der ihr nun in der Kehle feststeckte. Die Kluft zwischen ihren Überzeugungen und dem, was man von ihr erwartete, war so gewaltig, dass es ihr den Atem raubte und sie kein Wort mehr herausbrachte. Vielleicht war es auch besser so, zumindest bis sie genau wusste, was sie sagen wollte. Wenn sie schwieg, konnten ihr die Worte wenigstens nicht im Mund verdreht und gegen sie verwendet werden. In der Andacht war die Stille ein Mittel, um den Weg zu Gott zu finden. Vielleicht ermöglichte die Stille nun, dass man Honor hörte.

Die Haymakers wussten nicht, was sie von Honors Schweigen halten sollten. Als sie aus der Scheune zurückkam, hatten Judith und Jack sie ausgefragt, wo sie die ganze Nacht über gewesen sei. Der Pferdegeruch, der noch immer in ihren Kleidern hing, war der Beweis, dass Donovan irgendwie beteiligt gewesen sein musste. Honor sagte nichts. Sie verteidigte sich nicht und bestätigte die Vermutungen von Jack und Judith auch nicht, doch die Haymakers nahmen ihr Schweigen als Schuldeingeständnis.

Jack tobte, und Judith drohte, dass sie Honor aus der Gemeinde verstoßen lassen würde, obwohl sie genau wusste, dass es keinen Grund für so eine Maßnahme gab. Außerdem war ihre Wut nicht frei von Schuldgefühlen wegen des Tods des Flüchtlings.

Mit der Zeit wich die Empörung der Haymakers einer verlegenen Verteidigungshaltung, denn nun vermuteten Jack und Judith hinter Honors Schweigen einen stillen Vorwurf. Immer wieder versuchten sie, Honor ihr Handeln – oder Nichthandeln – zu erklären, da Honor aber beharrlich weiterschwieg, wussten sie nicht, ob ihre Worte überhaupt zu ihr durchdrangen. Honor hörte den Haymakers zwar aufmerksam zu und blickte ihnen dabei fest in die Augen, antwortete aber nicht, sondern wendete sich wieder dem zu, was sie gerade tat – melken, waschen, hacken oder nähen.

Die Beziehung zwischen Honor und ihrer Schwägerin hingegen verbesserte sich. Vielleicht hatte Dorcas nicht mehr das Gefühl, mit ihr konkurrieren zu müssen. Jetzt konnte sie so viel reden, wie sie wollte, und tat es auch. Sie war dazu übergegangen, Honor ihre »Schwester« zu nennen, und ergriff auch gerne das Wort für sie: »Ich glaube, Honor hätte gerne noch ein Stück Kirschkuchen«; »Honor und ich werden heute Abend das Melken übernehmen, nicht wahr, Schwester?«; »Ich bin mir sicher, dass Honor beim Quiltkränzchen das zentrale Motiv quilten wird, oder, Schwester?« Honor ließ sie gewähren. Es war einfacher so.

Nach einiger Zeit gingen die Haymakers dazu über, Honor wie eine Stumme zu behandeln. Sie stellten ihr keine Fragen mehr und erwarteten auch nicht, dass sie sich an Gesprächen beteiligte. »Meine Frau hat das Schweigen der Andacht auf ihr ganzes Leben ausgeweitet.« Mit diesen Worten stellte Jack Honor einer neuen Familie vor, die sich in Faithwell niedergelassen hatte. In der Gemeinde wurde sie zu »der Stummen«, die lächelte und den Kopf senkte, wenn jemand etwas zu ihr sagte, das eine Antwort erfordert hätte. Jack kam in der Nacht nach wie vor zu ihr, doch er versuchte nicht mehr, ihr Vergnügen zu bereiten, sondern nahm sich nur, was er brauchte. Erst als ihr Bauch noch dicker wurde und sich wie ein harter runder Kürbis zwischen sie schob, verlangte er seltener nach ihr.

Und auf gewisse Weise war Honor tatsächlich stumm. Ihre Kehle fühlte sich so eng an, dass ihr das Schlucken schwerfiel, obwohl sie sich zum Wohl ihres Kindes zum Essen zwang. Völlig verstummt war sie zwar noch nie, aber sie war schon immer still gewesen und empfand es nun als Erleichterung, einfach überhaupt nichts mehr sagen zu müssen. Wenigstens konnte jetzt nur noch ihr Schweigen falsch verstanden werden, aber nicht mehr ihre Worte. Und weil sie ihre Gedanken nicht mehr für andere in Worte fassen musste, hörte Honor nach einer Weile sogar zu denken auf und war einfach nur noch. Zum ersten Mal seit ihrer Kindheit konnte sie in der Andacht sitzen, ohne den Druck zu spüren, ihre Eindrücke und Gefühle in Gedanken zu pressen, die sie den Gemeindemitgliedern mitteilen konnte. Jetzt sah sie einfach zu, wie das Sonnenlicht durch den stillen Raum wanderte und die Staubpartikel aufleuchten ließ, die von den unruhigen Füßen der Freunde aufgewirbelt wurden. Sie lauschte auf die Insekten draußen und lernte, zwischen dem Zirpen einer Grille, dem Sägen einer Heuschrecke, dem Ticken eines Käfers und dem Summen einer Zikade zu unterscheiden. Sie nahm die Luftzüge wahr, die von einem Fenster zum anderen strömten, schloss die Augen und sog den Kleeduft von der Wiese neben dem Andachtsraum ein, den Geruch der ersten Heumahd, die auf den Feldern trocknete, und des Geißblatts, das um die Eingangstür rankte. Das Schweigen schien ihre Sinne zu schärfen. Es war ein anderes Gefühl als das Sichversenken vergangener Andachten, doch sie glaubte, dass auch dieses Gefühl eine Bedeutung hatte. Gott zeigte seine Gegenwart auf unterschiedliche Weise.

Mit der Zeit begann sich Honor in ihrem Schweigen immer wohler zu fühlen. Wenn sie bei den Mahlzeiten am Tisch saß, auf der Veranda oder in der Andacht, spürte sie einen inneren Frieden, den sie als Sprechende nicht gekannt hatte. Tief in ihrem Inneren wusste sie, dass es zwar keine bewusste Entscheidung gewesen war, mit dem Reden aufzuhören, aber trotzdem ihr eigener Entschluss. Sie hinterfragte ihn nicht, sondern akzeptierte die Stille als ein Geschenk.

Doch mit ihrem Schweigen verärgerte sie nicht nur die Haymakers, sondern die ganze Gemeinde. Trotz ihrer stillen Andachten und der Toleranz Andersdenkenden gegenüber schienen selbst die Quäker hinter Honors Stille einen Vorwurf zu vermuten.

Nach einer Ersttag-Andacht nahm Adam Cox Honor beiseite. »Ich begleite dich zum Hof zurück«, erklärte er und führte sie von den Haymakers weg, während Abigail sich um ihr Baby kümmerte, einen Sohn, den sie Elias genannt hatten. »Ich würde dich gern fragen, warum du dich zum Schweigen entschlossen hast, aber ich weiß, dass du mir nicht antworten wirst«, sagte er, als sie auf dem Fahrweg nebeneinander hergingen. Der Boden war zu harten, zerklüfteten Furchen getrocknet, die fast genauso unwegsam waren wie der feucht-zähe Matsch des Frühjahrs. »Jack sagt, der Tod des Negers sei dir so nahegegangen. Das ist er uns allen.« Caleb Wilson hatte eine Andacht zum Gedenken an den Flüchtling organisiert, in der aber niemand gesprochen hatte, weil ihn niemand gekannt hatte. Sie wussten noch nicht einmal seinen Namen. »Aber deshalb solltest du dich nicht von deiner Familie oder der Gemeinde entfremden.«

Honor sagte natürlich nichts.

»Judith hat mich gebeten, mit dir zu sprechen«, fuhr Adam

fort. »Sie denkt, dass du auf jemanden aus deiner Heimat vielleicht eher hörst. Die Ältesten betrachten dein Schweigen als Aggression. Ich soll dir sagen, dass sie dich nur deshalb noch nicht aufgefordert haben, die Gemeinschaft zu verlassen, weil du schwanger bist. Doch nach der Geburt musst du wieder zu sprechen beginnen, sonst darfst du nicht mehr in Faithwell bleiben und musst dein Kind den Haymakers überlassen.«

Honor erschrak. Obwohl sie erlebt hatte, mit welcher Härte die Freunde in Bridport gegen Samuel vorgegangen waren, hatte sie gehofft, dass man sie in Faithwell anders behandeln würde.

»Ich habe sie daran erinnert, dass du ein schweres Jahr hinter dir hast. Du hast deine Schwester und Samuel verloren und hast England verlassen, obwohl du vielleicht besser daheim geblieben wärest. Nicht jeder Mensch eignet sich für solche großen Veränderungen, auch wenn man das manchmal erst erkennt, wenn es zu spät ist.« Adam hielt inne. »Honor, Amerika ist ein junges Land, bitte versuche das zu verstehen. Wir schauen nach vorne und nicht zurück. Statt lange über unser Unglück zu grübeln, machen wir einfach weiter, so wie ich und Abigail. Ich hatte gehofft, du würdest es mit Jack genauso machen. Es gilt hier als schlechte Eigenschaft, ewig unangenehmen Erfahrungen nachzuhängen. Du würdest gut daran tun, zu erkennen, was du an den Haymakers hast. Sie sind aufrechte Menschen.«

Über die Sklaverei oder Überzeugungen, die man vertrat oder verriet, hatte Adam kein Wort verloren. Er blickte Honor an und erhoffte sich ganz eindeutig eine Antwort. Doch Honor betrachtete stattdessen die Wildblumen am Wegesrand: Purpurdost, den sie hier Joe-Pye-Kraut nannten, Kuckucks-Lichtnelken und Mädesüß, in Amerika auch als Königin der Prärie bekannt. Nach einem Jahr in Ohio kannte Honor auch die amerikanischen Bezeichnungen.

Mit dem Einverständnis der Haymakers bat Adam Honor

am nächsten Sechsttag, ihm im Laden in Oberlin auszuhelfen. Vielleicht dachten sie, dass der Umgang mit den Kundinnen sie zum Sprechen zwingen würde, doch Honor demonstrierte, wie wenige Worte zum Verkaufen nötig waren. Sie konnte sich mit Lächeln, Nicken und Handzeichen verständlich machen. Nur wenige Kundinnen wollten wissen, was es mit Honors Stummheit auf sich hatte, denn es gab hier viele Menschen, die mit irgendeinem Leiden geschlagen waren.

Am Nachmittag kam Mrs Reed in den Laden, um sich eine Schere schleifen zu lassen. Sie sah, wie Honor sich durch Kopfnicken und Gesten mit den Kundinnen verständigte, und nickte dann selbst. »Worte sind nicht alles«, ließ sie die Anwesenden im Laden wissen und nahm ihre Brille ab, um sie am Kleiderärmel zu putzen. »Meist bringen sie einem ohnehin nur Ärger. Vielleicht werde ich eines Tages auch zu schweigen beginnen.« Die Vorstellung schien ihr zu gefallen.

»Ich habe von dem Mann gehört«, flüsterte sie Honor zu, nachdem Adam ihr die Schere zurückgegeben hatte. »Traurig, aber so etwas kommt vor.« Sie hielt kurz inne. »Diese Geschichte sollte nicht der Grund dafür sein, dass Sie nicht mehr reden. Wenn Sie in Zukunft lieber schweigen wollen, ist das in Ordnung, aber Sie sollten da nicht die Sklavenflüchtlinge mit reinziehen.« Sie wickelte die Schere in einen Lappen und steckte sie zurück in ihre Rocktasche. Dann rückte sie ihren Hut zurecht, der an diesem Tag mit Goldruten geschmückt war. »Einen guten Tag.« Sie nickte Adam zu. »Und Ihnen auch, Honor Bright.« Als sie zur Ladentür ging, fing sie zu summen an, und die Goldruten hüpften im Takt dazu.

East Street
Bridport
Dorset

15. des 8. Monats 1851

Liebe Honor,

wir warten jetzt täglich auf Post, denn wir haben seit drei Monaten nichts mehr von Dir gehört. Bis auf die Zeit, als Du krank warst, hast Du immer so regelmäßig geschrieben, dass wir uns jetzt Sorgen machen, ob Dir etwas zugestoßen ist. Wenn Dich dieser Brief erreicht, hast Du mit Gottes Gnade vielleicht schon Dein Baby bekommen, aber wir hoffen, noch vorher von Dir zu hören, dass es Dir gut geht.

Deine Dich liebenden Eltern,
Hannah und Abraham Bright

Wasser

Es würde immer einen letzten Flüchtling geben.

Obwohl schon eine Ahnung von Herbst in der Luft lag, war der letzte Tag des achten Monats heiß und schwül. Die Sonne hatte ihren Zenit überschritten, und das Laub leuchtete nicht mehr saftig grün, sondern war von ersten leisen Gelbtönen durchzogen und wirkte staubig. Honor eilte den Feldweg entlang. Irgendetwas schien in der Luft zu liegen, etwas, worauf die Natur zu warten schien: ein Gewitter, ein Unwetter, das die Ernte zerstörte, oder ein Feuer, das alles niederwalzte. Sie war spät dran.

Die Haymakers fuhren Heu ein. Es war ein feuchter Sommer gewesen, und dies war erst die zweite Ernte; eine Enttäuschung, denn es bedeutete, dass sie die Herde nicht um die geplante Kuh erweitern konnten. Jack, Judith, Dorcas und einige Nachbarn aus Faithwell arbeiteten auf dem Feld nördlich des Wielandwaldes. Honor durfte ihnen nicht helfen, worüber sie froh war. Am Morgen war sie mit einem unangenehmen Gefühl im Bauch aufgewacht. Das Baby sollte zwar erst in einem Monat kommen, doch es fühlte sich bereits recht groß an und hatte sich gesenkt, sodass es Honor auf die Blase drückte und sie zwang, mehrmals in der Nacht den Topf zu benutzen. Honor spürte, dass sich das Baby aus der Enge ihres Bauches befreien wollte. Sicher würde es eher zu früh kommen und sich nicht, wie viele Erstgeborene, lange festklammern.

Judith hatte leise vor sich hingeschimpft, weil Honor dieses Jahr schon wieder bei der Ernte ausfiel, gerade so, als hätte sie die Schwangerschaft bewusst so geplant. Doch ihre Worte prallten an Honor ab. Da sie nichts mehr erwidern musste, waren ihr Judiths Andeutungen egal.

Am Morgen hatte sie allein zu Ende gemolken, damit Jack, Dorcas und Judith frühstücken und gleich mit den anderen aufs Feld hinausfahren konnten. Dann hatte sie die Frühstückssachen aufgeräumt und die von Judith bestellten Fleischpasteten zubereitet. Honor sollte sie den Arbeitern zur Mittagspause aufs Feld hinausbringen. Es tat gut, allein auf dem Hof zu arbeiten, und Honor war recht unbekümmert, bis das Baby sich hartnäckiger meldete und sie sich setzen musste. Jack und Dorcas waren in der Zwischenzeit zweimal mit einem vollbeladenen Heuwagen in den Hof gefahren und hatten ihn im Schober abgeladen. Honor ging nicht zu ihnen hinaus, und sie kamen auch nicht zu ihr ins Haus, sondern tranken beim Brunnen und füllten dort einen Krug für die anderen.

Da ihr bis Mittag noch ein wenig Zeit blieb, setzte sich Honor mit dem Schoß voller Stoffsechsecke auf die Veranda. Sie wollte sie zu Rosetten für einen »Großmutters Blumengarten« zusammennähen. Angefangen hatte sie mit den grünen und braunen halbfertigen Rosetten, die sie in ihrem Arbeitskorb gefunden hatte, dann hatte sie noch andere Farben hinzugefügt: gelb, rot und grün. Vor einem Monat hatte sie den letzten Quilt für Dorcas fertiggestellt, seither konnte sie wieder nähen, was sie wollte. Zuerst hatte sie alle besonderen Stoffreste aus ihrem Korb hervorgeholt und vor sich ausgebreitet: die Streifen aus dem Kleid von Grace, Belles gelbe und hellbraune Seidenreste und den beige-rostfarbenen Rautenstoff, aus dem Mrs Reed das Hochzeitskleid für ihre Tochter genäht hatte. Doch das Material hatte Honor nicht inspiriert; sie bezweifelte sogar, ob sie jemals wieder Ideen für einen richtigen Patchwork-Quilt haben würde. Weil sie es aber hasste, untätig herumzusitzen, arbeitete sie an den Sechsecken. Sie hatte schon über hundert Rosetten genäht, ohne zu wissen, was sie mit ihnen anfangen sollte.

Da die Arbeit nicht besonders anspruchsvoll war und ihr außerdem die Hitze zu schaffen machte, ließ Honors Konzentration schnell nach, und bald fielen ihr die Augen zu. Gegen Mittag wurde sie von Digger geweckt, der plötzlich vor ihr stand und knurrte. Honor sprang erschrocken auf: Sie war viel zu spät dran mit dem Mittagsimbiss für die Feldarbeiter. Hastig legte sie die Fleischpasteten mit etwas Brot und Käse in den Korb, stellte eine Schale mit Tomaten und einen Krug Milch dazu und eilte den Weg am Waldrand entlang zum Feld, wobei ihr der schwere Korb immer wieder gegen die Beine schlug.

Als sie ankam, arbeiteten die anderen noch, denn bevor Honor nicht da war, gab es für sie keinen Grund aufzuhören. Die vor einigen Tagen gemähte Luzerne hatte draußen auf dem Feld getrocknet und war am Vortag zusammengerecht worden, jetzt konnte sie in die Scheune gebracht werden. Der Wagen stand neben einem der vielen über das Feld verstreuten Heuhaufen, und als Honor den Korb abstellte, stießen Jack und Judith ihre Heugabeln in das aufgetürmte Heu.

In dem Moment gellte ein lauter Schmerzensschrei aus dem Haufen. Honors Magen krampfte sich vor Schreck zusammen. Wie erstarrt stand sie da und sah eine schwarze Frau aus dem Heu springen. Geblendet vom Sonnenlicht, schlug sie sich die Hand über die Augen, und noch bevor irgendjemand reagieren konnte, rannte sie los und sprang in panischer Flucht wie ein Reh direkt auf Honor zu. Erst im letzten Moment schlug sie einen Haken, doch Honor hatte noch einen kurzen Blick auf schreckgeweitete Augen und zusammengepresste Lippen erhaschen können, bevor die Frau laut krachend durchs Unterholz brach und in den Wielandwald lief.

Honor sah nur noch Arme, einen wehenden braunen Rock und ein rotes Kopftuch, dann war die Frau ganz verschwunden, obwohl das Rascheln und Krachen im Unterholz noch eine Weile zu hören war. Als auch dies verstummte, drehte sich Honor wieder zu den Quäkern auf dem Feld um. Alle starrten sie an.

Nein, dachte Honor. Ich habe nichts damit zu tun.

Nur Caleb Wilson blickte sie wohlwollend an. In den Gesichtern der anderen Freunde las Honor, dass sie das Erscheinen der entflohenen Sklavin mit ihrer Ankunft in Verbindung brachten. Selbst wenn sie ihr Schweigen gebrochen und ihnen erklärt hätte, dass sie nichts damit zu tun habe und es sich um einen Zufall handele, hätten die anderen ihr nicht geglaubt. Judith hatte den Mund zu ihrem üblichen leeren Lächeln zusammengepresst. Sie sagte nichts, sondern kam zu Honor und nahm ihr den Essenskorb ab.

Ich ertrage es nicht länger, dachte Honor. Ich könnte sagen, was ich wollte, sie würden ihre Einstellung zu mir trotzdem nicht ändern. Meine Worte bedeuten ihnen nichts. In dem Moment schien etwas in ihrem Kopf zu zerspringen. Sie wartete nicht einmal mehr ab, bis Judith das Essen ausgepackt hatte, sondern machte auf dem Absatz kehrt und marschierte zum Hof zurück. Jacks Rufen ignorierte sie. Seitlich von ihr lag der Wielandwald, aus dem jetzt nichts mehr zu hören war. Wo immer die entlaufene Sklavin sein mochte, sie verhielt sich völlig still.

Zurück auf dem Hof, räumte Honor die Stoffsechsecke, die sie auf dem Küchentisch liegen gelassen hatte, zurück in den Arbeitskorb und ging dann die Treppe hoch nach oben. Mühsam zog sie sich und ihren schweren Babybauch am Handlauf hoch. Im Schlafzimmer fiel ihr Blick auf den Quilt, den sie am

Morgen auf dem Bett glatt gestrichen hatte. Es war der »Stern von Bethlehem«, den sie noch zu Hause genäht hatte. Für Honor würde es immer Biddys Quilt bleiben, und immer würde sie sich dafür schämen, dass sie ihn zurückfordern musste. Der Signaturquilt aus Bridport lag zusammengefaltet am Fußende des Bettes. Sie konnte keinen von beiden mitnehmen.

Honor holte sich einen Schal, ein Briefmesser und das bisschen Geld, das ihr von der Reise nach Ohio übrig geblieben war. Jack hatte sie nie darum gebeten. Dann nahm sie ihre Alltagshaube ab und setzte die graugelbe Haube auf. Sie befürchtete, dass Judith Belles Geschenk aus Wut weggeben würde, wenn sie es zurückließe. In der Küche nahm sie sich ein Stück Hartkäse, einen Laib Brot, ein paar Streifen getrocknetes Rindfleisch und einen Beutel voll Pflaumen. Honor hatte noch nie für einen Marsch gepackt, wie er ihr nun bevorstand, und wusste nicht, ob sie das Richtige mitnahm. Sie versuchte sich zu erinnern, was die Flüchtlinge, die ihr begegnet waren, dabeigehabt hatten. Meistens gar nichts. Oft waren sie sogar barfuß unterwegs gewesen. Honor schlüpfte aus ihren leichten Sommerschuhen und zog sich die schweren Stiefel an. Sie legte noch zwei Kerzen und Zündhölzer zu ihrem kleinen Vorrat und wickelte alles in ein Küchentuch.

Sie konnte weder die Rosetten mitnehmen noch das Nähkästchen ihrer Großmutter, weshalb sie beinahe ihre Meinung geändert hätte. Schließlich öffnete sie das Kästchen und nahm den Porzellanfingerhut, den Nadelköcher und die emaillierte Schere heraus. Dann suchte sie noch die besonderen Stoffstücke aus ihrem Korb zusammen. Wegen der Erinnerungen, die sie mit ihnen verband, waren sie für Honor unersetzbar.

Digger lag in der offenen Tür, um die wenigen kühlen Luftzüge zu genießen. Als Honor über ihn stieg, knurrte er sie nicht wie gewöhnlich an. Er weiß es, dachte Honor. Und er ist froh.

Sie lief durch den Obstgarten. Die Äpfel wurden bereits rot, und die überreifen Pflaumen waren von Wespen übersät. Schließlich trat sie in den Wielandwald und ging festen Schrittes an Ahornbäumen und Buchen vorbei. Die Brombeerbüsche am Waldrand hingen voller Früchte, die sie nun nicht mehr pflücken würde. An den Bäumen prangte üppiges Laub, das sich am Scheidepunkt zwischen der Üppigkeit des Sommers und dem Verfall des Herbstes befand. Während die Eichenblätter noch strahlend grün waren, zogen sich bereits erste rote Streifen durchs Ahornlaub, das bald in seinen Herbstfarben auflodern würde.

Von der Schwarzen hörte und sah sie nichts. Als sich Honor dem Waldstück näherte, das an dem Feld vorbeiführte, auf dem die Haymakers arbeiteten, hörte sie deren Stimmen, konnte aber nicht verstehen, was gesprochen wurde. Sie ging tiefer in den Wald hinein, wo die Frau sich verstecken musste. Der Schrei einer Virginiawachtel begleitete sie: »Bot-weit, bot-weit!« In Amerika wurde der Vogel wegen seines charakteristischen Rufs auch Bobwhite genannt. Jack hatte Honor verspottet, als sie von ihm wissen wollte, welcher Vogel so rief; er hatte einfach nicht glauben können, dass es diese in Amerika so weit verbreitete Wachtelart in England nicht gab. Als sie vor über einem Jahr mit Thomas durch die Wälder gefahren war, hatte Honor nicht einmal Kardinal und Blauhäher gekannt. Sie hatte in Amerika viel lernen müssen – leider nicht nur Gutes.

Nach einer Weile nahm Honor neben dem Geschrei der Wachtel noch das aufgebrachte Schimpfen eines Eichhörnchens wahr, das sich durch einen Eindringling gestört zu fühlen schien. Sie folgte dem Geräusch, ohne zu versuchen, ihre Anwesenheit zu verbergen. In der Hoffnung, dass die Frau ihr vertrauen würde, ließ Honor den Rock bewusst am Unterholz entlangstreifen und trat laut knackend auf tote Zweige.

Die entflohene Sklavin hockte zwei Meter über dem Boden auf dem Ast einer Buche. Einige Äste darüber schimpfte das Eichhörnchen. Honor stellte sich auf eine Baumwurzel und hielt der Frau eine Pflaume entgegen. Die Frau blickte zu Honor hinab. Sie nahm die Pflaume zwar nicht, kletterte dafür aber nach einem kurzen Moment vom Baum. Sie war größer als Honor, hatte lange Gliedmaßen und eine gelbstichige Hautfarbe. Das Gesicht der Frau kam Honor bekannt vor, doch es dauerte eine Weile, bis sie es einordnen konnte. Die Schwarze war der erste Flüchtling gewesen, den Honor überhaupt gesehen hatte – die Frau, die sich hinterm Brunnen versteckt und ihr später einen Becher mit Wasser ans Bett gestellt hatte. Es war derselbe Becher, der nun ganz in der Nähe mit dem toten Flüchtling begraben lag. Honor erinnerte sich, dass Donovan die Frau damals geschnappt hatte; wahrscheinlich hatte er sie ihrem Besitzer zurückgebracht, und sie war erneut weggelaufen. Die junge Frau sah jetzt gesünder aus: Sie hatte ein wenig zugenommen, ihre Haut war frei von Pickeln, und die Augen leuchteten weißer. Auch wenn ihr Kleid schmutzig war, wirkte es noch recht neu. An den Füßen trug sie Männerschuhe und in der Hand einen Beutel, der dem von Honor ähnlich sah.

Bei ihrer ersten Begegnung damals auf dem Hof hatte Honor der Frau ein Stück Brot hingehalten, vielleicht zog sie das vor. Honor knüpfte ihr Bündel auf, legte die Pflaume zurück in den Beutel und holte etwas Brot und Käse heraus. Die Sklavin schüttelte den Kopf. »Im letzten Haus haben sie mich ordentlich abgefüttert, ich brauch gerade nichts. Die Frau hat mir gesagt, ich soll Sie grüßen, obwohl sie meinte, dass ich besser weiter bis zur nächsten Haltestelle laufe und Sie nicht belästige, wegen dem da und überhaupt.« Sie deutete auf Honors Bauch. »Wenn der Sklavenfänger mich nicht vom Weg gejagt hätte, wäre ich gar nicht im Heuhaufen gewesen. Es war derselbe wie beim letzten Mal. Da hat er mich in diesem Wald geschnappt. Der ist ganz schön hartnäckig, was? Ich glaub, der weiß gar nicht, wer ich bin, aber er jagt mich trotzdem.«

Sie hielt inne. Auch das Eichhörnchen, das anfangs seine Lautstärke verdoppelt hatte, um gegen beide Frauen anzuschimpfen, war still geworden. In der Ferne hörten sie den unregelmäßigen Hufschlag eines Pferdes; es näherte sich über den Fahrweg aus Richtung Süden. Es war das erste Mal seit dem Tod des Flüchtlings, dass Donovan in die Gegend kam. Er wusste noch nicht, dass Honor verstummt war.

Doch genau in diesem Moment brach Honor ihr Schweigen und setzte ihm so ein würdiges und undramatisches Ende. »Ich komme mit.« Die ersten Worte, die sie seit über drei Monaten sprach, kamen als kratzendes Flüstern heraus.

»Danke, aber ich weiß, wohin ich gehen muss.«

Honor räusperte sich, um besser sprechen zu können. »Wir müssen aus dem Wald raus. Hier wird er auf jeden Fall suchen.« Nicht nur Donovan, auch Jack würde im Wald suchen. Wenn er in ein paar Stunden mit Dorcas und Judith zum abendlichen Melken auf den Hof zurückkam, würde er feststellen, dass Honor verschwunden war, und Alarm schlagen.

Sie lauschten, und Honor überlegte. Im nördlich gelegenen Heufeld konnten sie sich nicht verstecken, denn von dort waren noch immer die Stimmen ihrer Familie zu hören, das Klirren von Pferdegeschirr und das schwere Ächzen des Wagens. Donovan versperrte die Fluchtroute nach Osten, die über den Fahrweg am Hof vorbei in Richtung Faithwell führte. In Richtung Westen wollte Honor nicht; der Weg durch den Wielandwald endete mitten im Nichts, außerdem führte er durch unbekanntes Gebiet und von der Straße nach Oberlin weg. Wenn sie es aber bis in die Nähe der Straße zwischen Oberlin und Wellington schaffen würden, könnten sie ihr in einigem Abstand durch die danebenliegenden Felder folgen.

»Wir müssen den Weg dort hinten überqueren«, Honor deutete in Richtung Süden, »dann kommen wir in ein Maisfeld, das noch nicht abgeerntet wurde. Dort können wir uns bis zum Einbruch der Dunkelheit verstecken und uns dann in Richtung Osten zur Landstraße durchschlagen.«

Die Frau nickte. »Aber erst muss ich was trinken.« Sie ging voraus zu dem Bach, der mitten durch den Wald floss. Im letzten Jahr hatte Honor dort Dorcas im Schlamm gewälzt, um den Schmerz ihrer Wespenstiche zu lindern.

Bis auf einige Pfützen mit brackigem Wasser, über denen Insekten schwirrten, war der Bach fast ganz ausgetrocknet. Die Frauen folgten seinem Verlauf, bis sie ein kleines Rinnsal über einem Stein fanden. Die entflohene Sklavin hielt ihren Mund darunter, um so viel Wasser wie möglich aufzufangen. Dann bedeutete sie Honor, es ihr nachzumachen. Honor versuchte, in die Hocke zu gehen, ließ sich dann aber unbeholfen in den Vierfüßlerstand hinab, um das Baby nicht einzuzwängen. Als ihr aufging, dass sie den Mund an dieselbe Stelle legen musste, an der kurz vorher der Mund der Negerin gewesen war, zögerte sie kurz; doch der Gedanke verflog sofort wieder, und sie legte ihren Mund auf den Stein. Das Wasser schmeckte himmlisch.

Dann half ihr die Frau wieder auf die Beine und lief vor Honor her zum Fahrweg. Sie hatte eindeutig das Kommando übernommen. Honor war es recht. Es war schon mehr als genug für sie, an einem Nachmittag im Spätsommer mit einer Negerin im Wald unterwegs zu sein, um ... Ja, wo wollte sie eigentlich hin? Sie wusste es nicht, sie wollte einfach nur weg.

Die schwarze Frau bewegte sich leise und sicher durch den Wald. Sie schien ihren Körper so gut unter Kontrolle zu haben, dass sie an keinem Ast entlangstreifte und kein Laubblatt bewegte. Honor konnte es ihr nicht gleichtun: Sie knackste durchs Unterholz und blieb im Gestrüpp hängen. Das Gewicht ihres Bauches bremste sie, außerdem spürte sie einen ziehenden Schmerz in Leisten und Innenschenkeln. Doch die Frau verlangsamte ihr Tempo nicht und war bald nur noch als schemenhafte Bewegung zwischen den Bäumen zu erkennen. Einmal blieb Honor stehen und lauschte – Donovans Pferd war nicht mehr zu hören. Wahrscheinlich durchsuchte er gerade die Scheune und die anderen Hofgebäude. Hinter sich hörte sie den Wagen mit seiner Heuladung den Fahrweg entlang zur Scheune rumpeln. Was würden Jack und Donovan zueinander sagen, wenn sie sich begegneten? Würde Donovan ihren Mann fragen, ob er die entlaufene Sklavin gesehen habe? Würde Jack es ihm verraten oder lügen? Honor erschauderte, dann eilte sie weiter, um ihre Begleiterin einzuholen.

Die Schwarze lehnte an einem Ahornstamm am Waldrand. Der Weg vor ihnen war nur ein schmaler Streifen verkrusteten Lehms, der sich in Richtung Osten und Westen erstreckte. Diagonal gegenüber auf der anderen Seite leuchtete grün das weitläufige Maisfeld der Haymakers. Der Mais stand hoch und reif da, würde aber erst im Herbst geerntet werden, wenn die Kolben in ihren Hüllblättern getrocknet waren. Der Anblick der Maisreihen erinnerte Honor an den Tag, als sie zum ersten Mal mit Jack in einem Maisfeld gelegen hatte. Die Röte stieg ihr ins Gesicht. Es war gerade ein Jahr her, doch es schien unglaublich weit hinter ihr zu liegen.

»Sie können jetzt heimgehen«, sagte die entflohene Sklavin, »ab hier komme ich allein zurecht. Ich warte im Feld, bis es dunkel ist, und wenn mich keiner mehr sehen kann, laufe ich weiter.«

Honor schüttelte den Kopf. »Ich komme mit.«

Die Frau blickte auf Honors Bauch. »In diesem Zustand? Sind Sie sicher?«

»Das Baby kommt erst in einem Monat. Ich fühle mich gut.«

Honors Begleiterin zuckte die Schultern und drehte sich zum Weg um, blickte in beide Richtungen und lauschte. »Na dann, kommen Sie.« Sie trat aus dem Wald, und Honor folgte ihr. Das Sonnenlicht blendete sie so, dass sie blindlings hinter der Frau herlief. Im nächsten Moment betrat Honor unter lautem Geraschel das Maisfeld.

»Psst!«

Honor blieb stehen, und die Stängel schnellten um sie herum zurück.

»Gehen Sie langsam, sonst machen Sie zu viel Lärm«, flüsterte die Frau. »Außerdem dürfen wir beim Laufen keine Pflanzen umknicken, damit niemand sehen kann, dass wir hier waren. Wir gehen in die Mitte des Feldes und warten da. Jetzt folgen Sie mir.«

Vorsichtig liefen sie durch eine Maisreihe und versuchten, weder zu rascheln noch Stängel umzuknicken. Honor heftete den Blick auf den Rücken der Frau, wo sich unter dem Stoff des braunen Kleides ein Schweißfleck abzeichnete. Als sie mehrere Meter tief ins Feld eingedrungen waren, bog die Frau ab, durchquerte ein paar Reihen und lief vorsichtig im Zickzack durch die dicht stehenden Maispflanzen. Schließlich entschied sie sich für eine neue Reihe und ging in dieser wieder geradeaus. Sie lief und lief, viel weiter, als Honor allein jemals gegangen wäre. »Bitte«, hätte sie beinahe gesagt, »bitte halten Sie an.«

Doch gerade als Honor die Hand nach der Frau ausstrecken wollte, blieb diese von allein stehen, sodass Honor beinahe in sie hineingelaufen wäre. Ihr war schwindelig, und das Baby drückte ihr auf die Blase.

Die Frau setzte sich. »Hier können wir warten.«

Honor lief noch einige Schritte weiter und ging dann in die Hocke. Es war so heiß, dass ihr Urin sofort im Boden versickerte. Sie ging zu der Frau zurück, setzte sich neben sie und öffnete ihr Bündel. Diesmal nahm die Schwarze eine Pflaume an. Honor genoss das saftige Fruchtfleisch und lutschte noch lange am Stein.

Die Frau blickte sie von der Seite an. »Mir gefällt Ihre Haube«, sagte sie. »Erst denkt man, die ist nur grau, und dann blitzt plötzlich das Gelb auf wie ein Sonnenstrahl.«

»Eine Freundin hat sie für mich gemacht.« Beim Gedanken an Belle Mills spürte Honor einen Stich. Sie hatte Belles Brief nie beantwortet, und jetzt würde sie die Freundin wohl nie wieder sehen.

Im Maisfeld saß es sich unbequem. Die Sonne brannte auf die beiden Frauen hinab, denn die Pflanzen spendeten nicht viel Schatten. Die biegsamen rauen Blätter griffen nach Honor. Die Kolben quollen einladend aus den Hülsen, doch dies war Futtermais; für Menschenzähne waren die Körner zu hart, außerdem schmeckte er nicht so fein wie der Süßmais, den Honor schätzen gelernt hatte. Im Feld gab es nichts Solides wie einen Baumstamm, an den sie sich hätte lehnen können, und der Mais stand so dicht, dass man sich kaum der Länge nach ausstrecken konnte. Die Hitze und die körperliche Anstrengung hatten Honor jedoch so erschöpft, dass sie trotzdem kurz einnickte, um gleich im nächsten Moment wieder hochzuschrecken.

»Schlafen Sie ruhig ein bisschen«, sagte die entflohene Sklavin. »Ich passe auf. Wir wechseln uns ab.«

Honor widersprach nicht. Sie legte ihren Kopf auf das Bündel, rollte sich zusammen und schlief trotz der heißen Sonne, der Fliegen und des dumpfen Schmerzes in ihrem Bauch ein.

Als sie aufwachte, war ihr Mund trocken, und der Pflaumenstein steckte noch immer in ihrer Backe. Die Sonne stand schon tief am Horizont. Honor hatte lange geschlafen. In der Ferne hörte sie ein Pferd, das in gleichmäßigem Tempo den Fahrweg entlangtrabte. Erschrocken setzte sie sich auf. Die Schwarze hockte auf ihren Fersen.

»Sie hätten mich wecken sollen«, sagte Honor.

Die Frau zuckte die Schultern. »Sie haben den Schlaf gebraucht.« Ihr Blick streifte Honors Bauch. »Ich weiß noch, dass ich gegen Ende immer nur schlafen wollte.«

»Sie haben Kinder?« Honor blickte sich um, als würden die Kinder im nächsten Moment im Maisfeld auftauchen.

»Natürlich. Darum bin ich ja hier.«

Honor versuchte, die Müdigkeit abzuschütteln, die ihre Gedanken vernebelte. Dann erstarrte sie: Es war Donovans Pferd. Erst ritt er schnell, dann langsamer, dann hielt er an, ritt langsam wieder weiter, machte kehrt und galoppierte schließlich davon.

Honor schluckte, doch die Frau wirkte unbekümmert. Sie schmunzelte sogar. »Das macht er schon seit einer ganzen Weile«, sagte sie. »Er weiß, dass wir irgendwo sein müssen, aber wo genau er suchen soll, weiß er nicht.«

»Ob er ins Maisfeld reiten wird?«

»Ich glaub nicht. Es gibt zu viele Wälder und Felder, wie soll er die alle durchsuchen. Er wird warten, bis wir uns in Bewegung setzen.«

Honor fragte nicht, wann das sein würde.

»Denken Sie dran, er weiß nicht, wo wir sind, aber wir wissen, wo er ist. Wir sind im Vorteil.«

Nur zu gern hätte Honor die Zuversicht der Frau geteilt, doch Donovan hatte leider auch einen Vorteil: Er hatte das Gesetz auf seiner Seite. Und er hatte ein Pferd und ein Gewehr.

Als es zu dämmern begann, kam ein anderes Pferd den Weg entlang, und Honor hörte jemanden ihren Namen rufen. Es war Jack. Anscheinend hatte er die Erntearbeit unterbrochen, um sie zu suchen. Das Wetter war gut, und Honor wusste, dass die Haymakers an diesem Tag eigentlich so lange wie möglich arbeiten wollten, um das gesamte Heu vor dem nächsten Regen in die Scheune zu bringen. Sie hörte Wut und Ungeduld in seiner Stimme und zuckte zusammen.

Die Schwarze blickte sie an. »Ist das Ihr Mann?«, flüsterte sie, als Jack gewendet hatte und zurückritt. »Wieso ruft er Sie? Weiß er nicht, dass Sie hier draußen bei mir sind?«

Honor antwortete nicht.

Da verstand die Frau. »Sie laufen weg?«, rief sie. Zum ersten Mal an diesem Tag war ihre Stimme laut geworden. »Warum denn, zum Teufel? Wo doch das Baby unterwegs ist. Wovor müssen *Sie* denn weglaufen?«

Mit jeder Frage war Honor mehr in sich zusammengesunken. Sie flüchtete sich wieder ins Schweigen.

Als klar war, dass sie keine Antwort bekommen würde, schnalzte die Schwarze mit der Zunge. »Närrin«, murmelte sie.

Bei Einbruch der Dunkelheit hörten sie wieder Hufgetrappel. Diesmal waren es Jack und Adam Cox, die nach Honor riefen. Die schwarze Frau griff nach ihrem Bündel und stand auf.

Honor packte sie am Ärmel. »Was haben Sie vor?«

»Ich sag ihnen, dass Sie hier sind.«

»Bitte nicht!«

Doch erst als sich Donovans Stimme spottend unter die Männerstimmen mischte, blieb die entflohene Sklavin stehen. »Honor Bright, ein bisschen wundert es mich schon, dass du dich da draußen versteckst. Hattest du nicht versprochen, keinen Niggern mehr zu helfen? Heutzutage kann man nicht einmal mehr einer Quäkerin vertrauen. Aber jetzt wird es Zeit, dass du rauskommst, Schätzchen, dein Mann grämt sich sonst zu Tode.«

Die Frauen verharrten bewegungslos und lauschten auf die Männer und ihre Pferde. Honor schauderte vor Furcht, und sie atmete tief ein und aus, um sich zu beruhigen.

Dann hörten sie das Bellen.

»Oh Gott, sie haben einen Hund«, flüsterte die Schwarze. »Oh Gott.«

»Das ist Digger.«

»Kennt er Sie? Gut, dann wird er Sie wenigstens nicht zerfetzen, wenn er Sie erwischt. Wir müssen rennen.«

»Er hasst mich.«

»Der eigene Hund? Oh je.«

Honor hörte, wie die Maispflanzen sich bewegten, dann sah sie Digger durch die Reihen auf sie zutrotten. Doch statt zu bellen, blieb er einfach vor Honor stehen und blickte leise knurrend zu ihr hoch. Die entlaufene Sklavin ignorierte er. Dann drehte er sich um und lief denselben Weg zurück, den er gekommen war. Die Frauen schauten ihm nach.

»Der lässt Sie laufen«, murmelte die Schwarze. »Gut, dass er Sie hasst. Danke, Digger.«

»Da ist er«, hörten sie Jack. »Was hast du gefunden, Digger? Nichts?«

»Ich dachte, er hätte da drinnen was bemerkt«, sagte Donovan. »Verdammte Töle. Darum arbeite ich nicht gerne mit Hunden – sie sind unzuverlässig und laut. Ich traue meinen eigenen Sinnen mehr als denen eines Hundes.«

Schließlich ritten die Männer weiter, und die Frauen schlichen in Richtung Osten durchs Maisfeld. Honors Beine schmerzten vom langen Sitzen, sie schüttelte sie aus und streckte sich. Am Himmel tauchten die ersten beiden Sterne auf. Bald würden es mehr werden.

Als sie das Ende des Maisfelds erreichten, wechselten die Frauen in den Wald, durch den sie einen Bogen um Faithwell schlagen wollten, um dann in Richtung Süden weiterzulaufen. Mittlerweile war es stockdunkel. Honor heftete die Augen wieder auf den Rücken der Frau, und schließlich streckte sie die

Hand nach ihr aus, um sich durch die Dunkelheit führen zu lassen.

Endlich erreichten sie die vertraute Straße, die Oberlin und Wellington verband. Sie lag still da, doch Honor vermutete, dass Donovan und möglicherweise auch Jack auf ihr unterwegs waren und auf sie warteten.

»Wir gehen in das Maisfeld dort drüben«, sagte die Frau und zeigte auf die andere Straßenseite. »Wir sollten nicht auf der Straße laufen, aber in ihrer Nähe bleiben, damit wir uns nicht verlaufen. Außerdem wissen wir dann immer, wo der Jäger ist, und er kann uns nicht überraschen.« Es klang so entschlossen und selbstverständlich, als hätte die Frau sich schon öfter in Situationen wie dieser befunden. Sie huschte über die Straße, die im fahlen Mondlicht als silberner Fluss vor ihnen lag. Honor folgte ihr. Als sie die Straße überquerte, musste sie daran denken, dass sie erst vor wenigen Monaten bei Nacht in derselben Gegend unterwegs gewesen war, um Donovan zu suchen. Jetzt versteckte sie sich vor ihm. In der Dunkelheit spürte sie wieder den metallischen Geschmack der Angst auf ihrer Zunge. Honor schluckte, doch der Geschmack blieb, wenn auch nicht so stark wie beim letzten Mal. Immerhin war sie diesmal nicht allein.

Im Maisfeld wendete die Frau sich in Richtung Süden. Als Honor ihr nicht folgte, blieb sie stehen. »Was ist nun, kommen Sie?«

»Das ist die falsche Richtung.« Honor deutete auf den Polarstern. »Nach Oberlin.«

Die Frau schüttelte den Kopf. »Ich komme gerade aus Oberlin. Von der Frau in dem roten Haus – sie macht einen scharfen Eintopf. Sie hat mir gesagt, ich soll mich von Ihnen fernhalten. Langsam begreife ich, warum«, fügte sie hinzu. »Verstehen Sie nicht? Ich bin in Richtung Süden unterwegs, nicht nach Norden. Im Norden war ich schon.« Sie kam zu Honor zurück.

»Erinnern Sie sich nicht an mich? Wahrscheinlich sehen wir für Sie alle gleich aus.« Sie schnalzte mit der Zunge. »Aber soll ich Ihnen mal was sagen? Für uns sehen die Weißen auch alle gleich aus.«

»Ich erinnere mich an Sie«, flüsterte Honor. »Sie haben mir Wasser ans Bett gestellt, als ich krank war.«

Das Gesicht der Frau wurde weich. »Ja.«

»Aber eins verstehe ich nicht. Warum wollen Sie in den Süden?«

»Meine Kinder. Nachdem sie mich geschnappt hatten, bin ich bei der erstbesten Gelegenheit gleich wieder weggerannt. An einem Tag bin ich sogar auf Ihrem Hof gewesen und hab mir das Essen unter der Kiste geholt. Beim zweiten Mal hab ich es bis Kanada geschafft, aber als ich endlich da war, musste ich die ganze Zeit an meine Mädchen denken und hab mir Sorgen um sie gemacht. Dabei hab ich mich wohl gefühlt dort oben. Die Freiheit! Keiner schreibt dir vor, was du tun sollst. Du darfst alles selbst entscheiden, wo du leben willst, was du arbeiten willst, wofür du das Geld ausgibst, das du verdienst. Ja genau, man verdient Geld! Und das Leben in einer Gemeinschaft mit anderen Schwarzen ist … also, ich denke, das ist so ähnlich wie bei euch Quäkern. Es fühlt sich gut an. Und ich will, dass meine Kinder das auch haben. Darum gehe ich zurück, um sie zu holen.«

»Wo sind sie?«

»In Virginia.«

»Aber das ist sehr weit! Was ist, wenn man Sie unterwegs einfängt?«

»Wenn sie mich schnappen, wart ich einfach, bis ich wieder ausbüxen kann. Das ist das Vertrackte an der Sklaverei: Sie brauchen dich, um zu arbeiten, deshalb können sie dich nicht die ganze Zeit einsperren. Wer lange genug wartet, findet immer eine Gelegenheit zur Flucht. Darum habe ich auch keine Angst davor, geschnappt zu werden. Sie bringen mich nach Virginia zurück, und dann laufe ich eben wieder weg, aber diesmal mit meinen Kindern. Jetzt, wo ich die Freiheit einmal geschmeckt habe, will ich nicht mehr auf sie verzichten.«

Honor fühlte sich wie bei den Blinde-Kuh-Spielen ihrer Kindheit. Ihre Geschwister hatten ihr damals die Augen zugebunden und sie herumgewirbelt, und als man ihr das Tuch wieder abnahm, hatte sie in eine ganz andere Richtung geblickt als erwartet. Jetzt kam es ihr vor, als hätte sich das Maisfeld um 180 Grad um sie gedreht. Der Norden war zum Süden geworden und der Süden zum Norden. Sie hatte gedacht, dass sie zusammen mit der Frau nach Oberlin zu Mrs Reed gehen würde, um sich von dort weiter nach Sandusky durchzuschlagen, einer Stadt am Eriesee. Dort hätten sie wie alle Flüchtlinge versucht, nach Kanada überzusetzen. Doch nun musste sie entweder die entgegengesetzte Richtung einschlagen oder allein in den Norden gehen.

»Und wohin wollen *Sie*?«, fragte die Schwarze prompt.

»Ich …« Honor wusste es nicht. Bislang hatte sie nur daran gedacht, wovor sie weglief, nicht, wo sie hinwollte. Wenn man vor etwas weglief, schlug man normalerweise die entgegengesetzte Richtung ein. Aber eigentlich musste Honor sich nicht zwischen Norden oder Süden entscheiden, denn sie war ja keine Sklavin, die vor ungerechten Gesetzen flüchtete. Bei ihr lautete die Frage eher, ob sie nach Osten oder Westen wollte – in bekanntes oder unbekanntes Territorium. »Ich komme mit Ihnen nach Wellington, und dort sehe ich weiter.« Lieber ging sie mit der Frau zusammen in den Süden, als nachts allein im Wald zu sein und Metall im Mund zu schmecken.

»Na dann, kommen Sie, wenn es Ihnen wirklich ernst ist.« Die Frau lief wieder voraus durchs Feld und schlängelte sich durch die Maisreihen. Eine Brise war aufgekommen, in der die

Pflanzen ganz natürlich hin und her schwangen, sodass die beiden Frauen sich nicht mehr so sehr wegen der von ihnen verursachten Geräusche und Bewegungen sorgen mussten. Trotzdem gingen sie langsam, denn Honor stolperte mehrmals in der Dunkelheit.

Am Rand des Maisfelds kletterten sie in einen ausgetrockneten Graben und blieben dort eine Weile liegen. Honor wollte wissen, warum. »Wir warten auf den richtigen Moment.« Mehr sagte die Frau nicht.

Schließlich ritt Donovan vorbei, diesmal allein. Als wolle er die beiden Frauen im Graben necken, verlangsamte er ausgerechnet kurz vor ihnen sein Tempo, um sein Pferd wieder anzutreiben, als er an ihnen vorbei war.

»Er weiß, dass wir in der Nähe sind«, flüsterte die Frau. »Er spürt es. Aber er ist verwirrt, weil er nicht weiß, dass ich … dass wir … nach Süden wollen. Sein Kopf sagt ihm, es kann nur Norden sein, doch sein Gefühl sagt was anderes. Wir müssen nur abwarten, bis er weg ist.«

Wenige Minuten später kam Donovan zurück. Er hielt sein Pferd an. »Hör zu, Honor Bright«, rief er. »Ich weiß, dass du mit der Niggerin da draußen bist. Pass auf, ich schlag dir einen Handel vor. Du ergibst dich, und ich lasse dich laufen, wo immer du hinwillst. Dein Mann hat mich gebeten, dich zu suchen. Hat mir sogar 'ne ordentliche Stange Geld angeboten, wenn ich dich finde, aber sein Geld ist mir egal, und er selbst erst recht. Ich werde dich nicht aufhalten, wenn du von ihm weglaufen willst. Ich wusste schon immer, dass du mit den Haymakers nicht klarkommen wirst. Er hat mir erzählt, dass du seit dem Tod des Niggers kein Wort mehr geredet hättest. Meinetwegen musst du nicht mit mir reden, wenn du lieber den Mund halten willst. Wirf einfach einen Stein nach mir, dann weiß ich, dass du da draußen bist, und komme dich holen.«

Die Sklavin blickte Honor an, das Weiße in ihren Augen blitzte in der Dunkelheit. Honor schüttelte den Kopf, um sie zu beruhigen.

Kurz darauf begann Donovan zu lachen. »Da sitze ich auf meinem Pferd und rede mit mir selber. Du scheinst mir ganz schön den Kopf verdreht zu haben, Honor Bright.«

Er machte kehrt und ritt in Richtung Norden davon. Honor fragte sich, an wie vielen Feldern er noch stehen bleiben würde, um sein Angebot zu wiederholen.

Die Schwarze funkelte sie an. »Was ist los mit dem Sklavenjäger? Sind Sie mit ihm befreundet oder was? Laufen Sie wegen ihm von Ihrem Mann weg?«

»Nein! Nein. Ich laufe weg, weil … weil ich andere Ansichten habe als die Familie meines Mannes.«

Die Frau schnaubte. »Das ist doch albern. Man muss mit den Leuten, mit denen man zusammenlebt, nicht immer einer Meinung sein.«

»Sie haben mir verboten, entlaufenen Sklaven zu helfen.«

»Oh.« Die Frau schnalzte wieder mit der Zunge.

Sie blieben noch lange im Graben liegen. Am Himmel funkelten immer mehr Sterne.

»Na gut, gehen wir weiter«, sagte die Frau schließlich. »Er wird uns in Richtung Oberlin suchen und ab und zu stehen bleiben, um Ihnen seine kleine Rede zu halten.« Sie schmunzelte und lief vor Honor her in den Wald. Bei jedem Schritt rechnete Honor damit, dass sich von hinten eine Hand auf ihre Schulter legte, aber Donovan kam nicht.

Mittlerweile hatte es deutlich abgekühlt. Obwohl die Nächte noch nicht richtig kalt waren, bildete sich Tau auf den Blättern, und Honor zog ihr Tuch fester um sich. Sie stapften durch den Wald. Honor stolperte gelegentlich, doch die schwarze Frau schritt ruhig und sicher vor ihr her.

Auf der anderen Seite des Waldes lag ein abgeerntetes Haferfeld. Sie konnten es nicht durchqueren, denn dort wären sie selbst in der Dunkelheit zu gut sichtbar gewesen, also beschlossen sie, von der Straße weg in den östlich gelegenen Wald zu gehen. Im Schutz der Bäume wollten sie dann weiter in Richtung Süden laufen. Honor hoffte, dass sie jetzt, wo sie ein Stück von der Straße und Donovan entfernt waren, langsamer laufen würden, doch die Frau eilte weiter. Die abgemähten Felder in der Nähe machten selbst ihr Angst, denn über die Stoppeln konnte man leicht reiten. »Er wird jedes Feld in Richtung Norden durchkämmen, bis er sicher ist, dass wir nicht dort sind. Und dann wird er zurückkommen.«

»Vielleicht reitet er ja Richtung Westen«, überlegte Honor. »Die Flüchtlinge laufen entweder nach Norden oder Westen, nie nach Süden oder Osten.«

»Die Sklavenjäger haben eine gute Nase dafür, wo die Flüchtlinge sind, sonst wären sie bald arbeitslos. Ich garantiere Ihnen, dass er noch heute Nacht wieder auftauchen wird. Aber ich hab auch eine gute Nase.«

»Wie halten Sie das nur jede Nacht aus? So ganz allein im Wald?« Bei dem Gedanken an den kalten Metallgeschmack der Nacht erschauderte Honor.

»Man gewöhnt sich dran. Es ist sogar besser, allein zu sein. Dies hier …«, sie machte eine weit ausholende, den Wald umschließende Geste, »dies hier ist *Sicherheit*. Die Natur will mich nicht versklaven. Sie kann mich zwar töten, durch Kälte, Krankheit oder Bären, aber das ist eher unwahrscheinlich. Nein, die Gefahr liegt dort drüben.« Sie deutete zur Straße. »Gefährlich sind die Menschen.«

»Bären?« Honor blickte sich erschrocken um.

Die Frau schmunzelte. »Die meisten Bären haben Angst vor Menschen. Die tun einem nichts, es sei denn, man gerät zwischen sie und ihre Jungen. Außerdem gibt's hier in der Gegend keine Bären. Nur drüben in den Bergen, wo ich hinwill. Und kein Bär kann so schrecklich sein, dass er mich davon abhält, zu *meinen* Jungen zu laufen. Also los, gehen wir weiter.« Die Frau schien einem geheimen Signal zu gehorchen, das nur sie wahrnehmen konnte.

Sie liefen und blieben stehen, liefen und blieben stehen. Irgendwann kamen sie an einen Fluss. Honor vermutete, dass es sich um den Black River handelte. Die Sklavin zögerte nicht lange, sondern watete hinein, ihr Bündel über dem Kopf haltend. Honor blieb keine andere Wahl, als ihr zu folgen. Kalt und durchnässt traten sie ans andere Ufer. »Sie sind bald wieder trocken«, versprach die Frau.

In der letzten Dunkelheit kurz vor dem Morgengrauen erreichten sie den Stadtrand von Wellington. Honor glaubte, dass jetzt der schwierigste Teil kam. Sie mussten mitten durch die Stadt zu Belle Mills laufen und durften dabei nicht gesehen werden. Auf den Höfen in der Nähe hatten bereits die Hunde zu bellen begonnen.

Die entlaufene Sklavin schien sich weniger Sorgen zu machen. »Wissen Sie, wo der Laden von der Putzmacherin ist?«, fragte sie.

Honor klopfte auf ihre Haube. »Die habe ich von ihr.«

Die Frau nickte. »Hab ich mir schon gedacht. Gut. Sie müssen jetzt nur noch an ihre Tür gehen und klopfen. Sie sind eine freie Frau – niemand kann Sie einfach von der Straße schnappen, noch nicht einmal der Sklavenjäger.«

»Und was machen Sie?«

»Ich komme nicht mit.« Als sie die Panik in Honors Stimme hörte, blickte die Frau ihr fest in die Augen. »Mitten in der Stadt wäre es zu gefährlich für mich, wo jetzt alle wissen, dass ich in der Gegend unterwegs bin. Dort würde er mich erwischen, das spüre ich. Nur keine Bange, ich hab Sie doch nahe genug hingebracht, es gibt jetzt wirklich keinen Grund zur Sorge mehr. Gehen Sie einfach die Straße entlang. Ist doch schön, Sie müssen sich nicht bei den Bären im Wald verstecken. Und sehen Sie, es ist gar nicht mehr so dunkel.«

Honor blickte sich um. Ein erster grauer Streifen im Osten hatte der Dunkelheit etwas von ihrer Schwere genommen. Bald würde sie den Weg vor sich besser sehen können. »Und wo wollen Sie hin?«

»Ich werde mich verstecken. Wo, sag ich Ihnen besser nicht. Wenn Sie's nicht wissen, kann der Sklavenjäger es auch nicht aus Ihnen rauskitzeln. Jetzt gehen Sie, bevor die ersten Hunde von da hinten kommen und uns finden. Ich muss mir einen Fluss suchen, den ich durchqueren kann – dort werden sie meine Spur verlieren.«

Honor wusste, dass die Frau recht hatte. »Warten Sie.« Sie öffnete ihr Bündel und reichte der Schwarzen alle Essensvorräte, das Briefmesser und fast ihr gesamtes Geld. Dann nahm sie ihre graugelbe Haube ab und hielt sie der Frau hin.

»Oh.« Die Frau berührte das gelbe Futter. »Die ist zu schön für mich.«

»Bitte. Ich möchte, dass Sie sie nehmen.«

»Na gut.« Die Schwarze wollte sich die Haube über das rote Kopftuch ziehen.

»Warten Sie! Sie sollten auch meine Unterhaube nehmen. Und ich bekomme Ihr Kopftuch.« Ich werde es für einen Quilt benutzen, dachte Honor.

Mit der fest unterm Kinn zusammengebundenen Haube sah die Frau von der Seite wie eine Weiße aus. »Danke«, sagte sie. »Und jetzt gehen Sie besser.«

Honor zögerte. Tränen schossen ihr in die Augen.

»Na, gehen Sie schon, Sie kennen doch den Weg.«

»Gott sei mit Ihnen.«

»Und mit Ihnen.« Die Frau lächelte. »Schauen Sie mich an. Kaum hab ich eine Haube auf, rede ich auch schon wie ’ne Quäkerin.« Sie drehte sich um und lief in den Wald zurück, wo die Dunkelheit sie verschluckte.

Er wartete vor Belles Laden, wo er so bewegungslos an der Hausecke lehnte, dass Honor ihn erst bemerkte, als sie die Hand hob, um zu klopfen.

»Wo ist deine Kopfbedeckung geblieben, Honor Bright? Und wo ist die Niggerin?«

»Ich weiß es nicht«, konnte Honor ehrlich antworten, als sie sich von ihrem Schreck erholt hatte.

»Warum bist du nass? Bist du durch den Fluss gewatet? Sie hat dir wohl alle ihre Niggertricks beigebracht, oder was?«

Im ersten Licht der Morgendämmerung blickte Honor auf ihren Rock. Sie dachte, er sei längst getrocknet, doch er war erneut klatschnass geworden.

»Oh«, stöhnte sie. »Oh.«

Belle Mills' Putzmacherei
Main Street
Wellington, Ohio
4. des 9. Monats 1851

Meine lieben Eltern,

wundert Euch nicht über die fremde Handschrift: Belle Mills schreibt diesen Brief für mich, weil ich noch zu schwach bin, um länger aufrecht zu sitzen. Doch ich wollte Euch sofort wissen lassen, dass Ihr jetzt die Großeltern von Comfort Grace Haymaker seid. Sie ist vor drei Tagen zur Welt gekommen. Belle und ein erfahrener Arzt aus Wellington haben mir beigestanden. Sie ist wunderschön. Ich bin müde, aber glücklich.

Im Moment schreibt Ihr mir am besten an die Adresse in Wellington.

Eure Euch liebende Tochter,
Honor

Diesen Teil des Briefes schreibe ich allein, ohne dass Honor davon weiß, die zusammen mit dem Baby schläft. Ich weiß nicht, ob sie Ihnen geschrieben hat, dass sie mit ihrer neuen Familie gebrochen hat. Anfangs hat sie ihnen die Schweigebehandlung verpasst, wahrscheinlich die Art Strafe, die euch Quäkern naheliegt. Dann ist sie weggelaufen, und jetzt wohnt sie bei mir.

Honor kann schweigen, wie ich es noch nie bei einem Menschen erlebt habe. Aber eins sage ich Ihnen: Bei der Geburt des Babys hat sie genauso laut geschrien wie jede andere Frau, so laut sogar, dass sie jetzt noch heiser ist. Selbst Dr. Johns hat gestaunt, und er hat beileibe schon viel Geschrei mit anhören müssen. Doch es war gut, ihre Stimme einmal richtig laut zu hören, selbst wenn es aus Schmerz war.

Sie sind Honors Familie, vielleicht können Sie sie zur Vernunft bringen. Honor weiß nicht, wie es mit ihr weitergehen soll. Eine Weile kann sie hier bei mir bleiben, doch ich werde bald sterben. Die Leber. Es ist ein langsamer Tod, aber er ist unausweichlich. Honor weiß das nicht und soll es auch nicht wissen. Sie hat ohnehin schon genug am Hals. Doch irgendwann wird es mich nicht mehr geben, und dann fällt der Laden in die Hände meines Bruders. Sie würden nicht wollen, dass Honor dann noch hier ist – es wäre eine Katastrophe.

Und jetzt bekommen Sie noch gratis meine Meinung zu der ganzen Geschichte: Was Besseres als Jack Haymaker wird Honor nicht finden – zumindest nicht in Ohio. Wenn sie den perfekten Mann sucht, muss sie schon zurück nach England gehen. Und ob sie ihn dort findet, halte ich auch für ungewiss.

Das Baby schreit, ich muss aufhören.

Mit ergebenen Grüßen,
Belle Mills

Comfort – Trost

Honor lernte Schaukelstühle doch noch zu schätzen. In Amerika standen sie überall: auf Eingangsveranden, in Küchenecken, in den Stuben von Gasthäusern, vor Saloons und vor den Öfen in Kaufläden. Andachtsräume und Kirchen waren mehr oder weniger die einzigen Orte ohne Schaukelstühle, wobei Honor bezüglich der Kirchen nur Vermutungen anstellen konnte, denn sie war noch nie in einer gewesen.

Vor Comforts Geburt hatte Honor sich mit Schaukelstühlen nicht anfreunden können, weil sie das Gefühl hatte, dass man demonstrativ dem Müßiggang frönte, wenn man darin saß. Wenn neben ihr jemand in einem Schaukelstuhl wippte, fühlte sie sich durch den von einem anderen Menschen vorgegebenen Rhythmus gestört. Die Amerikaner stellten ihren persönlichen Lebensrhythmus viel unbekümmerter zur Schau als die Engländer und kamen gar nicht auf die Idee, dass sie ihre Mitmenschen damit belästigen könnten. Die Menschen gingen hier meist einfach ihren Weg: Sie waren stolz auf ihre Individualität und ließen es alle Welt wissen.

Wenn Honor bei anderen Familien in Faithwell zu Besuch gewesen war, hatte sie immer einen festen Stuhl mit geradem Rücken gewählt. Sie hatte behauptet, dass sie auf einem festen Stuhl besser an den mitgebrachten Nähsachen arbeiten könne, aber in Wahrheit wollte sie nicht vor anderen Menschen schaukeln und ihnen ihren inneren Rhythmus aufzwängen.

Nach Comforts Geburt jedoch erkannte Honor, wie beruhigend das Schaukeln auf Mutter und Kind wirkte. Oft saß sie mit ihrer Tochter in dem Schaukelstuhl, der neben dem Ofen in Belles Laden stand. Die Kundinnen lächelten und nickten ihr zu, während sie Comfort stillte oder in den Schlaf wiegte. Es schien niemanden zu stören.

Vielleicht waren die Amerikaner gar nicht so ungehobelt und selbstverliebt, dachte Honor eines Tages, vielleicht war sie als Engländerin auch zu voreingenommen.

So ungestüm, wie sich Comfort Haymaker Zutritt zur Welt verschafft hatte – die nicht enden wollenden Schmerzen, das Blut, das Pressen und Schreien hatten Honor kurzfristig in ein Tier verwandelt –, war es kaum ein Wunder, dass sie auch ein unruhiges Baby war. Comfort hatte flachsblondes Haar und die blauen Augen ihres Vaters, war aber zierlich wie ihre Mutter. Ihr kleiner Magen füllte und leerte sich in kurzen Abständen. Sie weinte, wurde gestillt, schlief eine Stunde, begann wieder zu weinen und wurde wieder gestillt. Honors Tage und Nächte wurden ganz von dem immer gleichen Säuglingsrhythmus bestimmt. Noch nie zuvor war sie so vereinnahmt worden, noch nicht einmal, als sie Grace im letzten Stadium ihrer Krankheit beigestanden hatte. Manchmal war sie so erschöpft, dass sie zwischen den Stillzeiten kaum etwas anderes tun konnte, als mit Comfort zu dösen.

Bei den Haymakers hätte Honor deswegen kein schlechtes Gewissen gehabt, denn jungen Müttern wurden nach der Geburt mehrere Wochen zur Erholung zugestanden. Doch weil sie bei Belle zu Gast war, befürchtete sie, als faul und träge aufzufallen, insbesondere wenn sie nach unten in den Laden kam, statt in dem Schlafzimmer liegen zu bleiben, das Belle ihr zugewiesen hatte. Obwohl Belle sich weder am Babygeschrei noch an ihrer Untätigkeit zu stören schien, bestand Honor darauf, ihrer Freundin in

Comforts kurzen Schlafphasen so viele Näharbeiten wie möglich abzunehmen. In ihrer Müdigkeit verlor sie jedoch immer wieder den Faden aus der Nadel, und ihre Nähte wurden schief.

Comfort gewöhnte sich schnell daran, von ihrer Mutter im Schaukelstuhl gewiegt zu werden, und wachte jedes Mal schreiend auf, wenn Honor versuchte, sie in den mit einem Quilt ausgeschlagenen Korb umzubetten, den sie von Belle bekommen hatte. Honor hätte heulen können vor Ratlosigkeit und Erschöpfung. Mutter hätte gewusst, wie ich sie zum Schlafen bringe, dachte sie. Oder Judith Haymaker.

Belle beobachtete, wie Honor sich mit dem schreienden Baby abmühte. »Sie braucht eine Wiege«, bemerkte sie spitz.

Honor presste die Lippen zusammen und sagte nichts. Am Tag nach Comforts Geburt hatte Belle die Haymakers benachrichtigt, und Jack war zu Besuch gekommen.

Honor war überrascht gewesen, wie sehr sie sich über seinen Anblick freute. Als er seine Tochter in den Armen hielt und stolz ihr schlafendes Gesicht betrachtete, empfand Honor dasselbe freudige Gefühl, das sie verspürte, wenn sie Patchworkteile zusammennähte und sah, dass sie perfekt ineinanderpassten. »Sie hat deine Haare und deine Augen«, bemerkte sie. Es waren seit Monaten die ersten Worte, die sie zu ihrem Mann sagte.

Jack lächelte erleichtert. »Es tut gut, deine Stimme zu hören.«

Honor lächelte zurück. »Und deine. Ich habe dich vermisst.« In diesem Moment meinte sie es auch so.

»Ich habe eine Wiege für das Baby gemacht. Mutter sagt …« Jack unterbrach sich. »Sie kann in der Wiege schlafen, wenn sie auf den Hof zurückkommt.«

Honor zog unwillkürlich die Schultern hoch, und wie als Antwort begann Comfort zu weinen. Jack musste sie zurück in Honors Arme legen, und das kurze Gefühl, eine Familie zu sein, war verflogen.

»Honor, warum bist du weggelaufen?«, fragte Jack. »Ich habe mir solche Sorgen gemacht. Wir alle haben uns Sorgen gemacht.«

Honor legte Comfort an ihre Brust. Das erste Ansaugen des Babys war so schmerzhaft, dass sie tief durchatmete.

»Es war verantwortungslos«, fuhr Jack fort. »Stell dir vor, das Baby wäre gekommen, als du im Wald unterwegs warst, ganz allein und weit von jeder Hilfe entfernt. Ihr hättet beide sterben können.«

»Ich war nicht allein.«

Beim Gedanken an die entlaufene Sklavin verfinsterte sich Jacks Miene.

Honor widerstand der Versuchung, sich wieder ins Schweigen der vergangenen Monate zurückzuziehen. »Ich möchte sie Comfort nennen«, sagte sie. »Comfort Grace Haymaker.«

»Warum hast du Jack nicht gebeten, die Wiege herzubringen?«, fragte Belle, nachdem er gegangen war. Offenbar hatte sie ihnen zugehört.

»Weil sie ein Druckmittel seiner Mutter ist. Die Wiege wartet auf Comfort, aber sie bekommt sie nur, wenn ich zu ihnen zurückkomme.«

Belle sah aus, als würde sie sich mühsam einen Kommentar verkneifen.

Auch viele Kundinnen empfahlen eine Wiege, wenn sie sahen, wie schwer es für Honor war, Comfort zum Schlafen zu bringen. »So ein hübsches Baby! Aber wo ist seine Wiege?« »Hat das Baby denn keine Wiege, in der es schlafen kann?« »Sie sollten sich eine Wiege anschaffen, junge Frau.« Eines Morgens brachte der Sohn einer Kundin eine alte Wiege aus Hickoryholz vorbei, auf deren winziges Kopfteil Kirschen gemalt waren. »Ich habe da selbst schon als Baby drin geschlafen«, sagte er. »Ma hat sie für ihre Enkel aufbewahrt, aber ich gehe in den Westen und brauche noch keine Wiege. Und wenn es so weit ist, kann ich mir dort eine neue machen. Sie können diese gern haben.« Noch bevor Honor ihm danken konnte, war er wieder verschwunden.

Die Wiege war alt und klapprig, aber sie schaukelte, und Comfort schlief in ihr schnell ein. Danach konnte Honor das Bettchen mit dem Fuß bewegen und gleichzeitig nähen.

Als Judith und Dorcas Haymaker zu Besuch kamen, brachten sie einen Korb Äpfel und einen Korb voll Käse mit. Beim Anblick der alten Wiege runzelte Judith die Stirn, doch als sie ihr erstes Enkelkind auf den Arm nahm, wurde ihr sonst so strenges Gesicht weich und von einem echten Lächeln erhellt. Honor unterdrückte den Impuls, ihrer Schwiegermutter das Baby zu entreißen, und saß steif und mit im Schoß gefalteten Händen da. Comfort ruderte mit den Ärmchen und drehte auf der Suche nach der Mutterbrust das Köpfchen hin und her. Ihre blauen Augen konnten noch nicht richtig fokussieren.

Als Dorcas das Baby nahm, entspannte Honor sich. Noch nie hatte ihre Schwägerin so zufrieden gewirkt wie in dem Moment, als sie Comfort in ihren Armen wiegte. »Eine neue Familie ist nach Faithwell gezogen«, bemerkte sie. »Aus Pennsylvania. Sie sind auch Milchbauern.«

»Sie sind unruhig in der Andacht«, brummte Judith. »Und der Vater redet, als sei er ein Prediger.«

Sie saßen in der winzigen Küche. Die Tür zum Laden stand offen, und Honor spürte die belustigten Blicke der Kundinnen auf sich ruhen. Die nüchterne Kleidung der drei Quäkerinnen stand einfach in zu starkem Kontrast zu den bunten Federn und Blumen der Putzmacherin.

Dann begann Comfort zu weinen, und Honor streckte die Arme nach ihrer Tochter aus.

Es war Abend geworden. Die beiden Haymakers waren längst nach Hause gegangen, und das Baby schlief. Honor und Belle saßen nebeneinander und arbeiteten; Honor an einer grünen Winterhaube, die sie mit weißem Kaninchenfell einfasste, und Belle an einer grauen Haube mit hellblauem Seidenfutter.

»Wie alt ist Dorcas?«, fragte Belle und hielt die Haube hoch, um kritisch die Krempe zu betrachten. »Ist die schief?«

»Nein. Sie ist genauso alt wie ich.«

»Verdammt, sie *ist* schief.« Belle begann die Naht wieder aufzutrennen. »Was meinst du, warum hat sie wohl die neue Familie erwähnt, die nach Faithwell gezogen ist?«

Honor unterbrach ihre rhythmischen Nadelbewegungen nicht. »Weil die Menschen die Stille gern mit Worten füllen.«

»Nein, Schätzchen, sie wollte etwas andeuten. Du hast nur nichts bemerkt, weil du so mit dem Baby beschäftigt warst, aber Dorcas hat nach der Erwähnung der neuen Familie still in sich hineingelächelt. Und deine Schwiegermutter hat ausgesehen, als hätte sie in einen sauren Apfel gebissen.«

Honor hielt im Nähen inne und blickte Belle erwartungsvoll an. Gleich würde sie ihr die Antwort verraten, die sie sich eindeutig schon selbst gegeben hatte.

»Ich glaube, da wird ein Ehemann für Dorcas rausspringen«, erklärte Belle schließlich.

Honor begann wieder zu nähen. Eigentlich gab sie nichts auf Spekulationen, doch sie war froh, dass die Quilts, die sie Dorcas schuldete, fertig waren. Für ihre eigene Ehe musste Honor noch fünf Quilts machen, aber vorher wollte sie einen Kinderbettquilt für Comfort nähen. Allerdings hatte sie sich noch für kein Muster entschieden. Sie musste ihre Tochter erst noch besser kennenlernen.

Sobald Honor sich etwas kräftiger fühlte, ging sie mit Comfort in Wellington spazieren. Da fast alle Einwohnerinnen Wellingtons ihre Hauben und Hüte bei Belle kauften oder oft auch nur zum Stöbern vorbeikamen, kannte Honor bereits viele Frauen im Ort, die ihr nun zunickten oder sie grüßten, wenn sie sich auf der Straße begegneten. Wahrscheinlich würden die Frauen sich das Maul über sie zerreißen, sobald sie außer Hörweite war, denn eine mit der Familie ihres Ehemanns zerstrittene Quäkerin war einfach ein unwiderstehliches Klatschthema. Honor drehte sich bewusst nicht zu ihnen um, wenn sie die Köpfe zusammensteckten, die Stimmen senkten und sich Blicke voller Häme und gespieltem Entsetzen zuwarfen. Doch ihr gegenüber taten die Frauen Wellingtons freundlich, mehr konnte Honor nicht erwarten.

Oft nahm sie Comfort mit, um den Zug anzuschauen, der auf dem Weg nach Columbus oder Cleveland durch Wellington fuhr. Anfangs erschrak Honor noch vor der Größe und dem Krach des im Bahnhof dampfenden und fauchenden Eisenrosses, und auch Comfort brachte das schwarze Ungetüm zum Weinen. Doch mit der Zeit fand sie Gefallen daran, die Menschen beim Ein- und Aussteigen zu beobachten. Waren wurden entladen, alles war in Bewegung, es herrschte ein ständiges Kommen und Gehen.

Manchmal lief Honor Donovan über den Weg, der vom Stall kam oder auf der Straße stand und mit anderen Männern redete. Er tippte sich dann an den Hut, sprach sie aber nicht an. Comforts Anblick machte ihn eindeutig verlegen.

»Dein Bruder mag keine Babys«, stellte Honor Belle gegenüber fest. Sie gingen gerade am Wadsworth Hotel vorbei, vor dem Donovan saß.

Belle schmunzelte. »Die meisten Kerle können nichts mit Babys anfangen, sie machen ihnen Angst. Außerdem mögen sie es nicht, dass die Kleinen die ganze Aufmerksamkeit ihrer Mütter beanspruchen, weil sie befürchten, dann selbst zu kurz zu kommen. Im Fall von Donovan kommt aber noch etwas anderes hinzu: Das Baby erinnert ihn daran, dass du verheiratet bist. Im vergangenen Jahr konnte er einfach so tun, als seist du noch ungebunden, das hat ihm Spaß gemacht. Doch jetzt gibt es den lebenden Beweis dafür, dass ein anderer Mann bereits da war, wo er gern hin würde.«

Honor errötete.

»Du hast jetzt selbst eine Familie, Schätzchen, und nicht bloß in eine geheiratet. Donovan weiß, dass er dagegen keine Chance hat. Und das gefällt ihm nicht. Hast du nicht bemerkt, dass er dir aus dem Weg geht, seit du hier bist?«

Es stimmte. Nachdem ihre Fruchtblase geplatzt war, hatte Donovan Belle geweckt und geholfen, Honor ins Haus zu tragen, aber danach war er sofort verschwunden. Er ritt jetzt nicht mehr dauernd am Hutladen vorbei wie bei Honors erstem Aufenthalt in Wellington. Eines Abends jedoch hatte er betrunken an der Bar des Wadsworth Hotels auf der anderen Straßenseite gelungert und durchs Fenster hinaus auf Honor gestarrt, die mit Comfort im Arm ebenfalls am Fenster saß. Dann hatte er seinen Tabakpfropfen ausgespuckt, eine Angewohnheit, die Honor überhaupt nicht mochte, weshalb sie die Augen schloss. Als sie sie wieder öffnete, war er verschwunden.

Doch auch Honor hatte sich verändert. Sie dachte jetzt nur noch an das Baby; sie war für diesen kleinen Menschen verantwortlich, dagegen rückte alles andere in den Hintergrund. Wenn sie Donovan sah, war es, als blicke sie auf einen fernen Strand; einen Ort, den sie einmal geliebt hatte, nach dem sie sich jetzt aber nicht mehr so sehr sehnte. Donovan war für sie wie England geworden.

Völlig gleichgültig war er ihr aber trotzdem nicht. »Glaubst du, dein Bruder könnte sich ändern?«, fragte sie Belle später an jenem Abend.

Belle dehnte gerade einen Hut aus schokoladenbraunem Filz,

besprühte ihn mit Wasser und zog ihn dann über einen halbierten Holzblock, in dessen Seite eine Eisenschraube mit einem Handgriff steckte. Mit einem Drehen des Griffs konnte Belle den Block weiten, sodass sich der Filz über ihm spannte. »Mein Bruder ist ein schlechter Mensch«, sagte sie. »Er ist anders als du und wird es immer bleiben. Für Donovan sind die Neger kaum mehr als Tiere. Das ist die Einstellung, mit der er in Kentucky aufgewachsen ist, da kannst du in deiner nachsichtigen Quäkerart sagen und tun, was du willst. Nein, Donovan wird sich niemals ändern.«

»Aber du hast deine Einstellung doch auch geändert. Warum sollte er es dann nicht können?«

»Manche Menschen werden schon schlecht geboren.« Belle drehte den Griff, bis sie das Gefühl hatte, der Filz sei straff genug gespannt. »Ich glaube, tief in ihrem Inneren haben die Südstaatler schon immer gewusst, dass Sklavenhaltung nicht richtig ist, aber sie haben sich alle möglichen Theorien zurechtgezimmert, um ihr Verhalten zu rechtfertigen. Und im Lauf der Jahre hat sich dieses Gedankengut bei ihnen immer mehr verfestigt. Es ist dann schwer, die eigenen Überzeugungen in Frage zu stellen und einfach zu sagen: ›Das war falsch.‹ Ich musste erst nach Ohio ziehen, um das zu schaffen. In Ohio geht das, es liegt an der besonderen Eigenart dieses Staates. Deshalb ist er mir auch ans Herz gewachsen.« Sie streichelte über den Filz, als würde sie damit ganz Ohio streicheln. »Aber Donovan … er ist zu starrsinnig, um sich zu ändern. Ich helfe den Flüchtlingen unter anderem auch, um einen Ausgleich für seine Schlechtheit zu schaffen. Und um ihn dafür zu bestrafen, dass er mir meinen Mann vergrault hat. Aber hör zu, Schätzchen, du darfst deine Gedanken nicht an hoffnungslose Fälle verschwenden. Für dich sollte nur noch zählen, was für *sie* am besten ist.« Sie nickte zu der Wiege hin, in der Comfort lag und friedlich schlief. Sie hatte die Ärmchen über den Kopf geworfen wie die Siegerin in einem Wettrennen.

Belle Mills' Putzmacherei
Main Street
Wellington, Ohio

1. des 10. Monats 1851

Liebste Biddy,

ich habe Dir schon so lange nicht mehr geschrieben, dass Du Dich sicher schon fragst, warum Deine alte Freundin Dich so vernachlässigt. Bitte entschuldige. Ich bin über mehrere Monate ganz im Schweigen versunken und konnte mit niemandem sprechen und auch niemandem mehr schreiben. Ich hoffe, Du kannst mir verzeihen. Mittlerweile spreche ich wieder, auch wenn ich immer noch sparsam mit den Worten umgehe.

Sicher ist Dir die Adresse aufgefallen, unter der ich schreibe. Ich lebe schon seit einem Monat hier in Wellington. In einem meiner ersten Briefe habe ich Dir bereits von der Putzmacherin Belle Mills erzählt, die mich so freundlich aufgenommen hat, als ich in Ohio ankam. Die Erinnerung an diese Freundlichkeit hat mich zu Belle zurückgebracht, als ich auch eine andere Richtung hätte einschlagen können.

Von meinen Eltern hast Du bestimmt schon erfahren, dass ich Mutter einer Tochter geworden bin. Sie heißt Comfort und wurde direkt nach meiner Ankunft bei Belle geboren. Comfort ist ein hübsches Baby mit blonden Haaren und großen blauen Augen, die ständig wach und aufmerksam schauen, als wisse sie bereits ganz genau, was sie will. Und sie sorgt dafür, dass es alle erfahren, denn sie schreit viel. Da sie zu früh zur Welt kam, ist sie noch recht klein und hat vielleicht auch deswegen ständig Hunger. Doch sie wächst schnell. Schon jetzt kann ich mir ein Leben ohne Comfort nicht mehr vorstellen.

Du wirst Dich wahrscheinlich fragen, warum ich nicht in Faithwell bei meinem Mann und seiner Familie bin. Es ist schwer zu erklären, aber ich habe es dort einfach nicht mehr ausgehalten. Die Haymakers waren nicht unfreundlich zu mir, doch sie sehen die Welt mit anderen Augen. Mit Hilfe einer entflohenen Sklavin, die in Richtung Süden unterwegs war, um ihre Kinder zu holen und in den Norden zu bringen, habe ich den Hof verlassen. Ich weiß, dass es wenig Grund gibt, eine Farbige zu beneiden, aber ich habe die Selbstsicherheit und Entschlossenheit dieser Frau bewundert. Seit Samuel unser Verlöbnis aufgelöst hat, habe ich alles Vertrauen in mich selbst verloren. Es ist schwer, so lange ohne jeden Halt zu leben.

Jack hat Comfort und mich schon mehrmals besucht, und jedes Mal fragt er, wann ich wieder nach Hause komme. Ich weiß nicht, was ich ihm darauf antworten soll.

Auch Judith Haymaker war schon zweimal hier, was um einiges schwerer zu ertragen war, da sie viel strenger ist als der liebevolle und nachsichtige Jack. In ihren Augen bin ich eine Schande für die Haymakers, und sie hat mir Dinge gesagt, die man von einer Freundin nicht erwarten würde. Vermutlich haben Ratlosigkeit und Enttäuschung sie dazu gebracht. »Ich hätte Jack niemals erlauben dürfen, dich zu heiraten«, hat sie beim letzten Besuch gesagt. »Alles, was du mit in unsere Familie gebracht hast, sind deine englischen Angewohnheiten, die nicht die unseren sind.« Dann hat sie mir mitgeteilt, dass der Ältestenrat von Faithwell beschlossen hat, mich auszustoßen und mir Comfort wegzunehmen, wenn ich nicht bis zum 1. des 11. Monats zurückkomme. Danach fiel es mir schwer, Comfort in Judiths Armen zu sehen, denn ich hatte Angst, sie würde sie mir gleich wegnehmen. Am liebsten hätte ich ihr gar nicht mehr erlaubt, sie zu halten. Comfort selbst mag ihre Großmutter auch nicht besonders. Sie hat zwar nicht geweint, aber sie hat ganz steif in Judiths Armen gelegen und die ganze Zeit ein finsteres Gesicht gemacht. Es war ein rundum verstörender Besuch, auch wenn ich dem Beispiel meiner Tochter gefolgt bin und nicht geweint habe.

Am meisten habe ich mich über einen Besuch von Dorcas Haymaker gefreut, die mich dank der Hilfe eines freundlichen Bauern aus Faithwell, der sie auf dem Wagen mitnahm, einmal ganz allein besuchen konnte. Sie denkt wenigstens praktisch und hat mir Kleider, mein Nähkästchen und meinen Arbeitskorb mitgebracht, außerdem noch den Signaturquilt, den Du zusammen mit den Freundinnen in der Gemeinde für mich gemacht hast. Sie hatte auch die Babysachen dabei, die ich genäht habe, bat mich aber, es Jack und Judith nicht zu verraten. Sie meint, es könne so aussehen, als glaube sie nicht mehr daran, dass ich zu ihnen zurückkomme. Es fiel ihr sehr schwer, mich zu bitten, den wahren Grund ihres Besuchs zu verheimlichen, denn es ist von uns beiden unehrlich.

Das schönste Mitbringsel von Dorcas aber war Dein Brief. Ich habe mich sehr über ihn gefreut, vor allem, weil er die gute Nachricht enthielt, dass Du Anfang nächsten Jahres heiraten wirst. Wie sehr ich mir wünsche, ich könnte bei Dir sein und an Deinem Glück Anteil nehmen! Und natürlich würde ich gerne den Freund aus Sherborne kennenlernen, der Dein Herz erobert hat. Ich habe immer noch ein schlechtes Gewissen, dass Du mir wegen meiner Hochzeit den »Stern von Bethlehem« schicken musstest. Ich verspreche, ihn Dir so bald wie möglich zurückzuschicken, auch wenn die Familie aus Sherborne es mit der Anzahl an Quilts, die man mit in die Ehe bringen sollte, vielleicht nicht so genau nimmt wie die Haymakers.

Belle ist sehr gut zu mir. Sie fragt nicht viel, sondern überlässt es mir, ob ich reden will. Statt mir Vorwürfe zu machen oder zu fragen, wie lange ich noch vorhabe zu bleiben, gibt sie mir einfach Arbeit. Meine Nähkünste gefallen ihr sehr und vielen anderen Frauen in Wellington auch. Belle macht normalerweise keine Kleider, doch ich habe angefangen, Änderungs- und Flickarbeiten anzunehmen. Im letzten Monat habe ich von Belle auch viel übers Hutmachen gelernt, obwohl ich die Hüte natürlich niemals selbst tragen würde, weil sie für eine Freundin viel zu schick sind. Hübsch finde ich sie aber trotzdem, was natürlich falsch ist, weil die Federn und Blumen so frivol sind.

Wenn Comfort mich lässt, versuche ich ein wenig im Haushalt zu helfen. Belle kocht nur selten und isst auch nicht viel. Wenn ich etwas koche, sagt sie zwar, dass es gut riecht, isst dann aber nur einen oder zwei Happen. Die Kleider hängen alle lose an ihr herab. Ihre Haut und ihre Augen haben einen gelben Stich, deshalb vermute ich, dass sie an Gelbsucht leidet, auch wenn sie nicht darüber spricht.

Ach, Biddy, ich bin gerade sehr verwirrt. Ich lebe in einem Teil des Landes, in dem alles in Bewegung ist, aber in welche Richtung ich mich bewegen soll, weiß ich nicht. Amerika ist wirklich ein sehr eigenartiges Land. Es ist jung und unerfahren, nichts ruht auf festen Fundamenten. Oft muss ich daran denken, dass es den Andachtsraum in Bridport schon seit fast zweihundert Jahren gibt. In der Stillen Andacht habe ich immer die Kraft seiner Geschichte gespürt und die vielen Tausend Menschen, die im Lauf der Jahre schon in ihm saßen. Das hat mir Halt gegeben und das Gefühl, Teil eines größeren Ganzen zu sein. Ich wusste, wo ich herkomme, und diese Gewissheit gibt dem Leben eine Leichtigkeit, die manche auch für Selbstgenügsamkeit halten mögen.

In der Andacht in Faithwell fühlte ich mich nie so sicher und aufgehoben, was nicht nur daran liegt, dass das Gebäude so neu ist und aus Holz statt aus Stein gebaut wurde. Auch die Gemeinde ist nicht richtig in sich gefestigt – niemand ist schon wirklich lange hier, und niemand weiß, wie lange er noch bleiben wird. Viele reden davon, weiter in den Westen zu ziehen. In Amerika ist das die Lösung für viele Probleme. Wenn die Ernte schlecht ausfällt, wenn man Streit mit den Nachbarn hat oder sich einfach in einer schwierigen Situation befindet, nimmt man einfach seine Siebensachen und zieht weiter gen Westen. Das hat natürlich zur Folge, dass der Zusammenhalt der Familie hier noch wichtiger ist als bei uns. Umso schlimmer ist es, dass mir meine amerikanische Familie keinen Halt bietet, denn ich habe nicht das Gefühl, wirklich zu ihr zu gehören. Also muss ich mir überlegen, ob ich weiterziehen will. Ich weiß nur noch nicht, in welche Richtung es gehen soll.

Im Moment ist es deshalb am besten, wenn Du mir an Belles Adresse schreibst. Ich weiß noch nicht, wo ich in vier Monaten sein werde, wenn mein Brief Dich erreicht hat und Du mir zurückgeschrieben hast. Doch Belle wird wissen, wo ich bin.

Bitte habe Geduld mit mir, Biddy. Mit Gottes Hilfe werden wir uns wiedersehen.

Deine treue Freundin,
Honor

Stern von Ohio

Eines Morgens kam eine ältere Frau, die Honor noch nie zuvor gesehen hatte, in den Laden. »Thomas kommt morgen mit einer Lieferung«, sagte sie zu Belle. »Es ist eine große Lieferung. Sieh zu, dass du genügend Platz schaffst.«

Belle nickte. »Danke, Mary«, sagte sie, ohne die Nadeln aus dem Mund herauszunehmen. Sie steckte gerade ein Rüschenband an einer weinroten Haube fest.

»Ich habe dir Scheite und Reisig bestellt, ist das in Ordnung?«

»Aber natürlich. Wie geht's denn deiner kleinen Enkelin? Hier, bring ihr ein Haarband mit, so etwas können kleine Mädchen doch immer brauchen.«

»Danke. Kann ich auch zwei bekommen?« Die Frau suchte sich aus einem Korb auf der Ladentheke zwei rote Bänder aus und wandte sich zum Gehen. In der Tür blieb sie noch einmal zögernd stehen. »Ist alles in Ordnung mit dir, Belle? Du bist in letzter Zeit so schmal geworden.«

»Ein Bandwurm. Das wird schon wieder.«

Honor, die im Schaukelstuhl saß und Comfort stillte, blickte auf. Die Knochen in Belles kantigem Gesicht traten noch markanter hervor, und ihre dunkelbraunen Augen glühten ungesund.

»Belle«, hob Honor an, nachdem die Frau gegangen war.

»Keine Fragen.« Belle schnitt ihr gleich das Wort ab. »Normalerweise kann ich mich auf dein Schweigen verlassen. Enttäusch mich nicht und halte es weiter so. Bist du fertig mit der Kleinen?«

Honor nickte.

»Gut. Könntest du ein bisschen im Laden aufpassen? Ich muss Platz für die Holzlieferung schaffen.« Noch während Honor sich abmühte, Comfort schlafend in die Wiege umzubetten, verschwand Belle. Vielleicht spürte Comfort, dass mit Belle gerade nicht zu spaßen war, denn sie schlief brav weiter, und Honor konnte die Kundinnen bedienen, die im Lauf der nächsten Stunde in den Laden kamen, während Belle im Schuppen die letzten Holzvorräte umschichtete. Zu ihrer Überraschung hörte Honor Belle zwischendurch mehrmals die Treppe nach oben gehen, wusste aber, dass sie besser keine Fragen stellte.

Als es am Nachmittag des nächsten Tages zu dämmern begann und Belle die Lampen anzündete, kam ein Mann mit einer Wagenladung Holz vorgefahren. In dem Moment, als er zur Tür hereinkam, Belle begrüßte und ihr selbst zunickte, erkannte Honor ihn. Es war der alte Mann, der sie vor über einem Jahr aus Hudson mitgenommen hatte. »Hab gehört, Sie hätten was Kleines bekommen«, sagte Thomas. »Das ist gut.«

Honor lächelte. »Ja, das ist es.«

Belle ging mit Thomas hinters Haus, und Honor blieb bei den beiden Kundinnen im Laden: Eine junge Frau und ihre Mutter suchten nach einem geeigneten Futter für ihre Winterhauben und konnten sich lange nicht entscheiden. Endlich trafen sie ihre Wahl und zahlten. Als sie den Laden verließen, kam Thomas zurück, um seinen Wagen zu holen und hinters Haus zu fahren.

»Ich gehe mit raus und helfe ihm das Holz abladen«, sagte Belle. »Falls Kundinnen kommen, kümmere dich bitte um sie und halte sie bei Laune, bis ich wieder da bin.« Einen Moment lang sah sie Honor in die Augen, dann drehte sie sich um und eilte durch die Küche zur Hintertür hinaus.

Kaum war Belle verschwunden, hörte Honor auch schon Donovans Pferd die Straße entlangtraben. In dem Moment begriff sie, was vor sich ging. Sie schloss die Augen und betete, dass Donovan vorbeireiten möge.

Doch ihr Gebet wurde nicht erhört. Durchs Fenster beobachtete Honor, wie Donovan die Zügel über die Pferdestange vorm Haus warf und in Richtung Ladentür marschierte. »Wo ist Belle?«, fragte er noch in der Tür. Sein Blick streifte Comfort in der Wiege, dann heftete er ihn auf Honor.

»Sie ist hinterm Haus und hilft, das Holz abzuladen.«

Draußen näherte sich eine Frau über die Planken des Gehwegs. Vorm Laden wurden ihre Schritte langsamer, sie schien einen Blick auf die Hauben im Schaufenster zu werfen. Bitte kommen Sie rein, flehte Honor im Stillen. Bitte! Doch die Frau eilte weiter, denn es wurde bereits dunkel: Zeit für ein unbegleitetes weibliches Wesen, nach Hause zu gehen.

»Aha, sie hilft Holz abladen! Dann entschuldige mich bitte, Süße, ich will mal kurz rausschauen, damit sie sich keine grünen Scheite aufschwatzen lässt.« Donovan trat um Honor herum und lief zielstrebig in Richtung Küche.

»Donovan …«

Er blieb stehen. »Was ist?«

Sie musste ihn irgendwie dazu bringen, bei ihr im Laden zu bleiben, auf keinen Fall durfte er zum Holzschuppen gehen.

»Ich wollte … ich wollte dir schon immer dafür danken, dass du mir damals in der Nacht geholfen hast. Du weißt schon, im Wald … wo wir den Schwarzen gefunden haben.«

Donovan schnaubte. »Wem soll ich da geholfen haben? Der Nigger war doch schon tot, von dem hatte keiner mehr was, weder du noch ich.«

»Aber du hast mir geholfen, als ich allein im Dunkeln auf der Straße unterwegs war. Ich weiß nicht, was ich gemacht hätte, wenn du nicht gekommen wärst.« Während Honor sprach, fielen ihr die Gefühle jener Nacht wieder ein und der kurze Moment, in dem sie und Donovan sich ganz nahe gewesen waren. Sie hoffte, dass sich auch Donovan an die Nacht im Wald erinnern würde und seine Gedanken von den Geschehnissen hinterm Haus abschweiften. »Ich wünschte, du könntest dich ändern«, fügte sie noch hinzu.

»Und was würde mir das bringen?«

Noch bevor Honor antworten konnte, gab Comfort ein leises Wimmern von sich, das erste Zeichen, dass sie gleich aufwachen würde.

Donovan verzog das Gesicht. »Nichts würde es mir bringen. Jedenfalls jetzt nicht mehr.« Er drehte sich um und ging durch die Küche in den Garten.

In der Hoffnung, Comfort wieder zum Schlafen zu bringen, schaukelte Honor die Wiege, doch ihre Tochter war bereits hellwach. Honor nahm sie, legte sie sich über die Schulter und ging mit ihr im Laden auf und ab, wobei sie ihr beruhigend den Rücken klopfte. Gleichzeitig lauschte sie angestrengt auf Geräusche von draußen. Was ging beim Holzschuppen vor sich?

Wenige Minuten später tauchte Belle mit dem Arm voller Holzscheite auf, die sie in die Kiste neben dem Ofen fallen ließ. Donovan folgte ihr auf den Fersen. »Donovan, welcher Bruder lässt seine Schwester Holz ins Haus schleppen, ohne selbst auch nur einen Finger zu rühren? Schäm dich, verdammt noch mal, was bist du nur für ein Kerl? Du tust wirklich alles, damit die Leute einen möglichst schlechten Eindruck von dir bekommen. Was meinst du, was Honor hier von solchen Manieren hält?«, schimpfte Belle. Sie ging vor dem Ofen in die Hocke und schichtete das Holz aufeinander.

»Was ist nun, holst du mir jetzt noch ein paar Scheite, oder muss ich hier alles alleine machen?«

Donovan runzelte die Stirn und ging zurück nach draußen. Er muss jünger sein als Belle, dachte Honor, die sich erinnerte, welche Autorität ihre älteren Brüder früher über sie und Grace gehabt hatten.

Belle öffnete die Ofentür und legte Holz nach, obwohl das eigentlich nicht mehr nötig war. An diesem Tag würden keine Kundinnen mehr kommen. Honor und sie würden bald zusammen in die Küche gehen und sich dort ans Feuer setzen. Der unnötige Handgriff verriet Belles Nervosität.

Donovan kam mit einem Arm voll Holz zurück. Diesmal folgte ihm Thomas.

»Das sollte dir bis Weihnachten reichen, Belle«, sagte Thomas, »aber wenn du willst, mach ich dir den Schuppen ganz voll, wenn ich das nächste Mal in der Stadt bin.«

»Danke, Thomas. Was schulde ich dir?« Während Belle und Thomas an die Ladentheke traten, um das Geschäftliche zu erledigen, begann Donovan das mitgebrachte Holz auf den von seiner Schwester angefangenen Stapel zu schichten. Comfort konnte mittlerweile richtig fokussieren, und von Honors Schulter aus folgten ihre Augen jeder Bewegung des fremden Mannes. Donovan schien sich unter dem Blick des Babys unwohl zu fühlen, denn er brachte seine Arbeit hastig zu Ende. Als Thomas durch die Küche nach draußen zu seinem Wagen ging, erhob sich Donovan aus der Hocke und trat auf die Eingangstür zu.

»Willst du nicht noch ’nen Kaffee mit uns trinken, bevor du gehst, Donovan?«, fragte Belle. Es klang spöttisch.

»Ich vergraul dir doch nur die Kundinnen. Passt besser auf, Belle und Honor, ich bin hier noch nicht fertig.« Er knallte die Tür hinter sich zu.

Belle grinste. »Das Baby ist ihm unheimlicher als jeder andere Mensch auf der Welt. Ach, Comfort, du solltest für immer bei mir bleiben, dann hätte ich endlich Ruhe vor ihm. Du bist mein Talisman.« Sie küsste Comfort auf das feine weißblonde Haar. Nur selten zeigte sie dem Baby gegenüber so deutlich ihre Zuneigung.

Sie lauschten, wie Donovans Pferd davontrabte. »Honor, geh ans Fenster und schau nach, ob er auch draufsitzt«, sagte Belle. »Mit dem Trick wollte er mich schon einmal reinlegen.«

Honor blickte die Straße entlang und machte im Dunkeln Donovans zusammengesackt im Sattel sitzende Silhouette aus. Sie behielt ihn im Auge, bis er nicht mehr zu sehen war. »Er ist weg.«

»Gut. Bleib hier im Laden und pass auf, ob er zurückkommt.« Belle eilte wieder hinters Haus. Wenige Minuten später sah Honor, wie Thomas mit dem Wagen davonfuhr. Ohne die schwere Holzladung klapperte er laut über den Fahrweg.

Honor und Comfort blieben am Fenster stehen. Das Baby lag ganz still über der Schulter seiner Mutter und streckte ein Händchen der Dunkelheit entgegen. In den letzten Tagen war Comfort ruhiger geworden, und ihre Bewegungen wirkten kontrollierter.

Belle kam bald zurück. »So, jetzt mach ich uns was zu essen.« Als Honor den Mund öffnete und zum Reden ansetzte, unterbrach Belle sie. »Frag nicht. Wenn du nichts weißt, kannst du Donovan auch nichts erzählen, wenn er zurückkommt. Und ich verspreche dir, wir werden ihn noch heute Abend wiedersehen. Er muss hier bestimmt noch einmal rumschnüffeln.« Sie sprach, als wisse Honor genau, was in Haus und Schuppen vor sich ging, und Honor wusste es tatsächlich. Sie erlaubte sich nur nicht, es in klare Gedanken zu fassen. Manche Dinge blieben besser im Dunkeln.

Doch sie blieben nicht im Dunkeln. Später am Abend, als Honor und Belle in der Küche aßen und das Baby friedlich in der Wiege zu ihren Füßen schlummerte, hörte Honor plötzlich ein leises Wimmern. Es kam nicht von Comfort. Honor kannte die Geräusche ihres Babys so genau, dass sie nicht einmal auf die Wiege hinabblicken musste. Sie lauschte angestrengt und erstarrte. Ihr Messer blieb in dem Schweinekotelett stecken, an dem sie gerade säbelte.

Im selben Moment legte Belle ihr Besteck laut klappernd auf dem Teller ab und stand auf. Sie schob ihren Stuhl so ruckartig zurück, dass die Beine laut über den Boden schrammten. »Weißt du, wonach mir gerade der Sinn steht?«, fragte sie. »Ich hätte gern einen Tee zum Essen. Ihr Engländer trinkt doch dauernd Tee, oder? Ich setze mal Wasser auf.« Sie nahm den Wasserkrug und füllte den Kessel. »Mal was anderes als immer nur Kaffee und Whiskey, würde ich sagen.« Belle knallte den Kessel scheppernd auf den Herd. »Aber du hast sicher noch nie einen Tropfen Alkohol angerührt. Weder Whiskey noch Bier noch sonst irgendwas. Arme Quäkerin.«

So beherzt Belle auch versuchte, möglichst viel Lärm zu machen, hörte Honor doch wieder ein Wimmern und danach das leise Flüstern einer Frauenstimme. Es war nicht irgendeine Stimme, sondern die einer Mutter, die ihr Kind beruhigte. Seit sie selbst Mutter war, hatte Honor ein feines Gespür für mütterliche Tonlagen entwickelt.

»Wo sind sie?«, fragte sie in eine kurze Pause von Belles Klappern und Plappern hinein.

Belle wirkte fast erleichtert und lächelte, als wolle sie sich dafür entschuldigen, dass sie geglaubt hatte, Honor ließe sich durch derart plumpe Vertuschungsmanöver täuschen. »Ich zeige es dir«, sagte sie, »aber überleg dir gleich, was du Donovan erzählen willst, wenn er dich ausquetscht. Ich weiß, dass ihr Quäker nicht lügen dürft, aber gegen eine kleine Flunkerei für einen guten Zweck dürfte eigentlich niemand etwas haben. Gott wird dich sicherlich nicht dafür verurteilen, meinen Bruder angelogen zu haben, oder? Und wenn die Haymakers dich dafür verurteilen, dann …« Sie verkniff sich weitere Bemerkungen über die Familie von Honors Ehemann.

»Ich habe von Freunden gehört, die sich die Augen verbinden ließen, damit sie die Menschen nicht sehen konnten, denen sie halfen«, bemerkte Honor nachdenklich. »So konnten sie die Frage, ob sie die betreffenden Personen gesehen hätten, ehrlich mit Nein beantworten.«

»Als würde Gott solche Spielchen nicht auf der Stelle durchschauen«, schnaubte Belle. »Ich finde, die Wahrheit so zu verdrehen ist schlimmer, als für eine gute Sache zu lügen.«

»Vielleicht.«

Das Kind wimmerte jetzt nicht mehr, sondern weinte laut. Das Geräusch kam vom Wanddurchbruch neben dem Herd. Belle konnte durch das Loch in den dahinter liegenden Schuppen greifen und Holz holen, ohne das Haus verlassen zu müssen. Obwohl eine schwere Decke vor dem Loch hing, damit es in der Küche nicht zog, waren die Geräusche aus dem Schuppen noch zu hören. Honor konnte das Weinen nicht mehr mit anhören. Sie bemerkte, dass sie die ganze Zeit die Luft angehalten hatte, und atmete tief aus. »Bitte, hol das Kind herein«, sagte sie zu Belle. »Ich will nicht, dass es wegen mir frieren muss. Notfalls lüge ich Donovan auch an.«

Belle nickte und schob die Decke zur Seite. »Alles in Ordnung, Virginie, du kannst sie eine Weile hereinbringen.«

Einen Moment später erschienen ein paar braune Hände im Loch und reichten erst ein Kind hindurch und kurz darauf ein zweites. Belle nahm sie entgegen und stellte sie nebeneinander auf die Füße. Es waren völlig identische eineiige Zwillinge, zwei ungefähr fünf Jahre alte Mädchen, die Honor aus großen dunklen Augen ansahen. Um ihre ordentlich geflochtenen Zöpfe waren die roten Bänder geschlungen, die Thomas' Frau am Vortag aus dem Laden mitgenommen hatte. Ernst und stumm standen die Mädchen vor Belle und Honor. Der einzige Unterschied zwischen ihnen waren die laufende Nase und der rasselnde Husten des Mädchens, das gewimmert und geweint hatte.

Als eine graue Haube im Loch auftauchte, schob Belle die Mädchen zur Seite. Honor sah das blassgelbe Futter aufblitzen und zuckte zusammen.

Belle lächelte. »Aha, da ist die Haube also abgeblieben. In der Dunkelheit ist mir das gar nicht aufgefallen. Ich dachte, du hättest sie bei den Haymakers gelassen, Honor, obwohl ich mir lieber nicht vorstelle, was sie damit gemacht hätten. Womöglich als Melkeimer benutzt.« Sie reichte der entflohenen Sklavin die Hand und zog sie durchs Loch. Honor erkannte die schlanke Gestalt mit dem gelblichen Teint und dem unbeirrbaren Blick gleich wieder.

Die Frau blickte Honor an und nickte. »Sie sind also immer noch hier. Und haben Ihr Baby bekommen! Aber ich habe meine Babys jetzt auch bei mir.« Sie legte die Arme um die Mädchen. Jetzt, wo die Mutter neben ihr stand, fühlte sich das Mädchen mit der Erkältung sicher genug, um wieder laut loszuheulen.

»Honor, rühr ihr etwas Himbeermarmelade in heißes Wasser«, kommandierte Belle. »Der Kessel hat gerade gekocht. Und gib einen Tropfen Whiskey hinzu. Schau mich nicht so kritisch an – es wird ihr guttun. Ich werde der Kleinen unterdessen einen Brustwickel machen.« Belle blickte zum Fenster, dessen schwerer Vorhang fest zugezogen war, und zu der Tür zwischen Küche und Laden, die ebenfalls geschlossen war. »Lange dürft ihr nicht hier in der Küche bleiben, denn Donovan kommt bestimmt bald zurück. Wir haben ihn einmal an der Nase herumgeführt, sodass er geglaubt hat, ihr wärt noch nicht da, aber so leicht lässt er sich nicht abspeisen. Er wird sich noch mal umschauen wollen.«

»Wann sind die drei denn in den Schuppen geschlüpft?«, fragte Honor.

»Ganz zum Schluss, kurz bevor Donovan gegangen ist. Das ist immer der beste Moment, wenn sie noch da sind, aber mit nichts mehr rechnen. Der alte Thomas hat ihnen geholfen. Er hatte sie im doppelten Boden seines Wagens versteckt. Man muss sich ganz flach hinlegen, und dann wird der falsche Boden über einem zugeschoben. Besonders bequem ist es nicht, stimmt's Virginie?«

»Hatte Thomas damals, als er mich von Hudson mitgenommen hat, auch einen Flüchtling im Wagen versteckt?« Honor musste daran denken, wie Thomas gelegentlich mit dem Fuß aufgestampft und mit jemandem gesprochen hatte, während sie im Wald gewesen war. Außerdem hatte sie unterwegs die ganze Zeit das Gefühl gehabt, dass sie nicht allein waren.

»Jep. Und Donovan weiß es bis heute nicht. Er schaut immer unter dem Sitz nach.«

Jetzt, wo sie wusste, dass Honor diese Geheimnisse nicht verraten würde, plauderte Belle munter drauflos. Sie erzählte stolz von den Tricks und Finten, die sie zusammen mit Thomas und den anderen Unterstützern der *Underground Railroad* entwickelt hatte, um den Flüchtlingen zu helfen.

Dem kranken Kind wurde Himbeerwasser mit Whiskey eingeflößt und eine Senfpaste auf die Brust gestrichen, dann forderte Belle Honor auf, durch das Loch in den Schuppen zu kriechen. Er war tiefer, als Honor von draußen vermutet hätte. Belle und Thomas hatten das Holz so gestapelt, dass es aussah, als stünde es direkt an der Hauswand, in Wirklichkeit aber war zwischen Wand und Holzstapel eine Lücke. Wenn man sich ganz schmal machte und um den Stapel herumquetschte, gelangte man in einen winzigen Raum, kaum größer als ein Schrank, in dem drei Holzstümpfe standen, die von den Flüchtenden anscheinend als Stühle benutzt wurden. Man musste sie aber nur umwerfen, um den Zwischenraum völlig unverdächtig aussehen zu lassen. Selbst die Lücke an der Wand konnte jederzeit mit Holz geschlossen werden, dann würde es so aussehen, als seien die Scheite dort etwas flüchtiger gestapelt worden, weil sie als Erste verbrannt werden sollten. Beim Blick in die winzige Kammer fragte sich Honor, wie viele entflohene Sklaven dort wohl schon versteckt worden waren. Dutzende? Hunderte? Belle lebte jetzt seit fünfzehn Jahren in Wellington, und Flüchtlinge gab es vermutlich schon so lange, wie es die Sklaverei gab.

In dem Moment hörte Honor Comfort weinen und eilte zurück zu ihrem Baby. Sie kletterte so unbeholfen durch das Loch, dass Belle schmunzeln musste. Als Honor es endlich geschafft hatte und wieder in der Küche stand, lag Comfort bereits still und zufrieden in den Armen der Schwarzen. Obwohl Honor die Hände nach dem Baby ausstreckte, gab die Frau es ihr nicht zurück. »Für die weiße Herrin hab ich 'ne ganze Reihe Babys großgezogen«, sagte sie und wiegte Comfort entspannt in der Armbeuge. »Es fühlt sich gut an, wieder eins im Arm zu halten. Schaut sie an, Mädchen«, wandte sie sich an ihre Töchter, die am Tisch saßen. »Sie lächelt noch nicht, denn sie ist erst einen Monat alt, zu jung, um uns anzulächeln. Wir müssen uns ihr Lächeln erst noch verdienen.«

Obwohl die Vernunft ihr sagte, dass Comfort nichts passieren konnte, musste Honor sich zurückhalten, um der Frau nicht gewaltsam ihr Baby zu entreißen.

Die Schwarze hieß Virginie. Honor war eine ganze Nacht mit ihr zusammen durch Felder und Wälder gelaufen, ohne sie nach ihrem Namen gefragt zu haben. Sie hatte überhaupt nie einen Flüchtling nach dem Namen gefragt. Warum eigentlich nicht?

Wollte sie auf diese Weise vermeiden, dass die entflohenen Sklaven in ihrem Kopf zu Menschen aus Fleisch und Blut wurden? Ohne Namen würden sie leichter wieder aus ihrem Gedächtnis und ihrem Leben verschwinden. Sie dachte an den namenlosen Mann, der im Wielandwald begraben lag.

Suche auch in dieser Frau nach ihrem Anteil vom Licht, ermahnte sich Honor, denn er ist da, genau wie bei jedem anderen Menschen.

Comfort war noch zu klein für solche Überlegungen. Für sie zählte nur, ob sie sich in den Armen, die sie hielten, sicher fühlte, und das tat sie ganz eindeutig. Sie schaute zu der Schwarzen hoch, die zu singen begonnen hatte:

I'm wading deep waters
Trying to get home
Lord, I'm wading deep waters
Trying to get home
Well, I'm wading deep waters
Wading deep waters
Yes, I'm wading deep waters
Trying to get home.

»Sie lächelt!«, rief Honor.

Virginie schmunzelte. »Das sind nur die Winde. Trotzdem ein schöner Anblick. Jetzt geh zurück zu deiner Mama, Kleines, und schenk ihr auch ein Lächeln.«

Belle gab den Flüchtlingen geschnetzeltes Rindfleisch und Maisbrot zu essen. Das Maisbrot bestrich sie mit der Apfelbutter, die Honor am Vortag gemacht hatte. Das eine Zwillingsmädchen schlang alles hinunter, während seine Schwester nur im Essen herumstocherte und schließlich den Kopf auf die Arme legte.

»Jetzt wird es Zeit, dass ihr zurückgeht«, sagte Belle. Sie hatte einen Arm voller Quilts aus den Schlafzimmern im Obergeschoss geholt und kam gerade die Treppe herunter. Sie öffnete die Hintertür und vergewisserte sich, dass draußen die Luft rein war.

Honor und Virginie nickten sich einen Gute-Nacht-Gruß zu, und die Flüchtlinge krabbelten durch das Loch zurück in ihr Versteck. Wenige Minuten später trat Belle über die hintere Veranda zurück ins Haus. »Hoffentlich übersteht die Kleine die Nacht einigermaßen.« Sie schüttelte den Kopf. »Da drinnen ist es recht behaglich, aber ein Krankenzimmer ist es nicht. Die Erkältung sollte nicht schlimmer werden. Sie sind jetzt schon so nahe an Kanada, selbst im Kleinmädchentempo müssten sie es in einer Woche bis zum Eriesee schaffen. In Oberlin könnten sie sich auch eine Weile in der schwarzen Gemeinde verstecken, bis es der Kleinen besser geht. Aber erst mal müssen sie bis dorthin kommen.«

»Belle, bist du … bist du eine Bahnhofsvorsteherin?«

Belle schnaubte. »Ach, weißt du, Honor, ich verwende diese albernen Begriffe nicht: ›Bahnhofsvorsteher‹, ›Haltestelle‹, ›Schaffner‹. Selbst der Begriff ›Untergrundbahn‹ – *Underground Railroad* – ist eine echte Geduldsprobe für mich. Das klingt doch eher nach einem Kinderspiel, dabei ist es wirklich alles andere als das.«

Als Honor das Geschirr spülte, hörte sie das kleine Mädchen wieder husten. »Die kalte Luft tut ihr nicht gut«, sagte sie.

»Donovan wird sie hören, wenn er mitten in der Nacht ums Haus herumschleicht«, seufzte Belle bekümmert. »Eigentlich sollte sie im Haus in einem warmen Bett schlafen, dann würde sie sicher ruhiger, vor allem, wenn wir ihr noch ein Schmerzmittel geben. Alle können wir nicht hereinholen, so viele könnten wir niemals vor Donovan verstecken, aber die Kleine schon.« Sie schob die Decke über dem Loch zur Seite und flüsterte etwas in den Schuppen. Wenige Minuten später wurde das kranke Mädchen hindurchgereicht. Belle verabreichte ihr einen Löffel dicker brauner Flüssigkeit aus einer Medizinflasche. »So, mein Kleines, und jetzt bring ich dich in mein Bett, und da bist du schön still«, sagte sie.

Müde von den kurzen, unterbrochenen Nächten und den aufregenden Ereignissen des Tages, ging Honor bald selbst zu Bett. Sie ließ die Tür einen Spalt weit offen stehen, damit sie alles hören konnte und ein Lichtschimmer von unten ins Zimmer fiel, dann legte sie sich mit Comfort an ihrer Seite hin. Sie nahm Comfort immer mit in ihr Bett, damit sie in der Nacht nicht zum Stillen aufstehen musste. Belle war noch immer unten in der Küche, wo sie für ihre Hüte Blumen aus Stroh herstellte und wartete.

Honor lag noch halbwach, als sie plötzlich spürte, dass jemand vor ihrem Bett stand. Im Lichtschimmer, der durch die Tür hereinfiel, zeichnete sich die Silhouette des kleinen Mädchens ab. Ohne ein Wort zu verlieren, schlüpfte sie zu Honor ins Bett, schob sich vorsichtig am Baby vorbei und kroch auf der anderen Seite unter den Quilt. Wie ein wärmesuchendes Tierjunges kuschelte sie sich an Honors Rücken. Sie hustete ein paar Mal und schlief dann ein.

Honor lag ganz still da und lauschte auf den pfeifenden Atem des kranken Kindes und das fast unhörbare Seufzen ihrer eigenen Tochter. Es war ein seltsames Gefühl, dass sich ein kleines schwarzes Mädchen an sie kuschelte. So hatten Grace und sie als Kinder unter einer Decke gelegen, um sich gegenseitig zu wärmen. Im warmen Bett schien sich die Grenze zwischen Honor und dem schwarzen Mädchen aufzulösen. Hier gab es keine Extrabank. Mochte Honor sich unten im Laden, draußen in der Stadt oder überhaupt in der Welt auch noch so unsicher fühlen, im Bett mit den beiden Kindern, die auf sie angewiesen waren, wurde sie ganz ruhig. Es war fast, als seien sie eine kleine Familie. Seit Langem hatte Honor sich nicht mehr so aufgehoben gefühlt. Sie schloss die Augen und konnte endlich selbst einschlafen.

Wenn Donovan in ein Haus kam, geschah das nie leise. Honor fuhr aus dem Schlaf hoch, als jemand draußen gegen die Haustür hämmerte. Von dem Lärm oder Honors Bewegungen war auch das Mädchen wach geworden und begann leise zu wimmern.

»Psst«, flüsterte Honor. »Du musst jetzt ganz still sein und darfst dich nicht von der Stelle rühren.« Zum Glück lag Honor auf der Seite zur Tür hin und verdeckte mit dem Rücken das Mädchen hinter ihr, sodass Donovan sie nicht auf den ersten Blick entdecken würde. Das Mädchen kroch noch tiefer unter den Quilt, und Honor zog ihr die Decke bis über den Kopf, damit die Zöpfe mit den roten Schleifen nicht mehr zu sehen waren.

Von unten hörte sie Stimmen, der Tonfall klang gemäßigt, es wurde auch nicht geschrien. Donovan nahm sich Laden und Küche vor. Er suchte systematisch, aber nicht gewaltsam. Es ging kein Glas zu Bruch, er zerriss keine Stoffe, trampelte nicht auf Hüten herum und zerschlug weder Geschirr noch Möbel. Honor hörte Belle sogar lachen, als handele es sich um einen alten Familienspaß zwischen ihnen. Donovan hatte das Haus eindeutig schon öfter durchsucht, vielleicht tat er es mittlerweile aus reiner Gewohnheit. Oder er hegte den Verdacht, dass seine Schwester schlauer war als er, und hoffte, ihr eines Tages doch noch auf die Schliche zu kommen und herauszufinden, wo sie die Flüchtlinge versteckte.

Da hustete das Mädchen, ihr kleiner Körper bebte neben

Honor. Das Husten war nicht laut, aber deutlich vernehmbar. Honor hatte das Gefühl, als bohre sich ein Eiszapfen in ihren Magen. Sie hörte Donovans Stimme und dann Belle, die ihm antwortete. War ihr Name gefallen?

Wieder hustete das Mädchen. Als sie aufhörte, hustete Honor ebenfalls und versuchte dabei das rasselnde Keuchen des Mädchens zu imitieren. Schritte kamen die Treppe hoch. Das Kind hinter ihrem Rücken zitterte vor Angst, und auch sie selbst spürte Panik in sich aufsteigen. Was sollte sie nur tun?

Da hörte sie Belles Stimme. »Donovan, hast du allen Ernstes vor, sie beim Stillen zu stören?«

Jetzt wusste Honor, was zu tun war. Sie griff nach Comfort, schüttelte sie sanft und zog den warmen runden Körper des Babys eng an sich. Dann knöpfte sie ihr Nachthemd auf und legte die prall geschwollene Brust frei, aus der bereits Milch tropfte. Comfort bewegte noch halb im Schlaf das Köpfchen, öffnete den Mund und begann zu trinken. Sie saugte so fest, dass Honor vor Schmerz und Erleichterung tief durchatmete.

Oben durchsuchte Donovan zuerst Belles kleines Schlafzimmer, dann wanderte der Lichtstrahl seiner Laterne zu ihnen herüber und fiel auf Honor und Comfort. Honor betete, dass das Mädchen hinter ihr jetzt nicht husten musste. Donovan schaute auf sie hinab. Er bemühte sich deutlich, den Blick nicht von Honors Gesicht auf das Baby und Honors Brust gleiten zu lassen, was ihm aber nicht gelang. Ein sehnsüchtiger Ausdruck trat in sein Gesicht, auch wenn er noch so sehr dagegen ankämpfte. Mit dem Stillen erreichte Honor genau das, was sie sich erhofft hatte: Donovan trat nicht näher ins Zimmer, um die Stoffhaufen zu durchwühlen, die Belle dort hortete, oder unters Bett zu schauen.

»Entschuldige«, sagte er, blieb aber weiter im Türrahmen stehen. Seine Augen wanderten über den Quilt. »Das ist der Quilt von meiner Ma«, sagte er. »Wie hast du das Muster noch mal genannt? Du hast es mir damals gesagt, als wir uns zum ersten Mal begegnet sind.«

»Stern von Bethlehem.«

»Genau.« Donovan blickte Honor einen Moment lang in die Augen, dann nickte er und ging wieder zurück nach unten.

Honor und das Mädchen blieben ganz still und wagten nicht, sich von der Stelle zu rühren. Nur Comforts kleiner Körper wand sich beim Trinken, und ihre winzigen Hände krallten sich in Honors Nachthemd. Sie hörten, wie Donovan durch die Hintertür nach draußen ging. Jetzt würde sich zeigen, ob er die anderen fand oder nicht. Was sollten sie nur mit dem Mädchen machen, wenn Donovan die anderen beiden mitnahm?, überlegte Honor. Vielleicht hatte die Kleine denselben Gedanken, denn plötzlich begann sie bitterlich zu schluchzen.

»Oh nein, bitte nicht. Du darfst nicht weinen, psst, nicht jetzt.« Mühsam löste sich Honor von Comfort und setzte sich auf. Sie lehnte sich ans Kopfteil des Bettes, legte Comfort wieder an die Brust und schlang ihren freien Arm um das Mädchen. »Du darfst jetzt nicht weinen. Wir müssen dafür beten, dass Gott sie beschützt.« Sie schloss die Augen und lauschte.

Er fand sie nicht. Eine halbe Stunde später kam Belle nach oben und setzte sich vorsichtig, um das wieder eingeschlafene Baby nicht zu wecken, zu Honor auf die Bettkante. »Er ist weg. Du kannst jetzt schlafen. Und du auch, meine Kleine«, sagte sie zu dem Mädchen, das sich eng an Honor schmiegte.

»Belle, wie bekommen wir sie nur wieder sicher aus dem Haus heraus?«

»Das lass nur meine Sorge sein, Schätzchen. Ich habe immer ein paar Tricks im Ärmel.«

In der Nacht wachte Comfort noch zwei Mal auf und verlangte nach der Brust, doch das schwarze kleine Mädchen schlief durch. Erst als die aufgehende Sonne Honor weckte, war sie verschwunden.

Unten in der Küche buk Belle Pfannkuchen mit Speck, und zwar viel mehr, als sie und Honor jemals würden essen können. Sie nickte zum Schuppen hin. »Der Kleinen geht's besser. Beinahe hätte sie mich sogar angelächelt.« Sie stapelte die Pfannkuchen und Speckstreifen auf einen Teller und schob ihn durch das Loch.

Nach dem Frühstück verließ Belle das Haus, verriet Honor aber nicht, wo sie hinging. Honor hütete indessen den Laden. Als Belle zurückkam, reichte sie Honor ein weinrotes Kleid. »Eine Kundin möchte, dass du ihr den Saum unten und an den Ärmeln auslässt.«

Honor nähte den ganzen Tag. Zuerst änderte sie das Kleid, dann arbeitete sie an einem Mädchenrock. Die ganze Zeit musste sie an die drei Flüchtlinge denken, die zusammengepfercht in der winzigen Kammer hinter dem Holzstapel hockten. Wie dunkel und ungemütlich es dort sein musste, wo sie nichts als Holzspreißel und Mäuse zur Gesellschaft hatten. Andererseits war es vielleicht immer noch besser als ein Versteck im kalten Wald.

Belle wirkte aufgedreht und war wie von einer nervösen Energie durchdrungen. Sie half den Kundinnen, Hüte und Hauben aufzuprobieren, entfernte den sommerlichen Blumenschmuck von manchen Ausstellungsstücken, weil er nicht in die kalte Jahreszeit passte, und nahm Maß für Winterfutter. Wenn es im Laden ruhig war, arbeitete sie am Tisch in der Ecke und nähte gelben Netzstoff an den braunen Filzhut, den sie vorher geweitet hatte. Hin und wieder trat sie ans Fenster, um auf die Straße hinauszublicken.

Als Honor ihr die geänderten Kleider reichte, bemerkte sie,

dass Belle eine vertraute graue Haube in der Hand hielt. Die schon leicht ausgeleierten gelben Bänder hatte sie bereits durch ein breites graues Band ersetzt, das oben über die Haubenkrone lief. Wenn man an den beiden Enden zog und sie straff unterm Kinn zusammenband, legte sich die Krempe der Haube tief und eng ums Gesicht der Trägerin. Den Krempenrand hatte Belle mit weißer Spitze eingefasst, unter der das gelbe Futter nicht mehr zu sehen war. Jetzt war die Haube endgültig zu schick für Honor, und erst recht für Virginie. Keine schwarze Frau trug so aufwendigen Kopfschmuck.

Honor blickte fragend auf die Haube, doch Belle zuckte nur mit den Schultern und summte leise vor sich hin. Es war die Melodie des Liedes, das Virginie am Vorabend für Comfort gesungen hatte.

»Ist das ein Kirchenlied?«

»Nein, nur ein Lied, das man in den Feldern des Südens hört. Die Schwarzen singen es bei der Arbeit, um sich bei Laune zu halten.«

Als Belle später am Tag die Lampen anzündete, traten drei Frauen in den Laden, die von mehreren jungen Mädchen begleitet wurden. »Kümmere dich um sie, Honor«, sagte Belle und ging in Richtung Küche. »Ich bin gleich zurück.«

Honor blickte ihr überrascht nach. Es war ungewöhnlich, dass Belle den Laden verließ, wenn so viele Kundinnen da waren. Die Frauen und Mädchen waren recht lebhaft und probierten so viele verschiedene Hüte und Hauben auf, dass Honor gar nicht mehr mit dem Wegräumen hinterherkam. Mittendrin begann auch noch Comfort zu weinen, doch bevor Honor sich zur Wiege umdrehen konnte, hatte schon eines der Mädchen sie aufgenommen und lief mit ihr im Hüpfschritt durch den Laden. Das war etwas völlig Neues für Comfort, und vor Überraschung hörte sie auf zu weinen. Die anderen Mädchen scharten sich um das Baby. Es schienen noch mehr geworden zu sein, und sie lärmten, lachten und spielten um Honors Tochter herum.

In der Ferne erklang das schrille Pfeifen des herannahenden Zugs. »Kommt, Mädchen, wir gehen«, rief eine der Frauen. Auf der Stelle wurde Honor ihr Baby gereicht, und das Mädchen, das Comfort auf dem Arm getragen hatte, nahm stattdessen eins der kleineren Kinder an die Hand. Auch die anderen stellten sich jeweils zu zweit nebeneinander auf und fassten sich bei den Händen. Als sie durch die Tür liefen, drehte sich eins der Mädchen zu Honor um. Sie trug eine Haube mit einer breiten, tief ins Gesicht gezogenen Krempe und einen Schal, unter dem Hals und Kinn fast ganz verschwanden. Obwohl nur ein schmaler Streifen dunkler Haut sichtbar war, erkannte Honor eine von Virginies Zwillingstöchtern, doch draußen in der Dämmerung würde sie nicht von den weißen Mädchen zu unterscheiden sein. Honor lächelte ihr zu, doch das Mädchen schien viel zu viel Angst zu haben, um etwas zu sagen.

Auch das andere Zwillingsmädchen verließ den Laden inmitten der Gruppe, und es wurde mit einem Schlag still. Nur eine Frau war zurückgeblieben. Im nächsten Moment trat Belle in den Raum und zog Virginie hinter sich her. Die entflohene Sklavin trug das weinrote, von Honor geänderte Kleid und darüber ein großes Tuch. Die graugelbe Haube hatte sie sich so fest unterm Kinn zusammengebunden, dass ihr Gesicht von der Seite nicht mehr zu sehen war. Man erkannte sie nur, wenn man ihr von vorne direkt ins Gesicht blickte.

»Jetzt musst du los«, sagte Belle. »Die ganze Stadt ist auf den Beinen, um den Zug einfahren zu sehen. Geh raus und rufe ›Wartet auf mich, meine Damen‹, und dann lauf ihnen hinterher. Tu so, als wolltest du auch zum Zug. Donovan steht auf der anderen Straßenseite und beobachtet den Laden, du musst also eiskalt und verwegen sein.«

Virginie drückte Belles Arm. »Danke.«

Belle lachte. »Keine Ursache, Schätzchen. Jetzt raus mit dir. Wenn alles gut geht, sehen wir uns nicht wieder!«

»Gott sei mit dir, Virginie«, fügte Honor hinzu. »Und mit deinen Mädchen.«

Virginie nickte, dann schoss sie aus der Tür und rannte hinter den anderen Frauen her.

»Komm vom Fenster weg«, befahl Belle. »Donovan darf nicht sehen, dass wir ihnen nachblicken, sonst schöpft er Verdacht.«

In dem Moment ging die Tür auf, und eine andere Frau aus Wellington trat in den Laden. »Ich bin doch noch nicht zu spät, oder? Ich brauche nur ein neues Band für meine Haube.«

»Für Sie lassen wir auch länger auf«, sagte Belle. »Honor, bitte räume die Hauben auf. Die Mädchen haben gerade wirklich ein schönes Durcheinander angerichtet.«

Mit einer Hand räumte Honor die Hauben ins Regal zurück, während sie mit der anderen Comfort wiegte. Das Herz schlug ihr bis zum Hals. Sie musste sich zwingen, nicht aus dem Fenster zu schauen, um zu sehen, ob Donovan den Frauen folgte.

Zehn Minuten später begleitete Belle die Kundin zur Tür, dann sperrte sie hinter ihr zu, drehte den Schlüssel im Schloss und begann, die Fensterläden zu schließen. »Er ist weg«, verkündete sie, »aber ich weiß nicht, ob er den Frauen nachgegangen ist oder auf einen Abendwhiskey in die Bar. Bei Gott, ich könnte selbst einen brauchen. Warum auch nicht …« Belle ging in die Küche, wo sie sich einen Fingerbreit Whiskey einschenkte und in einem Zug hinunterkippte.

Honor beobachtete sie von der Tür aus. »Ist es immer so schwierig?«

»Nee.« Belle knallte das Glas zurück auf den Tisch. »Oft kriegt er nicht einmal mit, dass sie durch die Stadt kommen. Außerdem jagt er sie lieber im Freien. Draußen in den Wäldern,

Feldern oder auf der Straße fühlt er sich wohler als in einem Hutladen. Aber seit du da bist, schnüffelt er öfter hier rum, auch wenn er nicht mehr wie früher vorm Laden auf und ab reitet. Deshalb ist es viel schwieriger geworden, Leute zu verstecken.«

»Durch mich ist es für die Flüchtlinge noch gefährlicher geworden?« Plötzlich fiel es Honor wie Schuppen von den Augen. Wieso hatte sie das nicht schon vor Wochen begriffen?

Belle zuckte die Schultern. »Ich habe ihnen eine Nachricht zukommen lassen, dass sie uns eine Weile keine Flüchtlinge mehr schicken, deshalb hatten wir in letzter Zeit, seit du da bist, auch keine mehr. Virginie war eine Ausnahme, weil sie schon einmal bei mir war.«

Honor erschauderte. Virginie und ihre Kinder hätten geschnappt werden können, weil sie selbst in ihrer Unentschlossenheit sich noch immer bei Belle versteckte. Möglicherweise wurden sogar andere entflohene Sklaven auf der Flucht erwischt, weil sie die vertrauten Routen ändern mussten, um Wellington zu vermeiden. Belle hatte sich niemals darüber beklagt, dass Honor so lange bei ihr blieb, doch es hatte Folgen gehabt.

Am nächsten Tag kam ein Junge vorbei und brachte die Nachricht, dass die Flüchtlinge die Stadt sicher verlassen hätten und auf dem Weg nach Oberlin seien. Belle feierte es mit einem weiteren Whiskey.

Es war der letzte Ersttag vor Ablauf des Ultimatums, das die Haymakers Honor gesetzt hatten. Entweder sie ging zu ihrem Mann und seiner Familie zurück, oder sie würde aus der Gemeinschaft der Freunde in Faithwell ausgestoßen. Der Laden war geschlossen, und Belle, die die halbe Nacht mit einer Whiskeyflasche durchwacht hatte, schlief noch. Was das Trinken anging, war sie ihrem Bruder ähnlich. Wie schon bei Honors letztem Aufenthalt besuchte sie sonntags nicht den Gottesdienst.

»Wenn ich meinem Schöpfer dereinst gegenübertrete, werden wir uns ausführlich unterhalten«, sagte sie. »Dann haben wir Zeit, alles zu klären.« Es klang so, als rechne sie damit, dass diese Begegnung in nicht allzu ferner Zukunft stattfinden würde. Bei dem Gedanken zog sich Honors Magen zusammen.

Sie warf einen Blick in Belles Zimmer. Belle schlief auf dem Rücken, und ihre knochigen Umrisse zeichneten sich deutlich unter dem alten, sich allmählich auflösenden Quilt ab. Es war ein Patchwork aus roten und braunen Dreiecken und Quadraten, die zu achtzackigen Sternen zusammengesetzt waren. Das Muster nannte sich »Stern von Ohio«. Honor hatte Belle angeboten, die aufgerissenen Nähte zu flicken, doch Belle hatte nur mit den Schultern gezuckt. »Zeitverschwendung.« Im Schlaf wirkte ihr Gesicht noch hagerer. Über den deutlich vorstehenden Wangenknochen spannte sich die Haut so stark, dass sie fast durchsichtig wirkte. Der gelbliche Teint war ins Gräuliche verblasst. Belle sah aus, als würde sie in einem Sarg liegen. Honor unterdrückte ein Schluchzen und verließ rasch das Zimmer.

Unten in der Küche lief sie zum Herd und starrte in den Maisbrei, den sie fürs Frühstück vorbereitet hatte. Sie war schon seit drei Stunden auf den Beinen, weil Comfort sie früh geweckt hatte, und wartete darauf, dass Belle endlich wach wurde und sie gemeinsam frühstücken konnten. Obwohl Belle in letzter Zeit kaum noch etwas aß, frühstückte Honor lieber in Gesellschaft. Doch jetzt hatte der Blick auf die schlafende Freundin auch ihr den Appetit genommen. Honor schob den Topf nach hinten auf den Herd und legte einen Teller darüber, um den Brei warm zu halten.

Comfort schlief in ihrer Wiege. Ausnahmsweise wünschte Honor sich, ihre Tochter würde aufwachen, damit sie sie auf den Arm nehmen konnte. Sie setzte sich auf den geradlehnigen Stuhl mitten in der stillen Küche und schloss die Augen.

Seit sie bei Belle wohnte, hatte sie nur selten Gelegenheit, ganz ruhig zu sitzen und zu sich zu kommen. Ohne die Kraft und Konzentration, die sie während der Andacht im Schoß der Gemeinde spürte, fiel ihr das Stillwerden ohnehin sehr schwer. Das gemeinsame Schweigen war von einer aufmerksamen, auf ein Ziel gerichteten Erwartung geprägt; doch wenn Honor allein war, fühlte die Stille sich leer an, als suche sie nicht entschlossen genug oder am falschen Ort.

Honor saß lange da. Geräusche, die sie unter normalen Umständen gar nicht wahrgenommen hätte, rissen sie immer wieder aus ihrer inneren Versunkenheit: die knisternden Scheite im Ofen; das leise Knacken von trocknendem Holz irgendwo im Haus; das Hufgeklappper eines Pferdes oder das Knirschen von Wagenrädern draußen auf der Straße. Honors Gedanken wanderten zu dem Kinderbettquilt, den sie als Nächstes nähen wollte. Ob die Rosetten, an denen sie den ganzen Sommer über gearbeitet hatte, zu Comfort passen würden? In Honors Augen wirkten sie sehr englisch, aber Comfort war keine Engländerin.

Da hörte sie plötzlich ein Kratzen an der Hintertür und öffnete die Augen. Durch das kleine Fenster in der oberen Türhälfte sah sie die Krone eines braunen Filzhuts, der mit roten und orangefarbenen Ahornblättern geschmückt war.

Schnell sperrte Honor die Tür auf. »Jetzt wird es aber Zeit, dass Sie mich reinlassen«, sagte Mrs Reed. »Es sollte mich keiner sehen.« Sie trat an Honor vorbei in die Küche. »Nun sperren Sie schon wieder ab«, befahl sie, denn Honor war so überrascht, dass sie immer noch mit der Hand am Knauf der offenen Tür dastand.

Mrs Reed trug einen Männermantel und darüber ein braunes Umschlagtuch. Ihre Mundwinkel zeigten wie üblich nach unten, und die Unterlippe war leicht vorgeschoben. Sie wischte sich die Brille mit einem Ende des Tuchs ab und sah sich dann in der Küche um. Als sie die Wiege erblickte, erhellte sich ihr Gesicht. Genauso hatte sie damals, bei Honors Besuch in Oberlin, auch ihre Enkelin angesehen. Diese Frau hat ein Herz für Babys, dachte Honor. Mochte sie anderen gegenüber auch noch so unwirsch und argwöhnisch wirken, ein Baby konnte ihr immer ein Lächeln entlocken. Mrs Reed beugte sich über die Wiege. »Hallo, mein Mädchen, du schläfst ja wie ein Engelchen. Bestimmt ist das nicht immer so. Ich hab schon von dir gehört, sicher wirst du mir bald zeigen, was in deinen kleinen Lungen steckt. Ach Comfort, du bist ein echter Trost für deine Mama, das bist du.«

»Wollen Sie sich setzen?« Honor bot Mrs Reed den Schaukelstuhl an. Sie hoffte, dass die Besucherin Comfort nicht aufgeweckt hatte, denn wenn das Baby wach war, konnte man sich nicht so gut unterhalten.

Mrs Reed verschmähte den Schaukelstuhl und nahm auf einem geradlehnigen Stuhl Platz. Sie war eindeutig nicht zum Vergnügen da, sondern wollte etwas Wichtiges besprechen; ein Schaukelstuhl schien da nicht angemessen zu sein. Einen mit braunem Zucker gesüßten Kaffee nahm sie jedoch an.

»Was, im Namen des Herrn, machen Sie hier, Honor Bright?«, fragte Mrs Reed. Sie nahm einen Schluck Kaffee, verzog das Gesicht und griff nach der Zuckerdose. »Ich meine, außer den Kaffee anbrennen zu lassen. Ich wusste nicht einmal, dass Sie in Wellington sind, bis Virginie es mir erzählt hat. Als ich mich bei Adam Cox nach dem Baby erkundigt habe, hat er mir gesagt, dass Sie es bekommen haben, aber dass Sie in Wellington sind, hat er mit keinem Wort erwähnt.«

»Wie geht es Virginies kleiner Tochter?« Honor versuchte die Aufmerksamkeit von sich abzulenken.

»Dem Mädchen, das krank war? Der geht's wieder gut. Ein bisschen Chilipfeffer hat ihr die Erkältung aus dem Körper geblasen. Sie sind noch ein paar Tage bei mir geblieben und haben sich dann auf den Weg nach Sandusky gemacht. Mit ein bisschen Glück sollten sie mittlerweile dort angekommen sein und auf ein Boot warten. Aber lenken Sie nicht vom Thema ab, Honor. Ich bin nicht wegen Virginie und ihrer Kinder vorbeigekommen, sondern wegen Ihnen. Warum sind Sie hier und nicht bei Ihrem Mann?« Mrs Reed sah Honor fest an, die Augen hinter den Brillengläsern waren jetzt klar zu sehen. Ihr Blick war offen und ehrlich, weder wütend noch traurig oder enttäuscht. Nach all den verstohlenen Blicken, mit denen Honor bedacht worden war, seit sie bei Belle in Wellington lebte, empfand sie diese Direktheit als Wohltat. Sie nahm sich vor, genauso offen und ehrlich zu antworten.

»Die Haymakers und ich sind unterschiedlicher Meinung, wie wir uns den entflohenen Sklaven gegenüber verhalten sollen«, sagte sie. »Und deshalb habe ich das Gefühl, dass ich nicht zu dieser Familie gehöre und es auch niemals tun werde.«

Mrs Reed nickte. »So viel hat Virginie mir schon erzählt. Ist das der einzige Grund? Wenn das so ist, reicht es nämlich nicht.«

Honor blickte ihre Besucherin fragend an.

»Honor, glauben Sie etwa, Sie allein könnten all die Flüchtlinge retten? Glauben Sie allen Ernstes, das bisschen Essen, das Sie ihnen geben, oder die Mütze voll Schlaf, die Flüchtlinge in Ihrer Scheune bekommen, machten den Kohl wirklich fett? Die entflohenen Sklaven haben schon Hunderte von Meilen hinter sich und oft Fürchterliches durchgemacht, bis sie zu Ihnen kommen. Sie sind nur ein kleines Glied in der Kette, Honor. Natürlich sind wir dankbar für alles, was Sie getan haben, aber wir sind auch vor Ihrer Ankunft im letzten Jahr zurechtgekommen und werden es weiterhin schaffen. Jemand anders wird Ihren Platz einnehmen, oder die Eisenbahnstrecke ändert sich, das ist alles. Wir machen das schon sehr lange und werden es auch noch eine Weile weiter tun. Wissen Sie, wie viele Sklaven es im Süden gibt?«

Honor schüttelte den Kopf und senkte den Blick auf ihre im Schoß verschränkten Hände, damit Mrs Reed nicht sah, dass ihr Tränen in die Augen gestiegen waren.

»Millionen. Millionen! Und wie vielen haben Sie im letzten Jahr geholfen? Vielleicht zwanzig? Wir haben noch einen weiten Weg vor uns. Und wir haben einen langen Atem. Es gibt also keinen Grund, dass Sie Ihre Ehe riskieren, Honor, das wäre einfach dumm. Jeder entflohene Sklave würde Ihnen genau das Gleiche sagen. Die Flüchtlinge wollen nur eins: Freiheit. Sie wollen so leben wie Sie, Honor. Wenn Sie Ihre Freiheit leichtfertig für die entflohenen Sklaven aufs Spiel setzen, ist das, als würden Sie die Träume dieser Menschen verhöhnen.«

Honor gab es auf, ihre Tränen zu verbergen, und ließ ihnen freien Lauf.

»Ich weiß nicht, wie Belle dazu steht, aber einer musste Ihnen mal die Meinung sagen und Ihnen den Kopf zurechtrücken.«

»Wenn man zusammen unter einem Dach lebt, kann man sich nicht so leicht die Meinung sagen, weil man nachher wieder miteinander zurechtkommen muss.«

Belle lehnte in der Tür. Jetzt, nach dem Aufstehen, hatte ihr Gesicht wieder etwas Farbe bekommen, auch wenn das Grau nicht ganz daraus verschwunden war. »Ich bin aber froh, dass du sie zur Vernunft bringen willst.« Belle schaute Mrs Reed an, die zurückblickte, dann nickten die beiden Frauen sich zu. Honor nutzte die Gelegenheit, um sich die Augen zu trocknen und zitternd durchzuatmen.

»Schön, dass wir uns endlich persönlich kennenlernen, Belle«, sagte Mrs Reed.

»Ja, ich freue mich auch, Elsie.«

»Ihr habt euch noch nie gesehen?«, fragte Honor verblüfft.

»Das vermeidet man besser, es erregt nur Aufmerksamkeit«, erklärte Belle. »Aber wir wissen voneinander.« Sie wandte sich wieder an Mrs Reed. »Hat dich jemand reinkommen sehen?«

»Mir ist nichts aufgefallen. Draußen im Wald steht ein Mann mit einem Pferd und wartet auf mich. Er hat mich bis dorthin gebracht, aber den Rest bin ich gelaufen. Eigentlich hätte ich nicht herkommen dürfen, in letzter Zeit ist es auch für mich nicht mehr sicher. Seit sie das neue Gesetz erlassen haben, gehe ich nicht mehr gern weit von zu Hause weg. Aber diesmal habe ich eine Ausnahme gemacht.« Mrs Reed nickte in Honors Richtung. »Allerdings frag ich mich mittlerweile, warum.«

Belle schmunzelte. »Ja, stimmt, man will ihr immer helfen. Ich weiß auch nicht, warum.«

Honor schaute mit staunend geweiteten Augen von einer Frau zur anderen.

»Ich glaub, ich muss einfach jedem Flüchtling helfen, der mir über den Weg läuft, egal welche Hautfarbe er hat. Das liegt mir einfach im Wesen.« Mrs Reed blickte jetzt wieder Honor an. »Also, hören Sie, Honor: Ich will nicht, dass Sie die Flüchtlinge als Vorwand benutzen, um selbst flüchten zu können. Wenn Sie Probleme mit der Familie Ihres Mannes haben, dann sollten Sie dort bleiben und sie klären. Oder haben Sie Probleme mit ihm?«

Honor dachte über die Frage nach.

»Kümmert er sich um dich?«, fiel Belle jetzt mit ein. »Schlägt er dich? Ist er sanft im Bett?«

Honor nickte oder schüttelte den Kopf, obwohl die Frauen die Antworten längst kannten.

»Er ist ein Quäker, deshalb wird er weder rauchen, trinken noch spucken«, fuhr Belle fort. »Das ist doch schon mal was. Was, in drei Teufels Namen, ist dann das Problem mit ihm? Mal abgesehen von seiner Mutter?« Belle und Mrs Reed blickten Honor an und warteten auf eine Antwort.

Wenn doch nur Comfort aufwachen würde, um die Aufmerksamkeit auf sich zu lenken!, dachte Honor, doch sie musste antworten. »Eigentlich ist Jack schon in Ordnung. Das Problem liegt bei mir. Ich gehöre nicht in dieses Land.«

Als sie das müde Lächeln von Belle und Mrs Reed sah, wusste Honor, wie albern das für die beiden Frauen klingen musste: Die eine blickte dem Tod entgegen, die andere musste um ihre Freiheit fürchten. »Natürlich bin ich den Haymakers dankbar dafür, dass sie mich aufgenommen haben«, fuhr sie fort, »aber ich … aber ich komme dort einfach nicht zur Ruhe. Es ist, als würde ich immer knapp über dem Boden schweben, meine Füße finden keinen festen Halt. Damals in England wusste ich, wo ich hingehöre. In meinem Heimatort habe ich mich fest verwurzelt gefühlt.«

Beide Frauen nickten, was Honor überraschte, denn sie hatte nicht damit gerechnet, dass man sie verstehen würde. »So kann es einem in Ohio gehen«, sagte Mrs Reed. »Viele Leute sagen das.«

»In Ohio sind alle nur auf der Durchreise«, fügte Belle hinzu. »Die entflohenen Sklaven wollen in den Norden und die Siedler in den Westen. Morgen, nächsten Monat oder nächstes Jahr sind deine Nachbarn vielleicht schon nicht mehr da. Elsie und ich hier sind Veteraninnen. Wie lange bist du schon in Oberlin?«, fragte sie Mrs Reed.

»Zwölf Jahre.«

»Und ich bin seit fünfzehn Jahren in Wellington. Für die hiesigen Verhältnisse ist das eine Ewigkeit. Wellington wurde erst 1818 gegründet, es hat noch nicht einmal eine amtliche Eintragung, und Oberlin ist noch jünger.«

»Die Stadt, aus der ich komme, ist tausend Jahre alt«, sagte Honor.

Mrs Reed und Belle schmunzelten. »Na, dann stecken wir für dich ja noch in den Kinderschuhen, Schätzchen«, sagte Belle.

»Ist es das, was Sie wollen, Honor Bright?«, fragte Mrs Reed. »Eine Stadt mit tausendjähriger Geschichte und Menschen, die ihr Leben lang dort wohnen bleiben? Dann sind Sie im falschen Bundesstaat gelandet.«

»Wenn du dieses Gefühl von Verwurzeltsein suchst, gehst du besser nach Boston oder Philadelphia«, fügte Belle hinzu. »Aber älter als ein paar Hundert Jahre sind die beiden Städte auch nicht. Wahrscheinlich ist dann Amerika einfach das falsche Land für dich. Vielleicht solltest du nach England zurück. Was hält dich auf?«

Honor dachte an die alles erstickende Übelkeit an Bord der *Adventurer*, an die nicht enden wollenden Wochen ohne festen Boden unter den Füßen. Doch hatte sie den in Amerika gefunden? Ihr Magen hatte sich vielleicht beruhigt, doch Fuß gefasst hatte sie in dem fremden Land noch nicht.

»Warum sind Sie überhaupt aus England weg?«, fragte Mrs Reed. Hätte sie die Augen geschlossen, würde Honor nicht sicher sagen können, welche der beiden Frauen gerade sprach, so ähnlich waren sie sich.

»Meine Schwester wollte hier heiraten, doch sie ist unterwegs gestorben.«

»Ich hab nicht nach Ihrer Schwester gefragt, sondern nach Ihnen, Honor. Haben Sie noch Familie drüben in England?«

Honor nickte.

»Warum sind Sie dann nicht daheim geblieben? Oder hat man Sie gezwungen, Ihre Schwester zu begleiten?«

Ein bitterer Geschmack legte sich auf Honors Zunge, doch sie wusste, dass sie antworten musste. »Ich war schon so gut wie verheiratet, doch dann hat er eine andere kennengelernt. Er hat für die Frau sogar die Gemeinschaft der Freunde verlassen.« Der Gedanke an Samuels Schicksal erinnerte Honor daran, dass auch sie bald keine Freundin mehr sein würde.

»Na und? Deshalb hätten Sie doch trotzdem bleiben können.«

Honor holte tief Luft und zwang sich, das auszusprechen, was sie noch nie laut gesagt hatte. Mehr noch, sie hatte sich nicht einmal erlaubt, es richtig zu denken. »Daheim mit Samuel gab es eine Nische für mich, in der ich mein Leben einrichten wollte. Dann hat man sie mir genommen, und ich wusste nicht mehr, wo mein Platz war. Ich dachte, es wäre besser, wegzugehen und irgendwo neu anzufangen. Ja, genau das habe ich gedacht.«

»Das ist eine ziemlich amerikanische Einstellung: einfach weggehen und die Probleme hinter sich lassen«, sagte Belle. »Wenn du so gedacht hast, bist du hier vielleicht doch nicht so verkehrt. Womöglich bist du insgeheim selbst ein Mensch, der gern Neues wagt. Nenn mir doch mal ein paar Dinge, die dir an Ohio gefallen.«

»Eines kann ich dir schon mal verraten«, fuhr Belle fort, als Honor nicht gleich antwortete. Sie nickte zu Mrs Reeds Hut hin. »Ahornlaub. Immer wieder machst du mich auf die roten Ahornblätter aufmerksam und sagst, dass das englische Herbstlaub nicht so schön ist.«

Honor nickte. »Ja, die amerikanischen Ahornbäume sind wunderschön. Und die Vögel auch, der Kardinal und der Carolinaspecht. Niemals hätte ich gedacht, dass Vögel ein so leuchtend rotes Gefieder haben könnten. Und dann noch die Kolibris, die mag ich auch sehr.« Sie hielt inne. »Frischen Mais. Popcorn. Ahornsirup. Pfirsiche. Glühwürmchen. Streifenhörnchen. Hartriegel. Einige der Quilts.« Sie blickte Mrs Reed an und dachte an den Quilt, den sie in ihrem Vorderzimmer gesehen hatte.

»Na, hör mal einer an! Das ist doch schon 'ne Menge. Und wenn du weiter überlegst, fallen dir bestimmt noch mehr Sachen ein.«

Jetzt machte sich Comfort in der Wiege bemerkbar. Sie

weinte nicht, sondern ließ die anderen einfach auf ihre ganz eigene Art wissen, dass sie auch noch da war.

»Ach, das Baby.« Noch bevor Honor aufstehen konnte, hatte Mrs Reed Comfort aus der Wiege gehoben. Sie hielt sie auf dem Arm und tätschelte ihr den Rücken. Comfort weinte nicht, sondern akzeptierte ruhig und gelassen, dass die fremde Frau sie hielt. »Ich liebe das Gewicht von Babys«, sagte Mrs Reed. »Es fühlt sich an, als hielte man eine Tüte mit Maisgries im Arm, die nur darauf wartet, verspeist zu werden.« Sie schmatzte dem Baby ins Ohr. »Hm, lecker Baby.«

Honor schaute ihre Tochter an. Einen Moment lang hatte sie dasselbe Gefühl, das auch Jack bei einem seiner Besuche hervorgerufen hatte: Hier passte etwas genau zusammen. Die beiden Frauen vor ihr waren sich in so vielem ähnlich, dass ihre Hautfarbe keine Rolle mehr spielte. Honor fühlte sich ihnen zugehörig, doch sie wusste, dass dies nur ein flüchtiger Eindruck war. Mrs Reed hatte ihre eigene Gemeinschaft, und Belle würde nicht mehr lange leben. Sie saß schon wieder ganz zusammengefallen da, das bisschen Energie, das sie im Schlaf gesammelt hatte, war aufgebraucht. Honor begriff, dass sie nicht in Wellington bleiben konnte. Die Frage war nur, ob sie dieses Gefühl von Zugehörigkeit irgendwo anders finden würde.

Plötzlich krachte es so laut, dass Belle und Mrs Reed aufschrien. Honor hingegen wurde, genau wie ihre Tochter, vor Schreck ganz still, erst einige Sekunden später begann Comfort laut zu kreischen.

Donovan hatte die Hintertür aufgebrochen. Er hatte mit solcher Gewalt dagegengetreten, dass sie sich aus den Angeln hob, zu Boden krachte und das Glas darin zersplitterte. Die Frauen sprangen auf und wirbelten herum, wobei Mrs Reed Comfort fest gegen die Brust drückte.

»Herrgott noch mal, Donovan, was soll das?«, rief Belle. »Welcher Teufel reitet dich, meine Tür aufzubrechen? Den Schaden wirst du mir bezahlen. Nein, verdammt, du wirst sie mir persönlich reparieren.«

»Die Damen scheinen eine kleine Teeparty abzuhalten«, sagte Donovan spöttisch. »Tut mir leid, dass ich störe, aber ich suche jemanden.«

»Die ist schon weg. Du kommst eine Woche zu spät.«

»Nein, sie ist nicht weg, sie steht genau dort.« Er grinste Mrs Reed an.

»Was wollen Sie von mir?«, fragte Mrs Reed mit grimmiger Miene. Comfort kreischte jetzt nicht mehr, sondern wimmerte nur noch vor sich hin.

»Bringt das verdammte Baby zum Schweigen«, knurrte Donovan.

Mrs Reed reichte Comfort an Honor weiter, die ihre Tochter in ihren Schal wickelte, um sie vor der kalten Luft zu schützen, die durch das klaffende Loch, wo früher eine Tür gewesen war, in den Raum drang.

»Was wollen Sie von mir?«, wiederholte Mrs Reed.

»Ich will ein kleines Geschäft mit dir machen. Dein alter Besitzer in Virginia wird sich freuen, dich nach so langer Zeit wiederzusehen. Auch wenn du mittlerweile ein altes Weib bist, wird er noch ein bisschen Arbeit für dich haben.«

»Wie kommst du dazu, du Dreckskerl?«, unterbrach Belle ihn. »Sie ist eine freie Frau und lebt in Oberlin.«

»Ich weiß sehr genau, wo Mrs Reed wohnt, liebe Schwester«, erwiderte Donovan. »In dem kleinen roten Haus in der Mill Street, wo ein ständiges Kommen und Gehen herrscht. Ich weiß alles über sie. Vor zwölf Jahren ist sie ihrem Besitzer davongelaufen, zusammen mit ihrer Tochter. Keine Sorge, die schnappe ich auch noch – und die kleine Enkelin dazu. Ich bringe euch alle drei zurück. Das lohnt sich schon allein wegen des Babys. Es wird später mal eine prächtige Sklavin abgeben – wenn die Freiheit sie nicht schon verdorben hat.« Er sprach das Wort Freiheit aus, als handele es sich um eine Krankheit.

»Das darfst du nicht«, protestierte Belle. »Das Gesetz schützt sie. Und das Baby wurde in Freiheit geboren.«

»Du weißt ganz genau, dass das neue Sklavengesetz mir erlaubt, sie zurückzubringen. Selbst wenn sie schon vor vielen Jahren weggelaufen ist.« Er wandte sich an Mrs Reed. »Wie kommst du überhaupt dazu, mit meiner Schwester und Honor Bright Kaffee zu trinken? Das war doch ein Risiko, dich so weit von zu Hause wegzuwagen. Hast du das wegen ihr gemacht?« Er machte eine ruckartige Kopfbewegung in Honors Richtung.

Mrs Reed sagte nichts, sondern presste die Lippen zu einem dünnen Strich zusammen.

Comfort weinte nicht mehr, hatte dafür aber einen Schluckauf bekommen. »Donovan, bitte lass Mrs Reed in Ruhe«, flehte Honor leise. Sie wusste, warum er das tat. Er wollte sie dafür bestrafen, dass sie ein Kind mit Jack hatte. »Comfort und ich werden morgen aus Wellington weggehen und dir nie mehr unter die Augen kommen. Bitte.«

»Zu spät.« Donovan schaute Honor und Comfort mit leerem Blick an, und Honor begriff, dass in seinem Kopf etwas zurückgeschnappt war. Es war seine alte Art zu denken, die es ihm jetzt leicht machte, hart zu bleiben. Der Moment, in dem sie nebeneinandergestanden und auf die Baumstumpfreihe am Rand von Oberlin hinausgeblickt hatten, schien Ewigkeiten weit zurückzuliegen.

Donovan zog einen Strick aus der Tasche. Als rechne er mit Widerstand, packte er in einer blitzschnellen Bewegung Mrs Reeds Hände, verschränkte sie hinter ihrem Rücken und fesselte sie. Mrs Reed leistete keinerlei Widerstand. Sie blickte Donovan nur über die Schulter hinweg an, doch ihre Augen waren hinter den funkelnden Brillengläsern nicht zu sehen.

In dem Moment sprang Belle auf ihren Bruder zu wie eine Katze, hängte sich an seinen Rücken und kratzte, schlug und würgte ihn. Obwohl der Angriff Donovan überrascht hatte, war Belle so schwach, dass ihre Fäuste wenig ausrichten konnten. Donovan schüttelte seine Schwester einfach ab und warf sie zu Boden. Honor stolperte zu ihr hin, doch Belle machte nur eine müde Handbewegung. »Lass mich, hilf lieber Elsie.« Einen Moment lang wusste Honor nicht, wen Belle meinte, dann fiel es ihr ein: Elsie war Mrs Reeds Vorname. Honor hatte sie nie danach gefragt.

Donovan schleppte seine Beute bereits aus der Hintertür und die Verandastufen hinab. Statt sich zu wehren, machte Mrs Reed sich einfach steif und schwer; es war ihre Art, selbst in dieser Situation einen Rest von Würde zu bewahren. Donovan zog und zerrte sie an der Hausseite entlang, bis sie auf den Platz vor dem Laden kamen, wo sein Pferd stand. Es war ein kalter grauer Morgen und totenstill. Honor rannte mit Comfort im Arm hinter Donovan her. Das Baby schnappte in der Kälte nach Luft, gab aber keinen Ton von sich. »Bitte bleib stehen, Donovan«, rief Honor, obwohl sie wusste, dass es sinnlos war. Suchend blickte sie über den Platz; vielleicht war irgendwo ein Nachbar, der ihr helfen konnte, doch es war weit und breit keine Menschenseele zu sehen. Selbst die Hotelbar war an diesem Morgen leer. Alle waren in der Kirche.

Alle – außer ihrem Ehemann. Jack Haymaker kam aus nördlicher Richtung die Hauptstraße hinabspaziert. Er trug seinen breitkrempigen Hut und den schwarzen Mantel, unter dem bei jedem Schritt die Hosenträger über dem weißen Hemd aufleuchteten. In der Hand hielt er einen Strauß Astern aus dem Garten seiner Mutter. Als er Honor und Comfort erblickte, lächelte er. Niemals hätte Honor gedacht, dass sie einmal bei seinem Anblick so viel Erleichterung empfinden könnte. »Jack!«, schrie sie und rannte auf ihn zu.

In dem Moment erstarb das Lächeln auf Jacks Gesicht, denn er hatte Donovan erblickt, der gerade versuchte, Mrs Reed auf sein Pferd zu hieven.

»Du musst uns helfen!«, flehte Honor, als sie ihren Mann erreicht hatte.

Jack schaute Donovan an. Er räusperte sich. »Freund, was tun Sie da?«

Donovan drehte sich um und musterte das Bild der dreieinigen Familie. »Jack Haymaker«, spottete er. »Du kommst mir gerade recht. Ich wollte dich schon beim letzten Sklaven um Hilfe bitten, aber aus Respekt vor deiner Frau hab ich's gelassen. Komm her, hilf mir, die Niggerin aufs Pferd zu hieven. Wir wollen eine kleine Reise machen.«

»Ich komme auch ohne seine Hilfe aufs Pferd«, mischte sich Mrs Reed ein. »Halten Sie mir einfach die Hände hin, dann steig ich auf. Wir müssen da keinen Quäker mit reinziehen.«

»Oh doch, ich muss ihn mit reinziehen. Was nun, Haymaker? Hilfst du mir jetzt und bringst deine kleine Frau gegen dich auf, oder brichst du lieber das Gesetz und riskierst Haus und Hof? Beim letzten Mal, als ich dich gefragt habe, wusstest du, wie du dich entscheiden musst. Diesmal auch? Das hoffe ich doch. Schließlich hast du jetzt eine Tochter.«

Jack wurde blass. Er blickte Honor an, und sie spürte das vertraute Kneifen im Magen. »Jack …«

»Tun Sie's nicht, Jack Haymaker«, unterbrach Mrs Reed sie. »Der Mann will nur Ihre Frau gegen Sie aufbringen. Unterstehen Sie sich, ihm zu helfen.«

Jack wirkte wie ein gehetztes Tier. »Honor, ich …« Er machte einen Schritt auf Donovan zu.

Plötzlich hörte Honor ein Klicken. Es kam ihr lauter vor als die Explosion, die dann folgte.

Sie schrie, länger und lauter als jemals zuvor in ihrem Leben. Sie schrie, und auf Donovans Hemdbrust erblühte eine rote Blume. Sein Pferd bäumte sich wiehernd auf, riss sich von der Stange los und galoppierte davon. »Ha«, machte Mrs Reed, als hätte jemand sie in den Magen geboxt, dann taumelte sie zurück auf den Gehweg vor dem Laden. Comfort war steif vor Angst und schrie mit ihrer Mutter um die Wette, bis Jack seine Arme um sie und Honor legte und die beiden so fest an sich drückte, dass Honor kaum noch atmen konnte. Sie zog ihren Kopf aus der Umarmung, um Luft zu holen, und erblickte über die Schulter hinweg Belle Mills, die mit einem Gewehr in der Hand vor ihrem Haus stand. Es war dieselbe Waffe, mit der sie einst die Kupferkopfschlange im Garten erschossen hatte. Das Schießpulver war ihr ins Gesicht geweht, sodass ihre gelbliche Haut von kleinen schwarzen Punkten übersät war. Im nächsten Moment sank Belle auf die Knie, wobei ihr Kleid sich weit um sie bauschte, und legte das Gewehr auf den Boden.

Honor wunderte sich, dass nach dem lauten Knall nicht von überall Leute herbeigelaufen kamen, doch es dauerte eine Weile, bis die ersten Menschen auf dem Platz erschienen. Der Besitzer des Wadsworth Hotel stand in der Hoteltür und wischte sich die Hände an einem Lappen ab, trat aber nicht näher. Hinter der Methodistenkirche tauchte eine Männergruppe auf, die ganz langsam wie in Trance die Straße entlangkam.

Mittlerweile war Honor, Comfort immer noch im Arm haltend, neben Belle in die Hocke gegangen.

»Mach dir keine Sorgen um mich, Schätzchen«, sagte Belle. »Du weißt doch, dass ich todkrank bin. Das war seit unserer ersten Begegnung klar. Der Galgen wird das Sterben nur ein wenig abkürzen.«

Jack hatte Mrs Reeds Handfesseln aufgeschnitten, jetzt trat auch sie zu Belle. »Es tut mir leid, dass du das tun musstest«, sagte sie, »aber ich danke dir.«

Belle nickte. »Es ist nicht besonders schwer, sich zwischen Gut und Böse zu entscheiden.«

»Ich muss jetzt verschwinden.« Mrs Reed blickte zu der Männergruppe, die sich langsam näherte. »Als Schwarze sollte man sich nie in der Nähe einer Schießerei sehen lassen.«

»Lauf hinters Haus und von dort weiter zu den Eisenbahnschienen. Folge ihnen aus der Stadt heraus«, sagte Belle. »Dort kommt so schnell keiner vorbei. Ich bin wirklich froh, dich kennengelernt zu haben, Elsie.«

»Ich auch.« Mrs Reed nahm die Brille ab und wischte sich über die Augen. Ihr Gesichtsausdruck war derselbe wie immer, doch jetzt sah Honor, dass sie weinte.

Mrs Reed setzte die Brille wieder auf und zog ihr Tuch fester um sich. »Ich werde für dich beten.« Dann wandte sie sich zu Honor und Jack um. »Und für euch auch. Wenn ich schnell genug reite, kriege ich noch das Ende des Gottesdienstes mit.« Sie bog um die Hausecke, blieb dann aber noch einmal stehen und blickte zurück. »Auf Wiedersehen, mein Baby«, rief sie Comfort zu. »Sieh zu, dass deine Eltern gut auf dich aufpassen.«

Comfort begann zu weinen, als hätte sie nur auf dieses Stichwort gewartet. Mrs Reed lächelte, dann drehte sie sich um und verschwand hinterm Haus.

»Honor«, flüsterte Belle. »Siehst du die Haube dort im Fenster? Die graue, an der ich gearbeitet habe?«

Honor blickte zu der grauen Haube mit dem himmelblauen Futter.

»Es ist deine. Wurde mal Zeit, dass du 'ne neue Farbe ausprobierst. Aber das weißt du schon, oder?«

Honor wusste es.

»Honor«, fuhr Belle fort. »Ist er tot?«

Niemand war zu Donovan gegangen, der auf dem Rücken lag, während die Blutlache unter ihm immer größer wurde. Seine braune Weste war zerfetzt und färbte sich allmählich dunkelrot. Neben ihm lagen sein Hut und der Blumenstrauß, den Jack fallen gelassen hatte.

»Nein, noch nicht.« Honor spürte seine Präsenz, wie sie die Präsenz der entflohenen Sklaven im Wald gespürt hatte.

»Kein Mensch sollte allein sterben, noch nicht einmal ein Dreckskerl wie Donovan«, murmelte Belle. »Jemand muss ihn auf seinem letzten Weg begleiten. Er ist mein Bruder.«

Die Männergruppe war jetzt auf dem Platz angekommen, hielt sich aber im Hintergrund. Sie hatten Belle mit ihrem Gewehr erblickt und warteten ab, welchen Lauf das Drama weiter nehmen würde.

Honor biss sich auf die Unterlippe, dann richtete sie sich auf und trat zu ihrem Mann. Sie sahen sich an. »Wir können nicht so weitermachen wie bisher«, sagte sie. »Wir müssen einen neuen Weg finden, der anders ist als der deiner Familie.«

Jack nickte.

»Doch erst muss ich dies tun.«

Jack nickte wieder.

Honor reichte ihm ihre Tochter und ging zu Donovan. Als sie neben ihm kniete, erblickte sie auf seiner Brust zwischen Blut, offenem Fleisch und zerfetzter Weste den glitzernden Schlüssel zu ihrer Truhe. Aus der Nähe sah sie, dass Donovans braune Weste feine gelbe Streifen hatte. Sie nahm sich vor, ein Stück von diesem Stoff für ihren nächsten Quilt zu verwenden. Auch Donovan war ein Teil ihres Lebens.

Honor sah ihm ins Gesicht. Seine Augen waren geschlossen, der Mund eine Grimasse, die verriet, dass der Tod nahe war.

Im nächsten Moment schlug er die Augen auf. Honor erhaschte einen Blick auf die schwarzen Sprenkel in der braunen Iris.

»Halt meine Hand, Honor Bright«, sagte er.

Und sie hielt seine Hand, drückte sie fest, bis das Licht in ihm verblasste.

Faithwell, Ohio

10. des 3. Monats 1852

Liebste Biddy,

dies ist der letzte Brief, den ich Dir aus Faithwell schreibe. Danach muss ich meine Schreibsachen zusammenpacken und mit unseren anderen Habseligkeiten auf dem Wagen verstauen. Morgen werden Jack, Comfort und ich in den Westen aufbrechen. Den ganzen Winter lang haben wir überlegt, wohin wir ziehen sollen, jetzt werden wir erst einmal bis Wisconsin fahren, wo bereits Freunde aus Faithwell leben. Sie haben nur Gutes berichtet. Für Milchbauern sind die Aussichten dort nicht schlecht, außerdem habe ich gehört, dass große Teile des Westens noch Prärie sind, weite offene Flächen mit nur wenigen Bäumen. Darauf freue ich mich.

Wir haben abgewartet, bis der Winter vorbei ist und Dorcas geheiratet hat. Letzte Woche war die Hochzeit. Ihr Mann ist Milchbauer und wird den Hof übernehmen – und Judith Haymaker übernimmt er auch. Wir haben es ihr überlassen, ob sie mit uns kommt oder in Faithwell bleibt, doch ich bin erleichtert, dass sie sich zum Bleiben entschlossen hat. Sie sagt, sie sei in ihrem Leben oft genug umgezogen, was ich gerne als Grund akzeptiere.

Wir nehmen nicht viel mit, denn wir können alles kaufen oder neu machen, wenn wir am Ziel sind. Nur vier Quilts kommen ins Gepäck. (Deshalb bin ich besonders froh, dass ich Dir Deinen Quilt zurückgeschickt habe!) Natürlich nehme ich den Signaturquilt aus Bridport mit. Die Namen auf ihm sind mir lieb und teuer, ich werde mich niemals von ihm trennen, wo immer ich auch hingehen werde. Auch den Hochzeitsquilt, den die Frauen von Faithwell so hastig für mich gemacht haben, werde ich einpacken. Ich habe zwar schon schönere Nähte gesehen, aber er ist warm, was manchmal das Wichtigste an einem Quilt ist. Für Comfort habe ich einen kleinen Kinderquilt gemacht, für den ich Stoffe aus Dorset und Ohio verwendet habe. Es ist ein Patchwork in einem Muster, das sie hier »Stern von Ohio« nennen. Die Sterne sind aus braunen, gelben, roten, cremefarbenen und rostbraunen Dreiecken und Vierecken zusammengesetzt. Comfort schläft gut unter ihm. Und dann habe ich noch einen Quilt von einer Negerin geschenkt bekommen. Sie heißt Mrs Reed, und ich hatte den Quilt aus kleinen blauen, cremefarbenen, braunen und gelben Stofffetzen einmal in ihrem Haus bewundert. Er ist ganz anders als die Quilts, die wir kennen, und so kunterbunt und scheinbar willkürlich zusammengesetzt, dass man ihn nur schwer beschreiben kann. Ich würde gern lernen, solche Quilts zu machen. Vielleicht gelingt es mir im Westen.

Sicher freut es Dich zu hören, dass ich zum ersten Mal in einer Andacht Zeugnis abgelegt habe. Es geschah in meiner letzten Andacht in Faithwell. Eigentlich hatte ich immer gedacht, dass meine innersten Gefühle sich nicht in Worte fassen lassen, doch an dem Tag spürte ich, wie der Geist mich drängte zu sprechen. Ich musste den anderen Freunden erklären, warum ich den entflohenen Sklaven auch weiterhin helfen werde – bis zu dem Tag, an dem die Sklaverei in diesem Land abgeschafft ist. Dieser Tag wird kommen, davon bin ich fest überzeugt. Er muss kommen. Als ich mich wieder auf meinen Platz setzte, war die Luft im Raum schwer von Gedanken. Später hat mich der Schmied dafür gelobt, dass ich geredet habe. Er sagte, ich hätte endlich meine Stimme gefunden.

Es fällt mir nicht schwer, Ohio zu verlassen und in den Westen zu gehen, ich bedauere nur, dass es mich noch weiter von Dir wegführt, Biddy. Sobald wir einen Ort gefunden haben, an dem wir uns niederlassen wollen, werde ich Dir wieder schreiben. Weil Du immer an einem Ort bleibst, liebe Freundin, kann ich leichter weiterziehen, denn Du bist mir Fixstern und festes Ufer, auf das ich zurückblicken kann. Nach der Reise über den Ozean wollte ich mich nie wieder vom Fleck rühren, doch jetzt bin ich froh, mich zum Weiterziehen entschlossen zu haben.

Doch natürlich habe ich auch Angst. Sicher werde ich heute Nacht nicht schlafen können, weil ich immer an das denken muss, was vor uns liegt. Doch es ist anders als damals, als ich Bridport zusammen mit Grace verlassen habe. Damals bin ich weggelaufen, es kam mir vor, als ginge ich mit geschlossenen Augen und ohne festen Halt. Doch jetzt sind meine Augen weit offen, ich kann nach vorne schauen und habe Jack und Comfort, die mir Halt geben. Nach vorne schauen – so machen die Amerikaner das, und vielleicht werde selbst ich noch zu einer Amerikanerin. Es macht einen Unterschied, ob man vor etwas weg- oder auf etwas zuläuft. Das begreife ich jetzt.

Im Geiste bin ich immer bei Dir.
Deine treue Freundin,
Honor Haymaker

Dank

Eine Reihe von Menschen hat mich bei der Entstehung dieses Romans unterstützt, und Ihnen gebührt mein Dank.

Ich danke Gwen Mayer, der begeistertsten Archivarin in ganz Hudson, und Sue Flechner für ihre großzügige Gastfreundschaft. Bedauerlicherweise spielt Hudson keine größere Rolle in dem Roman, doch ich verdanke der Stadt eine wichtige Figur: Belle Mills, die Hutmacherin. Tim Simonson hat mich über die Stadtgeschichte Wellingtons aufgeklärt, und Bob Gordon über die Landwirtschaft; mein besonderer Dank an Maddie Shetler, die mich zweimal auf ihrem Hof herumgeführt hat. Danke an die vielen namenlosen Helfer in den Archiven des Oberlin College und im Oberlin Heritage Center. Kathie Linehan und Glenn Loafman haben durch zahllose, kleine und große Dienste an diesem Buch mitgearbeitet: Sie haben mir Landkarten geschickt, Fragen beantwortet, mich mit den richtigen Leuten bekannt gemacht und mir die Landschaft Ohios erklärt – am Boden und aus der Luft. Durch ihr unermüdliches Interesse an diesem Projekt sind sie selbst zu einem Teil davon geworden. Oberlin ist ein besonderer Ort, und Kathie und Glenn gehören zu seinen besten Einwohnern.

Oriole Cullen vom Victoria and Albert Museum in London und Rose Cory und ihrer Hutmacherklasse in Woolwich danke ich für Nachhilfe in Sachen Hüte; Shelley Zetuni dafür, dass sie mich Rose vorgestellt hat.

Natürlich musste ich das Quilten auch selbst lernen. Ich danke Fiona Fletcher, die mir die Grundlagen beigebracht hat, und der Flying Geese Quiltgruppe in London, die mich beim Nähen meines ersten Quilts unterstützt hat. Mögen eure Stiche immer gerade sein.

Christopher Densmore vom Swartmore College danke ich dafür, dass er meine zahlreichen Fragen über Quäker beantwortet hat, den Freunden in Hampstead für gemeinsame Stunden des Aufmerksamen Wartens.

John Wieland möchte ich danken, dass er bei einer Auktion des Woodland Trust, einem britischen Wohltätigkeitsverein zum Erhalt der Wälder, das Recht erworben hat, einen Wald nach sich zu benennen.

Danke an Richenda Todd für gekonnte Wortakrobatik.

Zu guter Letzt ein herzliches Danke an Clare Ferraro und Denise Roy bei Dutton, Katie Espiner bei HarperCollins, Jonny Geller bei Curtis Brown sowie Deborah Schneider bei Gelfman Schneider.

Notiz der Übersetzerin

Im englischen Original dieses Romans reden die Quäker alle Menschen – ob Quäker oder nicht – mit dem heute antiquiert wirkenden »thee« an, der Dativ- und Akkusativform des alten englischen Personalpronomens »thou«. Für die Anrede, die bei den Quäkern für vertrauten Umgang und vor allem die Gleichheit aller Menschen steht, gibt es im Deutschen keine Entsprechung. Im historischen englischen Sprachgebrauch drücken «thou/thee« (und dazu das Possessivpronomen »thy«) unter sozial Gleichgestellten Nähe und Intimität aus, aber auch Hierarchie und gesellschaftliche Unterschiede, ähnlich dem deutschen »Du/Dich« bzw. »Dein«. Das heutige »you« hingegen war im historischen Sprachgebrauch die Höflichkeitsform, die dem deutschen »Sie« entspricht.

Würde man die Anrede »thee« hier konsequent mit »du« übersetzen, müsste die Heldin Honor alle Personen duzen, selbst wenn sie diese gar nicht kennt und mit dem Nachnamen anredet. Das klingt im Deutschen falsch und schnell herablassend, was dem Charakter Honors nicht entspricht. Auch antiquierte deutsche Anredeformen wären unpassend: »Ihr/Euch« beziehungsweise »Euer« drückt genauso Distanz aus wie die Anrede in der 3. Person Singular (»Er/Sie« beziehungsweise »Sein/Ihr«).

In der Übersetzung reden sich deshalb die Quäker untereinander konsequent mit »du« an, siezen aber alle Nichtquäker, sofern sie nicht eng vertraut mit ihnen sind.

Anmerkungen[1]

Abolitionismus (vom Englischen »(to) abolish«: abschaffen, aufheben): die politische und gesellschaftliche Bewegung zur Abschaffung der Sklaverei. Sie hat ihren Ursprung sowohl in den aufklärerischen Idealen des 18. Jahrhunderts als auch in der religiösen Überzeugung, dass Sklaverei nicht mit dem Bild des Menschen als Kind Gottes vereinbar sei, die sich zu dieser Zeit in vielen Glaubensrichtungen durchsetzte. Das britische Parlament beschloss 1833 die Abschaffung der Sklavenhaltung im britischen Kolonialreich. In den USA geschah dies 1865 durch Inkrafttreten des historischen »13th Amendment«, dem 13. Zusatzartikel zur Verfassung der Vereinigten Staaten.

Fugitive Slave Law (auch: Fugitive Slave Act, 1850): Bereits 1793 trat ein Gesetz in Kraft, das es Sklavenhaltern erlaubte, ihren »Besitz« in den gesamten USA einzufordern. Die Verordnung von 1850 verschärfte dieses Gesetz jedoch wesentlich: So mussten nach Inkrafttreten auch freie Schwarze in den Nordstaaten befürchten, gefangengenommen zu werden – bereits der Verdacht, ein Schwarzer könne ein entlaufener Sklave sein, genügte. Das Recht auf eine Anhörung oder einen Gerichtsprozess hatten die Schwarzen nicht. Zudem wurden die Strafen für

[1] Die Anmerkungen wurden vom Knaus Verlag erstellt und sind nicht Teil der englischen Originalausgabe.

alle Bürger, die entlaufenen Sklaven halfen, drastisch erhöht: Sie mussten mit hohen Geldbußen oder sogar Gefängnisstrafen rechnen. Doch die größte Empörung löste eine Bestimmung des neuen Gesetzes aus, derzufolge Sklavenjäger jeden Bürger zur Mithilfe bei der Suche nach und Gefangennahme von Entlaufenen zwingen konnten. Eine Weigerung hatte ebenfalls empfindliche Strafen zur Folge.

Quäker: Die Quäker sind eine christlich-protestantische Glaubensgemeinschaft, die sich nach dem Ende des Englischen Bürgerkriegs 1649 aus verschiedenen religiösen Gruppierungen herausbildete. Sie selbst bezeichnen sich auch als »Religiöse Gemeinschaft der Freunde«. »Quäker« (vom englischen »(to) quake«: zittern, beben) war ursprünglich als Spottname gedacht, da die Mitglieder der Gemeinschaft in ihren Andachten manchmal in eine Art Ekstase verfielen.

Quäker glauben daran, dass in jedem Menschen ein Teil von Gott lebendig ist, ein »Inneres Licht«, das den Mensch in seinen Entscheidungen leitet. Sie haben ein grundsätzlich demokratisches Verständnis von Religion: Ihre Gemeinden haben keine kirchlichen Oberhäupter, und Entscheidungen werden durch Konsensbildung getroffen. Statt Gottesdiensten halten die Quäker »Stille Andachten« ab, in denen jeder Gläubige durch stumme Zwiesprache in Kontakt mit Gott zu treten versucht.

Quilt/Quilten: Quilten ist eine alte Nähtechnik, deren Ursprünge bis weit in die Zeit vor Christi Geburt zurückgehen. Heute versteht man unter einem Quilt in der Regel eine kunstvoll gefertigte gesteppte Decke oder einen Wandteppich. In Amerika entwickelte sich das Quilten mit der Zeit zu einer handwerklichen Kunstform. Beliebt war das Nähen von Quilts vor allem auch bei Religionsgemeinschaften wie den Quäkern und den Amish.

Ein Quilt besteht aus drei Lagen: Der oberen Schau- oder Schmuckseite, auch Top genannt, der wärmenden Füllung aus Baumwolle, Wolle oder Synthetik und der Unterseite, die meist eine durchgehende Stoffbahn ist. Wird die Schmuckseite aus verschiedenen einzelnen Stoffstückchen in Patchworktechnik zusammengesetzt, spricht man von einem Patchworkquilt. Bei einem Applikationsquilt werden Motive aus Stoff ausgeschnitten und auf einen Untergrund appliziert. Eine Schmuckseite aus einem einzigen Stück Stoff, bei der die Wirkung durch aufwändige Quiltmotive erzielt wird, nennt man Whole-Cloth-Quilt. Elemente aus diesen drei Grundtypen werden auch kombiniert, wobei auf eine Fülle überlieferter Muster zurückgegriffen werden kann.

Die drei Lagen eines Quilts werden durch Quilten von Hand oder heute auch mit der Nähmaschine fest verbunden. Die Quiltstiche festigen die Schmuckseite aber nicht nur, sondern strukturieren sie auch, das Quilten ist also ein zusätzliches Gestaltungselement, bei dem ebenfalls auf viele traditionelle Muster und Motive zurückgegriffen wird.

Underground Railroad (deutsch: »Untergrundbahn«): Der Begriff bezeichnet ein lose zusammenhängendes Netzwerk zur Unterstützung entflohener Sklaven, das sich im 18. Jahrhundert in den USA herausbildete. Besonders aktiv waren darin Menschen aus den nördlichen Staaten, die an Gebiete, in denen Sklavenhaltung legal war, angrenzten, etwa aus Ohio und Pennsylvania. Um den Begriff herum entstand eine eigene Terminologie: Diejenigen, die den Sklaven auf ihrem Weg in die Freiheit halfen, nannten sich selbst »Schaffner«, ihre Schützlinge »Passagiere«. Häuser entlang der Strecken wurden als »Bahnhöfe« bezeichnet. Auch biblische Ausdrücke waren gebräuchlich: Der Ohio River etwa wurde häufig als der »Jordanfluss« bezeichnet. Mithilfe dieses Systems konnten die Beteiligten kommunizieren, ohne dass Außenstehende die wahren Hintergründe erkannten.

Die *Underground Railroad* war kein straff organisiertes Netzwerk, und ihr in Zahlen messbarer Einfluss war wohl eher gering. Sie erfüllte jedoch im Kampf gegen die Sklaverei eine wichtige, vor allen Dingen moralische Funktion: Denen, die in Angst und Unfreiheit lebten, gab sie Hoffnung, außerdem zwang sie viele freie Bürger, sich mit der Sklavenfrage auseinanderzusetzen.